JOANA WOLF

TOYIN
Zurück ist keine Option

Roman

SHEEMA

JOANA WOLF

TOYIN

ZURÜCK IST KEINE OPTION

ROMAN

Bibliografische Information der Deutschen Bibliothek
Die Deutsche Bibliothek verzeichnet diese Publikation in der Deutschen Nationalbibliothek; detaillierte Daten sind im Internet über https://dnb.de abrufbar.

1. Auflage Dezember 2019
Originalausgabe

Inh.: Cornelia Linder, Hirnsbergerstr. 52, D - 83093 Antwort
Tel.: +49 (0)8053 – 7992952, Fax: +49 (0)8053 – 7992953
https://www.sheema-verlag.de

ISBN 978-3-948177-03-4

Coverillustration: © 2019 Vivian von Hörsten | vivianvonhoersten.de
Foto der Autorin: © 2019 Cindy Hutabarat
Lektorat: Ina Kleinod
Bildnachweis: S. 9 u. S. 347 unter Verwendung von © Dmitry Remesov - Fotolia.com
Umschlaggestaltung: Sheema Medien Verlag, Schmucker-digital
Gesamtkonzeption: Sheema Medien Verlag, Cornelia Linder
Printed in Germany

Klimaneutral
Druckprodukt
ClimatePartner.com/12518-1907-1001

Meinen geliebten Kindern
und den Herzensmenschen,
die meinen Weg begleitet haben.

INHALT

PROLOG

Glück ist ein Geburtsrecht. Bevor ich als junge Frau Nigeria verließ, hatte ich tatsächlich eine glückliche Kindheit. Jeden Morgen schickten meine Eltern uns vier Geschwister in die Schule. Wir liefen gemeinsam zu Fuß die Straße hinunter, bis wir am Schulgebäude ankamen. Das war schön, es war immer warm, ich war nie allein. Wenn der Unterricht begann, wurde zuerst gemeinsam draußen auf dem sonnigen Schulhof gesungen. Ein Kind trommelte den Takt. Wir trugen unsere karierten Schuluniformen, und alle Menschen, die am Gelände vorbeigingen, hörten unsere, meist gut gelaunten Kinderstimmen. Dann verteilten wir uns in die Klassen. Die Räume habe ich freundlich in Erinnerung, vor allem so hell. Wir alle waren immer sehr wach und neugierig.

Der Unterricht wurde in Englisch erteilt, und weil viele Kinder die Sprache erst lernen mussten, übten alle Erstklässler zunächst die wichtigsten Worte. Die Lehrerin stand dann vor der Tafel und imitierte beispielsweise die Handbewegung beim Zähneputzen oder Haarekämmen. Sie bückte sich und tat so, als wolle sie sich die Schuhe anziehen. Währenddessen sang sie dazu und die Kinder taten es ihr nach: „This is the way I brush my teeth, I brush my teeth, I brush my teeth. This is the way I brush my teeth, early in the morning. This is the way I comb my hair, I comb my hair, I comb my hair. This is the way I wear my shoes ... – So putzen wir unsere Zähnchen, unsere Zähnchen, unsere Zähnchen, so putzen wir unsere Zähnchen, früh am Morgen. So kämmen wir unsere Haare, unsere Haare, unsere Haare. So ziehen wir unsere Schuhe an …“

Nigeria ist ein Vielvölkerstaat, deshalb werden dort verschiedene Sprachen gesprochen, beispielsweise Ibo, Haussa, Yoruba und noch viele andere Stammessprachen. Meine Familie gehört zum Stamm der Yoruba und daher ist meine Muttersprache Yoruba. Aber seit meiner Kindheit spreche ich auch Englisch, denn Englisch ist die Amtssprache. Als ich später fortging, hatte ich also kaum Probleme, mich zu verständigen. Aber in den Folgejahren sind Dinge geschehen, bei denen mir Sprache allein nicht helfen konnte. Es war nicht nur eine große Herausforderung, sondern auch ein wirklich großes Kunststück, die Kulturunterschiede richtig verstehen zu lernen und zu begreifen, dass ich in einer völlig verunsicherten Gesellschaft gelandet war – in Deutschland.

Nach außen hin sah alles so eindeutig, so ordentlich, so klar und so freundlich aus. Aber das war es eben nur, wenn man die Fassade betrachtete. Mit dem, was dahinter auf mich wartete, kam ich alles andere als gut zurecht, und dann machte ich Fehler ... Mir wäre lieber, es schriebe dies hier jemand anderes – jemand mit einer „reinen Weste", der sich nichts zuschulden kommen lassen hat. Jemand, der zwar alles richtig gemacht hat und trotzdem unter die Räder gekommen ist. Ich weiß, es gibt sie, diese Menschen.

Wir Menschen sind komplexe Wesen. Das macht meine Fehler zwar nicht schöner, aber wohl verständlicher und vielleicht, wirklich nur vielleicht, verzeihlicher.

„Stelle dir eine Blume in den Raum und verbinde sie innerlich mit deiner schönsten Vision."

Als ich diesen guten Rat einmal bekam, erschien mir das zunächst lächerlich. Schon allein deshalb, weil ich in dieser Situation echt verzweifelt war. Eine Blume, wie albern! Und wenn ich an meine Vision dachte, war mir gar nicht zum Lachen, im Gegenteil. Ich dachte an Liebe, Frieden, Wohlstand, Respekt, Gleichberechtigung und Freiheit. Die Reihenfolge war beliebig, viel wichtiger war, dass diese Werte im Kleinen wie im Großen zu gelten haben, für das Kollektiv genauso wie für das Individuum. Jetzt sollte mich eine kleine Blume an eine so große Sache erinnern, die im Trubel meines Alltags ständig in Vergessenheit geraten war?

Kapitel I

ICH BIN TOURISTIN

In meinem Herzen war Sturm und nackte Panik stieg in mir auf, als die Tür von der Krankenschwester einen Spalt weit geöffnet wurde und den wartenden Beamten meine Transportfähigkeit signalisierte.

„Illegal! Keine gültige Aufenthaltsgestattung für die Bundesrepublik Deutschland! Mitkommen!“

Gerade erst war ich aus der Ohnmacht erwacht. Nur langsam rieselte die Erinnerung zurück. Der fürchterliche Schreck über die Ereignisse des Nachmittags fuhr mir erneut in die Knochen. Am Rücken spürte ich meine, vom Wegrennen noch klebrige, verschwitzte Kleidung, als mir die Handschellen angelegt wurden. Mit verhangenem Blick sah ich den Beamten an. War das wirklich alles, was er mir jetzt zu sagen hatte, hier in der Notaufnahme, auf einem Krankenhausflur?

~ ~ ~

Es hatte verheißungsvoll begonnen, damals im Frühling am Hamburger Flughafen. So viele neue Eindrücke ließen meine neugierigen Augen umherwandern. Die riesige Halle mit der hohen, kunstvollen Deckenkonstruktion. An den Seiten die vielen bunten Schalter der verschiedenen Fluglinien und davor die Menschenschlangen. Ich atmete langsam und tief, spürte die Spannung, die in der Luft lag. Menschen freuten sich auf ihren Urlaub oder auf eine Geschäftsreise oder einen Familienbesuch. Manche versuchten, noch während sie aufs Einchecken warteten, ihr Gepäck vom Rucksack in den Koffer oder andersherum umzuschichten.

Eine junge Frau mit blonden, langen, luftig wehenden Haaren kam zielstrebig auf mich zu. Ihr Gesicht strahlte. Meine erste Verwunderung in dieser neuen Welt. Verwechselte sie mich etwa mit jemandem? Sie war groß und schlank, trug Jeans und einen Blazer über dem T-Shirt. Ich sah auf ihre Schuhe, Sneakers. Sie musterte mich ebenfalls. Schwarze Stretch-Hose, dunkelgrünes T-Shirt mit Wasserfallausschnitt und Jackett. Um den Hals eine feingliedrige Goldkette mit einem kleinen Anhänger. Meine Füße steckten in schwarzen Spangenpumps. Mit oder ohne Schuhe war ich etwas größer als sie.

„Du bist sicherlich Dejis Schwester!", sagte sie auf Englisch und streckte mir die Hand zum Gruß entgegen.

„Ja, das bin ich", antwortete ich, verwundert, woher sie das wusste.

„Ich bin Katja, die Freundin deines Bruders."

„Ich bin Toyin. Freut mich, dich kennenzulernen."

„Ich weiß! Deji hat mir ein Foto von dir gezeigt." Sie packte meinen Koffer am Griff und rollte ihn hinter sich her. „Komm, lass uns gehen."

Alle nannten mich nur Toyin. Das kam daher, dass ich den Namen meiner besten Schulfreundin in der Grundschule übernommen hatte. Wir sahen uns so ähnlich, dass wir Fremden häufig erzählten, wir seien Zwillinge. Wir gingen in dieselbe Klasse, taten alles gemeinsam und teilten alles miteinander. Selbst im Klassenbuch waren wir beide als „Toyin" eingetragen. Das war für die Lehrer einfacher auszusprechen als mein richtiger Name Nne. Nur meine Eltern nannten mich manchmal Nne, doch auch sie gewöhnten sich an Toyin. Auf meinem Abschlusszeugnis standen dann beide Namen. Später setzte sich der Doppelname fort, sogar in meinem Reisepass.

Katja führte mich über einige Rolltreppen, bald nach oben, dann wieder nach unten. Ich bestaunte schweigsam das saubere Flughafengebäude und realisierte bald, dass es wirklich viele Stockwerke hatte. Wir gelangten schließlich auf die unterste Ebene und liefen zur Bahnstation.

„Warte kurz, ich bin gleich wieder da.“ Katja zog ihr Portemonnaie aus der Tasche, um ein Busticket zu kaufen.

„Ich habe selbst etwas Geld gewechselt“, beeilte ich mich zu sagen. „Lass mich bezahlen.“ Ich griff in meine Handtasche und spürte das weiche Leder meiner Brieftasche an den Fingerspitzen.

„Nein, ist schon in Ordnung“, winkte sie ab und verschwand kurz. Als sie wiederkam, wedelte sie mit dem Fahrschein und reichte ihn mir feierlich.

~ ~ ~

Zwei Tage war ich nun unterwegs. Zum ersten Mal in meinem Leben war ich mit einem Flugzeug geflogen. Ich war müde und mein Magen war so gut wie leer. Auf dem Flug nach Paris hatte ich nur einen Salat und ein kleines Menü zu Mittag gegessen. Nach der Landung war ich zu aufgeregt gewesen wegen all der neuen Eindrücke, Gerüche und Menschen in der unbekannten Umgebung. Hunger hatte ich beim besten Willen nicht verspürt. Meine Augen waren nur unentwegt den verlockenden Angeboten in den Schaufensterauslagen gefolgt. Ich hatte versucht, zwischen all den vielen Menschen so zu tun, als wäre es das Normalste auf der Welt, auf einem Flughafen im Duty-Free-Shop Parfums auszuprobieren. Während des Anschlussflugs nach Deutschland hatte ich kaum geschlafen. Ich hatte die ganze Zeit aus dem Fenster geschaut und war fasziniert gewesen. Das Gleiten so hoch oben. Die dünnen Tragflächen, die uns alle in der Luft hielten. Freundliche Ruhe in der Flugkabine. Ich hatte mir vorgestellt, Gott säße irgendwo da draußen, würdevoll und zufrieden, lächelte mir zu und wünschte mir eine gute Reise. Im Vorbeifliegen winkte ich dankbar. Danke Oluwa! Oluwa ist Yoruba und bedeutet Gott.

Für eine Reise durch Gottes Reich war ich ohne Frage startbereit gewesen. Während andere Fluggäste geschlummert hatten, war ich klar und wach gewesen, als gäbe es etwas zu verpassen. Einen Film nach dem anderen hatte ich eingesogen, bevor ich mich in ein Gespräch mit meinem ebenso wachen Sitznachbarn verwickeln ließ, einem weißen Farmer aus Simbabwe. Ein robuster, mittelgroßer Mann mit sonnenverwöhntem Gesicht.

„Ich bin Landwirt“, erzählte er stolz. „Ich besitze eine große Fläche Land und baue Tabak an. Außerdem bin ich Chef einer großen Handelsfirma, die hauptsächlich Tabak nach Nigeria exportiert.“

Zufrieden lächelte er mich an, dann griff er mit seiner sehnigen Hand nach dem Plastikbecher mit Tomatensaft und nahm einen kräftigen Schluck. Doch der Begeisterungsfunke war nicht übergesprungen. Ich kannte die Kritik am Tabak zur Genüge aus Diskussionen in Nigerias Fernseh- und Radiosendungen und wusste, dass das Rauchen bekanntermaßen krebserregend ist. *Kannst du nichts Besseres anpflanzen als giftigen Tabak?,* dachte ich. „Warum fliegen Sie nach Frankreich?“, lenkte ich ab.

„Ich treffe meinen Sohn, er besucht in Lyon einen Freund. Und was machen Sie in Frankreich?“

„Ich bin Touristin.“ Zu dieser Routine-Antwort hatte mir mein Visum-Agent geraten.

„Sind Sie sicher, dass Sie zurückgehen werden?“, fragte der Farmer weiter und sah mich prüfend von der Seite an.

Ich fand ihn ziemlich neugierig und fast unverschämt, deshalb überlegte ich kurz, ob es an der Zeit wäre, die Unterhaltung zu beenden. „Warum sollte ich das nicht tun?“, konterte ich. „Ich schaue mir ein paar Monate lang Frankreich an, mehr nicht.“ Ich zeigt ihm ein freches Lächeln, das ihn offenbar dazu bewog, es bei dem bisher Gesagten zu belassen.

~ ~ ~

Jetzt war ich in Hamburg. In Norddeutschland. Der Bus fuhr, ich lächelte still vor mich hin, und als ich Katja ansah, lächelte sie zurück.

„Dein Bruder braucht mir also nicht mehr beizubringen, wie man afrikanisches Essen zubereitet. Die Expertin ist ja jetzt da!“, sagte sie leise.

„Ich werde mein Bestes geben“, erwiderte ich und konnte gar nicht mehr aufhören, sie anzulächeln.

Über mehreren Straßenwellen wogte der Bus auf und ab, dann glitt er sanft weiter. Wie eine Hängematte schaukelte er nur leicht, und die Welt um uns herum wurde immer leiser. Diese glatten Straßen! Man merkte kaum, dass man fuhr. Das war gar nicht zu vergleichen mit den vom vielen Regen ausgehöhlten und von Schlaglöchern zerfressenen Straßen in meiner Heimat. Katja erzählte und erzählte. Bald schon hatte ich Mühe, das Gähnen zu unterdrücken. Ich musste mich anstrengen, ihr zuzuhören, und versuchte gleichzeitig, meine Müdigkeit zu verbergen.

„An der nächsten Haltestelle steigen wir aus“, verkündete sie plötzlich.

„In Ordnung!“, parierte ich sofort, obwohl ich kurz vorm Eindösen war.

Ich dachte an den Abschied von meinen Eltern. Sie waren nicht gegen meine Reise gewesen, trotz meines Studiums. Ich belegte den Masterstudiengang der Fakultät für Landwirtschaft mit dem Schwerpunkt Ernährungswissenschaften an der Universität in Abuja, der Hauptstadt Nigerias. Meine Leistungen waren vielversprechend, doch mitten hinein explodierte die Bombe – 2014. Verstört hatte ich überlegt, ob ich mein Studium in einer anderen Stadt weiterführen sollte, oder gar in einem anderen Land. Doch ich war in Abuja geblieben, obwohl das grausame Rätselraten, wo die nächste Explosion Leben und Häuser zerstören würde, begonnen hatte. Nur mein Schmerz hatte etwas an Kraft verloren, weil sich etwas anderes dazugesellte, eine packende Neugier auf die Welt. Ich träumte.

Auf meinem gedanklichen Steckbrief stand: 1. Masterabschluss in Amerika. 2. Unbeschwert aufregende Städte bereisen. Wie fühlte es sich an, in den USA an den Stränden zu flanieren? Gäbe es einen gut bezahlten Nebenjob? Schwere Dollars statt flatterhaft leichte Nairas. Großartig! Ich malte mir aus, wie es wäre, in einem Reisekatalog zu blättern, mich vom verführerischsten Angebot rumkriegen zu lassen und einfach zu buchen. Irgendwann wollte ich mir ein Auto kaufen und damit auf glatten Straßen fahren, die einen zum Einschlafen brachten. Solche wie diese hier.

Das Geld meines Bruders Tayo hatte allerdings nur für ein Visum für Deutschland gereicht.

„Von Europa aus beantragst du ein Visum für Amerika und weiter geht die Reise!“, hatte mir mein Visa-Agent locker erklärt, und ich hatte ihm geglaubt, dass das einfach möglich sei.

„Komm bloß nicht auf die Idee, in Europa zu studieren. Die Sprache und überhaupt alles wird dich um Jahre zurückwerfen“, hatte mich meine Tante Wura gewarnt, als sie mich beim Abschied am Murtala-Mohammed-Airport in Lagos fest an ihren schweren weichen Körper drückte.

Hätte ich geahnt, wie oft ich mich noch an ihre Worte erinnern würde, hätte ich wenigsten ihre liebevolle Umarmung richtig genossen. Doch zunächst war ich fest davon überzeugt, dass ich meinen Plan durchziehen würde. Während des Visa-Verfahrens in der Amerikanischen Botschaft in Deutschland würde ich mir alles anschauen, was ich zu Hause im Fernsehen und im Internet ehrfürchtig bestaunt hatte. Hamburg, Berlin und München! Die aufregendsten Städte ... Sollte noch Zeit bleiben, vielleicht die Ostsee und das Wattenmeer. Sobald mein Visum ausgestellt wäre, würde die Reise weitergehen, in das Land der unbegrenzten Möglichkeiten.

„Deji wird heute spät kommen“, kündigte Katja an, als wir ausstiegen. „Aber nur heute“, betonte sie, „weil sein Arbeitskollege krank ist und er einspringen muss.“

„Wo arbeitet Bruder Deji eigentlich?“, wollte ich wissen.

„In einer Restaurantküche, 45 Minuten mit dem Bus von hier entfernt. Er spült das Geschirr.“

Um Gottes willen! Innerlich schüttelte ich mich. Bruder Deji war Universitätsabsolvent, noch dazu einer der Besten seines Jahrgangs. Und nun landete er als Tellerwäscher in einer Küche?

So etwas werde ich niemals machen!, schwor ich mir.

Katja war sehr offen und warmherzig. Obwohl es ihr schwerfiel, bemühte sie sich sehr, Englisch mit mir zu sprechen. Auf dem Weg zu ihrer Wohnung zog sie meinen Koffer und fragte nach meiner Familie.

Nach einer Weile bogen wir von der Hauptstraße in eine Seitenstraße ab. Die Grundstücke waren von hübschen, sorgfältig geschnittenen grünen Hecken eingefasst. Ich betrachtete die ordentlich angelegten, zum Teil menschenleeren Grünflächen und Sportanlagen zwischen den Häusern. Schon als das Flugzeug zur Landung angesetzt hatte, war mir der international bekannte deutsche Sinn für Ordnung in Form der perfekt zugeschnittenen Felder aufgefallen. Ich fand das alles faszinierend, und eine plötzlich aufsteigende Aufbruchsstimmung drückte nun endgültig meine Müdigkeit beiseite.

Wir gingen auf ein hohes Wohngebäude zu. Vor dem Eingang bliebt Katja stehen und öffnete einen Briefkasten. „Katja Cohn" stand auf dem Namensschild. „Adedeji Ibitade", der volle Name meines Bruders, stand nicht darauf. Es wurmte mich ein wenig, dass Deji mich nicht zu seiner eigenen Wohnung bringen ließ. Doch da ich gerade dabei war, Katjas Frage nach den Namen meiner Geschwister zu beantworten, schob ich es beiseite. Ich zählte meine Schwestern und meinen Bruder Tayo auf, Deji nannte ich nicht. Er war ein Familienfreund, den wir Kinder als Bruder bezeichneten, wie es bei uns üblich war.

„Ich weiß, dass es eine afrikanische Tradition ist, dass Männer zwei oder mehr Frauen heiraten", sagte Katja schnaufend, während sie den Koffer über die Eingangsstufe hievte.

„Eine aussterbende Tradition“, erwiderte ich. „Viele Leute halten inzwischen nichts mehr davon.“

„Ich auch nicht“, sagte sie prompt. „Hat dein Vater zwei Frauen? Oder war er, bevor er mit deiner Mutter zusammengekommen ist, schon mal verheiratet?“

„Nein!“, wehrte ich ihre absurde Frage ab. Ich schaute ihr ungläubig hinterher, wie sie den Koffer die grau melierten Treppen hochwuchtete, und schob von hinten. „Kein Elternteil hat ein außereheliches Kind.“

Als wir an ihrer Wohnungstür angekommen waren, steckte sie den Schlüssel ins Schloss und drehte ihn zweimal herum. „Deine Geschwister haben hübsche Namen. Könntest du …“ Sie unterbrach sich, um die Tür aufzustoßen und mich mit einer Geste hereinzubitten. „Könntest du die Namen bitte noch einmal, einen nach dem anderen, ganz langsam, wiederholen?“

Wir standen beide in ihrem Flur und schnappten nach Luft. Dann zählte ich ihr noch einmal meine Geschwister auf. Katja nickte etwas nachdenklich, doch offensichtlich war sie damit zufrieden. Sie zog ihre Schuhe aus, schnappte sich den Koffer und zog ihn in Richtung Wohnzimmer. Ich streifte meine Schuhe ebenfalls ab, stellte sie in die ordentliche Schuhreihe an der Seite und folgte ihr. Das Wohnzimmer war cremefarben gestrichen und mit hellem Laminat ausgelegt. Vor der Sofaecke lag ein gemütlicher grauer Teppich und gegenüber an der Wand hing ein großer Flachbildschirmfernseher. Ein schmales Bücherregal und große Bilder mit üppigen Blumen schmückten die übrigen Wände. Eine Tür in der breiten Fensterfront führte auf einen Balkon.

„Schöne Wohnung!“ Anerkennend blickte ich mich im Raum um.

„Seit acht Monaten wohnen wir hier. Ich hatte Glück, nur drei Monate auf das Wohnungsangebot warten zu müssen. Der Wohnungsmarkt in Hamburg ist momentan echt verrückt.“ Katja war sichtlich stolz. „Vorher habe ich bei meinen Eltern ein Zimmer gehabt, das bewohnt jetzt mein kleiner Bruder. Hier, in meinen eigenen vier Wänden, fühle ich mich frei!“

„Es ist schön, sein eigenes Reich zu haben. Weniger Arbeit und mehr Freiheit“, gab ich zu und beschloss, sobald alle Formalitäten in Amerika geregelt wären, auch so eine schöne Wohnung anzumieten.

„Toyin, bei den Eltern auszuziehen, bedeutet im Prinzip genau das Gegenteil von dem, was du gerade gesagt hast“, gab Katja zu bedenken. „Hauptsächlich machen meine Mutter, mein Vater und mein älterer Bruder die Hausarbeit.“ Sie erzählte, ihre Mutter hätte sogar, obwohl ihr Bruder und sie schon über achtzehn gewesen wären, meistens ihre Zimmer sauber gemacht. Nach der Berufsschule wäre sie oft mit Freunden ausgegangen, doch seit sie arbeitete und alleine wohnte, ginge sie nicht mehr so viel aus.

Das erstaunte mich, denn ich hielt es für undenkbar, dass sich Kinder in Nigeria nicht an der Arbeit im Haushalt beteiligten. Wir Kinder halfen alle mit, egal ob Junge oder Mädchen, beim Kochen, beim Wäschewaschen, beim Fegen. Wir putzten sogar das Auto. Doch ich wollte das Thema nicht vertiefen und fragte Katja stattdessen, wo sie arbeitete. Sie machte eine Handbewegung nach rechts und erklärte, sie wäre Kassiererin in einem Lebensmittelgeschäft, zwei Straßen weiter.

Eine Weile lang unterhielten wir uns über Musik, und Katja spielte mir ein paar ihrer Lieblingssongs vor. Ihr Laptop war drahtlos mit Musikboxen verbunden, die auf dem Bücherregal standen. Es waren Lieder, die mir gefielen. Im Koffer hatte ich ein paar CDs von nigerianischen Interpreten, die ich ihr später einmal zeigen würde. Jetzt fielen mir jedoch die Augen zu.

„Ich bin jetzt wirklich schon sehr müde", sagte ich schließlich und sank tiefer in die Lehne des Ecksofas, auf dem ich saß.

„Okay, ich zeige dir eben noch, wo alles ist, dann ruhst du dich aus." Katja erhob sich und reichte mir ihre Hand, um mich hochzuziehen.

Sie ließ mich zuerst einen Blick ins Bad werfen, dann öffnete sie die Tür zum Schlafzimmer und zeigte auf einen großen Schrank. „Wir haben ganz links etwas Platz für deine Kleidung gemacht, da du im Wohnzimmer auf dem Sofa schlafen wirst."

„Danke, das ist nett von euch", sagte ich etwas verlegen, denn ich begriff, dass es den beiden einige Umstände bereitete, mich als Gast zu haben.

Katja zog mich weiter. „Hier ist die Küche. Wenn du Hunger hast, bediene dich", bot sie großzügig an. „Oh, entschuldige, ich habe gar nicht gefragt, ob du etwas trinken möchtest? Kaffee?" Sie hantierte am Kaffeeautomaten herum.

„Ich hätte lieber etwas Kühles. Kaffee kenne ich gar nicht."

Sie ging zum Kühlschrank und zeigte mir ein paar Getränke. Ich wählte einen Softdrink.

„Deji hat auch nie Kaffee getrunken, als ich ihn vor zwei Jahren kennengelernt habe. Meine Mutter hat ihn immer damit aufgezogen. Jetzt ist er auch leidenschaftlicher Kaffeetrinker." Sie sah grinsend zu mir herüber.

Während der Kaffeeautomat geräuschvoll, aber elegant Katjas Kaffeebecher füllte, tauschten wir uns über unser Alter aus. Sie wäre zweiundzwanzig, also zwei Jahre jünger als ich.

Sie schob mir einen Teller mit Keksen zu. „Bedien dich!"

Schlagartig spürte ich wieder meinen Hunger. Ich hätte alle Kekse auf einmal essen können. Doch ich beherrschte mich, nahm nur einen Keks und nippte an meinem Softdrink. Auf einem kleinen Bord stand ein Bild von Katja und Deji. Ihre Gesichter waren nah beieinander, der schöne Kontrast ihrer Hautfarben bannte meinen Blick. Ich hatte meinen Bruder vor fünf Jahren das letzte Mal gesehen. Er war immer noch so gut aussehend, wie ich ihn in Erinnerung hatte, nur etwas kräftiger.

„Das Bild wurde an unserem Verlobungstag aufgenommen." Katja zeigte erst auf das Bild, dann hielt sie mir den schmalen, goldenen Ring vor die Augen, der an ihrem Finger steckte. „Deji und ich wollen bald heiraten", sagte sie mit großer Bestimmtheit und sah mir prüfend in die Augen.

Ich wusste nicht, weshalb sie mich so ansah, aber ich erwiderte ihren intensiven Blick und spürte ehrliche Freude in mir aufsteigen. „Oh! Du bist schon mit meinem Bruder verlobt? Toll, dann sind wir ja schon verschwägert!", rief ich begeistert. „Und? Wann kommt das Baby?"

Katja musterte mich nur mit einem fragenden Blick. Ich konnte ihre Reaktion nicht einordnen und wusste nicht, was in ihr vorging. Statt mir zu antworten, steckte sie sich eine Zigarette in den Mundwinkel und hielt mir die halb volle Zigarettenschachtel hin.

„Zigarette?"

Erst zweimal hatte ich in meinem Leben geraucht. Die erste Zigarette hatte mir mein Ex-Freund Sola angeboten, als er an einem seichten Abend in Ibadan nach Wegen suchte, mich ins Bett zu bekommen. Ich hatte sofort einen Hustenanfall bekommen. Beim zweiten Mal war ich mit Sola auf einer Party gewesen. Wir waren fünfzehn und hielten uns für unbesiegbar. Die Leute kamen aus Benin-City, unglaublich angesagte Jungs mit ihren attraktiven Freundinnen. Alle rauchten, als wäre es das Selbstverständlichste auf der Welt.

Der Vertrauensschüler meiner Klasse war auch auf der Party gewesen, und er musste uns wohl gesehen haben, denn er meldete unser Vergehen gleich am nächsten Tag in der Schule. Sola und ich wurden für eine Woche vom Unterricht ausgeschlossen.

Zu Hause erwartete mich ein Riesentheater, meine Eltern ermahnten mich besorgt und schimpften scheußlich. Einen Monat lang bekam ich kein Taschengeld. Seitdem hatte ich nie wieder eine Zigarette angerührt. Doch hier, weit weg von zu Hause, war der Einzige, der mich infrage stellen könnte, Bruder Deji. Doch Deji war jetzt nicht da und ich wollte es noch einmal probieren. Ich zog eine Zigarette aus der Schachtel und Katja gab mir Feuer. Es schmeckte fürchterlich. Um meine Abscheu nicht zu zeigen, nahm ich nur hin und wieder einen zaghaften Zug, ließ aber die Zigarette die meiste Zeit im Aschenbecher vor sich hin glimmen.

Das Telefon klingelte. Katjas Gesicht hellte sich auf. Sie sprang auf und lief in den Flur, um den Hörer abzunehmen. Ihrem Mix aus Deutsch und Englisch konnte ich nichts entnehmen.

„Für dich!“, rief sie und brachte mir das schnurlose Telefon.

„Hey, Toyin, Schwester, alles in Ordnung bei dir?“ Deji war dran. Mein Herz schlug schneller, als ich seine Stimme hörte. Er sprach Yoruba.

Er entschuldigte sich dafür, mich nicht selbst abgeholt zu haben, doch er käme, sobald er seinen Job beendet hätte, nach Hause. Dann ließ er sich noch einmal Katja geben. Während die beiden sprachen, verzog ich mich leise ins Wohnzimmer, um ihr Gespräch nicht zu stören. Erschöpft und von Müdigkeit überwältigt, schlief ich sofort auf dem weichen Sofa ein.

BRUDER DEJI

Es war noch stockdunkel, als ich erwachte. Nur die kleinen Stand-by-Lichter am Fernseher und den dazugehörigen Geräten blinkten. Es dauerte einen Augenblick bis ich wusste, wo ich war. Im Paradies. Im Westen. Europa! Dort, wo alles machbar war. Und ich war da! Im nächsten Moment bemerkte ich, dass ich fröstelte, trotz einer, fürsorglich über mich gelegten, dicken Decke und meiner Kleidung. Der Druck auf meiner Blase trieb mich unter der Decke hervor. Ich sah durch die halbverglaste Wohnzimmertür gedimmtes Licht scheinen. Langsam schlich ich darauf zu und gelangte zur Tür. Als ich sie öffnete, sah ich, dass der Lichtschein aus dem Schlafzimmer auf der gegenüberliegenden Flurseite kam. Die Tür stand einen Spalt breit offen. Ich hörte das intime Gekicher von Deji und Katja. So leise es ging, tappte ich bis zum Bad. Während ich in Zeitlupe die Klinke herunterdrückte, tastete ich nach dem Lichtschalter für das Bad. Oh nein! Der ganze Flur war plötzlich hell erleuchtet. Ich hatte die Schalter verwechselt. Das Gekicher im Schlafzimmer hörte schlagartig auf. Obgleich die Situation komisch war, beschämte sie mich auch ein wenig. Ich verschwand blitzschnell im Bad und schloss die Tür.

Nachdem ich mich erleichtert hatte, wusch ich meine Hände und schaute dabei in den Spiegel. Er war kunstvoll in Holz gerahmt. Ich betrachtete mein Gesicht und strich die Haare zurecht. Dann sah ich mich in dem fensterlosen Raum um. Auf einer Ablage reihte sich neben den Zahnbürsten, dicht an dicht, eine große Auswahl an Kosmetik für Frauen und Männer. Auf einem kleinen Regal waren sorgfältig, exakt Falte auf Falte zusammengelegt, Handtücher gestapelt. Auf dem weiß gefliesten Boden lag ein hellblauer Teppich. Ein Korb für getragene Wäsche stand neben der Dusche. An der Wand war ein Schrank angebracht, dessen Inhalt hinter den undurchsichtigen Schranktüren verborgen blieb. *Wahrscheinlich weitere Kosmetika von Katja*, vermutete ich.

Leise schlich ich wieder hinaus auf den Flur und löschte die Lichter hinter mir. Im Dunkel tastete ich mich zum Sofa zurück. Überall war Stille. Das Gegenteil hatte ich in Europa erwartet. Alles, was ich über Europa gehört und im Internet gesehen hatte, hatte den Anschein gemacht, dass das spaßige Leben vierundzwanzig Stunden pulsierte. Ich deckte mich wieder zu, in der Hoffnung, dass mir bald etwas wärmer würde, und schloss die Augen.

Keine fünf Minuten später waren im Flur Geräusche zu hören und ich schreckte hoch. Ich vernahm Schritte, doch niemand öffnete die Tür zum Badezimmer. Hoffentlich würden sie zu mir kommen! Hellwach lag ich da und wartete. Vorsichtig wurde die Tür zum Wohnzimmer geöffnet.

„Toyin?" Dejis vertraute, tiefe Stimme erklang. „Schläfst du?"

Sofort schlug ich die Decke zurück und setzte mich auf. „Nein, komm ruhig rein, guten Abend, Bruder Deji!"

Er schaltete das Licht ein und streckte mir seine Hand entgegen. „Guten Abend, Schwester!"

Wir hielten unsere Hände eine Weile und betrachteten uns wortlos. In fünf Jahre ließen sich so einige Eindrücke reinstopfen. Deji war noch Teenager gewesen, als er seine Heimat verlassen hatte. Nun stand ein erwachsener Mann vor mir.

Katja lehnte im Türrahmen und sah uns zu. Ihre blonden Haare waren offen. Ich bewunderte, wie schön sie sich an ihren Körper schmiegten. Wie herabfließendes Wasser. Sie ging an uns vorbei und setzte sich. Deji tat es ihr nach.

Deji bombardierte mich endlos mit Fragen. Hungrig auf den Hauch seiner Heimat, den ich mit in dieses Wohnzimmer brachte, schien er alles aufsaugen zu wollen, was ich sagte. Wir sprachen Yoruba. Schließlich wollte er wissen, ob ich bei seinen Eltern gewesen sei, bevor ich abgereist war.

„Ich habe sogar Briefe und Fotos für dich. Auch wenn ihr per Internet Kontakt habt, wollten sie dir ein paar Worte auf Papier mitgeben." Dann erzählte ich ihm, dass seine Schwester Kemi mich zu ihrer Absolventenfeier an ihrer Uni in Akure eingeladen hatte. Dort hätte ich auch seine Ex-Freundin getroffen.

Inzwischen hielten Deji und Katja ihre Hände, die Finger ineinander verwoben. Als ich seine Ex-Freundin erwähnte, fühlte er sich etwas unwohl. In seinen Augen war jedoch kein Bedauern zu erkennen.

„Sie hat mich hoffentlich vergessen", sagte er lässig, doch ich wusste nicht, wie ihm wirklich zumute war.

„Als Freund ja, Deji. Glaub nicht, dass sie von gestern ist und auf dich wartet!"

Er registrierte meine hochgezogene Augenbraue und meinen leicht vorwurfsvollen Blick. „Das tue ich nicht ... Weißt du", lenkte er das Gespräch um, „ich hätte dich fast nicht wiedererkannt, als ich dich vorhin gesehen habe. Als ich nach Hause kam, habe ich gleich einen Blick auf das Sofa geworfen, als du tief und fest schliefst." Er lachte.

„Bruder Deji!" Ich rollte meine Augen und lachte auch.

„Worüber lacht ihr?", fragte Katja neugierig.

Deji stutzte, dann fiel ihm ein, dass Katja unsere Sprache nicht verstand. „Entschuldige, ich habe gerade zu Toyin gesagt, dass ich sie vorhin kaum erkannt hätte."

Katja nickte. „Ja, das stimmt. Er wollte gar nicht glauben, dass ich wirklich die richtige Toyin vom Flughafen abgeholt habe! Ich war verwundert und fragte ihn, ob er seine eigene Schwester nicht mehr wiedererkennen würde!"

„Und dann hat sie noch gesagt, du hättest mich bereits aus der Familie verbannt …" Katja versuchte, seinen Redefluss zu unterbrechen, indem sie seinen Mund mit ihrer flachen Hand bedeckte. Deji schob ihre Hand weg und hielt sie fest. „Sie sagte, du hättest mich bei der Aufzählung deiner Geschwister nicht erwähnt."

Aha! Ich verstand. Mein Lächeln erlosch. Ein leichtes Unwohlsein kroch in mir hoch. Sie hatte die Namen meiner Geschwister also nicht aus Interesse wissen wollen. Sie wollte wissen, ob wir wirklich miteinander verwandt wären oder vielleicht in einem anderen Verhältnis zueinander ständen. Dass ich vielleicht Dejis heimliche Verlobte war. Das war mir vorhin überhaupt nicht in den Sinn gekommen. „Katja, er ist mein Bruder, kein Verwandter", klärte ich sie auf. „Enge Familienfreunde nennen sich bei uns zu Hause immer Bruder oder Schwester."

„Deji hat mir das schon so verständlich gemacht," sagte sie locker und stand auf. Dann küsste sie Deji, sagte etwas auf Deutsch zu ihm und zu mir gewandt: „Hast du eigentlich Hunger? Deji hat Essen von der Arbeit mitgebracht.“ Ich nickte, und sie ging in Richtung Tür.

„Was hat Katja eben zu dir gesagt?“, wollte ich wissen und sah Deji an.

„Ich liebe dich“, antwortete er, diesmal auf Englisch.

Katja stoppte abrupt und drehte uns ihr ausdruckslos blasses Gesicht zu. „Was??“

„Ich habe Toyin gesagt, du hättest ‚Ich liebe dich‘ zu mir gesagt.“

„Deji ist *meine* große Liebe!“, sagte Katja mit großer Bestimmtheit. Sie warf mir einen bohrenden Blick zu, dann verschwand sie in der Küche.

Deji und ich sprangen auf, um ihr zu folgen. Deji stellte zwei Töpfe auf den Herd, dann öffnete er einen Behälter und zeigte mir den Inhalt, bevor er ihn auf die Töpfe verteilte. Jollof, ein afrikanischer, scharf gewürzter Reiseintopf. Ich liebte Jollof. Mein Magen meldete sofort Riesenhunger. Ich konnte es kaum abwarten und war froh, dass das Aufwärmen glücklicherweise nicht allzu lange dauern würde.

Die Küche war eng und sowohl gemütlich als auch praktisch eingerichtet. Ein kleiner, an der Wand stehender Esstisch mit drei Stühlen fand darin Platz. Wenn die Stühle an den Tisch angeschoben waren, konnte man an den Kühlschrank und an das Spülbecken gelangen. Gegenüber der Kopfseite des Tisches stand der Herd und darüber hingen ein paar Hängeschränke für Geschirr.

„Katja isst lieber mit weniger Chili, deshalb bereite ich zwei Portionen zu“, erklärte Deji auf Yoruba, während er rotes Chilipulver in einen der beiden Töpfe einrührte.

In Ibadan hatten wir auch einen elektrischen Herd. Manchmal benutzten wir auch einen kleinen Ofen, der mit Paraffin oder Kerosin befeuert wurde. Wenn wir große Familienfeste feierten, kochten wir draußen an einer offenen Feuerstelle. Es war ungewohnt, Deji jetzt am Herd stehen zu sehen, denn er war älter als ich. In Nigeria ist es üblich, dass die Jüngeren den Älteren servieren, ob Mädchen oder Junge, Frau oder Mann. Es ist eine Sache des Respekts. Ich nahm mir vor, selbst das Essen auf die Teller zu füllen. Der erwärmte Reis verbreitete einen Duft, der mich noch hungriger machte. Während Deji rührte, betrachtete er mich. „Haarverlängerungen?"

„Wenn ich so lange Haare in natura hätte, wäre ich sehr glücklich, Bruder!"

Fünf Minuten später, Katja saß bereits am Tisch, hob Deji die Deckel der Reistöpfe an. Er griff zum Holzlöffel, doch ich kam ihm zuvor und schnappte ihn mir.

„Sag mir, wie ich die Herdplatten ausstelle, dann fülle ich auf", verkündete ich.

Vor dem Herd war es eng und ich versuchte, ein wenig Platz zu machen. Deji drückte sich an mir vorbei und fummelte an den Herdknöpfen herum. Als ich mich zum Tisch wandte, um einen Teller zu nehmen, erhaschte ich für eine Sekunde Katjas missbilligenden Blick. Auch wenn wir nicht blutsverwandt sind, sind wir nur Bruder und Schwester, jagte es mir durch den Kopf. Ihr Misstrauen füllte für einen kurzen Moment den Raum, und das unangenehme Gefühl von vorhin, als sie mir deutlich gemacht hatte, Deji wäre ihre große Liebe, machte sich wieder in mir breit. Der Tisch war nun vollständig gedeckt. Das dampfende Essen wartete auf den Tellern. Eine Karaffe mit Fruchtsaft stand bereit. Ich versuchte, mir nicht anmerken zu lassen, wie sehr ich schmachtete, und aß betont langsam. Trotzdem hatte ich als Erste aufgegessen. Als Katja fertig war, zog sie eine Zigarette aus ihrer Schachtel und streckte sie mir dann entgegen. „Zigarette?“

„Toyin ist doch kein Schornstein“, hakte Deji ein, wobei er die Stirn runzelte und einen tadelnden Blick zu Katja warf.

„Lass die Frau selber entscheiden!“, konterte Katja und sah mich, starr von Deji abgewandt, an.

Es war ein harter Moment der Entscheidung. Weit weg von zu Hause, lag es jetzt an mir. Keine Respektsperson konnte mir Vorhaltungen machen oder mein Taschengeld für die Uni kürzen. Mein Entschluss war frei, einerseits. Andererseits saß Deji da, er kannte die Regeln. Rauchen war bei uns zu Hause nur etwas für jemanden, der vom Weg abgekommen war. Hinzu kam, dass mir noch keine Zigarette wirklich geschmeckt hatte. Es war also Zeit für die Wahrheit, auch wenn es mir schwerfiel.

„Danke Katja, aber ich rauche eigentlich gar nicht. Vorhin wollte ich nur probieren.“

„Als ich nach Deutschland kam, habe ich es auch ausprobiert,“ gestand Deji, und ich merkte ihm an, dass er erleichtert war.

Nachdem Katja aufgeraucht hatte, stand ich von meinem Stuhl auf, quetschte mich hinter Deji und wusch das Geschirr. Katja trocknete ab und Deji wischte den Tisch. Leise Musik tröpfelte aus dem Radio, das auf der Fensterbank stand. Allmählich entstand eine fröhlich-beschwingte Atmosphäre. Katja und Deji redeten in einem Mix aus Deutsch und Englisch und lachten viel miteinander. Soweit ich verstand, worum es ging, mischte ich kräftig mit. Deji fragte mich über die aktuellen Verhältnisse in

Nigeria aus. Ich antwortete ausführlich, obwohl es sich komisch anfühlte, von unserem völlig normalen Alltag zu erzählen, als wäre er etwas Besonderes. Als die Küche wieder glänzte, löschten wir das Licht und beschlossen, wieder ins Bett zu gehen.

„Hier, deine Füße werden sonst kalt“, sagte Katja im Flur und reichte mir ein Paar Hausschuhe. Wenn es ihre waren, hatten wir dieselbe Schuhgröße. Ich bedankte mich und schlüpfte hinein. Es fühlte sich behaglich an. Katja schien zufrieden und zog sich mit Deji in ihr Schlafzimmer zurück. „Gute Nacht, Toyin.“

„Gute Nacht!“

Im Wohnzimmer machte ich kein Licht, sondern öffnete die Balkontür und trat hinaus ins Freie. Eine leichte, kühle Brise strich mir über das Gesicht. Ich verschränkte die Arme vor der Brust und betrachtete die wenigen, weißgelb erleuchteten Fenster der Wohnungen im Haus gegenüber. Es war spät geworden. Meinen Kopf in den Nacken gelegt, schaute ich in den klaren, schwarzen Himmel, an dem die Sterne silbern funkelten. Dann stützte ich meine Ellbogen auf die Balkonbrüstung und blickte nach unten. Eine saubere Straße war unter dem Schein der Straßenlaternen zu sehen. Ein paar Fahrradfahrer fuhren lautlos vorüber. Vereinzelte Autos mit grellen Scheinwerfern durchbrachen die dunkle Stille und verschwanden wieder. Die Blätter an den Bäumen raschelten im Wind.

„Ich bin in Europa. Fantastisch! Ob Amerika auch so sein wird?“, sagte ich laut in die Nacht. Ich blickte hastig um mich, um zu prüfen, ob mich jemand bei meinem plötzlichen Selbstgespräch ertappt hätte. Ich war allein. Leise schloss ich die Balkontür. Kurz vorm Einklinken quietschte sie auf und durchschnitt die Stille für einen kurzen Moment.

AMERIKA, ICH KOMME!

Eine Weile betrachtete ich das saubere, klare Wasser, das durch meine Hände rann. Fließendes warmes Wasser war ein Segen. Beleuchtung in einem Raum ohne Fenster, wie in diesem Bad, war ebenfalls ein Segen. Täglich fließendes Wasser und fließenden Strom zu haben, war vielleicht für hiesige Verhältnisse simpel, aber neu für mich. Stromausfall hingegen war bisher ein bekannter Begleiter. Mit einem Eimer Wasser pro Dusche kommt man gut aus. Doch hier ließ ich das warme Nass aus dem unerschöpflichen Quell behaglich und ausgiebig auf meine Haut perlen.

Es war bereits Mittag, als ich aufwachte. Katja und Deji waren schon lange auf der Arbeit. Eingewickelt in mein großes Handtuch, zog ich meine Kosmetiktasche aus dem Koffer und ging zurück ins Bad, um mir den ganzen Körper einzucremen. Mich im Spiegel betrachtend, zog ich frische Kleidung an. Unterwäsche, Blue Jeans und ein rotes, eng anliegendes, langärmeliges Top.

Dann lockte es mich raus auf den Balkon, um die frische, kühle Luft einzuatmen. Während ich das geschäftige Treiben auf der Straße bei Tageslicht betrachtete, fielen mir ein paar Sonnenstrahlen ins Gesicht. „Europa, hier bin ich! Amerika, ich komme!“, rief ich übermütig und atmete tief ein und aus. Bei dem Gedanken an Amerika klopfte mein Herz voller Vorfreude und mein Puls pochte. Es schien, als würde mein Leben ab jetzt von einem Höhepunkt zum nächsten jagen.

Nach einiger Zeit meldete mein aus dem Rhythmus geratener Magen Hunger. Im Wohnzimmer wählte ich eine entspannende

Musik im Radio aus. Gerade, als ich fingerschnippend und mitsummend in Richtung Küche tänzelte, ging die Wohnungstür auf und Deji trat mit zwei Tüten in der Hand ein.

„Guten Morgen, Bruder Deji!“, rief ich verblüfft.

„Ekaasan!“, grüßte er auf Yoruba. Das erinnerte mich daran, dass es bereits mitten am Tag war. „Ich war beim Schlachter und habe Rindfleisch mitgebracht.“ Während er seine Schuhe auszog, brachte ich die Tüten in die Küche und legte sie auf den Tisch, um den blutigen Inhalt zu inspizieren. Deji folgte mir. „Lass uns gleich mit dem Kochen anfangen. Ich schätze, du bist schon wieder hungrig.“

Mit einem scharfen Messer begann ich, das Fleisch in kleinere Stücke zu schneiden. Eine Hälfte davon landete im Gefrierfach, die andere legte ich in einen großen Topf.

„Du sagtest gestern, du hast Briefe für mich im Gepäck?“

Ich wusch meine Hände, ging zu meinem Koffer und holte die Briefumschläge, auf denen fein säuberlich Dejis Name geschrieben stand. Während ich mich hoch konzentriert um das Fleisch kümmerte, vertiefte sich mein Bruder in seine Briefe.

Als würde er von weit, weit her auftauchen, seufzte er endlich. Es war ein langsames und tiefes Seufzen. „Ich wünschte, alle könnten hierherkommen und es mit eigenen Augen sehen. Europa ist nicht einfach. Das Geld wächst hier nicht an den Bäumen. Die Briefe enden fast alle mit ‚Bitte kaufe mir dies, bitte kaufe mir das …‘“

„In Naija ist es eben hart, das weißt du selbst“, erwiderte ich knapp. Ich sah nur kurz zu ihm auf, dann wandte ich mich den Zwiebeln zu, die mir bald Tränen in die Augen trieben.

Deji verzog das Gesicht, schwieg und seufzte wieder. „Im Restaurant wird eine Reinigungskraft gesucht. Erst habe ich an eine Freundin gedacht. Sie hat zwar schon zwei Jobs, aber dieser hier wird besser bezahlt.“ Er stand auf und stellte sich neben mich. „Als du vor einer Woche aus Naija angerufen hast, habe ich gedacht, ich frage dich zuerst.“

Ich dankte meinem Bruder und erzählte ihm von meinen Plänen. Ich würde bald weiterreisen nach Amerika, um dort an einer englischsprachigen Uni mein Studium fortzusetzen. „Mein Agent hat gesagt, dass ich das Visum für die Staaten hier in Deutschland beantragen kann.“

Erstaunt sah Deji mich an und legte mir eine Hand auf die Schulter. „Ich fürchte, da muss ich dich enttäuschen. Du wirst in Deutschland kein Visum für die Staaten erhalten. Das hättest du in Nigeria beantragen müssen.“

Jetzt sah ich ihn erstaunt an. „Mein Agent hat mir gesagt, wenn ich jemanden in Europa kenne und bei demjenigen angemeldet sei, könne ich das Visum beantragen.“ Ich wurde etwas ungeduldig. Beunruhigende Gedanken stiegen in mir auf. Deji musste das doch selber wissen.

Deji schüttelte den Kopf. „Du wärst die Erste, die ich kenne, die auf diesem Weg nach Amerika kommt! Aber lassen wir das. Morgen, nach der Arbeit, können wir von mir aus zur Amerikanischen Botschaft gehen. Dann sehen wir, was passiert.“

Ich nickte ihm zu. Seine Aussage verunsicherte mich zwar, aber der Vorschlag erschien mir genau richtig. Wenn ich wissen wollte, wie ich in den Besitz eines Visums kommen könnte, war die Amerikanische Botschaft ein wichtiger Schritt auf dem

Weg zu meinem Ziel. Einigermaßen beruhigt widmete ich mich wieder dem Kochen. Deji legte frisches Gemüse bereit und ich suchte in den Schränken nach afrikanischen Gewürzen.

Wenig später köchelte es verführerisch im Topf und wir saßen am Tisch, um zu schwatzen. Damals verstand ich noch nicht, dass Deji es einfach für reine Zeitverschwendung hielt, mich überzeugen zu wollen. Er wusste, die Grenzen waren dicht für uns, unabhängig davon, ob jemand dem Elend entfliehen oder seine Träume verwirklichen wollte. Die Mauern standen fest, die sichtbaren und die unsichtbaren.

Mein älterer Bruder Tayo arbeitete bei der nigerianischen Luftwaffe. Er hatte meine Reise finanziert und mir geraten, allen Empfehlungen meines Agenten zu folgen. Doch hier in Deutschland musste ich Dejis Ratschläge ernst nehmen. Das war die Absprache zwischen Tayo, meinen Eltern und mir. Da Deji in Deutschland lebte und sich auskannte, hatten sie mir nahegelegt, ihm absolut zu vertrauen.

Bevor Deji Nigeria verlassen hatte, war er ein sehr gern gesehener Freund meines Elternhauses und mit Tayo eng befreundet gewesen. Die zwei waren praktisch unzertrennlich, und wir jüngeren Geschwister respektierten Deji wie unseren eigenen Bruder. Wir mochten ihn, weil er lustig und fair war. Schließlich durften ältere Geschwister jede Menge Aufgaben an die jüngeren weitergeben, und Deji verteilte sie gerecht. Er war immer besorgt um uns und half uns, wenn es nottat.

Deji hatte sich in dieser Hinsicht nicht verändert, bemerkte ich jetzt. Nur, dass er älter und erfahrener zu sein schien. Ich empfand Bewunderung für sein erfolgreiches Leben in Europa.

Er hatte eine schöne, saubere Wohnung und einen Job. Auch wenn ich seine Arbeit selbst nicht besonders schätzte, verdiente er immerhin Geld. Es gefiel mir, wie er mit seiner Freundin lebte und wie familiär er mich bei sich aufnahm. Es fiel mir also nicht schwer, an unsere tief verwurzelte Freundschaft anzuknüpfen.

~ ~ ~

„Komm, wir gehen raus. Oder möchtest du den Rest des Tages lieber drinnen verbringen?“ Deji erschien im Wohnzimmer, wo ich mich nach dem Essen etwas hingelegt hatte.

„Auf gar keinen Fall!“, rief ich ihm zu, erfreut darüber, dass etwas Spannendes passierte.

Schnell trug ich im Bad mein Parfum auf.

Wir gingen circa zwanzig Minuten zu Fuß. Wo genau es hingehen sollte, verriet mir Deji noch nicht. Vor einem großen Supermarkt blieben wir stehen. Auf dem Parkplatz packten überall Leute große Ladungen Einkäufe in die Autos.

„Können wir da reingehen?“, fragte ich etwas schüchtern. Es war nicht so, dass ich etwas brauchte, aber ich war so neugierig, zu sehen, was der Laden alles zu bieten hatte, wie die Leute einkauften. Ich wollte wissen, wie es darin roch.

„Wir kaufen aber nichts“, sagte Deji streng. „Katja arbeitet hier. Wir holen sie nur ab.“

Ich blickte durch die riesige Glasfront. Katja saß an einer Kasse und bediente gerade einen Kunden. Ein junger, blonder, gut aussehender Mann mit der Ausstrahlung eines Gewinners kam von hinten auf sie zu und sprach sie an. Offenkundig ein Kollege in Arbeitskleidung. Sie unterhielten sich kurz, dann blickten sie gleichzeitig in meine Richtung. Der Mann lächelte mich an. Ich lächelte fasziniert zurück. Katja stand auf und er setzte sich nun an die Kasse, um weiter zu bedienen.

Plötzlich stand Katja neben uns, sie musste durch einen von hier aus nicht einsehbaren Personalausgang gekommen sein. „Hi, Toyin!“ Sie gab mir ihre Hand.

Deji und Katja umarmten sich.

„Ich soll dir Grüße von Dirk, meinem Kollegen, ausrichten!“, sagte sie und lächelte mich geheimnisvoll an.

„Ist das der blonde Typ?“, mischte Deji sich ein und wich einen Schritt von Katja zurück.

Katja nickte und zog dabei ihre Augenbrauen hoch.

„Danke, grüße ihn von mir zurück.“ Ich war bemüht, es eher beiläufig zu sagen, als ob es mich nicht im Geringsten interessieren würde, wer Dirk war. Aber es interessierte mich!

„Dirk fragt, ob du mich morgen wieder von der Arbeit abholst.“

Deji hob die Hand. „Ich kann dir gleich sagen, dass Toyins Reise ein bestimmtes Ziel hat. Sie kommt nicht hierher, um irgendwas mit Männern anzufangen.“

„Schatz, ich rede nicht mit dir. Ich rede mit Toyin!“, wies Katja ihn knapp zurück. „Kommt, lasst uns gehen.“

Deji hielt Katjas Hand, doch es war spürbar, dass sich die beiden nicht einig waren. „Katja, ich wiederhole es noch mal, Toyin ist nicht nach Deutschland gekommen für irgendwelche Techtelmechtel. Sie hat ein Programm! Das kannst du diesem Dirk sagen!“ Er ließ ihre Hand los und beschleunigte seine Schritte.

„Deji“, rief Katja ihm nach. „Gewöhn dir an, einfach deinen Mund zu halten, wenn du nicht gefragt wirst. Ich habe mit Toyin gesprochen, nicht mit dir!“ Ihre gepressten Worte schleuderten von hinten gegen Dejis Rücken und prallten dort ab.

„Darüber brauchen wir gar nicht weiter zu diskutieren“, gab er kühl zurück.

„Mit dir gibt es darüber sowieso nichts zu diskutieren, weil ich gar nicht mit dir gesprochen habe!“, blaffte sie.

Ich ging unauffällig hinter den Streitenden her und starrte auf die andere Straßenseite. Graue Bürgersteigplatten, dazwischen vereinzelt grüne Grashalme. Es war unangenehm, selbst das Streitthema zu sein. Heimlich musste ich mir jedoch eingestehen, dass der kurze Tausch der Blicke zwischen Dirk und mir besonders gewesen war. Und die Vorstellung, ihn morgen wiederzusehen, schien mir verlockend. Diese honigsüß schmeckende Wahrheit würde ich nun weder Katja noch Deji auftischen. Ich war neu und fremd. Ich war ihr Gast. Ich wollte und durfte mich nicht in ihren Disput einmischen, also schwieg ich lieber.

„Toyin!“ rief Katja mir zu. „Wir nehmen den Bus an der nächsten Haltestelle und fahren zu meinen Eltern.“

Katjas Familie

Katjas Eltern wohnten am Stadtrand, in einer Gegend, in der Einfamilienhäuser auf großräumigen Grundstücken standen. Schon, als wir im Bus saßen, fiel mir das veränderte Straßenbild auf. Die lodernd gelben Büsche zwischen all dem Frühlingsgrün und die kleinen bunten Blumen, die Katja Krokusse, Narzissen und Stiefmütterchen nannte. Die Sonne schien, und während man im Bus fuhr, hätte man meinen können, dass es draußen sehr heiß sein müsste. Doch beim Aussteigen spürte ich die noch kühle, schneidende Luft, die mir ein paar Tränen in die Augen trieb. Ich zog den Reißverschluss meiner dicken Jacke noch etwas höher.

Vor einem roten Backsteinhaus mit einem kleinen, bunt blühenden Vorgarten bedeutete Katja mir, dass wir bei ihrer Familie angekommen wären. Obwohl ich wissen wollte, was für Menschen Katjas Eltern waren, und es kaum abwarten konnte, sie kennenzulernen, war ich nervös. Je näher wir auf den Eingang zugingen desto schneller schlug mein Herz. Wir stiegen die Treppe zur Haustür hoch, doch bevor wir klingeln konnten, flog die Tür schon auf und ein kleiner Junge schaute neugierig heraus.

Katja hatte einen älteren und einen jüngeren Bruder. Der Ältere wohnte nicht mehr zu Hause. Ole, der Jüngere, war ungefähr neun Jahre alt und ließ mich keinen Moment aus den Augen. Katjas Eltern, die sich als Marianne und Thomas vorstellten, erschienen, und ich wurde warmherzig von ihnen begrüßt. Sie baten uns freundlich, hereinzukommen. Kaum, dass ich im Wohnzimmer auf dem Sofa Platz nahm, stellten sie mir unzählige Fragen und lauschten interessiert meinen Antworten. Sie wollten wissen, welcher Arbeit meine Eltern nachgingen, wie viele Geschwister ich hatte, wo und wie wir lebten und was ich studierte.

Der Streit zwischen Katja und Deji hatte sich indessen verzogen. Als wäre nichts gewesen, saß sie auf seinem Schoß und rauchte eine Zigarette. Was ich erzählte, wurde dem kleinen Ole auf Deutsch übersetzt. Als ich, nicht gerade ohne Stolz, erzählte, dass mein älterer Bruder bei der nigerianischen Air Force arbeite, fing er an zu lachen.

„Er ist ein amerikanischer GI, kein Afrikaner! Afrikaner können gar keine Flugzeuge fliegen!“ Er krümmte sich vor Lachen.

Ole ignorierend, unterhielten wir Erwachsenen uns weiter auf Englisch.

„Katja, komm, ich habe ein neues Computerspiel. Du sollst es dir mal ansehen.“ Ole zog Katja am Arm und wollte sie mit sich ziehen.

„Ole! Lass meinen Ärmel los, du leierst ihn aus!“, wetterte Katja. „Außerdem kenne ich alle deine Spiele schon.“

„Das ist aber neu!“, beharrte der Junge.

„Ich habe es ihm gerade heute erst gekauft“, warf Katjas Mutter ein.

„Okay“, gab Katja nach, „dann schaue ich es mir natürlich an. Kommst du mit, Toyin?“

Auf Strümpfen stiegen wir hintereinander die steile, schmale Treppe aus dunklem Holz hoch und gaben dabei acht, nicht auszurutschen. Oles Zimmer war nicht gerade klein. Ein großes Bett mit Kissen und Kuscheltieren stand darin, ein Fernseher, ein Schreibtisch mit Laptop, Musikboxen und Playstation. Der Boden war mit Auslegware bedeckt. *So ein kleiner Mann und so ein großes, luxuriös ausgestattetes Zimmer!*, dachte ich staunend. Ole startete das Spiel. Auf dem Bildschirm erschien die Animation eines afrikanischen Mannes, der einen Hasen jagte. Der Hase rannte um sein Leben und landete aus Versehen in einem Löwenkäfig. Es war lustig. Plötzlich musste der Mann mit dem Hasen zusammen um sein Leben rennen. Es wurde verzwickter und komplizierter. Ganz durchblickte ich es noch nicht, aber es war amüsant.

„Deji!“, kicherte Ole und zeigte auf die Figur, die um ihr Leben rannte. Ich lachte, doch Katja schimpfte mit ihm in einem sehr scharfen Ton auf Deutsch. Verstohlen sah er zu mir herüber. Er schien etwas verschämt und geknickt zu sein. Die Disc wurde aus dem Gerät herausgeholt und in die Verpackung zurückgelegt. Ole gab Katja das Spiel, um es ihr auszuleihen, und sie gab ihm einen Kuss auf die Stirn. Wir gingen, die Hände am Treppengeländer entlanggleitend, die rutschige Treppe hinunter und setzten uns wieder zu den anderen ins Wohnzimmer. Ole folgte uns.

„Ich möchte heute auch bei euch schlafen“, sagte Ole plötzlich.

„Das geht nicht, Ole. Ich kann dich morgen früh nicht hierher in die Schule bringen. Das dauert zu lange“, wehrte Katja seine Bitte ab.

„Dann soll Deji mich zur Schule bringen“, bettelte Ole.

„Ich muss morgen sehr früh zur Arbeit gehen“, sagte Deji, offensichtlich mit echtem Bedauern.

Ole gab auf.

Auf dem Rückweg im Bus fragte ich Deji, weshalb die Erwachsenen alle mit ihren Vornamen angesprochen wurden und die älteren Geschwister nicht, wie bei uns, mit Bruder oder Schwester. Das sei hier so, in Deutschland. Deji fand offensichtlich nichts dabei. Es gab Dinge, die für mich machbar waren, aber Eltern mit Vornamen anzusprechen, gehörte ganz bestimmt nicht dazu. Ob die eigenen oder die anderer Leute. So gerne ich auch hier war, das würde ich mir nie im Leben angewöhnen. Und ich, das sagte ich Deji deutlich, würde auch Ole beibringen, dass man Bruder oder Schwester vor die Vornamen der älteren Geschwister zu setzen hatte. Es wollte mir nicht in den Kopf. Während alle an diesem Abend zufrieden und freundlich geblieben waren, hatte sich aus meiner Sicht eine Unverschämtheit an die nächste gereiht wegen dieser „Unhöflichkeit“.

„Darüber zerbrichst du dir besser nicht den Kopf“, gab Deji mit strengem Tonfall zu bedenken. „Das ist die Kultur. Also gewöhn dich dran! Mir ist es zuerst auch schwergefallen.“

Ich merkte, dass es ihm ernst war, also schwieg ich.

Kaltes Büffet

Am nächsten Morgen erwachte ich mit einem Hochgefühl. Ich trat als Erstes auf den Balkon, um die Luft der Freiheit zu atmen. Der Himmel dehnte sich. So konnte das Leben weitergehen! Dann ging ich ins Bad, um mir ein schönes Schaumbad einzulassen. Während das Wasser in die Wanne lief, genoss ich die Ruhe und träumte von Amerika. Dort würde ich mir eine eigene Wohnung suchen, zu Ende studieren, Geld verdienen und ein amerikanisches Leben leben, beschloss ich. Wenn es stimmte, war Amerika noch freier, großzügiger und aufregender als Europa. Alles in mir kribbelte. Eine angenehme Nervosität machte sich in mir breit bei dem Gedanken, schon bald dort zu sein.

Tayo hatte mir Travellerschecks besorgt, um den Flug von Deutschland nach Amerika bezahlen zu können, sobald alles geregelt wäre. Nachdem ich gebadet und eingecremt war, zog ich meine Lieblingssachen an und trug ein dezentes Make-up auf. Ich rief Tayo in Kaduna an. Dort war er zurzeit stationiert. Er erzählte, Deji hätte ihn heute ebenfalls angerufen. Er wisse also schon, dass wir heute zur Botschaft gehen würden. Wir plauderten eine Weile, dann wünschte er mir Glück, nicht ohne mir zu raten, fern von zu Hause gut auf mich aufzupassen.

Als wir aufgelegt hatten, fühlte ich mich leicht verändert. Trotz meiner Euphorie wurde mir meine neue Unabhängigkeit mit einem Mal zu einer Last. Die Art, wie mein Bruder eben mit mir gesprochen hatte, nämlich auf Augenhöhe, war neu. Meine Entscheidungen musste ich nun ausnahmslos alleine treffen. Die Verantwortung dafür trug nur ich. Ob ich wollte oder nicht. Es war keine rettende Familie mehr in der Nähe, die mir helfen könnte, falls etwas schiefging. Wenn ich einen Fehltritt beging, würde niemand es für mich ausbügeln. Zur Hälfte schmeckte die neue Freiheit kostbar, aber zur Hälfte auch nach Einsamkeit. Doch ich war entschlossen, mich daran zu gewöhnen.

Startklar für meine Mission, legte ich mich auf das Sofa und schaltete den Fernseher ein, um mir die Zeit beim Warten auf Deji zu vertreiben. Einige Zeit später rief er an und teilte mir die ungefähre Uhrzeit mit, zu der er mich abholen würde. Als er schließlich kam, drückte er mir als Erstes eine Snack-Box in die Hand.

„Hier, nimm! Reis und Hühnchen mit Gemüse, vom Inder. Ich zieh mich nur noch um, dann geht's los." Er verschwand im Schlafzimmer.

Auf Socken glitt ich in die Küche, zog eine Gabel aus der Schublade und setzte mich an den Tisch, um zu essen. Der Basmati-Reis duftete verführerisch, als ich die Folie von der Box abzog. Ich hörte Deji Schranktüren auf- und zuklappen und Kleidung rascheln. Als er zehn Minuten später in der Küchentür stand, nickte ich ihm anerkennend zu. Er trug eine Jeans und dazu ein graues Hemd. Wahrscheinlich ein teures Hemd, vermutete ich.

„Bruder, so können wir gehen!" Ich hob meinen Daumen.

Ein Grinsen huschte über sein Gesicht, dann wurde er wieder ernst. „Mit unserer Hautfarbe und Nationalität sind wir in solchen Institutionen bereits disqualifiziert, bevor wir die Räume betreten haben, Toyin."

„Deji!", rief ich pikiert, um ihm zu bedeuten, diese abgehobene Art, zu reden, zu unterlassen.

„Schon gut, lass uns gehen."

Bisher hatte ich immer einen großen Bogen um weltpolitische Themen gemacht. In Nigeria war mein Alltag so lebhaft und bunt gewesen, dass mich Kriege, Terrorismus und Millionen Menschen auf der Flucht nicht interessiert hatten. Wahrscheinlich auch überfordert hätten. Die kleinen Sorgen hier und da reichten völlig aus. „Wahala“ sagte man auf Yoruba. Doch jetzt kam ich um diese Realität wohl nicht mehr herum. So unpolitisch, so jung und so unbesiegbar ich mich auch fühlte.

Das leidige Thema „Öl“ beschäftigte jeden. Nigerias wertvollster Bodenschatz schmierte buchstäblich Volkswirtschaften überall auf der Welt und sorgte für jede Menge Ärger in den Gelenken der Gesellschaft. Die Preise stiegen so an, dass sich viele Menschen in ihrem eigenen Land kein Benzin mehr leisten konnten. Das roch nach Unmut. Als entfliehe das Öl dem Wahala, suchte es zudem das Weite und wurde in andere Länder exportiert. Die Nigerianer blieben in ihren ölverschmierten, plattgefahrenen Dörfern zurück, um die herum sich regenbogenfarben glänzende Felder erstreckten. Ölverschmutzung überall! Die Leute begannen zu streiken, und das bedeutete für den Giganten Nigeria, dass das gesamte Alltagsleben erlahmte. Nur der ständige Stromausfall und wütende „NEPA!“-Rufe konnten damit konkurrieren. Die National Electric Power Authority, also NEPA, ist der Stromversorger Nigerias.

Die aufgeheizten Diskussionen meiner Eltern hatte ich immer, so gut ich konnte, gemieden. Doch Politikverdruss hin oder her, ab jetzt konnte ich nicht mehr wegschauen. Möglicherweise hatte ich bisher aktiven Selbstschutz betrieben und mich nie mit den Schrecken der Menschheit befasst. Mein Studienfach „Ernährungswissenschaft“ betrachtete das Gegenteil von all dem, was kranke Geister umtrieb. Ich liebte das Leben und die Verbesserung von Lebensumständen. Nahrung war für mich ein Synonym für Leben, und Ernährungswissenschaft verbesserte unser Leben und unsere Gesundheit. Das war meine bisherige Sicht der Dinge.

Aufgewühlt, wie ich war, nahm ich auf der Fahrt das, was Deji sagte, kaum wahr. Auch das Warten im Botschaftsgebäude ging innerlich an mir vorbei. Dann wurde ich aufgerufen. Die Beamtin wimmelte uns ohne Vorwarnung gleich an der Tür ab. Ich war schockiert.

Sie war zwar freundlich und höflich, doch sie gab mir keine einzige Chance, mich überhaupt vorzustellen, geschweige denn, mich zu meinem Anliegen selbst zu äußern.

Ich hatte mehr gewollt. Viel mehr.

Vielleicht war der Himmel an diesem Morgen überdehnt gewesen und zog sich jetzt mühsam, von mir abgewandt, wieder zusammen. Ich war fassungslos. Mein Magen übte den Aufstand und war nicht zu beruhigen, während mein Gehirn unablässig und in rasender Geschwindigkeit neue Ideen entwarf, wie ich an mein Ziel kommen könnte. Doch es nützte nichts, ich musste sie alle wieder verwerfen. Mein Kopf schmerzte, und der Rest meines Körpers war wie betäubt. War das wirklich das Ende meines Traums? Würde ich niemals nach Amerika reisen können? Ich verstand den Grund einfach nicht. Ich hatte doch genügend Geld dabei. Ich hatte sogar Familie in den USA. Mein Cousin Samuel lebte dort. Außerdem konnte ich ein Schengen-Visum, also ein Visum für die Bundesrepublik Deutschland, vorweisen. Mein persönlicher Hintergrund konnte doch auch kein Hindernis sein.

Schließlich hatte ich einen Bachelor-Abschluss. Es hatte also eine junge, gesunde, afrikanische Akademikerin ohne jegliche Vorstrafen einen Antrag auf ein USA-Visum gestellt. Was wollten sie denn noch?!

Ich hielt kurz inne, um mich zu sammeln.

Unerwartet wurde Deji von einer Afroamerikanerin angesprochen. „Ich habe euch beim Reinkommen schon gesehen. Hallo, ich bin Louise. Deine Freundin?“ Ihr Blick zeigte auf mich. Sie war groß und sehr schlank. Aus ihrem satten Gesicht schien die Sonne zu strahlen. Auf ihrem Kopf thronte ein riesiger Dutt.

Noch etwas benommen, ging ich zögerlich und mit hängenden Schultern auf die beiden zu. Deji reichte Louise kurz die Hand, dann legte er seine Hand um meine Hüfte und zog mich an sich.

„Deji“, stellte er sich vor. „Das ist Toyin, meine Schwester. Sie ist gerade sauer auf euch!“

Louise zog erschrocken die Augenbrauen hoch. „Wieso?“

„Sie bekommt kein Visum für Amerika. Sie müsste wieder nach Nigeria fliegen und es von dort aus versuchen, wurde uns gesagt. Doch dort ist es schon unmöglich, überhaupt in die Nähe deiner Botschaft zu gelangen. Das Botschaftsviertel in Nigeria ist von der Außenwelt komplett abgeriegelt.“

Deji hatte sich ereifert. Wenn seine zynischen Worte auch wenig an meinem geplatzten Traum veränderten, besänftigten sie doch meinen Schmerz ein wenig.

„Das tut mir leid.“ Louise blickte mich bedauernd an. Sie verpasste jedem deutschen Wort eine Prise amerikanischen Akzent. „Dann genieße Europa, Honey! In Amerika haben wir sowieso das eine oder andere Problem. Du weißt schon, was ich meine!“

Als wäre es ein guter Witz, lachte sie. „Probiere es einfach noch mal, wenn du wieder zu Hause bist!"

Louise war eine junge Dozentin, Ende zwanzig, und lebte seit ein paar Jahren in Deutschland. Sie war offenbar sehr interessiert an uns und quetschte Deji und mich aus. Bald wusste sie, dass wir aus Ibadan, im Westen des Landes, kamen und dass unsere Familien sehr gut befreundet waren. Wir tauschten unsere Telefonnummern aus, und dann klingelte ihr Handy. Abrupt verabschiedete sie sich mit einem knappen Handzeichen.

Arm in Arm verließen Deji und ich das Botschaftsgebäude. Die für ihre Schönheit berühmte und geschäftige Hamburger Einkaufsmeile lag vor uns, doch Deji zog mich in eine andere Richtung. Er wollte mit mir an die Alster gehen, das wäre ein Nebenfluss der Elbe, der durch diesen Stadtteil führte. Die Straße, so schön alles war, hatte jetzt sowieso etwas von ihrem Glanz eingebüßt. Ich hatte gar keinen Sinn dafür. Der Fluss würde mich vielleicht beruhigen.

Wir standen am Ufer und schauten auf das Wasser. Unsere Brustkörbe hoben und senkten sich gleichzeitig, und unser Atem formte feine Dampfwölkchen, als bei mir der Groschen fiel.

„Anstatt in den USA, werde ich versuchen, in Kanada zu studieren", präsentierte ich Deji meinen neuen Plan.

Der Gedanke fühlte sich nach dieser Niederlage wunderbar an. Deji schwieg und zeigte mit der Hand auf das Geschehen vor uns. Einige Boote schipperten auf dem Fluss. Für eine Weile fesselte das Treiben auf dem Wasser unsere Aufmerksamkeit.

Endlich räusperte sich Deji. „Toyin, das ist Unfug. USA, Kanada, Japan, Deutschland, England, Australien. Die gehören alle demselben Klub mit denselben Klubregeln an. Verstehst du?" Er sah mich musternd an. „Ich dachte, das ist dir klar! Du hörst doch, was in der Welt los ist."

Wurde meine aufkommende Hoffnung etwa gerade wieder begraben? Oder log Deji mich an? War er eifersüchtig auf meine Chance, weiterstudieren zu können, und wollte mein Vorwärtskommen verhindern? Andererseits, was hätte Deji davon, mir Unsinn zu erzählen? Würde er mich schlecht beraten oder mir Märchen erzählen, würde er die Freundschaft zu meiner Familie und zu meinem Bruder aufs Spiel setzen. Ich war verwirrt, verwarf aber den Verdacht, er wolle mich belügen.

„Je länger du hier bist, desto mehr wirst du verstehen, Toyin. Als Nigerianerin kannst du froh sein, wenn du am Grenzübergang nicht belästigt wirst."

Das menschliche Gehirn vergisst gerne, aber was er da sagte, erinnerte mich an meine Ankunft am Pariser Flughafen „Charles de Gaulle". Bei der Passkontrolle waren etliche andere Afrikaner und Nichteuropäer, obwohl sie korrekte Visa im Pass hatten, nicht ins Land gelassen worden. Als ich an der Reihe war, musste ich unzählige Fragen beantworten. Dejis beziehungsweise Katjas Adresse, die ich als Gastgeberadresse angegeben hatte, wurde beinahe kriminologisch überprüft. Mein Pass wurde einem Beamten zum Abgleich meines Visums mit der zentralen Datenbank überreicht, der damit verschwand. Das erschien mir seltsam, weil andere Reisende vor mir, die Europäer waren, nach einem kurzen Check weitergehen durften. Aber es war nicht so demütigend wie das, was danach kam. Ein Grenzbeamter bedeutete einem Kollegen, mich zur Seite zu nehmen, damit er die Pässe der Passagiere hinter mir kontrollieren konnte. Der Kollege führte mich über einen langen Flur in eine Art Hinterzimmer. Kein Tourist hätte sich hierhin verirren können. Ich musste mich ausziehen, sogar Unterhose und BH. Dann wurde ich geröntgt.

Der Verdacht, irgendetwas Illegales in (!) meinem Körper zu finden, hatte sich natürlich nicht bestätigt. Trotzdem musste ich noch lange auf dem langen Flur im hinteren Flughafenbereich warten, bevor ich meinen Pass zurückbekam und weiterreisen durfte. Instinktiv lief ich sofort zurück in den Trubel, bevor die Beamten es sich doch noch anders überlegen würden.

Mit klopfendem Herzen und verwirrtem Kopf betrat ich die Glitzerwelt der Einkaufszonen und Wartebereiche. Ich war so schockiert, dass ich um jeden Preis sofort vergessen wollte, was gerade geschehen war. Ich drückte mir die Nase an den Schaufenstern platt und tauschte mein Erschrecken gegen ein sündhaft teures Parfum, das einen großen Teil meines Bargelds verschlang. Es kostete mich etliche Mühe, mich ausreichend zu konzentrieren, um Orientierung zu finden. Ich durfte meinen Anschlussflug nicht verpassen. Und als ich im Flieger nach Deutschland saß, wollte ich denken, ich hätte all das eben nur geträumt. Schließlich hatte ich es ja geschafft – knapp, aber ich war auf dem Weg!

Es lag mir auf der Zunge, aber ich schluckte es herunter und sagte Deji nichts von dem Zwischenfall in Paris. Stattdessen schlug ich ihm vor, noch einen Blick in die Geschäfte zu werfen. Auch wenn ich nicht nach Amerika einreisen konnte, wollte ich mich nicht unterkriegen lassen. Immerhin war ich jetzt hier!

Wir schlenderten zurück zur Einkaufsmeile. In einer Boutique kaufte ich mir ähnliche Dessous, wie ich sie am Abend zuvor zufällig an Katja gesehen und bewundert hatte. An einem Paar silberner Ohrringe kam ich einfach nicht vorbei und erstand sie ebenfalls. In einem eleganten Geschäft sah ich einen Hut, den ich unbedingt haben musste. Der äußerst zuvorkommende Verkäufer sprach Englisch, wie sich herausstellte. Mit all meinem Charme wollte ich mit ihm über den Preis verhandeln. Doch der war zu meiner Verwunderung nicht verhandelbar.

Deji grinste. „Darauf musst du hier wohl verzichten. Das ist hier nicht üblich." Ich hob zur Antwort nur lässig die Schultern und steuerte auf ein Schuhgeschäft zu. „Gib nicht gleich heute alles Geld aus", warnte er. Deji wusste, dass das Geld eigentlich für Amerika gedacht war. Doch ich dachte, wenn ich schon nicht nach Amerika käme, sollten die Travellerschecks mich auf andere Weise glücklich machen. Dejis Einwand zum Trotz kaufte ich ein perfekt sitzendes Paar Schuhe und war für den Augenblick selig.

Ich hätte noch Stunden weiterflanieren können, doch Deji machte unmissverständlich deutlich, dass es für heute genug wäre. Innerlich beschloss ich, bald alleine hierherzufahren und weiter zu shoppen.

Erst als die Bahn schon fuhr, fiel mir auf, dass ich kein Ticket hatte. Hier fehlte einfach der Conductor, der das Geld vor dem Einsteigen kassierte. Deji lächelte mich müde an. „Und du glaubst, ich würde mich in deine Nähe setzen, wenn ich wüsste, dass du kein Ticket hast?! Ich habe dir auf der Hinfahrt eine Tageskarte gekauft. Jetzt, wo wir wissen, dass du nicht nach Amerika fliegst, kaufen wir dir am besten eine Monatskarte."

„Wo fahren wir eigentlich hin?", wollte ich wissen.

„Zu Katjas Eltern. Wir werden Katja dort treffen. Sie war mit Freunden in der Stadt verabredet und wollte danach auch dort hinkommen."

~ ~ ~

Ole musste uns von oben aus seinem Kinderzimmerfenster gesehen haben. Er kam runtergerannt und öffnete die Tür, bevor wir die Stufen zur Haustür hochgestiegen waren. „Deji!"

„Es heißt: ‚Bruder Deji'!", verbesserte ich ihn.

Der Junge schaute mit großen Augen verwirrt zwischen Deji und mir hin und her.

„Ole, was gibt's?" Deji ignorierte mich.

„Deji, spielst du mein neues Spiel mit mir? Bitte!"

„Später, Ole. Später spiele ich bestimmt eine Runde mit dir, okay?"

Katjas Eltern erschienen und begrüßten uns. Sie führten uns ins Wohnzimmer und ließen uns dort allein, um in der großen Wohnküche den Tisch für das Abendbrot zu decken. Dass Erwachsene sich allein um die Essenszubereitung und das Tischdecken kümmerten und Kinder und Gäste nicht behilflich waren, war für mich schwer verständlich. Daher bot ich der Mutter Hilfe in der Küche an, doch sie lehnte dankend ab, legte mir die Hand auf die Schulter und versicherte, ich wäre ein willkommener Gast. Sie würde uns rufen, wenn es so weit wäre.

„Und, wo ist Katja?", fragte ich Deji leise und setzte mich auf das Sofa.

„Keine Ahnung." Er zuckte die Schultern und checkte sein Smartphone. „Sie hat eine Nachricht geschickt. Sie wird sich verspäten.“ An seinem Gesichtsausdruck konnte ich ablesen, dass er sauer war.

Als Katja endlich eintraf, war sie nicht allein.

„Das sind mein Ex-Freund Jörg“, erklärte sie, „und seine kleine Tochter.“ Jörg nickte uns zu. Sie stellte ihm Deji vor und sagte, mit dem Kopf in meine Richtung zeigend: „Das ist eine Freundin von Deji, sie besucht uns im Moment. In Afrika nennt man sich dann Bruder und Schwester, aber sie sind nicht wirklich verwandt.“

Wir reichten uns die Hände. Deji war merklich kühl und verschwendete kein Wort. Jörgs niedliche, kleine, blonde Tochter schaute mit großen Augen umher.

„Die Kleine feiert bald ihren zweiten Geburtstag und ich habe Jörg beim Einkaufen geholfen.“

„Meine Frau ist beruflich unterwegs“, setzte Jörg nach. „Ich bin ganz dankbar, dass Katja angeboten hat, mir unter die Arme zu greifen.“

Katja drehte sich zu mir und schlug vor, ich könnte am Tag der Geburtstagsfeier mitkommen, um Jörgs Wohnung für das Fest zu dekorieren. Doch ich wich ihr aus. Erst würde ich meine Termine checken. Die Situation war mir unangenehm, denn ich spürte deutlich Dejis Eifersucht hochkochen. Katja hatte ihn warten lassen, während sie mit ihrem Ex-Freund um die Häuser zog. Dass er sauer war, konnte ich nachvollziehen. Meine Lust, näher in Kontakt mit ihrem Ex und dessen Familie zu treten, war daher eher mäßig.

„Deji ...“ Jörg versuchte, etwas zu sagen, doch Deji unterbrach ihn.

„Wie kann ich dir behilflich sein?"

Jörg hatte die Brisanz sehr wohl wahrgenommen und lud uns beide nun äußerst förmlich und ohne jeglichen Enthusiasmus zum zweiten Geburtstag seiner Tochter am nächsten Sonntag ein.

„Danke. Ich fürchte aber, dass ich keine Zeit finden werde", gab Deji patzig zurück. „Und meine Schwester wird dir selbst sagen, ob sie kommen kann oder nicht."

Dejis Frostigkeit war Katja nicht entgangen. „Schatz, gibt es ein Problem?" Sie umarmte ihn, gab ihm einen Kuss auf den Mund und setzte sich auf seinen Schoß. Im selben Moment drehte Ole oben in seinem Zimmer die Lautstärke eines Dschungelspiels auf. Buschgeräusche ertönten laut, Grillen zirpten und Vögel zwitscherten, als würden wir mitten in der tropischen Natur sitzen. Der übersteuerte Bass ließ das ganze Haus klirren.

„Ole, mach das leiser!", schimpfte seine Mutter gereizt aus der Küche.

Lautes Gackern kam jetzt aus dem Kinderzimmer. Die Dschungelgeräusche dröhnten noch lauter durch das Haus. Der Vater donnerte wütend die Treppe nach oben, machte die Playstation aus und nahm die Fernbedienung mit nach unten. Ole schien nicht zu widersprechen, denn es kehrte sofort Stille ein.

Katjas Mutter verkündete, dass das Essen nun fertig sei. Wir gingen in die Küche und setzten uns an den großen, runden Tisch. Ich hatte Töpfe und Teller erwartet – so wäre es bei uns zu Hause gewesen. Doch es standen verschiedene Brotsorten in Körben da, verschiedene Käse- und Wurstsorten, rote und gelbe Marmeladen. Es gab Pasteten und Aufstriche, die ich nicht kannte, Butter und Margarine und kunstvoll geschnittene Rohkost.

„Ich dachte, Brot gibt es in Europa nur zum Frühstück?", fragte ich Deji leise auf Yoruba.

„Brot gibt es hier morgens und abends", raunte er zurück.

Ich beließ es dabei und probierte die verschiedenen Köstlichkeiten. Dass Jörg seine Augen kaum von Katja lassen konnte, entging mir dabei nicht. Ein heimliches Zwinkern flatterte von Jörg zu Katja. Es wurde aufgefangen. Zurückgeworfen. Beide dachten, es bliebe unbemerkt. Und wenn man mich als Frau gefragt hätte: Ich war mir sicher, dass hier etwas am Köcheln war.

Nach einer Weile legte Katjas Mutter ihr Besteck beiseite und zündete sich eine Zigarette an. Für mich war das Essen damit beendet. Die Luft war mir im doppelten Sinn zu dick, mein Appetit auf Marmelade und die Neugier auf die Inhalte der Pasteten verschwanden auf der Stelle. Während am Tisch weiter gegessen, geraucht, gefunkt und geschmollt wurde, besprachen Katja und Jörg einige Details zu Luftballons, Luftschlangen und Geburtstagskerzen. Die vielsagenden Signale zwischen den beiden brachten mich bald zu dem endgültigen Entschluss, diese Kleinkinderparty in Deutschland nicht zu besuchen. Ich war neu hier und mit den Gepflogenheiten nicht besonders vertraut. Aber diese Konstellation deutete selbst für mich echten Ärger an. Der Gedanke, dass Deji darunter leiden könnte, gefiel mir überhaupt nicht. Einmischen würde ich mich aber auch nicht. Glücklicherweise fiel mir plötzlich Louise, die Afroamerikanerin aus der Botschaft, ein. Sie hatte uns zum Gottesdienst in ihre Kirche eingeladen, als sie Deji ihre Telefonnummer gab. Das war die perfekte Ausrede. Wenn wir wieder zu Hause wären, würde ich Katja mitteilen, dass ich bereits etwas für den Sonntag geplant hätte.

WENN ICH DAS GEWUSST HÄTTE ...

Deji erklärte mir auf der Heimfahrt ernsthaft und endgültig, dass er mir bei meinem Vorhaben, nach Amerika zu gehen, definitiv nicht behilflich sein konnte. „Wenn es so einfach wäre, Toyin, glaubst du, dass ich hier geblieben wäre? Ich könnte jetzt in Amerika sein und ein englischsprachiges Studium absolvieren und dann als Akademiker arbeiten.“ Nichts anderes würde ich von seinen afrikanischen Freunden zu hören bekommen. Sie alle wären in Deutschland geblieben, aus demselben Grund. Kein Amerika!

Wenn mehrere Leute unabhängig voneinander dasselbe erlebt hatten, musste etwas dran sein. Doch was er mir dann riet, gefiel mir überhaupt nicht.

„Wenn ich du wäre, würde ich nach Hause fliegen. Du hast einen Pass und ein Visum. Nutze dein Reisegeld klug und investiere es in etwas, was sich in Nigeria gut verkaufen lässt. Später kannst du zwischen Europa und Afrika hin und her touren. Toyin! Hör mir zu! Europa ist süß wie Schokolade. Aber was macht Schokolade mit deinen Zähnen?“

Warum gehst du dann nicht nach Nigeria zurück?, dachte ich, sagte es aber nicht. „Bruder Deji“, antwortete ich stattdessen unzufrieden, „keiner weiß, ob die Grenzen eines Tages dichtgemacht werden oder nicht. Bevor ich gehe, möchte ich noch mehr gesehen haben.“ Ich breitete die Arme aus und zeigte um mich herum. „All das hier ist so neu für mich. Vierundzwanzig Stunden lang Elektrizität, laufendes warmes Wasser, funktionierende

Bahnen und Busse, offene Balkone und Fenster ohne Sicherheitsgitter. Überall ist es sauber."

„Ja, ich weiß. Hätte mich damals, als ich neu hier war, jemand gut beraten, hätte ich das, was ich dir rate, gemacht. In meiner jetzigen Situation kann ich weder rückwärts noch vorwärts. Wenn Katja mich in ein paar Monaten heiratet, dann werde ich legal hier sein. Aber in meinem Pass steht ein falsches Geburtsdatum und ein falscher Nachname. Meinen Uni-Abschluss habe ich umsonst gemacht. Denk nach!" Er schlug seine rechte Hand vor die Stirn. „Wenn dein Visum in zwei Monaten ausläuft, was ist dann mit dir? Du wirst dem Klub der Illegalen beitreten. Ich kann dir dann nur wünschen, dass du es eines Tages nicht bereuen wirst."

„Bruder Tayo hat gesagt, wenn es mir etwas bringt, soll ich noch bleiben", widersprach ich, doch ich wusste, dass Deji recht hatte.

„Dein Bruder war nie hier, Toyin! Er hat gar keine Ahnung, was hier los ist ... Letztendlich ..." Er machte eine Pause und rieb jetzt beide Hände über sein Gesicht, als wäre er schrecklich müde. „Letztlich ist es deine Entscheidung."

~ ~ ~

Das Wetter am Sonntag war so schön, dass Louise anrief und mir mitteilte, dass der Kirchgang für sie heute ausfiele. Wir könnten aber gerne zusammen ausgehen. Katja war sauer, weil Deji seit Tagen kaum mit ihr sprach. Die Stimmung war kaum auszuhalten. Es war Zeit für mich, etwas rauszugehen und von den beiden Abstand zu gewinnen. Dieser sonnige Tag wollte dafür genutzt werden, wie ein Schmetterling auszufliegen. Mit den öffentlichen Verkehrsmitteln käme ich wohl auch selbst zurecht. Da war ich mir sicher.

Ich zog mich sommerlich an, trug Make-up und einen farbenfrohen Lidschatten auf. Nachdem ich mich kurz verabschiedet hatte, machte ich mich auf den Weg zum Altonaer Bahnhof. Vor Ort sah ich überall eilende, schiebende, Koffer schleppende oder Kinder ziehende Leute. An einem Sonntag! Wie ungewöhnlich für mich. Aber ich war mittendrin in dem Trubel und freute mich. Ich war pünktlich, aber keine Louise weit und breit. In einem Fast-Food-Restaurant in der Bahnhofshalle bestellte ich mir Pommes, Eiscreme und einen Softdrink und setzte mich an einen Platz, von dem aus ich das Treiben und die Ankunft Louises gut im Blick haben würde.

Louise erschien, und ich rief kurz ihren Namen, um sie auf mich aufmerksam zu machen. Sie drehte sich prompt um und steuerte direkt auf mich zu. Nachdem sie sich die Sonnenbrille in die Haare hochgeschoben hatte, schaute sie an mir rauf und runter.

„Wow, Honey! Gut siehst du aus!", rief sie so laut, dass viele Leute zu uns blickten. Deren neugierige, auf uns ruhenden Augenpaare waren deutlich zu spüren. Ich war unangenehm berührt, deshalb erwiderte ich in sehr leisem Tonfall: „Danke, du siehst auch toll aus!"

Sie setzte sich und sah mir beim Essen zu.

„Möchtest du auch etwas?", fragte ich höflich.

„No, no, ich habe schon gegessen. Ich dachte, wir gehen an den Strand, okay? Ich habe vorsichtshalber einen Bikini für dich mit eingepackt."

Ich erschrak. Leise flüsterte ich ihr zu, dass ich nicht schwimmen könne. „Egal, Honey!" Sie zwinkerte mir zu. „Du musst ja nicht schwimmen, du kannst auch einfach die schönen Männerhintern bewundern."

Ich grinste. Louise war zwar für mein Empfinden etwas affektiert, aber auch lustig. Wir fuhren mit ihrem Wagen, einem flotten Zweisitzer, zum Elbstrand, angeblich einer der angesagtesten Outdoor-Plätze in Hamburg. Louise parkte in einer Seitenstraße, öffnete die linke Autotür und zog sich dahinter halbverdeckt einen Bikini an. Er bedeckte wirklich nur das Nötigste. Ihre Kleidung warf sie auf den Sitz und knallte die Türen schwungvoll zu.

„So, Hamburg, wir kommen!“, rief sie, als würde sie eine imaginäre Mannschaft anfeuern. Sie setzte ihre Sonnenbrille auf und ging mir, den Hintern hin- und herschwingend, voraus. Über die Schulter trug sie eine knallbunte Tasche mit Handtüchern und Getränken.

Als wir ankamen, spazierten wir eine Weile am Ufer entlang. Beunruhigt stellte ich fest, dass ich hier die einzige vollständig angezogene Frau war. Ich sah, mit Erstaunen, barbusige Frauen auf ihren Handtüchern liegen oder betont langsam herumflanieren. Insgeheim vermutete ich, dass das Prostituierte waren, die ihre Chance nutzten, am helllichten Tage Werbung für sich zu machen. Noch größere Augen machte ich, als ich zwei vollständig nackte Paare entdeckte, die sich zu viert gegenseitig eincremten. Louise betrachtete mich von der Seite und schien sich zu amüsieren.

Nach einigem Suchen fanden wir einen freien Platz, an dem wir unsere Handtücher ausbreiten konnten.

„Hey, ist das nicht cool? Ich liebe den Sommer!“ Louise wies mit hochgezogenen Augenbrauen auf zwei gut gebaute junge Männer, die an uns vorbeigingen.

Wir gackerten.

Louise zog zwei verschiedene Cremetuben aus der Tasche und begann, sich ausgiebig einzureiben.

„Wofür sind diese Cremes?", wollte ich wissen.

Louise referierte wie auf Knopfdruck auf ihre unernste Art über Umweltverschmutzung, Sonnenstrahlung und vergiftete Gewässer. Die Cremes würden die Haut vor diesem und jenem Schadstoff schützen.

Natürlich hatte ich davon schon gehört, aber mir nie viele Gedanken darüber gemacht. Ich wollte auch in keine Diskussion verwickelt werden, daher zeigte ich ihr nur mit einem Nicken an, dass ich im Bilde war.

Den Süden Nigerias, das Gebiet der Ölbohrungen, einmal außen vor gelassen, erinnerte ich mich an die wunderschöne Natur meiner Heimat. Vor meinem inneren Auge erschien der mächtige, riesige Tropenwald. Die grüne Üppigkeit vor den Toren Ibadans. Wie sollte der Mensch die Natur unter Kontrolle haben, geschweige denn, sie langsam in den Würgegriff nehmen? Entschloss sich jemand bei uns zu Hause, den undurchdringlichen Wald zu betreten, war es wie das Eintauchen ins Meer. Der Wald war ein anderes Medium. Gefährlich, aber zauberhaft bunt und schön. Subtile Achtsamkeit war erforderlich. Der Respekt war so groß, dass sich nicht viele hineintrauten. Und die, die es taten, wurden manchmal zu fabelhaften Wesen, die es nach ihrer Rückkehr schafften, keine Fingerabdrücke mehr zu hinterlassen.

Hier in Europa hingegen, zwischen all den getrimmten Hecken und angelegten Gärten, hatte man auf den ersten Blick den Eindruck, der Mensch hätte die Natur gut unter Kontrolle. Umweltverschmutzung, die Vergiftung und Verstrahlung des

Lebensraums durch die Hand des Menschen kam mir jedenfalls nicht sofort in den Sinn, wenn ich mich durch diese saubere Umgebung bewegte.

„Deine Haare sehen toll aus, Toyin!“

„Danke“, sagte ich etwas verlegen. Ich hatte gar nicht bemerkt, dass Louise mich die ganze Zeit ansah. „Wenn du möchtest, kann ich dir die Haare auch so machen.“

„Wow!“, rief sie begeistert, „Was muss ich zahlen?“

„Natürlich nichts! Du bist meine Freundin.“

„Cool! Wann hast du Zeit? Ich kann es kaum erwarten!“

Ich erklärte ihr, dass ich immer Zeit hätte und mich eher nach ihr richten könnte. Sie nahm meine Bemerkung zum Anlass, ausführlich zu erzählen, was sie so trieb. Sie wäre Dozentin für Kunst an einer Privat-Uni in Hamburg. Sie müsste ständig ihr Smartphone checken, da sie für einige Studenten, die sie direkt betreute, erreichbar sein wollte.

Plötzlich war ein gellendes Geschrei zu hören. Ich schreckte auf. Wo ich im ersten Moment einen Unfall vermutete, stürzten sich gerade zwei Männer und eine Frau in das braune Wasser des Flusses. Alle drei waren splitternackt und jung. Sie neckten sich. So gern ich es auch wollte, ich konnte meine Augen nicht abwenden.

„Schämen die sich nicht?“, sagte ich fassungslos eher zu mir als zu Louise.

„Wofür sollten die sich schämen?“ Louise blieb locker. „Im Leben geht es darum, Spaß zu haben. Einfach Spaß haben. Ich liebe so was!“

Noch nie zuvor hatte ich weiße Menschen live nackt gesehen. Schon die, die ich auf den Decken hatte liegen sehen, faszinierten mich. Diese hier aber bewegten sich völlig frei vor allen anderen. Heimlich hoffte ich, sie würden schon bald wieder aus der braunen Suppe herauskommen. Dann könnte ich sie aus den Augenwinkeln genauer betrachten! Doch der Spaß ging noch weiter. Es gesellten sich weitere Nackte dazu und sprangen ins Wasser. Andere begannen ungehemmt, Beachvolleyball zu spielen.

Nach einer Weile schloss Louise ihre vor Begeisterung funkelnden Augen. Selig, als hätte sie sich erst einmal sattgesehen, rekelte sie sich auf dem Handtuch zurecht und sonnte sich. Hin und wieder schielte sie zu den nackten Sportlern hinüber, pfiff oder applaudierte. Offensichtlich genoss sie die Szenerie wirklich.

Während ich, weiterhin angezogen und leicht verkrampft, neben Louise lag und nicht wusste, ob ich nun im Paradies oder in der Hölle war, unterbrach ein Anruf von Deji mein gedankliches Wirrwarr.

„Wo bist du? Und wer brüllt da im Hintergrund?“

Ich hatte den Namen vergessen und fragte Louise.

„Elbstrand!“, rief sie von der Seite ins Telefon.

„Echt? Okay, Katja und ich kommen auch da hin. Wo seid ihr ungefähr? Ach, gib mir mal lieber Louise.“

Ich reichte Louise mein Telefon und sie erklärte auf Englisch, wo die beiden uns finden würden.

Keine halbe Stunde später rückten die beiden an. Mit Decken, Rucksack und Kühltasche bepackt, setzten sie sich zu uns. Zwischen ihnen schienen die Wogen geglättet zu sein, aber Katja erzählte nichts von dem Kindergeburtstag. Ich hatte auch nicht das Bedürfnis, sie danach zu fragen. Wir tranken Softdrinks und Bier und aßen die mitgebrachten Baguettes und Würstchen. Anschließend ließen wir die, hier eher seltene, Frühlingshitze durch uns hindurchströmen und uns von der Sonne streicheln.

MARYLINN JACOBS

Drei Monate war ich nun in Deutschland. Es war mitten im Sommer, und die Tage meines Visums waren gezählt. Doch ein glorreicher Trick und viel Glück beschafften mir einen Job und einen gesicherten Aufenthalt. Dachte ich.

Mein erster Arbeitstag war sehr unwirklich. Zappelige Nervosität triezte mich, als ich das Restaurant betrat, in dem auch Deji arbeitete. Noch nie in meinem Leben hatte ich für ein richtiges Gehalt gearbeitet. Zu Hause und in der Uni kam ich mit meinem Taschengeld und den kleinen Geschenken, die mir meine Onkels und Tanten zusteckten, leicht aus. Mit anderen Worten: Es war neu für mich, etwas für mein Geld zu tun.

Das gut besuchte Restaurant ging über zwei Etagen und es gab zwei Küchen. Mein Arbeitsplatz lag in den hinteren Räumen. Die erste Aufgabe bestand darin, den Kühlraum zu schrubben. Ich hatte auch dafür zu sorgen, regelmäßig die Behälter mit den Essenresten in den Keller zu tragen, im Abfallcontainer auszuleeren, wieder nach oben zu tragen, zu säubern und an ihre Plätze zu stellen. Das Schwierigste daran war, die schweren, schmierigen Mülltüten in die Container zu hieven. Am dritten Tag war ich zwar noch immer hoch motiviert, allerdings nach der vierten Mülltour völlig erschöpft.

Im Aufzug traf ich Deji. „Die Tüte ist erst halb voll.“ Mit hochgezogenen Augenbrauen zeigte er auf mein Schleppgut.

„Ich kann sie aber nicht in den Container heben, wenn sie voll sind.“

„Ruf mich einfach drei Minuten vorher, dann machen wir's zusammen."

Ich war gerettet.

An meinem sechsten Arbeitstag, es war Wochenende und das Restaurant gut besucht, wartete ich zehn Minuten, nachdem ich ihm Bescheid gesagt hatte. Vergebens. Unruhig eilte ich wieder die Treppen rauf und prüfte die Behälter im oberen Stockwerk. Die waren auch schon voll. Ich eilte nervös wieder runter. Ich hatte mir vorgenommen, bei meinem Chef einen zuverlässigen Eindruck zu machen. Deji war immer noch nicht in Sichtweite, also bat ich Melanie, eine Kollegin, die immer sehr nett war und mein langsam sicherer werdendes, gebrochenes Deutsch verstand, kurz mit anzupacken. Sie ließ sich nicht lange bitten.

Deji erschien im Keller. „Hast du mehr als einen Behälter runterzutragen?"

„Schon erledigt", sagte ich froh, „Melanie hat mir geholfen."

Anstatt sich mit mir zu freuen, sah er mich halb ernst, halb besorgt an, packte mich am Arm und zog mich in eine Ecke, in der niemand uns sehen konnte. Mit seiner tiefen Stimme flüsterte er mir äußerst eindringlich zu, hier absolut niemanden um Hilfe zu bitten. „Es ist kein Zufall, dass wir immer zur selben Zeit Schicht haben, Toyin. Der Chef war zuerst dagegen, dass du hier arbeitest, weil er denkt, dass das eine Arbeit für einen Mann ist, der das auch schafft. Pass auf! Gut gemeint ist nicht immer gut gemacht. Verstanden?"

Ob Deji übertrieb, war mir für einen kurzen Moment rätselhaft. Aber es war mir nicht so wichtig. Es war vielmehr beruhigend, dass sein alter Beschützerinstinkt noch nicht gestorben war, und das bedeutete mir viel. Es brauchte auch nicht lange, bis ich begriff, was er gemeint hatte. Kaum ging Deji zurück in seine Küche, kam Melanie auf mich zu. „Warum fragst du den Chef nicht einfach, ob wir kleinere Behälter und Tüten benutzen können? Dann ist es einfacher für dich!“

„Ach, die hier sind schon in Ordnung,“ log ich reflexhaft und radebrechend, um die Sache schnell wieder vergessen zu können. „Meine Hände waren bloß so ölig und glitschig. Aber danke noch mal.“

„Ist ja dein Job. Musst du selber wissen!“ Melanie blieb skeptisch, ließ sich aber abwimmeln. Außerdem beschäftigte sie etwas ganz anderes. Sie kam mit dem Kopf ganz nah an mein Gesicht und warf mir einen verschwörerischen Blick zu. „Was ich dich fragen wollte, hat dein Bruder eigentlich eine Freundin?“ Ihre leise Stimme verriet mir sofort, dass diese Frage wichtig war.

„Er wird sie sogar bald heiraten“, sagte ich wahrheitsgemäß, ohne mir etwas dabei zu denken.

Als hätte meine Antwort sie physisch von mir weggeschoben, trat Melanie einen Schritt zurück. Ihre grünen Augen blitzten mich unmissverständlich an. „Sicher, dass es echte Liebe ist? Vielleicht ist eine ja auch eine zu wenig! Ich feiere jedenfalls bald meinen vierundzwanzigsten Geburtstag. Wenn ihr beide Lust habt, seid ihr herzlich eingeladen. Und wenn du keine Zeit hast, kann dein Bruder auch alleine kommen!“ Ohne meine Reaktion abzuwarten, drehte sie sich um und lief zurück zu ihren Gästen.

~ ~ ~

Katja, Deji und Louises Freund Calvin unterhielten sich im Wohnzimmer. Als dürften sie nichts mitbekommen, drückte mir

Louise leise ein paar raschelnde Geldscheine in die Hand, dann rollte sie meine Hand mit ihren Händen zu einer Faust zusammen. Ich schüttelte energisch den Kopf und gab es ihr zurück.

„Von Schwestern lässt man sich nicht bezahlen."

„Toyin, seit ich in Hamburg lebe, habe ich mir zweimal Extensions machen lassen und das Dreifache von dem, was ich dir eben zugesteckt habe, gezahlt. Und so gut wie du, hat es keiner gemacht. Nimm es an!"

Immer noch zögernd, steckte ich die Scheine in die Hosentasche. Louise freute sich. „Wenn ich Freunde habe, die ihre Haare auch machen lassen wollen, kann ich dich anrufen?"

„Natürlich, sogar sehr gerne!"

„Aber du fliegst sicher bald wieder zurück nach Nigeria, oder?"

„Nein. Ich bleibe!", sagte ich mit Bestimmtheit

Louise wunderte sich. „Du bleibst? Und was ist mit deinem Studium? Es ist sicher besser, es mit weniger Fehlzeiten durchzuziehen."

„Ich weiß", wehrte ich ab. „Ich werde mich beurlauben lassen und weitermachen, wenn ich zurück bin."

„Okay, das musst du ja wissen …" Sie sah mich durchdringend an. „Oder fehlt deinen Eltern das Geld? Kann ich dir vielleicht helfen? Vielleicht kannst du auch hier weiterstudieren."

„Danke, Louise. Ich muss aber erst mal einen Sprachkurs machen." Ich wollte ihr ausweichen. Wie ich sie kannte, würde sie nicht lockerlassen.

Mit kleinen Notlügen kannte ich mich aus. Als Kind hatte ich mir beispielsweise von meinen Eltern Geld für neue Bücher geben lassen, kaufte sie dann aber günstig gebraucht. Ich lieh mir die neuen Exemplare von Freunden, um sie zu Hause zu zeigen. Meine Eltern waren zufrieden, und ich nutzte das übrig gebliebene Geld für Nagellack oder Kinobesuche.

Diese kleinen, längst verflogenen Unwahrheiten, die niemandem wirklich geschadet hatten, waren jedoch mit denen, die ich hier in Europa einsetzen musste, nicht zu vergleichen. Für eine Lüge brauchte man zehn weitere Lügen, damit die erste nicht aufflog. Eine wahnsinnig sensible Sollbruchstelle betraf meinen Reisepass. Mein Visum war fast abgelaufen, und damit mein Pass nicht wertlos wurde, musste er zwingend in Nigeria gestempelt werden. Deji hatte mich darüber aufgeklärt, und er war es dann auch, der mir half, eine Lösung zu finden.

Der Trick ging folgendermaßen: Eine mir völlig fremde Frau, sie hieß Marylinn Jacobs, flog mit meinem Pass nach Nigeria. Sie hatte acht Jahre in Deutschland verbracht und vor Kurzem ihren Freund geheiratet, der eine Niederlassungserlaubnis besaß und kommen und gehen konnte, wie er wollte. Durch die Eheschließung genoss Marylinn nun ebenfalls Reisefreiheit. Sie benutzte mein Rückflugticket, denn ich hatte es bereits vor meiner Einreise nach Deutschland gekauft. Das Vorweisen eines Rückflugtickets nach Nigeria war Bedingung bei der Beantragung eines Visums. Am Flughafen in Lagos wartete Tayo auf sie und nahm meinen Pass entgegen. So weit der erste Teil des Deals.

Der zweite Teil sah vor, dass ich Marylinn Jacobs Identitätspapiere inklusive Arbeitserlaubnis übernahm und mich fortan als Marylinn Jacobs ausgab. Der einzige Haken daran war, dass ihr Ausweis bald bei der Ausländerbehörde erneuert werden müsste. Wir sahen uns überhaupt nicht ähnlich, und wer genau hinschaute, sah vor allem den Altersunterschied. Noch etwas anderes beunruhigte mich. Im Identitätspapier stand unter Nationalität: „staatenlos". Deji erklärte mir auch, weshalb. Marylinn hätte der Ausländerbehörde keine Dokumente vorgelegt, die ihre Nationalität nachwiesen.

Das war ein weiterer Einschnitt in mein Leben gewesen. Es hatte sich zuerst fremd angefühlt, plötzlich staatenlos zu sein und diesen Namen zu tragen. Doch schon bald hatte ich mich daran gewöhnt. Letztlich war das ja die Voraussetzung dafür, in dem Restaurant arbeiten zu können. Katja und Deji nannten mich natürlich weiterhin Toyin. Und Louise wusste ja nichts von meiner neuen Identität.

~ ~ ~

Seit ich arbeitete, verstand ich die Sprache immer besser. Außerdem besuchte ich dreimal in der Woche einen Sprachkurs. Die Miete für die Wohnung drittelten wir. Das entlastete mich fürs Erste. Doch die Regeln, die daran hingen, gefielen mir nicht immer.

„Du bringst niemanden mit in die Wohnung, Toyin! Wen immer du triffst, du triffst ihn draußen!", sagte Deji beispielsweise in barschem Ton. Er befürchtete, es könnte heißen, die Afrikaner seien immer zu laut.

Mich nervten nicht nur die Einschränkungen, sondern auch, wie Deji mit mir sprach. Schon zu Hause, in Nigeria, war er streng mit mir gewesen. Dort war es mir allerdings nicht so aufgefallen. Es war eher üblich gewesen. Außerdem nagte eine bisher gut versteckte Enttäuschung an meiner Stimmung. Noch vor Kurzem sah ich mich in der Vorstellung in meinem eigenen, lichtdurchfluteten, großzügigen Apartment in den USA! Ich fand es bitter, diesen Traum allmählich selbst lächerlich zu finden. Ich konnte dankbar sein für meinen Schlafplatz in Katjas und Dejis Wohnzimmer. Also musste ich mich an die Regeln halten, bis ich beschließen würde, alleine weiterzuziehen.

~ ~ ~

An einem Donnerstagmorgen war es so weit. Der Termin bei der Ausländerbehörde stand an. Für mich hingen sowohl mein Job als auch meine Bewegungsfreiheit in Hamburg davon ab, wie dieser Termin verlaufen würde. Außerdem musste die Fiktionsbescheinigung verlängert werden.

Nachdem ich den ersten klaren Gedanken gefasst hatte, als ich erwachte, bemerkte ich, dass mein ganzer Körper, von der Fußsohle bis zum Haarscheitel, pulsierte. Alle Außengeräusche schienen leiser zu sein als sonst, aber im Sekundentakt pochten dumpfe Schläge in meinen Ohren. Ich war super nervös und aufgeregt. Alles hing von diesem Termin ab!

Deji begleitete mich. Auf dem Weg in die Stadt ließ ich bei einem Fotografen ein biometrisches Passbild von mir fertigen. Als wir das Geschäft verließen, verglichen wir die Fotos von Marylinn und mir. Der Unterschied war offensichtlich, und diese Feststellung ließ meine leicht schwitzigen Hände zittern.

In der Eingangshalle der Ausländerbehörde zog ich eine Wartenummer. Obwohl es noch sehr früh war, saßen bereits viele Menschen aus aller Herren Länder auf den Stühlen. Ein Beamter sammelte grußlos die Papiere ein. Als er vor mir stand, überreichte ich ihm meine Unterlagen und das neue Foto. Mit einem kurzen Kopfnicken bedeutete er mir, zu warten wie alle anderen.

Deji klopfte mir auf die Schulter. „Ruf mich an, wenn irgendwas ist. Ich besorge dir erst mal ein Frühstück.“ Dann machte er sich auf den Weg und ließ mich allein zurück.

Eine halbe Stunde später tauchte er wieder auf. Mit Donuts, Bananen und Softdrinks. Meine Aufregung geschickt übergehend, ließ er sich meine Nummer zeigen. Ich hielt ihm den zwischen Daumen und Zeigefinger gepressten, knittrigen Zettel hin: 213.

„Na, dann viel Glück!“, grinste er. „Ich schau später noch mal rein.“

„Wo gehst du denn hin?“, fragte ich ängstlich.

„Keine Sorge, ich schau nur ein bisschen in die Läden. Ich bleibe in der Nähe, versprochen.“

Fast zwei Stunden später erschien meine Wartenummer auf der Anzeigetafel. Daneben leuchtete die Nummer des zuständigen Büros. Ich stand ruckartig auf. Mein Herz klopfte wild, fast schmerzhaft, und ich hatte das Gefühl, jeder im Raum müsste es hören. In meinem Körper stieg eine Hitze auf. Ich konnte kaum schlucken. Deji war noch nicht zurück und ich war verärgert, dass ich nun allein war. Doch ich drängte meine Enttäuschung rasch beiseite. Langsam ging ich über den Flur und öffnete die Tür des Büros. Zwei Beamte, ein Mann und eine Frau, saßen sich gegenüber an einem großen Schreibtisch. Sie unterhielten sich angeregt, als ich den Raum betrat.

„Guten Tag!“, sagte ich.

Der Mann lächelte mich freundlich an. „Guten Tag!“ Er hielt mir die Fiktionsbescheinigung hin. „Kommen Sie in sechs Monaten wieder.“ Das war alles, was er sagte. Ohne Abschiedsgruß wandte er sich wieder seiner Kollegin zu.

Ich nahm die Bescheinigung in Empfang und verließ das Büro. Ich schwitzte. Das Blut war mir plötzlich so in den Kopf geschossen, dass mir schwindelig war. Einen Augenblick lang blieb ich auf dem Flur stehen und blickte auf die Bescheinigung. War das etwa schon alles gewesen? Plötzlich schnellte mein Stimmungsbarometer in die Höhe. Ich wollte am liebsten losrennen und hätte in diesem Moment wahrscheinlich jeden Hundertmeterlauf gewonnen! Aber ich zwang mich, gemächlich zum Ausgang der Behörde zu schlendern, innerlich betend, dass die Tür hinter mir nicht wieder aufgehen und jemand rufen würde: „Halt, kommen Sie zurück! Es ist uns ein Fehler unterlaufen!“

Draußen, vor dem Eingang, stand Deji. Als er mich sah, hielt ich zaghaft meinen Daumen hoch. Er sprang auf mich zu, strahlte, hob mich hoch und wirbelte mich ein paar Mal herum.

„Du hast es geschafft!“

Ich hatte Glück gehabt.

Auf dem Rückweg erzählte Deji, dass dies mein letzter Tag in Deutschland hätte sein können. Wäre alles aufgeflogen, hätte man mich in Abschiebehaft genommen und mit dem nächstmöglichen Flug nach Nigeria zurückgeschickt. Ich war stinksauer. Abschiebehaft? Haft?! Gefängnis? Ich?! Das war mir ganz und gar nicht klar gewesen.

„Warum hast du mir das nicht vorher erzählt?“, zeterte ich, ängstlich erregt. „Bist du denn verrückt? Das ist kein Spaß mehr, Bruder Deji! Ich bin Studentin, keine Verbrecherin!“

Er ignorierte meine Wut und bemerkte nur lässig: „Manchmal ist es doch besser, nicht das ganze Risiko zu kennen, oder? Wenn du hier leben und arbeiten willst, brauchst du die Papiere!“

Er blieb stehen, ließ sich von mir den Bescheid geben und sah sich das Papier genau an. „Was mich wundert: Warum haben die nicht bemerkt, dass dieses Foto viel hübscher ist als das vorherige?“

Ich gluckste.

Mit seiner Art schaffte er es immer wieder, mich aus dem Loch zu holen. „Cool, jetzt können wir deinen Geburtstag feiern. Ich habe etwas Geld für dich gespart, für den Fall, dass du abgeschoben würdest. Aber jetzt können wir es für eine Party ausgeben.“

Je mehr mein in Brand gesetzter Kreislauf abkühlte, desto mehr war mir nach Feiern zumute. Louise war einverstanden, dass die Party Tage später in ihrer Wohnung gefeiert würde, und ich lud ein paar Leute, die ich inzwischen kennengelernt hatte, ein.

Auch Dirk, Katjas Kollege.

Louise trommelte außerdem einige ihrer Freundinnen, deren Haare ich geflochten hatte, zusammen.

Am liebsten hätte ich noch ein paar meiner Lieblingskollegen eingeladen. Aber das ging nicht. Sie kannten mich als Marylinn Jacobs. Marylinn Jacobs war bereits neunundzwanzig Jahre alt und dazu noch Skorpion. Hier feierte ich als Toyin mitten im Sommer meinen fünfundzwanzigsten Geburtstag.

Dirk und ich hatten uns bisher nur kurz gesehen, wenn ich Katja von der Arbeit abholte. Seitdem ich selbst einen Job hatte, verzichtete ich auf diesen Ausflug. An meinem Geburtstag kam er schüchtern lächelnd auf mich zu und streckte mir die Hand entgegen. „Herzlichen Glückwunsch und alles Gute für dich, Toyin!“ Nervös zog er ein kleines Päckchen aus seiner Jackentasche.

„Hier, das ist für dich.“ Noch immer lächelnd, überreichte er mir eine kleine, liebevoll eingepackte Schachtel.

Ich war so freudig überrascht über seine Geste, dass ich ihn spontan umarmte und ihm einen Kuss auf die Wange drückte. Dieses erste Mal, dass ich einen weißen Mann auf die Wange küsste, würde ich nie vergessen. Für Dirk war es vielleicht zu viel. Um uns herum standen nur schwarze Frauen. Er drehte sich einfach um, ging zur Garderobe und hängte seinen Mantel an einen Haken. In der Zwischenzeit beeilte ich mich, ihm ein gekühltes Getränk zu holen. Den dünnen Glashals der Flasche zwischen zwei Fingern drehend, stand er eine Weile am Rand des Geschehens, als würde er auf jemanden warten.

Die Wohnung füllte sich mit Menschen, von denen ich bald nicht einmal mehr die Hälfte kannte. Musik dröhnte aus den Boxen, alles amüsierte sich. Ich saß auf dem Sofa und beobachtete das Treiben.

„Hey, Schwester, so hübsch und ohne Freund?“, sprach mich jemand von der Seite an.

„Das ist billig!“, gab ich zurück und verdrehte die Augen.

„Hab ich die falsche Nasenlänge oder was?“ An seinem Akzent erkannte ich, dass ich mit einem Landsmann sprach.

„Bevor du anfängst, meine Gäste zu beleidigen, würde ich gerne wissen, wer dich zu meiner Party eingeladen hat.“ Keine Antwort. „Dann benimm dich, oder bye-bye!“ Ich stand auf, schob meinen Körper zwischen den Feiernden hindurch, um zu Dirk zu gelangen, der sich gerade mit Katja unterhielt. Katja war schon leicht betrunken und hakte sich locker bei Deji ein, der sie stützte. Ich passte eine Gelegenheit ab, um Dirk anzusprechen.

„Vielen Dank für die Halskette."

„Schön, dass sie dir gefällt", sagte er und setzte wieder sein charmantes Lächeln auf. „Hast du Lust, mal mit mir essen zu gehen?"

Endlich begann das spannende Leben! Die Vorstellung, mit einem attraktiven, hochgewachsenen, blonden Mann, der mit ausgeprägten Wangenknochen und blauen Augen gesegnet war, auszugehen und höchstwahrscheinlich zu flirten, brachte meinen Organismus sofort durcheinander. Mein Herz begann, wild zu galoppieren vor Freude. Doch ich hielt mich zurück. In meiner Heimat war es nicht üblich, eine solche Einladung sofort anzunehmen.

„Wenn ich nach der Arbeit mal Zeit finde, klar!", sagte ich so cool und uninteressiert wie möglich.

Er grinste erleichtert. „Okay! Vielleicht sollten wir dann unsere Nummern austauschen!" Auch wenn ich ihn nicht gut kannte, war ihm anzusehen, dass er gegen seine Schüchternheit ankämpfte.

Ich lotste ihn auf den Balkon, um ein ruhigeres Plätzchen für uns zu finden. Wir schnappten uns vom Buffet eine Flasche Rotwein und begannen eine längere Unterhaltung. Nach dem ersten Glas wurde er allmählich warm und erzählte mir von seiner Leidenschaft für Fußball, von gutem Essen und tausend anderen Dingen. Er wollte, wenn irgend möglich, alles von mir wissen. Wir waren so vertieft, dass wir die anderen Gäste vergaßen, und schufen in dieser Nacht einen neuen Kosmos, der nur uns gehörte.

DIRK

Nach insgesamt fünf Monaten begann ich die sonntäglichen Kirchengänge zu vermissen. Meine Familie gehörte der Celestial Church of Christ in Nigeria an, und der Sonntag war immer schon unserem Glauben gewidmet. Kurz nach meiner Ankunft in Deutschland hatte Deji einmal mir zuliebe mit mir einen afrikanischen Gottesdienst besucht. Doch letztlich schmiedete das Leben uns beide bald in eine Richtung, die ohne dieses Wochenendritual auskommen sollte. Ich hatte mich über kurz oder lang daran gewöhnt, dass Gott im deutschen Alltag keine große Rolle spielte. Deji hatte seine Kirchengänge auch deshalb eingestellt, weil Katja für die Kirche nichts übrig hatte. Er mied das Thema. Wie es wirklich in ihm aussah, wusste ich nicht.

Louise besuchte regelmäßig den evangelisch-lutherischen Gottesdienst und sang im Kirchenchor. Von Anfang an hatte sie mir angeboten, sie zu begleiten, doch bisher war ich ihrer Einladung nie gefolgt.

Eines Sonntags heftete ich mich an ihre Fersen. In der Celestial Church tragen die Leute Weiß, das heißt Soutane und Kopfbedeckung. Mir war klar, dass die Kirche, zu der Louise ging, anders, wahrscheinlich auch konventioneller als meine war. Louise erzählte mir auf dem Weg dorthin, dass wegen der vielen geflüchteten Menschen das Publikum immer internationaler würde. Und tatsächlich, als wir ankamen, sah ich eine Menge Menschen, denen schon an der Kleidung anzusehen war, dass sie aus verschiedenen Ländern kamen. An diesem Ort waren alle unter einem Dach versammelt. Ich bereute keine Sekunde, mitgekommen zu sein. Ganz im Gegenteil.

Hier lernte ich später auch Hellen kennen, eine Nigerianerin aus Benin City, mit der ich mich anfreundete. Sie war Mitte zwanzig, groß und sehr hübsch. Im Chor sang sie die Alt-Stimme. Zwar konnte Hellen kaum ein Wort schreiben oder lesen, aber dies zu verbergen, gelang ihr erstaunlich gut. Dinge, die sie zum ersten Mal hörte, konnte sie sich schnell merken. Daher hatte sie auch keine Schwierigkeiten, die Texte mitzusingen. Ihr Gehör war wirklich großartig. Nach nur einem Durchgang konnte sie ganze Lieder auswendig. Sie schaute und lauschte immer äußerst aufmerksam, und ich fragte mich oft insgeheim, warum sie nicht einfach Lesen und Schreiben lernte.

Der Gottesdienst wurde auf Englisch gehalten. Ich sog jedes einzelne Wort wie in Trance ein. Noch mehr ließ ich mich von dem Klangteppich einwickeln, den die Chorsänger mit ihren verschiedenen Stimmen erzeugten und der bis ins Kirchengewölbe emporstieg. Ich liebte diese Art von Gesang und hätte stundenlang zuhören wollen.

Als der Gottesdienst zu Ende war, bedauerte ich das sehr. Louise stand auf und vertiefte sich in Gespräche mit Menschen, die sie offensichtlich kannte. Kurz drehte sie sich zu mir um, doch ich bedeutete ihr mit einer abwinkenden Geste, dass ich gehen würde. Sie winkte zurück.

Als ich die Kirche verließ, sprach mich eine ältere afrikanische Frau mit weichen, sanften Gesichtszügen an. Ich schätzte sie um die sechzig herum. Sie nannte mir kurz ihren Namen und fragte: „Kind, wo kommst du her? Aus Somalia?“

Ich zögerte mit einer Antwort. Ich war staatenlos, und je weniger Menschen meine wahre Identität kannten, desto besser. Doch diese Frau strahlte eine warme Autorität aus und schien vertrauenswürdig zu sein. Wie bei uns zu Hause üblich, wählte ich die respektvolle Anrede: „Nein, Mamma. Ich komme aus Nigeria."

Sie betrachtete mich freundlich und wollte wissen, ob ich ganz allein hier wäre. Sie selbst lebe seit fast vierzig Jahren in Deutschland. Nach ein paar weiteren Wortwechseln verabschiedeten wir uns. „Pass gut auf dich auf!", sagte sie leise. „Sehe ich dich bald hier wieder?"

Ich nickte. Auf jeden Fall. Schließlich hatte ich sogar erwogen, im Chor mitzusingen. Ich würde also ganz bestimmt häufiger hier sein.

Kaum hatte ich mich umgedreht und war die Treppe hinabgestiegen, klingelte mein Handy. Es war Dirk. Mit den Händen fächerte ich mir etwas Luft zu, denn plötzlich war mir schwindelig. „Hey, Dirk!" Ich versuchte, entspannt zu klingen.

„Hast du Lust, heute mit mir ins Kino zu gehen?"

Bloß nicht einfach „Ja" sagen!, dachte ich. Nur für die Ehre! Parallel zu diesem Reflex überlegte ich sofort, welche Unterwäsche und welches Kleid ich anziehen würde. „Kommt auf den Film an!", stotterte ich, wahrscheinlich grammatisch völlig falsch. Ich biss mir auf die Unterlippe. Zum Glück sah er mich gerade nicht!

Dirk nannte ein paar Titel, doch sie waren alle auf Deutsch und mit keinem konnte ich etwas anfangen. Ich wusste auch überhaupt nicht, wer oder was gerade gut oder angesagt war.

„Okay, gehen wir in den Film mit der meisten Action!"

Sein verwundertes „Okay!" klang fast wie eine Frage.

~ ~ ~

Ich konnte es kaum erwarten, dass die Bahn hielt und ich aussteigen konnte. Zu Hause hatte ich vorher gefühlte Ewigkeiten im Bad verbracht und mich einige Male umgezogen, bevor ich mich für ein figurbetontes Outfit entscheiden konnte. Ich bog um die Ecke. Dirk stand mit suchenden Augen am Kinoeingang. Als er mich erblickte, hellte sich sein Gesicht auf. Er kam auf mich zu und schlang seine Arme um meinen Körper.

Wir kauften Nachos, Popcorn und Bier und setzten uns in den Kinosaal. Es wurde dunkel um uns herum. So sehr ich mich auch dagegen wehrte, ich wusste, dass mich der Film nicht so sehr interessieren konnte wie die Tatsache, dass Dirk neben mir saß. Auch wenn ich ihm gerade mal erlaubte, seinen Arm um meine Schultern zu legen, spulte meine Fantasie ihren eigenen Film in mir ab: wir beide auf seinem Bett. Die ganze Zeit stellte ich mir vor, wie Dirk nackt aussah! Ich genoss es.

Nach dem Kino führte mich Dirk in ein kleines Restaurant. Wir saßen am Tisch und schauten uns an. Anscheinend war der Film auch an ihm vorbeigegangen. Wir waren beide froh, endlich eine Gelegenheit zu haben, unseren neugegründeten Kosmos weiter auszubauen. Das atemberaubende Weltraumblau mit den funkelnden Lichtern schien sich mit jedem Lachen weiter auszudehnen. Wir tranken Wein und aßen ein paar Tapas.

„Kommst du noch mit zu mir?"

Ich nickte, schalt mich aber innerlich dafür, dass er mich so schnell rumgekriegt hatte.

Es war eine verführerische Situation. Zum ersten Mal in meinem Leben datete ich einen weißen Mann! Und wir verstanden uns hervorragend. Mir gefiel die Art, wie er mit mir redete. Wir lachten uns über dieselben Sachen kaputt. Außerdem mochte ich seine Schüchternheit. Es war einfach genial zwischen uns! In weniger als einer halben Stunde würde ich seine Wohnung betreten, völlig neues Terrain.

Wir stiegen in sein Auto, doch Dirk fuhr nicht los. Er sah mich nur an. Unsere Lippen fanden sich, es war ein zarter erster Kuss. Erst dann startete er den Motor und lenkte den Wagen auf die Straße.

Vor einem eleganten, gepflegten Hochhaus in der Averhoffstraße blieb er stehen. „Hier wohne ich!"

Dirks Wohnung war ordentlich. Neugierig sah ich mich im Flur um, doch es war jetzt nicht die passende Gelegenheit, alle Zimmer zu inspizieren. Stattdessen ließ ich mich ins Wohnzimmer führen.

„Zur Feier des Tages!", verkündete Dirk und öffnete eine Flasche Weißwein, die er gerade aus der Küche geholt hatte.

Als wäre dies unser tägliches Ritual, setzten wir uns eng aneinandergeschmiegt auf das gemütliche Sofa und ließen die Gläser klingen. Amüsiert und ernst, laut und leise lachend, erzählten wir uns Erlebnisse aus der Zeit, bevor wir uns kannten. Es wurde spät und später.

„Bleibst du?", fragte er plötzlich.

Es war sinnlos, ihm zu widerstehen.

Kapitel II

MEINE ENTSCHEIDUNG

Die Zeit hatte ihre eigene Dynamik. Sie verging schnell. Mein Job im Restaurant war längst zur Routine geworden. Ich erlebte meinen ersten Herbst in Deutschland und bewunderte, wie sich die Blätter an den Bäumen golden, braun und rot färbten und dann überallhin verweht wurden. Ich spürte, wie unerbittlich kämpferisch der Wind an den Ästen rupfte und zerrte. Ich betrachtete schließlich verblüfft die Bäume, als sie völlig nackt dastanden. Die Wildgänse am Himmel schnatterten und zogen scharenweise in Richtung Süden. Es war beeindruckend. Und obwohl viele Menschen den Spätherbst wegen der Witterung und der kahlen Bäume als trüb bezeichneten, fand ich den Anblick der Bäume, die ihre bloßen Zweige in den Himmel reckten, sehr faszinierend.

Ich besuchte regelmäßig den Deutschkurs, um meine Sprachkenntnisse zu verbessern, und sonntags ging ich mit Louise und Hellen in die Kirche. Ich trat dem Chor bei, wie ich es mir vorgenommen hatte, und mochte den sympathischen Chorleiter, der aus Ghana stammte. Als ich das erste Mal sang, war er Feuer und Flamme. „Akwaaba!“, lobte er auf Twi und übersetzte für mich: „Willkommen!“

Die Stimmung zu Hause hingegen kippte immer häufiger.

Einmal saß ich auf der Toilette und Katja kam überraschend ins Bad.

„Ich will, dass du abschließt, wenn du im Bad bist!“, fauchte sie mich an. Wie aus dem Nichts schien sie wütend.

„Du hättest auch klopfen können“, gab ich zurück. Ich verstand nicht, wo das Problem lag.

„Hier wohnen aber nicht nur Frauen in der Wohnung. Kapiert?!“ Sie kniff ihren Mund zu einem Strich zusammen und knallte die Tür zu.

Ein wenig konnte ich ihre Stimmungsschwankungen schon nachvollziehen. Wir lebten zu dritt. Die Küche war klein, wir teilten uns ein Bad und das Wohnzimmer war durch mich immer belegt, ob ich nun da war oder nicht. Natürlich war ich dankbar, überhaupt bei den beiden wohnen zu können, doch allmählich kam in mir der heimliche Wunsch nach einer eigenen Bleibe auf. Wie schön wäre es, einfach mal für mich allein zu sein. So musste es auch Katja und Deji gehen. Ganz sicher stand den beiden oftmals der Sinn danach, als Paar ungestört zu sein oder auch beide Zimmer zu nutzen, um eigene Dinge zu tun. Das Einzige, was die Situation entlastete, war meine Freundschaft zu Louise und Hellen. Ich war oft mit ihnen unterwegs oder blieb über Nacht bei Louise.

~ ~ ~

Eines Nachmittags, nach der Kirchenchorprobe, fühlte ich mich leicht und erfrischt. Wir hatten gerade „The Master’s Calling“, ein Gospel, gesungen, und zwar, dem Chorleiter zuliebe, nur aus tiefster Seele, was so viel wie „angstfrei, inbrünstig und mächtig, Technik anwenden, aber vergessen!“ bedeutete. Alle Sorgen waren verblasst und mein anstrengender Job war in den Hintergrund getreten. Die Stimme zu dehnen, mit ihr zu experimentieren und sie vital und schön, lauter und leiser tönen zu lassen, bescherte mir jedes Mal wunderbare Momente, die den Rest des Tages strahlen ließen.

Nach der Probe bat ich Louise, mich mit dem Auto mitzunehmen und bei Hellen abzusetzen. Hellen war nicht aufgetaucht, und ich wollte wissen, weshalb.

Als ich klingelte, hörte ich eine helle, feine Kinderstimme. Die Tür ging auf.

„Hey, ich bin Iweka." Der junge Afrikaner trug ein kleines Mädchen auf dem Arm, wahrscheinlich war sie seine Tochter.

„Hallo, ich heiße Toyin."

„Willkommen!", sagte er freundlich in gebrochenem Yoruba. Er hatte an meinem Namen erkannt, dass ich eine Landsfrau war.

Iweka kam aus dem Osten Nigerias und sprach normalerweise Ibo, seine Muttersprache. Aber er hatte kurz in Lagos gelebt und hier und da Yoruba aufgeschnappt. So viel jedenfalls, dass ich ihn verstehen konnte.

„Du willst zu Hellen? Sie müsste längst zurück sein. Ich hatte sie benachrichtigt, dass ich heute käme ... Aber, komm doch rein. Das ist meine Tochter, Chioma."

Er bedeutete mir, ihm ins Wohnzimmer zu folgen und setzte die Kleine ab. Sie war vielleicht zwei Jahre alt. Sie rannte, oder vielmehr tapste durch den Flur und kicherte unverständlich brabbelnd. Im Wohnzimmer stieg sie auf den Tisch, sprang auf das Sofa, stieg wieder auf den Tisch und sprang kichernd kopfüber auf das Sofa.

„Ihre Mama ist Deutsche?", wollte ich wissen.

„Ja. Sie müsste auch gleich hier sein."

Etwa eine halbe Stunde später kam Hellen mit der Mutter von Chioma zurück, sie hieß Viola. Im Wohnzimmer klärten sie mich über die Verhältnisse auf. Hellen lebte bei Iweka, der wiederum wohnte die meiste Zeit mit Viola und Chioma in deren Wohnung.

Hellen beobachtete die unermüdlichen Bemühungen Chiomas. „Kuck mal", sagte sie plötzlich zu Iweka auf Yoruba, „dieses kleine Mädchen hätte ich dir auch geben können. Aber du suchst ja das Abenteuer!"

„Wenn du nichts zu sagen hast, halte besser den Mund!", sagte Iweka barsch auf Yoruba.

Ich wusste, dass Hellen Iweka liebte. Aber Iweka liebte anscheinend seine Freundin Viola und seine Tochter und war für Spielereien nicht zu haben. Vermutlich wusste er, wie Hellen lebte, und das war für ihn, der eine ernsthafte Verbindung wollte, abschreckend.

Hellen bestach durch ihre Schönheit. Sie ließ sich von verschiedenen Liebhabern aushalten. Die meisten waren verheiratet und erzählten Hellen, dass sie überlegten, ihre Frauen zu verlassen, es müsste nur noch der richtige Zeitpunkt abgepasst werden. Ihre Liebhaber waren Deutsche, Afrikaner, Süd-Amerikaner und Araber. Nachdem sie einmal den Fehler begangen hatte, ernsthafte Gefühle für einen dieser Männer zu entwickeln und sehnsüchtig zu warten, wurde sie, wie sollte es anders sein, bitter enttäuscht. Von da an achtete sie darauf, dass sie bei jedem Mann auf ihre Kosten kam. Der Mann musste Geld in der Tasche haben! Im Bett gab sie ihr Bestes. Wenn der Mann gerne bekocht wurde, kochte sie hin und wieder für ihn. Ansonsten knöpfte sie den Männern immer wieder genug Geld ab, sodass sie ihren Unterhalt bestreiten konnte.

Es hatte Abende gegeben, die mit Hellens Geschichten und Gelächter darüber gefüllt waren. Mir hatte sie einmal erzählt, dass sie ihre Liebschaften für Iweka von einem Tag auf den anderen aufgeben würde. Iweka sei, sie war sich todsicher, ihre wahre Liebe. Er wäre der erste und einzige Mann, dem sie vertrauensvoll ihren Kopf mit geschlossenen Augen an die nackte Brust schmiegen würde. Ohne auch nur einmal zurückzuschauen, würde sie durch das Tor der Hingabe gehen – und nie wieder in ihr altes Leben zurückkehren. Iweka wäre der Einzige, der ihre tiefe Sehnsucht noch nicht erkannt hätte. Wenn sie mich fragte, ließ Iweka jetzt deutlich erkennen, dass es aussichtslos war.

Hellen und Iweka verließen das Wohnzimmer, um in der Küche etwas zu besprechen. Die kleine Chioma hatte inzwischen genug vom Toben, patschte mit den Händen auf einer Laptoptastatur herum. Viola, die sehr müde aussah, stand auf und nahm das zappelnde, quengelnde Kind auf den Arm. Als sie sie wieder absetzte, lief sie erneut zurück zum Laptop, doch Hellen versperrte ihr den Weg. Chioma hielt inne, schaute sie mit großen Augen prüfend an und rannte dann zu ihrer Mutter zurück. Schutz suchend umklammerte sie deren Beine.

„Kuck mal, Iweka, deine Tochter hat Angst vor schwarzen Frauen!“, sagte Hellen, diesmal in gebrochenem Deutsch. Die giftige Bemerkung stand für eine Weile im Raum. Keiner sagte etwas.

Iweka verdrehte die Augen und seufzte, dann legte er den Kopf in den Nacken und starrte die Decke an.

„Sie kennt ja auch kaum schwarze Frauen, sie ist es eben nicht gewöhnt“, brach Viola tapfer das Schweigen.

Iweka zog seiner Tochter Jacke und Schuhe an und schnappte sich seine eigenen Sachen. „Wir lassen euch jetzt besser allein!“ Er schlug die Tür hinter sich zu. Viola folgte ihm.

Einen Moment lang stand ich verdutzt da, aber Hellen zog mich wieder ins Wohnzimmer zurück.

„So, und wenn er bei seiner Freundin ist, dann ist das hier dein Reich?“, fragte ich Hellen und machte aus meiner Bewunderung keinen Hehl.

„Yepp!“

Sie schien gut gelaunt. Zum Glück, denn ich fand die Episode gerade nicht sonderlich angenehm. Ich hoffte, wir würden nicht weiter darauf zu sprechen kommen, daher wechselte ich das Thema. „Ich suche auch eine Wohngemeinschaft. Wenn du jemanden kennst, sag mir bitte Bescheid.“

„Frag doch Iweka!“, erwiderte sie prompt. „Ich miete ja nur ein Zimmer bei ihm. Er hat aber noch ein Zimmer, das er kaum benutzt. Wenn die zwei sich mal streiten und er hier schlafen will, kann er ja das Sofa nehmen.“

„Okay! Meinst du, ich soll ihn fragen?“, bohrte ich begeistert nach. Ich war nahezu elektrisiert von der Idee. „Ob wir die drei noch einholen?“

„Die warten sicher noch auf ihren Bus. Komm!“

~ ~ ~

Iweka willigte sofort ein, allerdings stellte er eine Bedingung. Sollte er große Probleme bekommen und sein Zimmer selbst benötigen, müsste ich wieder ausziehen, auch kurzfristig. Die Höhe der Untermiete lag im Rahmen meiner Möglichkeiten, und wenn ich wollte, durfte ich am nächsten Tag einziehen.

Ich war überglücklich. Mein erstes eigenes Zimmer. Mein allererstes Zimmer überhaupt! Es war zwar klein, aber ein Einzelbett passte gut hinein, dazu ein kleiner Nachttisch, eine schmale Kommode für Kleidung. All das war mir egal. Hier hatte ich jedenfalls mehr Privatsphäre als auf Katjas Wohnzimmersofa. Meine Identität als Marylinn erwähnte ich Iweka kurz gegenüber, aber er winkte einfach ab und ich beließ es dabei. Ich fieberte der bevorstehenden neuen Freiheit entgegen und saugte sie mit ein paar tiefen Atemzügen ein.

~ ~ ~

Ich rief Deji sofort auf der Arbeit an. Zuerst dankte ich ihm für all seine Hilfe, wahrscheinlich zu hastig. Als ich ihm mitteilte, dass ich in den nächsten zwei Tagen meine Sachen aus seiner Wohnung holen würde, rief er: „Bist du verrückt? Was hab ich dir getan? Hast du Probleme mit Katja?“ Ich hörte ihn schlucken. „Überleg dir gut, was du machst und mit wem du unterwegs bist, Toyin!“

An seiner leicht alarmierend klingenden Stimme konnte ich erkennen, dass er sich überrumpelt fühlte und sich ernsthaft Sorgen machte. Doch mein Entschluss stand fest, und das schien ihn noch mehr zu sorgen. Wir verabredeten uns für den Abend, um die Sache direkt zu besprechen.

Wir trafen uns am Schanzenbahnhof und schlenderten schweigend durch das bunte Viertel. Schließlich schlug Deji vor, in ein kleines Café zu gehen und uns über meine Pläne zu unterhalten. Der Gastraum des Cafés war klein, aber gut besucht und sehr gemütlich eingerichtet. Es brannten Teelichte auf den kleinen runden Tischen. Als wir zwei freie Plätze entdeckten und uns setzten, wand sich eine junge, leicht erhitzte und alles im Blick habende Frau geschickt durch die Enge, um unsere Bestellung aufzunehmen. Es dauerte nicht lange, und sie brachte zwei große, dampfende Teetassen an unseren Tisch.

„Toyin, ich verstehe, dass es für dich als junge Frau nicht so einfach ist, mit strengen Regeln zu leben. Bei uns kannst du leider weder Gäste mitbringen noch laut Musik hören." Deji sah mich mitfühlend an. „Aber, bitte versteh auch, warum das so ist. Du bist in Katjas Wohnung nicht gemeldet, und wir wollen keinen Ärger. Es war doch bisher auch kein Problem, oder sehe ich das falsch?"

Ich ließ mich nicht aus der Ruhe bringen. Sicher sah ich das alles ein, doch ich wollte etwas Eigenes haben. Es fiel mir nur schwer, meinem Bruder das zu offenbaren. „Hellen wohnt noch nicht so lange in der Wohnung und möchte sie mit jemandem teilen, dem sie vertraut", sagte ich in der Hoffnung, ein gutes Argument vorzubringen.

Deji lenkte nicht ein, im Gegenteil. „Du kannst immer noch von deiner Vereinbarung mit Hellen abspringen. Ich weiß, es sieht alles so easy aus hier, und du hast das mit deinem Job bisher gut gepackt. Aber hier gilt dasselbe wie zu Hause, das heißt, umgib dich mit Menschen, die dir guttun …"

Ich war verblüfft. „Was willst du damit sagen, Deji?!" *Warum sollte Hellen kein guter Umgang für mich sein?* „Außerdem habe ich bereits drei Monatsmieten im Voraus gezahlt", log ich, um ihn umzustimmen.

„Wie bitte?! So sieht es also aus! In Ordnung …" Deji war aufgebracht. „Ich dachte, ich hätte eine beste Freundin, die mir erzählt, was sie vorhat. Du scheinst das Ganze ja schon länger geplant zu haben. Wow! Ich bin beeindruckt. Dann wünsche ich dir alles Gute.“ Er funkelte mich mit Ärger in den Augen an.

Innerlich verdrehte ich die Augen und ärgerte mich. Für einen kurzen Moment kam mir der Gedanke, die Lüge einfach zuzugeben. Doch bevor ich fertig nachgedacht hatte, hörte ich mich sagen: „Nein, Bruder, Hellen hat netterweise die drei Monatsmieten für mich ausgelegt. Es wäre unfair, sie darauf sitzen zu lassen. Findest du nicht?“

Er seufzte resigniert und starrte auf seinen Tee. „Ich kann dich wohl nicht mehr aufhalten. Katja und ich wollten uns nach einer größeren Wohnung umsehen, damit du ein eigenes Zimmer bekommst. Aber nun ...“

Er machte eine theatralische Pause. „Jedenfalls werde ich dich vermissen, Toyin.“

Ich war überrascht. Ich dachte an die dicke Luft zwischen Katja und mir. Es war ein schönes Gefühl, zu wissen, dass Deji mich wirklich mochte und mich nicht als Belastung empfand. Aber mein Freiheitsdrang war größer, und mein Schiff war bereits auf dem neuen Kurs. Traurig wegen Dejis Enttäuschung, starrte ich jetzt auch auf meinen Tee und rührte lange mit dem Löffel darin herum. „Mein lieber Bruder“, setzte ich leise auf Yoruba an, um ihn zu besänftigen, „wir werden uns jeden Tag bei der Arbeit sehen, okay?“

Deji sah mir lange eindringlich in die Augen, und ich konnte nicht herausfinden, was er dachte. „Zwei von Hellens Liebhabern kenne ich übrigens. Und einer davon steht mit einem Bein im Knast!“

Er schien eine Reaktion in meinem Gesicht zu suchen und bemerkte meine Entgeisterung. „Und, Schwester, was macht eigentlich dein Dirk?“ Jetzt schien er nur noch angriffslustig.

Ich wusste nicht, was genau mir den Stich versetzte. Alles ging so schnell und das ganze Gespräch schien mir unwirklich. Hatten Deji und ich nun wirklich einen handfesten Streit? Innerlich rang ich nach Worten, jedoch vergeblich. Ich blieb sprachlos. Ein Außenstehender würde gedacht haben, ich verhielte mich, als wäre ich unbeteiligt – weit, weit weg. Plötzlich, völlig überraschend, stand Deji wütend auf, warf einen Geldschein auf den Tisch und drängte sich zwischen Gästen, Stühlen und Tischen hindurch Richtung Ausgang.

Die Flamme der Kerze auf dem Tisch flackerte auf. Es dauerte lange, bis ich meine Fassung wiedergewann. Dejis Auftritt hatte mich verletzt, und das bestärkte meinen Entschluss, eigene Wege zu gehen.

Allein in der Wohnung, packte ich am übernächsten Tag meine Sachen und brachte alles in Iwekas Wohnung. Mein bescheidenes Hab und Gut war schnell verstaut.

Innerlich kochte ich vor Wut. Wenn ich an das Gespräch mit Deji dachte, ärgerten mich all die Erwiderungen, die ich nicht vorgebracht hatte, weil sie mir erst jetzt einfielen. Was sollte das, Hellen in den Dreck zu ziehen, um sich selbst auf ein Podest zu stellen?! So etwas konnte ich noch nie leiden. Selbst wenn es stimmte, dass Hellens Freunde kriminell waren. Wahrscheinlich hatten sie auch nur Schwierigkeiten mit der Aufenthaltserlaubnis. Konnte man jemandem verdenken, Gesetze zu übertreten, um hier in Deutschland bleiben zu können? Außerdem war das nicht mein Problem. Ich wollte lediglich mit Hellen zusammen wohnen, nicht ihr Kindermädchen spielen.

Dejis Arroganz schrie zum Himmel, und ich hielt meine Entscheidung für goldrichtig. Hätte ich gewusst, in welche bedrohliche Lage mich das noch bringen würde, hätte ich definitiv eine andere Wahl getroffen. Andererseits hieß das noch lange nicht, dass unser Kontakt für immer gestorben wäre. Familienfreundschaft hätte immer einen hohen Stellenwert für uns, trotz unserer Uneinigkeit. Spätestens zu Katjas und Dejis Hochzeit wäre ich bei ihnen zu Gast, so viel stand fest. Bis dahin bliebe abzuwarten, in welcher Form wir uns verabreden würden.

Um den nagenden Zweifel, Katja und Deji in einer unangenehmen Atmosphäre zurückgelassen zu haben, zu übertönen, köpfte ich mit Hellen eine Flasche Sekt. Wir stießen an und fielen uns, vor Freude hüpfend und gackernd, in die Arme. Hellen war einfach froh, nicht mehr allein zu wohnen, während ich zum ersten Mal in meinem Leben völlige Unabhängigkeit einatmete. Ein irres Gefühl! Fern von unserer Heimat drehten wir die nigerianische Musik laut und tanzten wie aufgedrehte Kinder Makru und Orisha, traditionelle Tänze. Wir lachten und genossen die zuckenden und geschmeidigen Bewegungen aus vollstem Herzen.

Unsere kleine Einweihungsfeier endete abrupt, als mein Blick auf die Uhr fiel. Ich musste zur Arbeit. Spätschicht.

~ ~ ~

Für den darauffolgenden Sonntag hatte ich Dirk eingeladen, mich zum Gottesdienst zu begleiten. Wir betraten Hand in Hand die Kirche. Dirk blickte als Erstes hoch zur Decke und betrachtete die kunstvollen Malereien. Kleine Menschengrüppchen bevölkerten das Kirchenschiff und es kamen immer mehr herein. Bald waren die Bänke alle besetzt. Es erdete mich immer wieder, mit den Gläubigen aus aller Welt zusammen zu beten. Jetzt war ich glücklich, dass Dirk mich im Chor singen hören würde. Jeder, der unseren neuen und alten Gospels zuhörte, musste wohl spüren, wie unsere Herzen beim Singen vibrierten.

Dirk machte eine stille, anerkennende Geste, als ich anschließend neben ihm auf der Kirchenbank Platz nahm. Stolz pochte mein Herz. Wir legten unsere Hände ineinander und berührten uns an den Knien. Dann lauschten wir der Predigt. Neben dem Pfarrer sprachen heute auch andere Gläubige.

Wie immer, gab es nach dem Gottesdienst ein gemeinschaftlich vorbereitetes Essen. Wer mochte, konnte bleiben und ein wenig Gemeinschaft genießen. Dirk ließ sich nicht lange bitten, mit mir den ganzen Vormittag in der Kirche zu verbringen. Später versüßten wir uns den Weg zu Dirks Wohnung mit Eiscreme. Bis jetzt war es ein wunderbarer Tag.

~ ~ ~

Es klingelte. Wir lagen auf Dirks Bett und schreckten hoch.

„Scheiße! Wer ist das denn?!", wetterte er und zog sich die Jeans, die er gerade erst ausgezogen hatte, wieder an, schlingerte in sein Hemd und ging, ohne die Knöpfe zuzumachen, an die Wohnungstür.

„Moin moin, Überraschung! Haben wir dich geweckt?"

Dirk schien die Frauenstimme zu kennen, denn er lachte etwas künstlich. „Oh, danke. Äh ... Ich habe gar nicht mit euch gerechnet ... Ich hab eigentlich Besuch ..."

„Ja, wenn du dich bei uns so selten sehen lässt, müssen wir eben zu dir kommen!", sagte die Frau mit leicht vorwurfsvollem Ton. „Da ist deine Schwester aber anders. Die kommt wenigstens einmal in der Woche für ein Stündchen zum Kaffeetrinken vorbei."

„Ach, Mama!", hörte ich Dirk verlegen sagen. „Kommt doch rein! Wie geht's euch?"

„Muss ja, muss!", setzte nun eine männliche Stimme ein, sicherlich die des Vaters. Wer ist denn zu Besuch? Doch nicht etwa eine Frau?!"

Ich zuckte zusammen. Als wäre das der Startschuss, sprang ich auf und zog mich in Windeseile an.

„Mensch, Junge, dein Gesicht wird ja immer schmaler!", säuselte Dirks Mutter.

Der weitere Wortwechsel verriet mir, dass Dirks Eltern bereits im Flur standen. Auf keinen Fall wollte ich jetzt mit ungekämmten Haaren aus dem Schlafzimmer treten und sie begrüßen. Jemand drückte die Türklinke herunter. Ich erschrak heftig. Dirk lugte mit panisch geweiteten Augen durch den Türspalt und flüsterte: „Fertig angezogen?“

„Ich muss noch mal ins Bad“, rief ich fast tonlos und händeringend. „Können deine Eltern nicht schon mal ins Wohnz…“

Zu spät! Der Vater schob die Tür ein Stück weiter auf und witzelte: „Na, du machst’s aber spannend!“ Ungeniert schaute er Dirk über die Schulter.

Für den Bruchteil einer Sekunde erhaschte mein Blick sein fröhliches Lachen, dann entgleisten seine Gesichtszüge. Ich erstarrte.

„Äh ..., das ist Toyin! Toyin, das ist mein Vater!“

Mit wilder Mähne und neben einem zerwühlten Bett stehend, reichte ich dem Mann, der Dirks Vater war und schaute, als hätte ihn der Schlag getroffen, die Hand. „Hallo. Es freut mich, Sie kennenzulernen.“

Er schwieg, als hätte es ihm die Sprache verschlagen.

„Toyin! Das ist meine Mutter!“

Die Frau stand wie versteinert da. Erst, als ich ihr etwas länger meine Hand hinhielt, merkte sie, dass ihre Hand auf halbem Weg wie erfroren in der Luft schwebte. Sie fing sich wieder und sagte heiser: „Hallo. Guten Tag.“

Wir starrten uns jetzt alle gegenseitig an, und keiner wusste, was er sagen sollte. Ich war wütend auf Dirk. Hätte er seine Eltern nicht ins Wohnzimmer lotsen können? Irgendwie konnte ich sogar verstehen, wie überrascht sie waren. Jedenfalls schob ich es dem Umstand zu, dass wir sozusagen fast in flagranti von ihnen ertappt worden waren.

„Lasst uns auf den Balkon in die Sonne gehen“, schlug Dirk schließlich vor, der offensichtlich Mühe hatte, das unangenehme Schweigen zu ertragen. „Mama, Papa, wollt ihr was trinken?“

„’N doppelter Schnaps wär’ jetzt nicht schlecht“, murmelte der Vater vor sich hin, doch ich hörte es. „Wasser bitte!“ sagte er laut, als er sah, dass ich ihn gehört hatte. Grimmig schaute er weg.

„Für mich mit Sprudel“, fügte die Mutter hinzu. Es lag eine Schärfe in ihrer Stimme, die mich einschüchterte. Sie passte nicht zu der hageren Frau mit den sanft ergrauten Haaren und den leicht nach vorn gebeugten Schultern.

Ich folgte Dirk in die Küche, um ihm zu helfen. Wir wechselten weder Worte noch Blicke, sondern stellten nur Flaschen und Gläser auf ein Tablett. Dirk trug die Getränke durch das Wohnzimmer, ich hielt ihm die Türen auf.

„To... Wie heißt du noch mal?“, fragte der Vater und sah mich kurz an.

„Toyin!“, kam Dirk mir zuvor.

Sein Vater versuchte, mir ein schwaches Lächeln zu zeigen. „Toni, kannst du mir vielleicht noch einen Kaffee machen? Du verstehst doch, was ich sage, oder?“

„Na klar, kein Problem!“, sagte ich reflexartig. Natürlich war es ein Problem für mich. Ich blickte entgeistert in sein Gesicht, das von einem arbeitsreichen Leben erzählte. Erst jetzt fiel mir auf, dass er ebenso groß und schmal wie Dirk war. Er wirkte viel jünger als seine Frau. Ich ging in die Küche und schaltete die

Kaffeemaschine ein. Dabei hörte ich durch das offene Küchenfenster die vorwurfsvolle Stimme des Vaters:

„Dirk!! Junge! Das ist doch nicht dein Ernst! Wo hast du die denn aufgegabelt? Wo kommt die überhaupt her?!"

Empört hielt ich den Atem an.

Dirk antwortete so leise, dass ich es kaum verstehen konnte. Ich trat etwas näher zum Fenster. „... habe sie über eine Arbeitskollegin kennengelernt und öfters getroffen."

„Dirk, denk doch mal nach!", knurrte der Vater. „Man liest doch so viel. Die kommt doch bestimmt aus Afrika ...! Willst du dir Ärger einhandeln?"

Jetzt setzte die Mutter mit flehender Stimme ein: „Denk doch auch mal an uns! Was sollen denn die Leute denken? Die kriegt doch sofort ein Baby und dann?"

Dirk sagte nichts.

„Mit der kannst du dich doch gar nicht über Kultur unterhalten. Das versteht die doch gar nicht. Hamburger Schnack. Deutsche Kultur. Dirk! Mensch, Junge!"

Mein Herz klopfte und meine Hände zitterten. Ich konnte nicht fassen, was sich da gerade abspielte. Das war doch wohl ein schlechter Scherz, oder? Bisher kannte ich solche geschmacklosen Szenen nur aus Filmen. Das Schlimmste war, dass Dirk mich nicht verteidigte. Stattdessen ließ er sich die Beleidigungen gefallen.

„Na, kommt, wir sind ja nicht verheiratet. Macht mal halblang!", war das Einzige, das ihm dazu einfiel. Es klang verunsichert, lasch, kläglich und krampfhaft lässig, als drücke ihn jemand gegen eine unsichtbare Wand.

Es schien den Vater nicht zu beeindrucken, denn er holte noch einmal aus: „Glaub mir, die kann dir 'ne Menge Ärger einbringen. Bleibt nur zu hoffen, dass du die nicht durchfüttern musst!"

Die Mutter übernahm schließlich, indem sie durch die Zähne zischte: „Hast du überhaupt schon mal an AIDS gedacht? Ich mein' ja nur ... Ihr Männer denkt doch dabei sowieso nur mit dem ..."

Dirk schlug mit der Faust auf den Tisch. „Jetzt ist aber mal gut, ja?!" Er hatte sich endlich aufgerafft, der Sache ein Ende zu machen.

Was ging nur in den Köpfen dieser Menschen vor? Sie beurteilten mich, ohne mich zu kennen. Beleidigten mich auf schamlose Weise, als hätten sie es gar nicht nötig, selbst einen guten Eindruck bei mir zu machen. In welchem Jahrhundert lebten wir gerade? Ich dachte unwillkürlich an die Sklavenhaltung und musste mich innerlich schütteln. Was sollte ich jetzt tun? Einfach grußlos gehen? Was gab's denn noch zu sagen?

Auf so eine Situation konnte ich unmöglich vorbereitet sein. Ich kam aus einem riesigen Land, fünfmal so groß wie Deutschland! Es gab in meiner Heimat einen gewaltigen Reichtum an Kulturen, und zwar Wir-Kulturen! Vorurteile und Streitereien gab es da natürlich auch. Aber das hier war an Unverschämtheit nicht zu überbieten!

„Also, das war jetzt männerfeindlich!", sprang der Vater seinem Sohn zu Hilfe.

Die Mutter wimmerte fast. „Ich will doch nur dein Bestes, Kind! Ich mach' mir Sorgen! Ach Mensch, Junge, dass du aber auch so schüchtern bist …!"

Ich hatte genug gehört! Mit einem Pokerface trug ich den Kaffee hinaus. In Wirklichkeit war ich zutiefst getroffen. Nie hätte ich mir vorstellen können, dass sich mein Freund so wehrlos und argumentationsschwach zeigen würde. Verschämt, wie ein kleiner Junge, der Blödsinn gemacht hatte, saß er seinen Eltern am Balkontisch gegenüber.

„Na, das hat aber lange gedauert. Musstest du die Kaffeebohnen erst ernten, was?“ Der Vater machte sich keine Vorstellung davon, wie mir zumute war. Er versuchte, unschuldig zu lächeln. „Was machen Sie denn beruflich, To...?“

„Toyin!“, sprang seine Frau ihm mit gequälter Stimme bei.

„Ich studiere Ernährungswissenschaft in Nigeria. Momentan arbeite ich in einem Restaurant.“ Ich sprach schnell, wie jemand, der noch eben seinen Satz beendet, um dann zu gehen.

„Wie entzückend!“, rief Dirks Mutter, fast erleichtert, besann sich dann aber doch: „Auf Dauer ist das ja auch nichts, oder?!“ Sie blickte, die Augenbrauen hochziehend, bedeutungsvoll in Dirks Richtung.

Sein Vater hakte ein. „Na ja, selbst da kann man aufsteigen, das muss man schon sagen!“ Er gab sich generös.

„Ja, schon, aber Toyin?“ Dirks Mutter sah mich unverhohlen an. „Du sprichst sicher nicht gut genug Deutsch. Die Sprache muss man schon richtig können. Aber gut, was soll's ...!“ Ohne mich zu Wort kommen zu lassen oder darauf zu warten, dass ich mich setzte, schwenkte sie plötzlich auf ein anderes Thema. „Dirk, was ich dir schon die ganze Zeit erzählen wollte, deine Schwester hat sich eine Katze aus dem Tierheim geholt. Sie ist so goldig. Miezi heißt sie.“

Dirk saß da und nickte teilnahmslos. Er schaute weder mich noch seine Eltern an.

„Das musst du dir mal vorstellen“, ereiferte sich sein Vater. „Die Vorbesitzer haben ihr ein Stück Ohr abgeschnitten und sie dann ausgesetzt. Kaum zu glauben! Also, wenn ich die erwische, gabel’ ich sie mit der Mistforke auf, das sach ich dir aber! Und dann … Butter bei die Fische!“ Er ballte die Hände zu kampfbereiten Fäusten, während sein Gesicht wutrot erglühte.

Ich stand immer noch da und war jetzt noch konfuser. War das hier real? Dirks Mutter setze dem Ganzen noch die Krone auf: „Ja, lass gut sein! Jetzt ist Miezi ja bei Mia, die kümmert sich wirklich ganz, ganz liebevoll um sie! Du magst doch auch so gerne Tiere, Dirk, oder? Wäre denn so ein Kätzchen nicht was für dich? Kuck mal, die Tierheime sind voll von diesen armen Wesen!“

Dirk schien gar nicht zuzuhören, doch er gab sich artig und antwortete, als hätte es das Thema vorher gar nicht gegeben und ohne mich auch nur einmal anzusehen. „Hab ich auch schon überlegt. Bin halt die meiste Zeit nicht da. Verreisen wäre dann auch schwierig.“

Dirks Vater wandte sich wieder mir zu. „Ach, To...“

„Toyin!“ Diesmal war es Dirk, der ihm zu Hilfe kam.

„T-o-y-i-n! Wo du doch im Restaurant arbeitest, kannst du meiner Frau doch sicher auch noch einen Kaffee machen?”

Das war der Gipfel! Alles in mir schrie: *„N-E-I-N!!“* Doch innerlich panisch, überlegte ich, wie ich am besten aus der Situation herauskäme. Ruckartig richtete ich mich auf und nahm meinen ganzen Stolz zusammen. „Gern. Ich muss jetzt los. Auf dem Weg nach draußen schaltete ich die Kaffeemaschine noch mal ein. Auf Wiedersehen!“ Ich küsste Dirk vor seinen Eltern auf den Mund und ging, ohne ihnen die Hand zu geben.

Vor der großen Haustür musste ich erst mal tief durchatmen. Noch konnte ich selbst nicht glauben, was passiert war. Hilfsbereite Tierliebe und ausgeprägte Fremdenfeindlichkeit? Dass ich nicht lachte! Und Dirk?! Mein Dirk? So ein Schwachkopf! Der Glanz war weg.

Es war nicht so, dass ich nie geglaubt hätte, in Deutschland mit Vorurteilen konfrontiert zu werden. Im Geschichtsunterricht hatte ich genug über Deutschlands Vergangenheit gelernt, um zu wissen, wozu Menschen fähig waren. Aber ich konnte es nicht verwinden, mich nicht schlagfertiger gezeigt zu haben. Ich war schließlich sonst auch nicht auf den Mund gefallen. Im Gegenteil, ich war sogar gut darin, energisch zurückzuschießen, bevor jemand auch nur die Chance hatte, seinen angreifenden Satz zu beenden. Wo war die Löwin in mir geblieben?

Wahrscheinlich hätte ich anders reagiert, wenn ich Dirk nicht so geliebt hätte. Es waren seine Eltern! In meiner Kultur galt der Respekt vor den Eltern, den eigenen oder denen anderer, als einer der höchsten Werte. Jetzt hatte mir meine eigene Kultur im Weg gestanden. Ich war wie gelähmt. Wahrscheinlich liebte Dirk seine Eltern. Ich konnte mich ihnen gegenüber also nicht unverschämt verhalten. Andererseits stand eines fest: Nie wieder würde ich es dulden, dass jemand so abfällig über mich sprach. In Zukunft würde ich auch von Menschen, die sich Freunde nannten, eine klare Position mir gegenüber erwarten. Ich spürte, dass ich nicht nur sauer war auf Dirk, sondern dass ich auch meine Achtung vor ihm verloren hatte, weil er sich ohne Rückgrat gezeigt hatte.

Viel später erst würde er mir erzählen, mit den Vorurteilen seiner Eltern völlig überfordert gewesen zu sein. Unabhängig davon kannte er aber die Meinung seiner Eltern. Vielleicht hätte er mich vorher warnen sollen. Oder seine Eltern einweihen. Doch jetzt war es gelaufen! Jetzt war ich allein! Ohne jeden Schutz und ohne Dirks Beistand. Ziellos lief ich durch die Straßen und versuchte, mich selbst zu beruhigen. *Vergib ihnen, denn sie wissen nicht, was sie tun*, sagte ich dauernd innerlich. Wie ein Mantra. Doch es half nichts. Mir war nicht danach, zu vergeben. Tief in meinem Herzen brannte ein Schmerz. So sehr ich mich auch wehrte, stieg er immer höher und schnürte mir die Kehle zu. Warme Tränen liefen über meine Wangen und tropften vom Kinn auf die Jacke. Ich vermisste Deji und hätte jetzt viel gegeben, um mich einfach nur bei ihm anzulehnen. Doch seit unserem Streit hatten wir nur noch Kontakt, wenn es unbedingt notwendig war.

Alles, was ich jetzt tun konnte, war, zu Louise zu fahren.

Noch nie hatte ich Louise so ernst gesehen. Sie begann, mit ihren Fingern meinen Nacken zu kneten, als wollte sie meinen auf dem Stuhl hängenden Körper dadurch aufrichten.

„Alles wird wieder gut. Es wird wieder gut.“, flüsterte sie dabei leise, und unter dem Druck ihrer knetenden Finger glaubte ich es. Sie nahm mich in den Arm, wiegte mich und sprach lange von Dingen, denen ich nicht vorrangig inhaltlich folgte. Ihr ruhiger Ton war wie der beim Chanten. Sie erzählte aus ihrem Leben in Amerika. Von dem weißen Mann, von dem sie sich schweren Herzens getrennt hatte. Aus dem gleichen Grund, dessentwegen ich gerade tränenüberströmt in ihren Armen lag. Dass sie sich, nach all dem unaussprechlichen Schmerz, den ihre Vorfahren, ihre Großmütter und Großväter, erleiden mussten, wie eine der freiesten und gesegnetsten Frauen auf diesem Planeten fühlte. Diesen Schmerz summten ihre Ahnen von ihr weg. Weit, weit weg. Sie wüsste, wie sich das Leben zu leben anfühlte, sagte sie, und sie wüsste, was wirklich wichtig wäre. Aber manche armen Teufel wüssten es noch immer nicht.

~ ~ ~

Deji hatte sich angewöhnt, Briefe aus Afrika, die an mich adressiert waren, in Iwekas Briefkasten zu werfen, wenn ich nicht zu Hause war. Außer bei der Arbeit trafen wir uns nicht mehr. Manchmal grüßte er mich selbst dann nicht, wenn wir uns im Restaurant über den Weg liefen. Er ging wortlos an mir vorbei. In der ersten Zeit war ich gekränkt, denn er war mein

Bruder. Ob eine Begrüßung stattfand oder ausblieb, bedeutete in unserer Kultur einiges. Doch mit der Zeit nahm ich es schulterzuckend hin. Als junge, moderne und intelligente Frau würde ich auch wunderbar alleine klarkommen, entschied ich.

Meine nächste Passverlängerung regelte ich diesmal ohne Deji. Ich verdiente mein eigenes Geld, hatte mein eigenes Zimmer. Ich sorgte für mich. Nur konnte ich Deji nicht mehr das Geld anvertrauen, das ich sparen wollte. Als Marylinn Jacobs hatte ich natürlich kein eigenes Konto. Ich hielt es für zu unsicher. Wenn aufflöge, dass Marylinn Jacobs in Deutschland nicht existierte, würde als Erstes das Konto eingefroren werden. Es lief unkompliziert. Meinen Lohn erhielt ich bar auf die Hand, davon zahlte ich meine Untermiete und teilte den Rest auf in Haushaltsgeld und Ansparung. Ich verwahrte es nun selbst, in meinem Zimmer.

Viele Male versuchte Dirk, mich zu erreichen. Er schrieb mir Nachrichten über alle möglichen Kanäle, doch ich blockte sie, unfähig, damit umzugehen, ab. Der Zusammenstoß mit seinen Eltern war zu viel für mich gewesen. Sind die Eltern gegen dich, vergiss es! Das war die ungeschriebene Regel. Bei uns zu Hause wusste man das. Früher oder später würde der Todesstoß kommen, von innen oder außen. Entweder würden Dirk und ich Dinge tun, welche die Liebe erlöschen ließen, oder einer von uns beiden würde den Druck von außen nicht mehr aushalten.

Stattdessen gab ich den plumpen Annährungsversuchen meines verheirateten Chefs nach und begann eine heimliche Affäre mit ihm. Infolgedessen hatte ich weit angenehmere Arbeiten im Restaurant zu verrichten.

~ ~ ~

In unserem Team fehlten viele Kollegen. Obwohl ich Frühschicht hatte, war es später Nachmittag, als ich das Restaurant verließ. Der goldene Blätterteppich raschelte. Sobald ein leichter Wind wehte, formte sich spielerisch ein neues Muster. Die Spuren, die ich mit meinen Winterstiefeln auf dem Gehweg hinterließ, sahen wie große schwarze Löcher darin aus. Doch ein Hauch genügte und alles war wieder voller herbstlicher Blätter.

Hungrig und schlaff betrat ich ein Bistro. Zum Kochen war ich heute zu müde. Ich bestellte einen Döner, Pommes und einen Softdrink. Müde schaute ich auf den Fernsehbildschirm über dem Tresen und wartete auf mein Essen. Plötzlich, als wäre ich gerade aus einem Traum erwacht, nahm ich wahr, was der öffentliche Sender ausstrahlte. Ungeschnittene Filme und Bilder von ertrinkenden Flüchtenden auf dem Mittelmeer. Die See war rau und von hinten rollten unablässig hohe Wellen herbei. Verzweifelte Helfer in kleinen Booten, die nur wenige Menschen retten konnten. In der Ferne sah man ein großes, graues Schiff vorbeifahren. Bis in jede einzelne Körperzelle erschauerte ich, als die verzweifelten Rufe der Ertrinkenden zu hören waren. Bisher hatte ich nur in der Tageszeitung davon gelesen, denn Hellen und ich hatten keinen Fernseher. Wenn darüber unter den Kollegen geredet wurde, hörte ich weg, weil es einerseits unerträglich und ich andererseits zu beschäftigt war. Doch jetzt war ich zu müde, um mich gegen die Bilder zu wehren. Mit offen stehendem Mund und großen Augen saß ich da und starrte sie an, als mich jemand sachte an der Schulter anstupste.

„Wo kommst du her?“

Ich blickte in ein schwarzes Gesicht. Ein eher unsympathisches, düster dreinblickendes, ernste Geschichten erzählendes, aber junges Gesicht. „Aus Nigeria. Und du?“ Der Typ war groß, hatte einen athletischen Körperbau und trug die schwarzen, krausen Haare kurz. Seine Haut war noch eine Nuance dunkler als meine. Die Farbe seiner schön geformten Lippen war kaum von der des Gesichts zu unterscheiden.

„Aus dem Sudan. Bist du auch mit dem Himmelfahrtskommando gekommen?“

Ich schmunzelte über das schwierige Wort „Himmelfahrtskommando“ und sein gebrochenes Deutsch, während mein Blick seiner Hand folgte, mit der er eine Flasche Bier hielt und auf den flachen Fernsehbildschirm zeigte. „Nein“, wehrte ich seine absurde Vermutung ab. „Gott sei Dank! Ich bin mit dem Flugzeug gekommen. Und du?“

„Respekt! Zivilisiert in eine zivilisierte Gesellschaft! Und sie haben dich nicht unterwegs rausgeworfen?“

Er grinste sarkastisch.

Mir war nicht zum Lachen zumute.

„Madam Afrika, dein Döner, Pommes und dein Getränk.“ Der Verkäufer unterbrach unsere Unterhaltung.

Als ich das köstlich zubereitete Essen auf dem Teller sah, fiel mir ein, dass ich es eigentlich mitnehmen wollte! „Sorry, kannst du es mir bitte einpacken?“

Der eben noch nette Mann verdrehte die Augen. „Afrika, das musst du vorher sagen! Jetzt liegt es schon auf dem Teller. Setz dich zu deinem Bruder und iss!“ Er wandte sich von mir ab und bediente den nächsten Kunden. Ich war zu erschöpft für eine lange Diskussion und gab mich geschlagen.

„Du siehst müde aus. Kommst du von der Arbeit?“ Der Schwarze ließ nicht locker.

„Du hast meine Frage nicht beantwortet!“, gab ich patzig zurück. Ich stand auf und nahm meinen Teller und das Getränk von der Theke. „Wie heißt du überhaupt?“

„Abdallah. Bin mit dem Boot gekommen. Von Libyen nach Italien. Seit achtzehn Monaten in Deutschland. Nein, noch keine Anerkennung. Und ja, ich wohne noch im Container!“ Er betete seine Standardantworten herunter und versuchte dabei zu lächeln, aber es misslang ihm. Sein Lächeln blieb leer. Seinen Augen war anzusehen, dass sie viel zu viel gesehen hatten.

„Wow! So weiß man dich gleich einzuordnen!“ Ich zwinkerte ihm ironisch zu. „Gut trainiert! ... Genau, ich komme direkt von der Arbeit und bin todmüde.“ Ich schob ihm den Teller ein Stück entgegen. „Möchtest du?“

Er nahm ein paar Pommes. Als er seinen Mund öffnete, sah ich seine schneeweißen Zähne. Als er kaute, bewegte sich sein kräftiger Unterkiefer fast in einem Halbkreis, dann schluckte er und spülte mit Bier nach. Seine Art faszinierte mich. Er schien es zu bemerken und fragte: „Und wie heißt du?“

„Toyin!“

„Toyin ...“, wiederholte er leise.

Schweigend schauten wir wieder zum Bildschirm hinüber. Inzwischen lief eine Shopping-Show. Plötzlich konnte ich nichts mehr runterkriegen. Ich war satt, wahrscheinlich aber einfach übermüdet. Sollte ich mir den Rest jetzt doch noch einpacken lassen? Die Schlange am Tresen war lang, und ich hatte keine Lust, mich mit dem Dönerverkäufer anzulegen.

Ich bot Abdallah den Rest meines Essens an. „Nimm dir, gerne. Ich schaff's nicht mehr."

Er schüttelte den Kopf. „Danke, aber ich koche gleich zu Hause. Habe gerade ein paar Sachen eingekauft und bin nur auf ein Bier hier." Wieder zeigte er mir ein Lächeln, das kein echtes Lächeln war. Und wieder lag dieser stumpfe Blick auf mir.

Mir fiel auf, dass ich schon lange nicht mehr nigerianische Gerichte gekocht hatte, seit ich bei Deji ausgezogen war. Ich vermisste afrikanisches Essen. Ich fragte Abdallah, was er zu kochen vorhatte. Er erklärte es mir. Trotz seines unsympathischen Aussehens und seiner sarkastischen Art hatte er mein Interesse geweckt. Irgendwie wollte ich es schaffen, dass er mich zum Essen einlud. Also fragte ich interessiert weiter. Welche Zutaten er benötigte.

„Wenn du Lust hast, komm doch mit. Wir kochen zusammen!"

„Wie du siehst, bin ich gerade satt geworden!" Ich tat, was meiner Meinung nach jede afrikanische Frau erst einmal tun musste: ihn abblitzen lassen!

„Wenn du das nächste Mal hungrig bist, bekommst du eine richtige Mahlzeit. Gutes Essen!" Er tat, was ein afrikanischer Mann meinte, tun zu müssen: weitergraben. Er zwinkerte und schenkte mir endlich ein erstes echtes und freches Lächeln!

„Mal sehen! ..."

Er ließ nicht locker. „Gib mir doch einfach deine Nummer. Ich sage dir Bescheid, wenn ich das nächste Mal koche."

Ich kokettierte weiter. „Na, wenn überhaupt, gibst du mir deine Nummer, damit ich dir Bescheid sagen kann, wann ich Hunger habe!"

Vollendeter hätte unser geschmeidiger Tanz kaum sein können! Es war der Beginn einer ungewöhnlich tiefen Freundschaft. Er tippte seine Nummer in mein Handy, und bevor ich es zurücknehmen konnte, hatte er sie angewählt und meine Nummer erschien auf seinem Display. Gespielt empört schaute ich ihn an. Wir mussten beide lachen. Nach einer Weile standen wir auf, verließen das Bistro und standen für einen Moment auf dem breiten Fußweg. Die andere Straßenseite säumten reihenweise Restaurants, Cafés und Imbissbuden, davor Tische und Stühle. Einige Gäste saßen trotz der herbstlichen Frische noch draußen.

„Ey, haste mal 'n Euro? Ich hab tierischen Hunger." Vor mir stand ein junger blonder Mann mit vorgebeugtem Körper. Vermutlich waren seine Augen einst strahlend blau gewesen. Jetzt schaute er uns stumpf und stoned an.

Ich drückte ihm einen Euro in die Hand und zeigte dann durch das Ladenfenster. „Drinnen, auf dem hintersten Tisch, steht noch mein Teller, siehst du? Ich hab es selbst nicht aufessen können. Wenn du dich beeilst ..."

Der Bursche wankte zur Tür und murmelte: „Ey, cool, danke. Du bist echt cool, man!"

Abdallah und ich gingen eine Weile nebeneinanderher.

„Meine Unterkunft ist in Stellingen. Deine?"

„Ich hab ein Zimmer, hier in der Nähe."

Er sah mich von der Seite an und blieb stehen. Als ich ihm ins Gesicht schaute, zog er anerkennend die Augenbrauen hoch. Dann gab er mir plötzlich die Hand. „Schwester, hat mich gefreut."

„Mich auch!"

REINEN TISCH MACHEN

Die Begegnung mit Abdallah hatte mich ein bisschen aufgebaut, doch als ich den Schlüssel zu Hause ins Schloss steckte und umdrehte, war klar, dass Hellen nicht da war. Ich schaltete das Licht ein, setzte mich auf mein Bett und checkte meine Nachrichten auf dem Smartphone. Meine jüngere Schwester Abiola hatte Fotos geschickt von ihrer Absolventenfeier. Sie war sehr hübsch gekleidet und lächelte auf jedem Bild. Master of Science. Neid stieg in mir auf. Eigentlich müsste ich jetzt an ihrer Stelle feiern. Ich war die Ältere! Sofort fühlte ich mich wieder einsam und hatte Heimweh. Ich vermisste mein Zuhause in Nigeria. Meine Eltern. Meine Geschwister. Das Haus. Die Gerüche. Das Essen. Laute Musik. Die Geräusche. Die rote Erde. Staubige Straßen. Die Sonne. Harmattan, die Regenzeit – unser Winter. Ich dachte an Dirk. Tapfer hatte ich versucht, ihn zu vergessen, aber in Wahrheit vermisste ich ihn schrecklich.

Es klingelte. Ich vermutete, Hellen hätte ihren Schlüssel verloren, und lief zur Wohnungstür. Es war Rheiner, mein Chef. Das hatte mir an diesem melancholischen Abend noch gefehlt! Außerdem kannte ich inzwischen Fluch und Segen einer Affäre.

„Rheiner, heute ist … schlecht! Komm lieber morgen!"

„Morgen habe ich keine Zeit. Ich werde den ganzen Tag in Bremen unterwegs sein! Geht's dir nicht gut?" Der alte Mann klang gehetzt und setzte bereits einen Fuß über die Türschwelle. Wortlos trat ich zurück. Hastig zog er seine Schuhe aus. Ich drehte mich weg, um in die Küche zu gehen und Getränke vorzubereiten.

Rasch umarmte er mich von hinten und umschloss mit seinen Händen meine Brüste. „Ich habe eine Überraschung für dich!“, flüsterte er mir ins Ohr. „Für morgen Abend habe ich ein Hotelzimmer in Bremen gebucht ... für uns beide!“

Unbeeindruckt wehrte ich ihn ab. Es passte mir nicht in den Kram, denn ich war mit Louise zum Tanzen verabredet. „Rheiner, das geht nicht. Ich habe morgen Spätschicht!“

„Hab ich schon längst geregelt, meine Süße. Du machst die Frühschicht und fährst danach mit der Bahn!“

„Aber, ich bin abends schon verabredet!“, machte ich meine Absage jetzt deutlicher.

Er sah mich flehend an. „Ist das dein Ernst? Soll ich den schönen freien Abend etwa allein verbringen?!“

„Rheiner …!“ Am liebsten hätte ich gesagt: „Nimm doch deine Frau mit!“ Aber ich kam nicht dazu, überhaupt weiterzusprechen. Ich wurde in Sekundenschnelle mit Küssen bedeckt, hochgehoben und in mein Zimmer aufs Bett getragen.

~ ~ ~

Auf meiner Insel „Isolation“ erreichte mich, als wäre der Weg zu weit, keinerlei Wärme mehr, seit der Kontakt zu Deji abgebrochen war. Unsere Schichten überschnitten sich nur noch selten, und ich glaubte, darüber nicht traurig sein zu müssen. Zumindest redete ich mir das ein. Die Wahrheit war, dass ich meinen Bruder und Freund tief im Herzen vermisste.

Nur durch Zufall erfuhr ich, dass Katja inzwischen schwanger war. Ich war sauer, es von meinen Kollegen zu hören und nicht zu wissen, warum Deji mir nicht einmal das hatte erzählen können. Wochen-, vielleicht auch monatelang hatte er es mir verschwiegen. Das wäre in Nigeria ein triftiger Grund gewesen, eine Familienfreundschaft offiziell zu beenden. Nun fragte ich mich, wann das Baby geboren werden würde, oder ob es sogar schon da war.

Die meisten Kollegen hatten sich nach und nach von mir abgewendet. Warum, wusste ich nicht, doch ich ahnte, dass man es mir verübelte, ohne erkennbaren Grund befördert worden zu sein. Ich war keine Hilfskraft mehr, sondern durfte im Service arbeiten, telefonische Bestellungen entgegennehmen, Einkaufslisten schreiben und die Einkäufe kontrollieren. Es war mir unangenehm, aber das Einzige, was mir wirklich am Herzen lag, war, dass niemals herauskäme, dass ich eine Affäre mit meinem Chef hatte. Es war nicht auszumalen, wie sie reagierten, wenn sie es erführen.

Die Pausen verbrachte ich meistens allein. Eines Tages ging ich zur Mittagszeit in den Aufenthaltsraum, um eine saubere Tasse für meinen Tee zu holen. Einige Kollegen unterhielten sich aufgeregt. Es ging um Deji. Er hätte einen rätselhaften Anruf erhalten und wäre Hals über Kopf aus dem Restaurant gestürzt. Gerade noch hätte ihn jemand rufen gehört, er würde heute nicht mehr wiederkommen. Niemand wusste, was passiert war.

Irgendwie war ich mittendrin und doch komplett ausgeschlossen. Alle anderen schienen mehr zu wissen als ich, seine Schwester. Während der restlichen Stunden meiner Schicht ging mir Deji nicht aus dem Kopf. Warum konnte er unseren dummen Streit und seinen Stolz nicht einfach mal beiseitelassen und mir sagen, was los war? Langsam fand ich sein Verhalten so daneben, dass ich beschloss, mit Katja zu reden. Sollte er doch in der Hölle schmoren!

Nach Feierabend ging ich nicht nach Hause, sondern wählte gleich auf der Straße Katjas Nummer. Die Mailbox sprang an. Ich überwand mich und wählte Dejis Nummer, erwischte aber auch hier nur die Mailbox. Als Letztes probierte ich die Festnetznummer zu erreichen. Bevor die Anrufbeantworteransage beendet war, legte ich auf. Das Ganze ließ mir keine Ruhe, ich wurde nervös. Vielleicht wussten Katjas Eltern etwas, also wählte ich deren Nummer.

„Hier ist Ole!"

„Ole, hör zu, wo ist Katja?"

„Katja ist hier. Wieso?"

„Bitte gib sie mir mal, ja? Ich muss sie dringend sprechen."

„Geht nicht ...", druckste Ole herum. „Sie heult die ganze Zeit!"

„Was ist denn bloß los?", drängelte ich.

„Toyin? Bist du das? Kannst du kommen?" Er wirkte irgendwie hilflos. „Deji ist auch hier. Willst du ihn sprechen? Er will sich von Katja trennen ..."

Was für ein Vollidiot! War Deji komplett verrückt geworden? Abstand von mir zu nehmen, war zwar schon dämlich, aber immer noch okay. Doch das hier ... Seine Frau war immerhin schwanger! Hatte der Typ nichts Besseres zu tun, als sich in so einem Moment von ihr zu trennen? Ich war wütend.

„Nein, Ole. Ich komme! Wartet! "

~ ~ ~

Katjas Vater öffnete die Haustür. Sein Gesicht war blass und ernst, seine Stirn in Falten gelegt. Sein sonst so schönes Lächeln erschien heute nicht. „Toyin, wie geht es dir?“, sagte er automatisch, auch wenn klar war, dass er das jetzt gar nicht wissen oder hören wollte.

Hinter ihm im Flur stand Katjas Mutter, ebenso entgeistert wie ihr Mann, und rauchte.

„Wenn ich mit Katja geredet habe, weiß ich, wie es mir geht!“, sagte ich leise.

Mit einer düsteren Vorahnung ging ich an den beiden vorbei ins Wohnzimmer. Katja lag mit lang ausgestreckten Beinen auf dem Sofa, ihr Bauch hatte bereits einen deutlichen Umfang. In der einen Hand hielt sie eine Zigarette, in der anderen ein Taschentuch, mit dem sie sich die Tränen abwischte. Ihr Kummer war unübersehbar. Als sie mich erblickte, begann sie von Neuem zu schniefen. Noch mehr Tränen rollten über ihre rötlichen erhitzten Wangen. Bemüht, etwas Ruhe auszustrahlen, kniete ich mich ganz langsam neben das Sofa auf den Boden.

„Katja, das ist nicht gut für dich und das Baby.“ Behutsam nahm ich ihr die zwischen den zitternden Fingern eingeklemmte Zigarette ab.

„Toyin“, heulte sie verzweifelt. „Er sagt, es ist vorbei!“

„Hör nicht auf ihn“, versuchte ich sie zu beruhigen. „Was soll der Quatsch?! Ihr habt doch gerade erst geheiratet und bekommt bald ein Baby. Deji dreht gerade durch. Ich habe keine Ahnung, was mit ihm los ist.“

Katja ließ sich nicht beruhigen, sie war außer sich. „Ich hab Scheiße gebaut, Toyin ... richtig Scheiße ... Ich hab mich tausendmal bei ihm entschuldigt, aber er … und alle sind gegen mich. Mama, Papa … Scheiße noch mal!“

Ich bemühte mich, einen klaren Kopf zu behalten, und fragte: „Wo ist Deji?“

„Ich glaube, in der Küche ... mit meinen Eltern.“

Ich verstand das Ganze nicht. Deji liebte seine Katja über alles, jetzt war sie sogar schwanger. Ich ging in die Küche. Deji saß am Esstisch und starrte vor sich hin.

„Bruder Deji, ich möchte mit dir sprechen!“, sagte ich mit einer Bestimmtheit, die ich mir selbst nicht zugetraut hätte.

„Lass mich in Ruhe!“, brüllte er mich an. „Ich habe dich nicht gebeten, hierherzukommen, okay?!“

Seine Art machte mich blitzartig aggressiv. Das Fass war gerade übergelaufen. Auf Yoruba schrie ich ihn an: „Warum sollte ich dich in Ruhe lassen, he? Dass du mich ständig ignorierst, ist eine Sache, und auch darüber reden wir noch! Aber deine schwangere Frau weint im Wohnzimmer, und du? Was machst du? Sitzt hier und lässt sie da eiskalt sitzen? Sie raucht sogar, obwohl sie schwanger ist. Ist dir das egal?! Willst du, dass euer Baby krank zur Welt kommt? Wow, mit deiner Art ...“

Ich unterbrach mich, denn Katja schlurfte zu uns in die Küche. Deji stand abrupt auf, ohne sie oder mich anzusehen, und zog seine Jacke von der Stuhllehne.

„Deji, bitte warte, ich komme mit!“

So schnell sie konnte, nahm Katja einen Schuh und bückte sich angestrengt, um ihn anzuziehen. Deji ließ sie stehen und knallte die Haustür hinter sich zu. Katja schmetterte den Schuh in die Ecke, sank auf einen Stuhl und verbarg ihr Gesicht in den Händen. Ihr trauriges Schluchzen schüttelte den ganzen Körper. Sie halb umarmend, legte ich meine Handfläche auf ihren bebenden Rücken und hockte mich neben sie. Ihre Eltern standen ratlos in der Küchentür. Es sah nicht so aus, als könnten sie irgendetwas Konstruktives beitragen. Plötzlich wurde ich sehr müde. Irgendwas stimmte hier nicht.

„Komm, Katja, ich bringe dich nach Hause!", sagte ich entschlossen, nachdem ich mir kurz überlegt hatte, was jetzt zu tun wäre.

Verwirrt und hilflos blickte Katja mich an. „Zu Deji?", fragte sie in fast kindlichem Ton.

„Zu Deji!"

„Willst du mir erzählen, was passiert ist?", fragte ich vorsichtig nach, als wir im Taxi auf dem Rücksitz nebeneinandersaßen.

Wie sich herausstellte, hatte ich mit meiner Vermutung bei meiner ersten Begegnung mit Jörg nicht danebengelegen. Katja erzählte unter Tränen, sie hätte dummerweise mit ihm geschlafen. Doch als er ihr gebeichtet habe, er wolle sich wegen ihr von seiner Frau scheiden lassen, habe sie sich, obwohl sie hin- und hergerissen war, für Deji entschieden. Deji habe nichts von dem Techtelmechtel gewusst. Ich seufzte und schwieg. Was für eine Scheißgeschichte! Den aufkommenden Gedanken, selbst ähnlich verstrickt zu sein, verdrängte ich sofort.

„Wie, um Himmels willen, hat Deji das herausgefunden?"

„Ich hab's ihm heute Morgen erzählt! Ich wollte reinen Tisch machen!"

Mein Kopf wurde schwer, und ich wusste nicht mehr, was ich sagen sollte. Wieso hatte Katja die Sache nicht auf sich beruhen lassen? Ich verstand sie nicht. Katja schien meine Gedanken zu erraten.

„Ich weiß, es ist Scheiße, jemanden zu betrügen. Erst recht, wenn man schwanger ist. Ich schäme mich …“

„Mein Gott, Katja!“, unterbrach ich sie. Meine Geduld war am Anschlag. „Warum hast du es ihm denn bloß erzählt?!“ Betrügen hin oder her, es schien mir lediglich etwas zu sein, was Menschen eben tun. Ich fand es nicht gut, aber ich ging schließlich mit offenen Augen durch die Welt. „Hat Deji dich etwa gefragt, ob du was zu beichten hättest? Oder war es dein schlechtes Gewissen?“ Katja schwieg und schluchzte leise. „Glaubst du, dass Deji dir erzählen würde, wenn er dich betrügt?“, setzte ich nach. Sie schaute mich erschrocken an und wurde kreidebleich.

„Toyin, ich ...“, fing sie an, brachte den Satz aber nicht zu Ende, sondern fiel wieder in das Schluchzen zurück.

„Kapier doch, mit deinem Schmerz musst du alleine klarkommen!“

Katja räusperte sich, nachdem sie sich wieder ein wenig gefangen hatte. „Hör zu, das sehe ich aber ein wenig anders. Wenn man die Wahrheit für immer verschweigt, weiß der andere ja gar nicht, mit wem er zusammen ist. Und ich möchte doch, dass Deji mich richtig kennt. Dazu gehört leider auch mein beschissener Fehler, verstehst du?“

Jetzt war ich diejenige, die sich ausschwieg. Katja musste doch gewusst haben, dass Deji komplett durchdreht. Sie kannte ihn doch! Eine schwangere Frau wurde in unserer Kultur wie eine Heilige behandelt.

„Katja, die Frage, die du dir stellen musst, ist doch: Kann derjenige, der die Wahrheit erfährt, die Wahrheit auch ertragen?“ Ungern erinnerte ich mich daran, wie meine Eltern, Onkels und

Tanten erfuhren, dass meine fünfzehnjährige Cousine schwanger war. Jeder von uns Teenagern war damals froh gewesen, nicht in ihrer Haut zu stecken. Aber das war jetzt weit, weit weg.

„Du hast also gedacht, dass Deji kurz traurig ist und dir dann verzeiht, richtig? Da kennst du meinen Bruder aber schlecht, Katja! Du hättest deinen Mund halten sollen!"

„Ich glaube, du verstehst einfach überhaupt nicht, was ich sagen will! Kein Wunder, du bist ja auch nicht verheiratet." Katja blieb auf ihrer Fährte, während ich mich wegdrehte und die Augen rollte.

Auf der Entbindungsstation

Drei Tage später, nach einer anstrengenden Schicht im Restaurant, traf ich Abdallah. Er zeigte mir einen Afro-Shop, der eine größere Auswahl an afrikanischen Gemüsesorten hatte als der in meinem Stadtteil. Wir trafen uns häufiger. Wenn er kochte, kam ich zu ihm ins Asylbewerberheim, wenn ich kochte, kam er zu Hellen und mir. Da Hellen sich nur für Männer mit Geld interessierte, war Abdallah von Anfang an kein Typ für sie. Wir kochten, aßen, sprachen und lachten also ungestört, ohne sie.

An diesem Tag war Hellen nicht zu Hause. Ich wollte Abdallah ein nahrhaftes, traditionelles Yoruba-Essen servieren: Pounded Yam und Egusi-Suppe. Abdallah deckte den Tisch, während ich an der Spüle stand, um das Gemüse zu waschen. Wir unterhielten uns angeregt und lachten viel, beinahe hätte ich mein Smartphone überhört, das in meinem Zimmer lag und klingelte. Ich schaffte es gerade noch, hinüberzusprinten und das Telefonat anzunehmen. Katja war dran, sie schien aufgeregt.

„Toyin! Gut, dass ich dich erreiche! Ich bin im Krankenhaus, kannst du herkommen?“ Es war weniger eine Frage als eine dringende Bitte.

„Ist Deji nicht da?“, wollte ich prompt wissen.

Katja schwieg, das hieß wohl „nein“ und konnte vieles bedeuten.

Ich wusste nicht, wie es zwischen den beiden lief, seit sie beschlossen hatten, es noch einmal miteinander zu versuchen. Ich hoffte sehr, dass es ihnen gelingen würde, doch jetzt machte ich mir augenblicklich wieder Sorgen. Katjas Bitte kam mir zwar ungelegen, aber ich konnte jetzt nicht einfach weiterkochen und sie im Stich lassen. „Okay ...", sagte ich und sortierte meine Gedanken. „Dann ... Klar, ich komme gleich!"

Abdallah sah sofort, dass etwas passiert war, als ich zurück in die Küche kam. Ich musste nicht viel sagen, er zeigte sofort großes Verständnis. Wir räumten gemeinsam die frischen Zutaten in den Kühlschrank und verabredeten uns für den nächsten Abend neu.

~ ~ ~

Dirks Lächeln begrüßte mich, als ich Katjas Zimmer auf der Geburtsstation betrat. Ich bekam einen Schreck und fühlte mich total überrumpelt. Nach so langer Zeit blickten wir uns wieder in die Augen. Oft hatte ich mir vorgestellt, wie es sein würde, wenn wir uns zufällig über den Weg liefen. Jetzt war es so weit, und ich wusste im ersten Moment nicht, was ich sagen oder tun sollte. Er stand auf und drückte mich lange und fest, so, wie er es früher getan hatte.

„Schön, dich wiederzusehen, Toyin!"

Als ich Dirks Stimme vernahm, meldete sich mein Herz, als wäre es lange nicht da gewesen. Es pochte zart in meiner Brust, und plötzlich wurde mir klar, wie sehr ich ihn vermisst hatte.

„Das ist meine Schwester Mia!" Er zeigte auf eine junge dunkelhaarige Frau, die neben dem Bett saß und mir stumm zunickte.

Ich war fast dabei, einen Schritt auf sie zuzugehen, um ihr die Hand zu reichen, doch dann hielt ich inne. Ihr Gesichtsausdruck schien zu distanziert. Ich nickte ebenfalls und wendete mich Katja zu, gab ihr einen Kuss und bemerkte nun auch deren ebenfalls hochschwangere Zimmernachbarin. Ich ging zu ihr hinüber und gab ihr die Hand.

Katja strahlte mich an. „Schön, dass du da bist!“, rief sie.

Gleichzeitig flüsterte Mia Dirk leise zu: „Woher kennst du eigentlich all diese Dschungelleute?“

Ich ließ mir nicht anmerken, dass ich ihre Worte verstanden hatte, und fragte Katja nach ihrem Befinden.

„Lass das Gerede!“, zischte Dirk Mia zu. „Das ist Toyin …“

Katja schien das Parallelgespräch nicht zu bemerken, oder sie ignorierte es wie ich. „Die Kleine wird sich, trotz der vorzeitigen Wehen, vermutlich noch Zeit lassen, sagen die Ärzte.“ Sie sah glücklich aus.

„Die, von der Mama und Papa erzählt haben?“, tuschelte es hinter meinem Rücken weiter. Es war mir unangenehm, besonders weil es mich an die enttäuschende erste Begegnung mit Dirks Eltern erinnerte. „Glaub mir, wenn du mit der zusammenziehst, nennen wir uns nicht mehr Schwester und Bruder! Glaub bloß nicht, dass ich jemals auch nur ein Wort mit den Dschungelkindern, die sie werfen wird, wechseln werde.“

Erschrocken sah mich Katja an, die es nicht verbergen konnte, Mias Geschwätz mitverfolgt zu haben.

„Dann brauchen wir an dieser Stelle auch nicht mehr weiterzureden“, wehrte sich Dirk jetzt mit lauter Stimme und funkelte seine Schwester böse an.

Ich erstarrte kurz, dann verwickelte ich die verwirrte Katja instinktiv in ein Gespräch, um sie abzulenken. Wir redeten über die Berechnung des Geburtstermins, doch mit einem Ohr blieb ich Mias hässlichen Äußerungen auf den Fersen.

„Ich kann keine Sekunde länger in diesem Raum bleiben! Ich bin wegen Katja hier, nicht wegen des Affen, den sie in ihrem Bauch rumschleppt.“ Mia stand auf, schnappte sich ihre Jacke und trat auf Katja zu, die glücklicherweise nichts mitbekommen hatte. „Ich muss leider los!“, säuselte sie und küsste Katja auf die Wange.

„Danke für deinen Besuch“, sagte Katja freundlich und winkte ihr nach.

Mia nickte knapp zu Dirk, hob die Hand, um sich von Katjas Zimmernachbarin zu verabschieden, und ging. Als würde ich nicht existieren. Sie widerte mich an! Für einen kurzen Moment wünschte ich mir, sie würde sehen können, was ich in meinem Herzen fühlte.

„Das ist also deine Schwester! ...“, schnaubte ich giftig und sah Dirk vorwurfsvoll an. Katja stutzte. Ich riss mich zusammen. „Was ... macht sie eigentlich beruflich?“

Dirk parierte. „Mia ist Studentin ... Biologie auf Lehramt.“

Was man von Lehrern wie Mia wohl zu erwarten haben wird!, dachte ich zornig, doch ich beherrschte mich, weil ich wegen Katja hier war. Sie war gerade mit vorzeitigen Wehen ins Krankenhaus eingeliefert worden. Das hatte jetzt Vorrang.

Katjas Krankenhaustelefon klingelte. Es schien Deji zu sein. Verlegen schaute sie uns an, während sie ihn bat, kurz zu warten. Dann legte sie die Hand auf den Hörer, blickte hilflos zu uns herüber und zuckte mit den Schultern. Dirk verstand sofort, dass es jetzt Zeit war, zu gehen. Er stand auf und bedeutete mir, ebenfalls aufzustehen. Wir warfen ihr kleine Handküsse zu und schoben uns aus dem Krankenzimmer.

Als würden wir eine lange Reise antreten, schritten unsere beiden Körper nebeneinander im gleichen Rhythmus den langen Klinikflur hinunter. Wie Fremde, die sich paradoxerweise sehr gut kennen, standen wir uns auf dem Parkplatz gegenüber. Dirk bot mir an, mich im Auto mitzunehmen, und ohne eine Erwartung zu haben, nahm ich sein Angebot an.

„Dirk?“

„Ja?“

„Hätten wir uns nicht ausgerechnet bei Katja auf der Entbindungsstation getroffen, hätte ich deine Schwester verprügelt und du müsstest sie jetzt auf der Intensivstation besuchen!“

Die ganze Fahrt über schwiegen wir. Es gab nichts zu sagen. Als wir bei mir ankamen, parkte Dirk umständlich rückwärts in eine enge Parklücke ein. Er wirkte angestrengt. Im Rückspiegel sah ich Iweka von der Bushaltestelle kommen. Wenn ich mich nicht versah, schleppte er seine große Reisetasche mit sich. Er hatte mich scheinbar nicht gesehen und ging gedankenverloren an uns vorbei, nur ein paar Meter entfernt. Ich blieb einen Moment sitzen, um ihm nicht zu begegnen. Nach einer Weile stieg ich aus und wartete darauf, dass auch Dirk aussteigen würde. Unsicher kam er um das Auto herum und nahm meine Hand.

„Toyin, ich möchte dir etwas sagen!“ Da war sie wieder, seine schüchterne Stimme.

„Okay?!“

„In den letzten Wochen hast du mir verdammt gefehlt.“ Er klang gequält. Ich hätte ja schon gemerkt, dass es kompliziert sei. Seine traurigen Augen suchten eine Reaktion in meinem Gesicht. Ich schwieg. „Ich liebe dich.“ Es folgte ein tiefer Seufzer, als wäre er froh, es mir endlich gesagt zu haben.

Für einen Moment stand alles still. Ich spürte nur den pochenden Puls an meinem Hals und die Luftsprünge, die mein Herz machte. Ich konnte nichts dagegen tun. Mein Kopf produzierte Einwürfe, die jetzt nicht passten. *Was musste denn passiert sein, dass er anscheinend der einzige weltoffene Mensch in seiner Familie war? Wo kam diese Feindlichkeit in seiner engsten Umgebung eigentlich her?* Ich verkniff mir die Fragen, stattdessen ließ ich mich von ihm umarmen und küsste ihn zärtlich auf die Wange. Verstand hin oder her, mein Herz hatte sich längst entschieden. Natürlich für Dirk! Ich spürte die Erleichterung, nachdem ich mir wochenlang eingeredet hatte, es wäre das Beste, wenn er aus meinem Leben verschwände. Ich war gescheitert in dem krampfhaften Versuch, ihn aus meinem Alltag zu verbannen, denn gedanklich landete ich doch immer wieder bei ihm. Hatte Dirk nicht eben deutlich gesagt, er würde mich lieben? Und meine Wahrheit war, dass etwas in meiner Seele anklang, wann immer ich ihm begegnete. Ich hatte mein Herz an ihn verloren, und dies war ein zarter Neubeginn.

„Kommst du mit rein?“, fragte ich leise.

„Ja, aber leider nur kurz. Ich bin eigentlich schon verabredet heute.“

Als ich die Wohnungstür öffnete, huschte Hellen an uns vorbei und flötete: „Hallo, ihr zwei. Bin heut’ Abend wieder da. Hab ’ne Verabredung in Altona.“

Im Wohnzimmer saß Iweka auf dem Sofa und starrte in den Fernseher. Das Programm schien an ihm vorbeizuflimmern. Vor ihm stand ein Teller zerkochte Nudeln mit Ketchup.

„Iweka, das ist Dirk!“, sprach ich ihn vorsichtig an.

„Hallo, Dirk, setz dich, fühl dich wie zu Hause!“ Iweka blickte nur knapp in Dirks Richtung und starrte dann wieder auf den Bildschirm.

„Ich habe dich eben schon vom Auto aus gesehen. Was machst du denn mit der Reisetasche?“

Ich versuchte, die Frage so beiläufig wie möglich klingen zu lassen.

„Erzähl' ich dir später ... Dirk, was möchtest du trinken? Wir haben Wasser, Softdrinks, Tee …? Kaffee trinkt hier keiner." Iweka wirkte lustlos, war aber bemüht, die Gastgeberrolle zu spielen.

„Oder ein Bier?", fügte ich hinzu und lief in die Küche.

„Ja, gern, danke." Dirk folgte mir.

Erst als ich den Kühlschrank öffnete, sah ich, dass gar kein Bier mehr da war. Ich beschloss, schnell zur Tankstelle zu gehen. Ich wühlte in meiner Tasche nach dem Portemonnaie, doch es war leer. Ich konnte nur mein gespartes Geld nehmen. Eilig zog ich den Koffer unter meinem Bett hervor, bemerkte aber sofort, dass jemand die Nummern am Zahlenschloss verdreht haben musste. Er ließ sich zwar mit meiner Zahlenkombination öffnen, doch in der inneren Seitentasche fand ich nur einen restlichen Teil meiner Ersparnisse. Zweihundert Euro fehlten. Ich konnte es nicht fassen! Schon vor ein paar Tagen hatte ich den Verlust von einhundert Euro beklagen müssen. Hellen hatte selbst vor Kurzem erzählt, dass Geld aus ihrem Zimmer gestohlen worden wäre. Wir sprachen darüber, dass es merkwürdig sei, dass Hellen ihr Zimmer abschließen konnte, ich meins aber nicht. Und Iweka hatte Schlüssel für alle Zimmer. Als ich vorschlug, Iweka zu konfrontieren, war sie dagegen.

Ich war stinksauer, musste mich jetzt aber zusammenreißen, solange Dirk da war. „Ich bin gleich wieder da, bin nur kurz zur Tankstelle", trällerte ich durch die Küchentür Dirk zu, der am Tisch saß.

„Mach dir bitte keine Umstände, ich bleibe nicht lange."

„Nur zwei Sekunden, versprochen!"

Bepackt mit Chips, zwei verschiedenen Biersorten, Erdnüssen und Schokoladenkugeln, hetzte ich zurück. Dirk saß inzwischen neben Iweka auf dem Sofa im Wohnzimmer. Mir blieb nichts anderes übrig, als mich dazuzusetzen. Innerlich tobte ein Chaos. Einerseits loderte das gerade neu entfachte Liebesfeuer für Dirk in mir und gleichzeitig explodierte ich beinahe vor Wut auf Iweka. Sobald Dirk gegangen wäre, würde ich ihn zur Rede stellen!

Eine Viertelstunde später begleitete ich Dirk zum Auto. Lange lag ich einfach in seinen Armen, und ohne dass wir es aussprechen mussten, war klar, dass wir uns am nächsten Tag gleich wieder treffen würden. Viel zu viel Zeit hatten wir schon verloren. Unsere Liebe war das Wichtigste, alles andere, das Komplizierte, das zwischen uns gestanden hatte, würden wir in Ruhe besprechen. Einen Masterplan machen!

Gerade, als ich, einen kühlen Stoß Luft mitbringend, von draußen wieder in die Wohnung trat, sah ich Iweka sich im Flur die Schuhe zubinden. Er wollte gehen.

„Iweka, ich möchte dringend etwas mit dir besprechen. Ich koche vor Wut!“, platzte ich heraus.

„Du glaubst gar nicht, wie ich vor Wut koche! Heute habe ich keine Zeit. Wir reden morgen ...“

Ich ließ mich nicht abwimmeln. „Nein, ich will das heute mit dir klären!“, forderte ich mit einem gezielt provokanten Unterton.

„Toyin, lass das! Morgen bin ich wieder hier ... Ich bin ab jetzt jeden Tag wieder hier. Wir haben uns zerstritten. Das wolltest du doch wissen, oder?“ Er trat aus der Wohnungstür.

„Iweka! Es ist wichtig!“, rief ich ihm hinterher. „Mir ist eine Menge Geld gestohlen worden, hier in meinem Zimmer, aus einem verschlossenen Koffer! Und ich will wissen, von wem, wie und warum!“ Ich nahm keine Rücksicht darauf, ob ein Nachbar mich hören konnte, und wechselte in der Aufregung von Deutsch auf Yoruba.

Iweka stand bereits im Hausflur. „Wie bitte?!“ Er drehte sich zu mir um. „Wiederhol das bitte!“

„Folge mir!“ Ich stapfte ungehalten in mein Zimmer. Betont sauer zog ich schwungvoll den Koffer wieder unter dem Bett hervor. „Beim ersten Mal waren es einhundert, jetzt sind es noch mal zweihundert, also insgesamt dreihundert Euro, Iweka!“

„Und?! Wie viele Menschen wohnen in der Wohnung?“ Er kniete sich auf den Boden, inspizierte das Zahlenschloss und sah dann verärgert zu mir hoch.

„Zwei natürlich ... Aber es haben mehr als nur zwei einen Wohnungsschlüssel!“ Meine Worte stachen spitz und schnippisch in die grauschwarze Wolke, die sich im Raum über uns zusammengebraut hatte.

„Hat jemand von euch einem Freund den Schlüssel gegeben ... und hast du vielleicht jemandem deinen Code verraten?“

Ich verdrehte meine Augen und stemmte die Hände in die Hüften. „Wozu sollte ich wohl einen Code haben, wenn ich nicht meinen Mund halten kann? Für manche Leute ist es eine Kleinigkeit, so ein lächerliches Schloss zu knacken.“

„Ja und?! An wen denkst du da?“ Iweka stand auf.

„Na ja ... Ich kann’s ja nicht gewesen sein! Bleiben noch zwei ...“

„Zwei? Wie bitte?! Das ist nicht dein Ernst, Toyin!“ Iweka war aufgebracht und lief in die Küche, sodass ich ihm folgen musste, denn er redete weiter. „Pass mal auf, ich erklär's dir: Ich hatte genau zwei Schlüssel, einen hast du, den anderen Hellen. Wenn einer von euch einer dritten Person euren Schlüssel gibt, ist das ja wohl nicht mein Problem! ... Außerdem möchte ich zukünftig keinen Fremden mehr in der Wohnung haben! Verstanden?!"

Veräppelte er mich? „Iweka, es gibt keine dritte Person. Aber du hast doch auch einen Wohnungsschlüssel."

„Ich? Natürlich nicht! Es gibt nur zwei. Wenn ich bisher überhaupt hierhergekommen bin, dann nur, um die Mieten von euch zu kassieren. Und falls du dich erinnerst, habe ich vorher immer angerufen, um sicher zu sein, dass ihr hier seid. Weil ich eben keinen Schlüssel habe ... Hast du nichts Besseres zu tun, als mich zu beleidigen und zu verdächtigen?!" Sein Crescendo endete und er funkelte mich mit zornigen Augen an.

Ich war perplex. Mir dämmerte langsam, dass es ratsamer war, vom Gas zu gehen und mich zu entschuldigen, wenn ich es mir mit Iweka nicht verscherzen wollte. Hellen hatte mir von Iwekas Schlüssel erzählt, wahrscheinlich hatte sie gelogen. Was er gerade gesagt hatte, leuchtete mir ein. Tatsächlich war er immer nur hier gewesen, wenn einer von uns da war, der ihm öffnete. Das hatte ich noch gar nicht bemerkt. „Es tut mir leid, Iweka. Das wusste ich nicht", sagte ich mit milderer Stimme und kam mir jetzt blöd vor.

Iweka ließ sich nicht beeindrucken. Ich sah ihm an, dass er überfordert war. Erst die Sache mit seiner Freundin, die ihm zusetzte und weshalb er überhaupt hier war, dann die Sache mit dem Diebstahl. „Womöglich hat sogar Hellen dein Geld geklaut, also hole es dir von ihr wieder zurück ... Und dann muss sie natürlich ausziehen. Ohne Vertrauen geht das so nicht. Von mir aus kannst du auch gleich gehen ..."

„Ich habe nicht gesagt, dass ich ausziehen will", wehrte ich mich reflexartig, denn jetzt bekam ich Angst.

Iweka schien sich um meine einlenkende Bemerkung nicht zu kümmern. „Hellen hält mich wohl für dumm! Als ich noch einen Festnetzanschluss hatte, hat sie ständig nach Nigeria telefoniert. Von den exorbitant hohen Rechnungsbeträgen wollte sie dann nichts wissen und hat die Auslandsgespräche sogar bestritten. Erst, als ich ihr den Verbindungsnachweis unter die Nase gehalten habe, gingen ihr die Geschichten aus."

Jetzt, wo die Karten auf dem Tisch lagen, waren wir uns in einer Sache einig: Wir würden auf Hellen warten und die Sache aufklären. Doch sie kam nicht. Kurz vor Mitternacht sendete sie mir eine SMS. Sie würde spontan ein paar Tage unterwegs sein. Ich sollte ihre Zimmerheizung abdrehen und den Fisch, der im Kühlschrank lag, ins Gefrierfach schieben. Empört las ich Iweka ihre Zeilen vor und wählte ihre Nummer. Die Mailbox sprang an.

Hellen tauchte nicht wieder auf. Als ob sie eine Ahnung von dem gehabt hatte, was ihr blühen würde, kam sie nicht wieder zurück, sondern blieb verschollen und war nicht mehr erreichbar.

Kapitel III

WENN LÜGEN AUFFLIEGEN

Übermüdet und erschöpft von den Aufregungen ging ich am nächsten Morgen zur Arbeit. Ich wollte nur die Schicht überstehen, nach Hause gehen und weiterschlafen. Im Büro checkte ich meine Mails. Das Herz rutsche mir vor Schreck fast in die Hose, als plötzlich eine Hand von hinten meine Brust umfasste und die andere Hand meine Augen bedeckte. Es war Rheiner. Diese, mir längst lästig gewordene Affäre, war noch so ein Problem, das ich zu lösen hatte. Und jetzt, wo ich wieder mit Dirk zusammen war, musste ich schnellstens für Klarheit sorgen!

„Bitte erschreck mich nicht so, Rheiner! Und lass mich jetzt bitte, ich habe wirklich einige Probleme am Hals." Ich stand auf, drehte mich ihm zu und trat einen Schritt zurück, um mich aus seiner Umarmung zu befreien.

„Du hast Probleme? Mit wem? Hier, im Betrieb?"

„Nein, privat ..."

„Marylinn, meine Frau hat dich eingeladen. Sie möchte dich kennenlernen."

Ich stand da wie vom Donner gerührt.

„Waaas?! Deine Frau ..."

Rheiner winkte ab, um mich zu beruhigen. „Du brauchst keine Angst zu haben. Sie ist eine tolle Frau, du wirst sie mögen. Ich habe ihr von uns erzählt."

„Du hast was? ... Ihr von uns erzählt?! Oh, mein Gott! Das ist nicht dein Ernst!"

Er ignorierte meine Verfassung, als wäre seine Offerte das Normalste der Welt. Als redete er über ein Geschäftsessen, fragte er: „Soll ich dich nach der Arbeit mitnehmen? Oder willst du mit dem Bus zu uns kommen?"

Ich schloss die Augen und wünschte innigst, eine Erdspalte würde sich öffnen und mich einfach verschlucken. Wie konnte dieser alte Mann so bescheuert sein und seiner Frau von unserer Affäre erzählen? Sie würde mich umbringen! Ich überlegte angestrengt, wie ich am besten aus der Sache rauskäme.

„Rheiner ...", sagte ich betont langsam, als redete ich mit einem Schulkind, das nichts verstand. „Ich werde euch nicht besuchen. Zwischen uns ist es aus! Wenn du willst, kannst du mich in dieser Sekunde feuern. Das ist okay. Ich gehe auf der Stelle, versprochen!"

Was ich gesagt hatte, schien er zu überhören, denn er redete einfach weiter. „Marylinn, sie möchte dich gerne kennenlernen. Sie ist neugierig! Und ich garantiere dir, dass dir nichts passieren wird. Wirklich. Sie ist eine großzügige Frau, glaub mir!"

Ich musste einen schärferen Ton anschlagen, den er nicht ignorieren konnte. „Ich sagte, ich werde nicht kommen, Rheiner! Verstanden?! I c h – k o m m e – n i c h t! Ich bin weder krank noch lebensmüde! Punkt!" Wären nebenan nicht die Kollegen gewesen, die unser delikates Gespräch hätten mitbekommen können, hätte ich ihn am liebsten angeschrien. Nervlich am Ende, stand ich dem alten Herrn, der mich durch seine runden Brillengläser verdutzt anschaute, gegenüber. Ich sah, dass er weder meine Worte noch mein Entsetzen wirklich registriert hatte. „Denk drüber nach!", sagte er lapidar und hauchte mir hastig einen Kuss auf die Wange. Er ging zur Tür und drückte die Türklinke herunter. „Keine Sorge, die Sache wird dich natürlich nicht den Job kosten. Du arbeitest hier, so lange du willst.“

Jemand öffnete die Tür von außen. Zu meiner Überraschung war es Deji! Heute kam wohl alles auf einmal.

„Oh, Herr Herbert ... Ich wusste nicht, dass sie hier im Büro sind. Bitte entschuldigen Sie die Störung, ich komme später noch mal.“

„Ich gehe gerade, kommen Sie rein. Wie geht es ihrer Frau?“

„Gut, danke.“

„Und wann kommt das Baby? Es müsste doch jetzt bald so weit sein? ... Richten Sie jedenfalls herzliche Grüße aus zu Hause.“

Rheiner lächelte Deji an, als wären die beiden beste Freunde. Er hielt ihm die Tür auf, damit er eintreten konnte, und ging dann eilig hinaus.

Deji sah besser gelaunt aus als sonst. Doch, als hätte ein Monster in den letzten Tagen pausenlos geschmatzt und geschluckt, schien es heute alles auszuspeien, was schon längst nicht mehr in seinen riesigen Magen passte. Deji hielt nicht damit hinter dem Berg, dass er die Sache mit Rheiner längst wusste. Die ganze Belegschaft hätte Wind von der Sache bekommen. Es wäre aufgeflogen, weil wir in einem nahe gelegenen Hotel gesehen worden wären.

In der Schule hatte ich gelernt, das Universum wäre von unendlicher Weite und dehne sich sogar noch weiter aus. Später war ich über diese Erkenntnis auch in vielen Büchern und im Internet gestolpert. Aber selbst in dieser Unendlichkeit schien nun kein Platz für mein Geheimnis zu sein. Ich fühlte mich entblößt und erbärmlich. Es war mir unendlich peinlich. Dass die Kollegen meine Affäre entdeckt hatten, war mir weniger unangenehm, als dass Deji, der mich und meine Familie seit Jahren kannte, davon erfahren hatte. Wo war das weite Universum, das mich am besten nun einfach verschluckte? Hätte ich vorher gewusst, in welche Situation mich Rheiners Avancen bringen würden, hätte ich entschieden abgelehnt und stattdessen weiter Essensreste in Container gehievt. Alle wussten Bescheid! Ich war sprachlos. Aufkommende Schamestränen bahnten sich ihren Weg nach draußen, doch ich wischte sie schnell weg.

„Ich muss hier weg!“, rief ich mit fast tonloser Stimme verzweifelt. „Ich suche mir einen anderen Job.“

„Sei nicht dumm, Toyin. Du hast Glück, dass du diesen Job hier überhaupt hast.“ Deji hatte wenig Mitleid mit mir. „Nur ... hast du dich benutzen lassen, und er kommt jetzt mit sauberen Händen aus dem Spiel.“

Das Bürotelefon klingelte. Überfordert von allem, zögerte ich, den Hörer abzuheben. Deji bedeutete mir jedoch, dass es besser wäre, das Gespräch anzunehmen. Ich hielt mir den Hörer ans Ohr. Es war Frau Herbert! Wie ferngesteuert, bat ich sie, sich am nächsten Tag noch einmal zu melden, und legte auf.

Meine Gesichtszüge mussten entgleist sein, denn Deji trat spontan auf mich zu und nahm mich fest in den Arm. Am liebsten hätte ich hemmungslos geweint. Trotz all des Mists, in dem ich bis zum Hals steckte, war ich froh über seine Geste. Der Ärger mit Hellen, die Herberts und Dirks Familie saßen mir im Nacken. Doch ich dachte für einen Augenblick nur an Dirk und Deji, die zwei Menschen, die mich liebten. Ein Stück Familie, das war alles, was zählte.

Iweka hatte seine restlichen Sachen aus der Wohnung seiner Freundin geholt. Sie standen unausgepackt im Flur, als ich abends nach Hause kam. Ich grüßte ihn im Vorbeigehen, doch er saß antriebslos und unrasiert im Wohnzimmer auf dem Sofa und ließ nur ein geflüstertes „Hallo“ hören. Wie es ihm wirklich ging, mochte ich nicht fragen. Ich hatte genug mit mir selbst zu tun. Ich ging nur in mein Zimmer, um mich umzuziehen, denn ich war gleich mit Dirk verabredet. Dirk würde meine Rettung sein an diesem schrecklichen Tag. Die Stunden mit ihm würden nicht zum Rest meines Lebens gehören, sie würden sich schön und leicht anfühlen. Von meinen Schwierigkeiten würde ich nichts, aber auch gar nichts erwähnen.

~ ~ ~

Am Sonntag ging ich zum Gottesdienst und freute mich auf die sich daran anschließende Chorprobe. Ein Lichtblick. Ich war auch beharrlich von der Hoffnung getragen, Hellen würde dort auftauchen. Ich würde, wenn es sein musste, sie direkt in der Kirche zur Rede zu stellen. Beim bloßen Gedanken an sie loderte eine Flamme der Wut und der Enttäuschung in meinem Innern auf. Ich konnte nicht glauben, dass ihr unsere Freundschaft so egal war. Außerdem würde ich darauf bestehen, von ihr sofort das gestohlene Geld zurückzuerhalten. Ich hatte nichts zu verschenken!

Ich drängelte mich auf dem Mittelgang durch die Menschen hindurch, um zu meiner Chorsitzbank zu gelangen. Ich schaute mich um, aber Hellen war weit und breit nicht zu entdecken. Louise sah ich auch nicht. Die feierliche Atmosphäre unter den Gläubigen trug mich heute nicht. Während der Liturgie blätterte ich niedergeschlagen in meiner Bibel und sang nur halbherzig mit.

Jemand tippte mir sachte auf die Schulter. Ich drehte mich leise um. „Du siehst traurig aus!“ Die Frau aus Sambia saß hinter mir. Sie trug festliche, traditionelle afrikanische Kleidung. Ihre freundlichen, tiefbraunen Augen ruhten auf mir. Ihrem Blick konnte ich nicht ausweichen.

„Bin nur müde und habe ein wenig Kopfschmerzen, Mamma!“, murmelte ich.

„Oh ... Das tut mir leid.“ Sie beugte sich ein wenig vor, um direkt in mein Ohr zu sprechen. „Wenn du möchtest, komm nachher zu mir zum Tee.“

Ich nickte ihr dankbar zu und dachte, in meiner Verfassung wäre es wohl das Beste, den Chor ausfallen zu lassen und ihre Einladung anzunehmen. Um nicht weiter zu stören, wendete ich mich wieder nach vorn, schloss die Augen und fand innerlich etwas Ruhe. Alle mich umgebenden Menschen schienen den Gottesdienst zu genießen und in Frieden mit sich und der Welt zu sein. Mir war elend zumute. Ich saß mitten unter diesen vielen Menschen und wusste doch, dass ich meine innere Zerrissenheit alleine mit mir auszumachen hatte. So gerne ich es wollte, würde ich doch nicht den Mut finden, mich Mamma anzuvertrauen. Ich konnte einfach nicht zu ihr gehen, nicht jetzt.

GEBORGENHEIT IM HERZEN

In der folgenden Zeit war ich unglücklich und fühlte mich einsam. Langsam wurde mir alles zu viel, einfach alles. Die wiederbelebte Verbindung zu Dirk war zwar schön, aber auch leicht verwundbar. Noch hatten wir keinen Masterplan, und es schien, als hielte uns seine fremdenfeindliche Familie im Hintergrund davon ab, so unbedarft und glücklich miteinander zu sein wie am Anfang unserer Beziehung. Aber auch von meiner Seite aus war die Stimmung zwischen uns oft gedrückt, obwohl ich mit keinem Wort erwähnte, was mich quälte. Weder die Schwierigkeiten in der Wohngemeinschaft noch das verlorene Geld kamen je zur Sprache, schon gar nicht der brisante Konflikt mit Rheiner oder meine isolierte Rolle im Restaurant. Auf keinen Fall durfte Dirk davon erfahren. Je mehr ich darüber nachdachte, desto elender war mir. Ich fühlte mich einerseits überlastet und andererseits innerlich leer. Eine Flut von ungeweinten Tränen machte mich leicht reizbar, und mein Körper fühlte sich fast substanzlos an.

~ ~ ~

Eines Morgens, ich hatte an diesem Tag keine Schicht, stand ich vor dem Spiegel und blickte in ein fahles Gesicht, in dem die dunklen Augenringe wie eingestanzt wirkten. *Bin ich das?!*, schoss es mir durch den Kopf. *Was ist bloß passiert? Wo ist die fröhliche, verliebte Toyin geblieben?* Ich sehnte mich danach, in den Arm genommen zu werden. Einfach so, weil ich so war, wie ich war. Doch zu wem könnte ich schon gehen? Deji hatte mir, trotz unserer Versöhnung, sehr deutlich zu verstehen gegeben, dass ich aus dem Schlamassel selbst herausfinden müsste. Mir kam Mamma in den Sinn, aber wir hatten nichts explizit vereinbart. Ich war an dem Sonntag, an dem sie mich so liebevoll eingeladen hatte, nicht zu ihr gegangen, sondern hatte nach dem Gottesdienst, ohne ein Wort mit ihr zu wechseln, die Kirche verlassen. Vielleicht würde sie mich jetzt gar nicht empfangen? Oder wieder wegschicken, wenn sie erfuhr, was ich zu beichten hatte? Es würde mich beschämen, weil ich wüsste, dass sie irgendwie im Recht wäre. Doch andererseits spürte ich ein Verlangen nach ihrer ruhigen Stimme, wenigstens nach ihrer herzlichen Umarmung zur Begrüßung. Selbst wenn sie nur fragen würde, wie es mir ging, würde mir das schon genügen. Ich wollte ganz dringend von irgendjemandem gefragt werden, wie es mir wirklich ging.

~ ~ ~

Den Weg kannte ich bereits, denn ich hatte Mamma einmal bis zur Haustür begleitet nach dem Gottesdienst. Ich beschloss, nicht die Bahn zu nehmen, sondern zu Fuß zu gehen, um einen klaren Kopf zu bekommen. Mit langsamen Schritten spazierte ich in der Wintersonne durch die Stadt und atmete die kühle Luft ein. Als ich vor dem Haus stand, in dem sie wohnte, war ich erschöpft und müde. Neben einem der Klingelknöpfe in der obersten Reihe stand ein ostafrikanisch klingender Name: Mwabane. Ich drückte und wartete.

„Du musst bis nach ganz oben“, sagte eine männliche Stimme, dann summte der Türöffner.

Ich lehnte mich gegen die Tür und wunderte mich, dass der Mann nicht gefragt hatte, wer ich sei. Es gab nur einen engen, unzuverlässig aussehenden Fahrstuhl, also stieg ich die enge Treppe hoch bis zum fünften Stockwerk. Auf dem Etagenabsatz stand ein älterer schwarzer Herr mit weißen, krausen Haaren und hielt mit ausgestrecktem Arm die Tür zur Wohnung auf.

„Hallo, ich bin Toyin", schnaufte ich.

„Willkommen, willkommen!", sagte er freundlich und winkte mich herein. „Deine Schuhe kannst du zu den anderen stellen, gib mir deine Jacke."

Als er die Jacke an die Garderobe gehängt hatte, ging er ins Wohnzimmer. Ich schaute ihm nach und erblickte eine ausgebreitete Zeitung, die den ganzen Tisch bedeckte. Meine Ankunft musste ihn wohl unterbrochen haben.

Mamma erschien am anderen Ende des Flurs. Ihr Gesicht hellte sich auf, als sie mich sah. „Ah, du bist es, Toyin! Was für eine Überraschung! Komm rein, komm rein! Habari – Wie geht es dir?" Sie umarmte mich so herzlich, wie ich es erwartet hatte.

Glück und traurige Leere stiegen gleichzeitig in mir auf. Am liebsten hätte ich sie festgehalten, um unbemerkt ein paar Tränen, die ich jetzt kaum noch zurückhalten konnte, einfach fließen zu lassen. Doch sie hatte es eilig, mich durch den langen Flur zu manövrieren.

„Komm mit, ich koche gerade. Es gibt Reis mit Bohnen." Sie zog mich weiter in die Küche und bedeutete mir, mich an den Tisch zu setzen. Dann lächelte sie mich warm an und wandte sich wieder ihrer Arbeit zu. Sie schnitt Zwiebeln für die Bohnen.

Ich entschloss mich, besser nicht zu erwähnen, dass ich eigentlich vorhatte, nur kurz „Hallo!" zu sagen und bald wieder zu gehen. Es stimmte auch nicht, denn jetzt, wo ich hier war, wollte ich auch bleiben. Wollte mit ihr kochen und in ihrer Nähe sein. Ihre herzliche Ausstrahlung erinnerte mich an die Geborgenheit meiner Heimat. Mit langsamen Bewegungen nahm Mamma ein Brett aus dem Schrank und begann jetzt, das Fleisch, das bereits auf dem Tisch lag, zu schneiden.

„Wie geht es dir, Toyin? Wie geht es Mama und Papa?"

„Danke, gut. Es geht allen gut ... und dir?", war das Einzige, was ich gerade rausbringen konnte, ohne in Tränen auszubrechen. Dass sie meine Eltern erwähnte, setzte mir zu.

„Fein, mir geht's auch gut", sagte Mamma fröhlich. „Es ist nicht immer einfach, aber ich habe keinen Streit mit Gott." Sie legte das Messer zur Seite und führte mich, meine Fingerspitzen in ihrer Hand haltend, ins Wohnzimmer. „Sieh mal!" Sie zeigte auf ein Foto, das in einem hübschen Rahmen auf einer Kommode stand. „Das sind meine Kinder. Alle sechs sind meine Kinder, alle erwachsen. Jetzt habe ich ein bisschen Ruhe, aber ich freue mich immer, wenn sie und meine Enkelkinder uns besuchen."

Ich lächelte matt.

Sie bemerkte, dass ich bedrückt war, und zog mich wieder mit sich zurück in die Küche. „Du kommst aus Nigeria?", fragte sie und setzte sich an den Küchentisch. Ich nickte schwach und ließ mich ebenfalls auf einen Stuhl fallen. „Ich war mal in Nigeria. Das war hart ..." Mehr sagte sie dazu nicht, aber ich verstand sofort.

Nigerias Ruf war nicht der beste, aber wie eine dampfende Maschine bemühte es sich sehr, vorwärtszukommen. Es war kein Touristenparadies, aber hin und wieder fielen kluge Köpfe positiv im In- und Ausland auf, außerdem gab es grandiose Literatur, kitschiges Nollywood und natürlich starke Frauen.

„Was machst du hier? Gehst du zur Uni?“, wollte Mamma wissen.

Noch so ein wunder Punkt! Was ich hier machte? Was sollte ich sagen? Ich vernachlässigte mein Studium, meine kleine Schwester hatte mich längst überholt und würde vielleicht sogar promovieren. Sollte ich ihr das sagen? Sollte ich sagen, dass mein Vermieter Depressionen hatte und meine Mitbewohnerin eine Kleptomanin war? Dass ich glücklich, aber auch unglücklich verliebt war? Sollte ich ihr von meinem Identitätsdesaster erzählen? Und das war ja noch nicht alles. Ich hatte einen Job, der mir keinen Spaß machte, und mit meinem Chef eine Affäre gehabt. Ach ja, und seine Frau ... Nein, es ging mir gar nicht gut. Mir wurde klar, dass ich Mamma nicht wirklich sagen konnte, was ich hier machte.

Plötzlich drückten mich die Tränen so stark, dass ich kaum noch an mich halten konnte. Mein Hals war wie zugeschnürt, und ich senkte den Kopf, denn ich konnte Mammas Blick nicht länger standhalten. Ich wollte mich fassen, um ihr wenigstens ein bisschen von all dem zu erzählen. Sie würde schließlich ganz sicher zuhören. Einfach zuhören. Aber egal, was es wäre, in jeder Geschichte würde ich schlecht wegkommen, und das Letzte, was ich wollte, war ihr vorwurfsvolles Gesicht. Nicht hier, und nicht jetzt.

„Zu Hause bin ich zur Uni gegangen. Hier nicht …“, sagte ich leise.

„Hast du Schwierigkeiten?“

Ich nickte, doch dann brach ich zusammen. Ich schluchzte und weinte und schluchzte. Mein ganzer Körper bebte.

Mamma streichelte meine Oberarme, ihre Hände rochen nach Zwiebeln. Tränen und Zwiebeln. Es war mir egal. Sie schenkte mir Zeit, und ich konnte nun endlich weinen. Einfach so, als wäre Zeit in Europa nichts Besonderes.

„Was ist passiert?“, fragte sie ehrlich besorgt. „Ich lebe seit über vierzig Jahren in diesem Land, und ich kenne viele Geschichten. Vergiss nicht, ich habe sechs Kinder großgezogen! Wenn du was erzählen möchtest, es wird mich bestimmt nicht umhauen.“ Sie lachte, als wollte sie mich ermutigen. „Geht es etwa um einen Mann?“

Einen? Wenn du wüsstest!, dachte ich und versuchte krampfhaft, Mammas Blick auszuweichen. „Ach, vielleicht sind es ja gar keine Probleme. Ich habe bloß ein paar Fehler gemacht und muss sie jetzt wieder ausbügeln.“

Ich schaute verlegen zum Herd, auf dem der Topf mit den Bohnen und dem Fleisch stand. Ich hörte es brodeln. Mamma stand mit einem kleinen Seufzer auf, nahm den Wasserkocher und füllte ihn mit Wasser.

„Ich mache uns erst einmal einen heißen Tee“, sagte sie liebevoll und zwinkerte mir zu.

Eine Weile saßen wir wortlos beieinander und blickten auf unsere Tassen.

„Möchtest du Zucker?“, brach Mamma das Schweigen und sah mich aufmerksam an.

Ich nahm einen Teelöffel voll und rührte und rührte. Ich war verlegen. Es gab nur zwei Möglichkeiten. Entweder ich erzählte ihr ein paar belanglose Details meines Alltags und ging, sobald ich ausgetrunken hätte, oder ich offenbarte ihr jetzt mein ganzes, abgerutschtes, aus den Bahnen geratenes Leben. Was hatte ich zu verlieren? Sie war nicht meine Mutter. Sie war eine Fremde. Wenn sie empört wäre und mich rauswerfen würde, hätte ich wenigstens einen Tee getrunken und nichts verloren! Andererseits hätte ich genau jetzt vielleicht wirklich einen wertvollen Gesprächspartner.

„Die Frau meines Chefs sitzt mir im Nacken“, begann ich zögerlich. „Es ist alles so peinlich. Er könnte mein Vater sein. Alle wussten Bescheid. Nur ich dachte, dass es keiner so gut verheimlichen könnte wie ich.“ Meine Zunge lockerte sich. Es tat gut, einfach loszulegen und auszusprechen, was mir auf der Seele lag. „Aber ... in Wirklichkeit liebe ich einen anderen. Kaum waren wir zusammen, waren wir auch schon wieder für eine Weile getrennt. Und es ist kompliziert, wegen seiner Familie ... Ich dachte, ich käme damit klar, hätte alles im Griff, stände auf eigenen Beinen, hätte ein eigenes Zimmer, einen Job …“ Ich hob den Kopf und sah Mamma direkt an. „Trotzdem …, jetzt bin ich erschöpft und irgendwie am Ende. Ich kann es niemandem erzählen. Meine beste Freundin beklaut mich. Meine Eltern wissen gar nichts, sie kennen dieses Land nicht und haben keine Ahnung, wie die Dinge hier laufen.“

„Du schämst dich?“ Im Grunde genommen stellte Mamma es mehr fest, als dass sie mich wirklich fragte.

Ich nickte.

„Was ich sagen kann, wird sich komisch anhören, und wenn es dir zu dumm wird, sag’s einfach.“ Sie blickte mich erwartungsvoll an.

Was kommt jetzt?, dachte ich. *Ein Bibelvers? Ein mütterlicher Rat? Lass die Finger vom Chef, entschuldige dich bei der Frau und such dir einen neuen Job? Geh zurück, bring dein Studium zu Ende und bekämpfe den Braindrain?*

Mamma sah mich liebevoll an. „Es ist halb so schlimm! Du weißt doch, wir sind alle für immer miteinander verbunden. Wir Menschen sind in Wahrheit ein einziger Stamm. Wir sind alle gleich und doch verschieden. Jeder Mensch auf diesem Planeten hat das Recht, dort zu sein, wo er sein möchte. Alle sind besonders und keiner ist besonders. Wir sehen verschieden aus, wir denken, entscheiden und handeln verschieden, aber schlussendlich, in der Essenz, sind wir alle gleich, sind wir eins." Sie erzählte mit ruhiger Stimme, dass es das Geburtsrecht eines jeden Menschen wäre, nach Glück zu streben. Und niemand könnte seinen Platz in diesem Universum verlieren. Absolut niemand! Sie könnte es nicht oft genug sagen, aber auf universeller Ebene wäre keiner besser oder schlechter.

Erleichtert, dass keine moralische Fehleranalyse über mich hereingebrochen war, lehnte ich mich in meinem Stuhl zurück. Gleichzeitig war ich etwas enttäuscht über Mammas Phrasen. Ich kannte das alles seit Kindesbeinen, die Alles-ist-gut-Leier im Gottesdienst. Ich war weit davon entfernt, mich mit allem verbunden zu fühlen. Jeden Tag, überall um mich herum, in den Nachrichten. Nichts war eins! Gar nichts!

„Mamma", sagte ich halb bittend, halb mich entschuldigend, „ich habe das schon so oft gehört. Wir besuchen dieselbe Kirche, aber in meiner konkreten Situation hilft mir das einfach nicht weiter."

Mamma stellte ihre Tasse langsam ab und schien zu überlegen. Dann schüttelte sie den Kopf, als würde sie mein hilfloses Argument beiseiteschieben wollen. Ich zog mich innerlich zusammen, denn ich fürchtete, von ihr abgewiesen zu werden. Doch in ihrem Gesicht lag kein Unmut. Mochte es Ungeduld sein oder Verständnislosigkeit, ich wusste es nicht.

„Eine Vision wird dir in Zukunft helfen", sagte sie und überraschte mich damit ein wenig. „Überleg dir, was dir wirklich wichtig ist und am Herzen liegt ..." Sie machte eine Pause und griff nach meiner Hand. „Egal, wie viele Steine du umrunden oder wie viele Berge du besteigen musst, eine Vision ist das Allerwichtigste!"

Eine Vision, das passt nicht zu mir, ging es mir durch den Kopf und ich zog meine Hand vorsichtig zurück. Ich wollte vor allem nicht mehr leiden! Und ich wollte auch auf keinen Fall mehr auf alles verzichten. Ich kam ja aus einem Land, in dem viele Menschen auf etwas verzichteten, ohne es zu wollen. Ich war auf der Welt, um das Leben zu genießen! Das war schon alles. Ich wusste ziemlich genau, was ich nicht mehr wollte, aber was wollte ich dann?

„Mein Traum ist es, reich zu werden und gut zu leben", antwortete ich schließlich und meinte, damit irgendwie auf den Punkt gekommen zu sein. Meine Augen waren direkt auf ihr geduldiges, ganz auf mich konzentriertes Gesicht gerichtet und blickten doch durch sie hindurch. Ich lauschte meinen eigenen Worten und wiederholte sie im Kopf. Mir wurde klar, dass ich litt, obwohl das Leben mir viele gute Gelegenheiten geschenkt hatte, glücklich zu sein.

„Das ist gut", gab sie zurück, aber ich merkte, dass sie es nicht so meinte. Sie schlug vor, im Wohnzimmer weiterzureden. Mammas Mann hatte inzwischen seinen Platz verlassen und war spazieren gegangen. So waren wir allein, als wir ins Wohnzimmer gingen. Wir stellten unsere Teetassen ab und setzten uns auf zwei gemütliche Sessel.

„Vorhin, als ich dich fragte, was los sei, hast du gezögert. Wie ich sehe, ist viel bei dir passiert." Sie sah mich forschend an, während sie sich zurücklehnte und die Arme vor der Brust verschränkte. „Ich habe früher bei der Seelsorge gearbeitet und viele Menschen kennengelernt. Die meisten wollten erst nicht von ihren Sorgen erzählen, weil sie Angst hatten, mit ihrer Geschichte schlecht dazustehen."

Ich war erstaunt und lauschte dem Nachklang ihrer Worte. Hinter ihrem kurzen Afro fiel mir erst jetzt ein Bild an der Wand auf. Es war wunderschön und fesselte für eine Weile meinen Blick. Das Motiv irritierte mich: ein Raum mit einer Tür, die in einen nächsten Raum mit einer Tür führte, die wiederum in den nächsten Raum führte. Und so ging es immer weiter. Der letzte Raum war voller Licht. Es war ein warmes Licht, und man konnte einfach dasitzen und sich von ihm einhüllen lassen. Während ich an Mamma vorbei in das warme Licht sah, spürte ich deutlich meine Scham, ihr meine Fehltritte zu offenbaren. Sie hatte sechs Kinder. Ich hatte sie alle auf dem Foto gesehen. Sie sahen sehr verschieden, aber so zufrieden aus. Als hätte jeder den Weg eingeschlagen, der zu ihm passte. Daneben fühlte ich mich wie eine Versagerin. Und gleichzeitig wusste ich, dass es doch nur ein Foto war, das mir gerade zurief: „Zum Glück sind wir nicht solche Verlierer!"

„Dieser ‚Wir-sind-eins'-Kram ist, glaube ich, zwar irgendwie theoretisch greifbar für mich, aber trotzdem fühle ich mich schlecht und schäme mich."

„Dann bleibt dir, glaube ich, nichts anderes übrig, als es zu akzeptieren!“, sagte Mamma knapp und stand abrupt auf. „Es wird Zeit, den Reis aufzusetzen.“ Sie ging in die Küche und ließ mich zurück.

Nach einigen Sekunden folgte ich ihr, denn ich wollte das Gespräch noch nicht als beendet betrachten. Im Flur schlug mir der Duft der garenden Bohnen durch die offene Küchentür entgegen. Er erinnerte mich an meine Heimat, wenn auch ein Unterschied bestand. Meine Mutter kochte ihre Suppe mit so viel rotem Pfeffer, dass jedem, der die Küche betrat, die Augen tränten.

Mamma tauchte gerade einen Teepott in eine große Packung Basmatireis und schöpfte die Portion in ein Sieb, um die Reiskörner gründlich zu waschen. Während sie sie immer wieder durch ihre Hände rieseln ließ und das trübe Wasser abfloss, blickte sie ab und zu zu mir herüber. Als hätten wir unser Gespräch nicht unterbrochen, knüpfte Mamma, vom Topf aufsehend, schließlich wieder an: „Es heißt: ‚Wer nicht in sich geht, geht leer aus.‘ Das Bewusstsein, das Ego erkannt zu haben, verändert bereits etwas in dir und löst das Ego ein Stück weit auf ... Sei so ehrlich, wie es nur geht, mit dir selbst. Mit dir selbst und den anderen.“

„Mamma, das hört sich so einfach und gleichzeitig so kompliziert an. Anstrengend!“

Sie hob die Schultern und lachte. Sie schien zufrieden zu sein, nicht nur mit dem Reis. Sie stellte den Topf auf den Herd, fügte Salz, Kurkuma und Kokosöl hinzu, und während sie auf einer kleinen Reibe etwas Muskatnuss rieb, ging mir auf, dass ich gerade etwas Neues gelernt hatte. Etwas Wertvolles, vergleichbar mit einer Matheformel. Kurz schwappten aufregende kleine

Glückswellen durch meinen Körper. Das hieß zwar längst nicht, dass ich ab jetzt jede Aufgabe fehlerfrei lösen würde, aber ich hatte plötzlich Hoffnung, aus dem Schlamassel rauszukommen. Mamma schob den Deckel auf den Topf und winkte mich wieder zurück ins Wohnzimmer.

„Ich hab das Gefühl, dass ich etwas mit dem, was du gesagt hast, anfangen kann ..., aber ich habe keine Ahnung, was ich mit meiner Angst machen soll. Ich habe sogar Angst, dass mich die Frau meines Chefs verprügelt." Ich ließ die Schultern hängen, seufzte und setzte mich. „Die Affäre ist zwar beendet, aber ... ob sie das einfach so auf sich beruhen lassen wird?"

Wieder lugte das Bild mit den Räumen und Türen und dem warmen Licht hinter Mamma hervor. Meine Augen pendelten zwischen ihr und dem Bild hin und her. Mamma folgte ihnen mit ihren Augen und drehte sich dann selbst zu dem Bild um.

„Toyin, ich schlage vor, darüber jetzt nicht nachzudenken. Schaffe dir lieber gleich heute eine echte Vision! Glaub mir, wir Menschen sind selbst die Schöpfer unserer Wirklichkeit. Und wer eine klare Vision im Leben hat, kann sein Handeln immer wieder danach ausrichten." Sie musterte mich, als wollte sie prüfen, ob ich sie verstanden hatte. „Selbst wenn wir uns mal verloren haben ... Mit einer Vision entsteht ja auch ... eine Art Mission."

Ohne es zu wollen, versank ich immer tiefer in dem Bild, obwohl ich Mammas Worte klar hörte. Sie erreichten mich wie aus weiter Ferne und drangen dennoch tief in mein Herz. Ich fragte mich, ob der Maler sich das Bild genau so, wie es jetzt war, auch vorgestellt hatte. Oder ob er nur ungefähr gewusst hatte, was er malen wollte, bevor es entstanden war. Wie wollte ich denn selbst anfangen, eine Vision zu entwickeln? Ich dachte nach und rührte in meinem Tee. Er duftete gut und ich nahm noch einen Schluck.

„Meine Vision besteht eigentlich nur darin, jetzt gerade ein friedliches Leben zu leben. Ruhe von all dem Trubel zu haben. Nichts wünsche ich mir mehr! Und außerdem möchte ich mit meinem Freund eine ehrliche Beziehung führen und meinen Job nicht verlieren. Nun schau dir an, wie es bei mir in der Realität aussieht, Mamma! Ich bin so weit entfernt von meinen Wünschen! Spätestens, wenn die betrogene Ehefrau ..." Ich unterbrach mich, zog die Stirn kraus und machte ein missmutiges Gesicht.

Mamma betrachtete mich eine Weile und schien mich zu bedauern. „Das ist wahr, Toyin. Es wird vielleicht nicht einfach werden. Wenn du die Frau deines Chefs treffen solltest, höre möglichst auf dein Bauchgefühl. Selbst wenn du es nicht schaffst, an deiner Vision ständig festzuhalten, kannst du immer wieder zu ihr zurückkehren. Und dann machst du deine Vision zu deiner Mission. Wenn du mich fragst, verbindet mich am schnellsten die Frage ‚Wie sieht die Welt aus, in der ich leben möchte?' mit meiner Vision. Angenommen, diese Frau demütigt dich, so wird die Erinnerung an deine Wünsche dich vielleicht davon abhalten, einen aufkommenden Rachegedanken, der sich gegen sie richtet, weiterzuverfolgen. So kommst du dem Ziel des Friedens augenblicklich ein Stück näher, nicht wahr? ..." Sie machte eine Pause. „Krieg beginnt bekanntlich im Kopf."

So weit hatte ich noch gar nicht gedacht. Die Gedanken schwirrten in meinem Kopf. Noch nie hatte jemand in dieser Weise mit mir gesprochen. Das, was Mamma gesagt hatte, hörte sich irgendwie richtig an. Trotzdem schien mir ihr Konzept viel zu einfach. Ich lachte bitter auf. Passte denn eine Affäre zu einer ehrlichen Beziehung? Und das war nur ein Beispiel für all die Widersprüchlichkeit, die ich in mir empfand. Ich war frustriert. Wie lange dauert es, grübelte ich, durch all die Räume und Türen zu gehen, um in das schöne warm erleuchtete Zimmer am Ende zu kommen?

„Und Hellen? Was ist mit Hellen? Nicht mal das kann ich klären!“, jammerte ich.

„Ist das deine Freundin?“

Ich nickte. „Sie hat mir viel Geld gestohlen.“

Mamma zog die Augenbrauen hoch und machte ein ernstes Gesicht. „Ich glaube nicht, dass deine Vision automatisch bedeutet, klein beizugeben. Im Gegenteil, du wirst Dinge und Situationen so regeln, wie du es für deine Vision brauchst. Frieden heißt auch Klarheit, klare Verhältnisse zu schaffen. Dafür musst du sorgen, auch zwischen dir und Hellen.“

Ich verstand. Eigentlich war es einfach, auch wenn mich diese Erkenntnis nicht beruhigen konnte. Ich war gefangen in meinem Dilemma. Wenn überhaupt, würde die ganze Tragweite dessen, was mir Mamma nahezubringen versuchte, nur allmählich in mein inneres Chaos einsickern. Wahrscheinlich brauchte alles nur Zeit – und den Willen, die Dinge Stück für Stück in Ordnung zu bringen. Jemand steckte den Schlüssel in das Schloss der Wohnungstür. Mammas Mann trat in den Flur und winkte zu uns herein. „Mmhhhh..., das duftet ja köstlich!“, rief er erfreut.

Mammas Blick bedeutete mir, dass unser Gespräch fürs Erste beendet war. „Möchtest du mit uns essen, Toyin?“, fragte sie und erhob sich.

„Danke, Mamma, das ist sehr freundlich. Ich bleibe gern.“

Als wäre die Stunde des Schweigens angebrochen, deckten wir wortlos gemeinsam den Tisch. Es tat gut, mich zu bewegen nach all dem Reden und Denken. Genauso gut tat es, wie ihr Kind zwischen Mamma und ihrem Mann zu sitzen und zu essen. Aus irgendeinem Grund fühlte ich mich geborgen bei ihnen. Am liebsten wäre ich einfach geblieben, doch ich wollte ihre Gastfreundschaft nicht überstrapazieren. Ich bedankte mich viele Male für das köstliche Essen und dafür, dass sich Mamma so viel Zeit für mich genommen hatte. Das wäre nicht selbstverständlich für mich.

„Das mache ich gern“, gab Mamma zur Antwort, und ich wusste, sie meinte es auch so. Es entsprach ihrer Vision, auch wenn ich diese so genau nicht kannte.

~ ~ ~

Iweka saß phlegmatisch und wie üblich in Jogginghose im Wohnzimmer und glotzte den Fernseher an. Auf dem Boden lagen seine Sachen verstreut, und das Sofa, auf dem er nachts schlief und tagsüber rumfläzte, sah aus wie ein Schlachtfeld. Seine Depression ging mir inzwischen auf die Nerven, daher grüßte ich nur im Vorbeigehen und verschwand möglichst schnell in meinem Zimmer. Ich surfte im Internet, las meine Nachrichten und schaute mir Bilder und Videos von meiner Familie und meinen Freunden an. Irgendwie war ich dabei und doch außen vor. Beim Zuschauen fehlten mir die Gerüche und Farben von zu Hause, die Berührungen der Menschen, die ich liebte, und der lebendige Alltag vor und nach den Videoszenen. Sie fehlten mir fürchterlich. Dirk fehlte mir. Deji. Vor lauter Sehnsucht schlief ich, ohne mich noch auszuziehen, einfach ein.

Mauern und Fiktionen

Ich schrak auf, als es an der Tür klingelte. *Hellen!*, war mein erster Gedanke. In Sekundenschnelle war ich wieder hellwach und auf Konfrontation eingestellt. Mich im Bett aufsetzend, lauschte ich aufmerksam und wartete, denn Iweka trottete gerade zur Tür. Leise Stimmen murmelten. Schritte auf mein Zimmer zu. *Es geht los!*, dachte ich. Jemand klopfte an meine Tür.

„Toyin?“ Es war Iweka. Ich schaute durch den Türspalt. „Eine Frau Herbert ist da. Sie wartet im Wohnzimmer auf dich.“

Mein Herzschlag setzte aus. Ich hatte mit Hellen gerechnet ..., aber das hier ... war doch wohl ein schlechter Scherz?! Der unerwartete Besuch von Rheiners Frau versetzte mich sofort in Panik. Ich war wie benebelt und spürte den Schweiß aus meinen Poren austreten.

„Sag ihr, mir ist schlecht“, zischte ich. „Bitte! Sag ihr, ...“

„Ist das Marylinns Zimmer?“, hörte ich eine Frauenstimme hinter Iwekas Rücken fragen. Dreist drängte sich Rheiners Ehefrau an Iweka vorbei und strahlte mich an. „Hallo, Marylinn. Ich bin Ursula.“ Neugierig spähte sie in mein Zimmer.

Überrumpelt und erschrocken streckte ich ihr die Hand entgegen. „Guten Abend. Was kann ich Ihnen anbieten? Tee …?“

Sie drückte meine Hand, als würden wir uns bereits ewig kennen. „Ich vermute, du trinkst keinen Kaffee. Dann gerne Tee.“

Als ich an ihr vorbeihuschte, um in die Küche zu gehen und Wasser aufzusetzen, berührten sich unsere Körper für einen kurzen Moment. Ursula folgte mir auf dem Fuß und stellte sich in den Türrahmen zur Küche. Als ich mich umdrehte, um zwei Tassen auf den Küchentresen zu stellen, riskierte ich einen Blick in ihre Richtung. Sie betrachtete gerade die primitive Einrichtung. Das gab mir einen Augenblick Zeit, wahrzunehmen, mit wem ich es hier zu tun hatte: eine große schlanke Frau mit grau melierten, kurzen Haaren und Geschmack für teure Kleidung. Sie trug eine edle Steinkette um den Hals und eine extravagante feminine Armbanduhr am Handgelenk. Aus ihrem freundlichen Gesicht schauten aufmerksame Augen.

„Welchen Tee? Wir haben verschiedene ..." Ich hielt ihr die Box mit dem Sorten-Mix hin.

Sie zog einen Beutel grünen Tee heraus und gab ihn mir.

„Setzen Sie sich doch", sagte ich und hängte den Beutel in die eine Tasse. Eine Weile überlegte ich, was ich selbst trinken wollte, und füllte schließlich Leitungswasser in die zweite Tasse. Ihre spürbar bohrenden Blicke, mich von hinten von oben bis unten musternd, beschämten mich. Ich nahm den kochenden Wasserkessel und goss mit zittriger Hand den Tee für sie auf.

„Ich möchte dich übrigens zu uns einladen", sagte Ursula lässig, als gäbe es meine offensichtliche Aufgeregtheit gar nicht. „Deshalb bin ich hier ... Wenn du möchtest, kann dein Bruder auch mitkommen. Wenn ich dich gleich mitnehme, kannst du das Fahrgeld sparen und deiner Familie mehr nach Afrika schicken!"

Ich sah sie verblüfft an. Was fiel dieser Frau eigentlich ein?! Ich war so perplex, dass ich kaum in der Lage war, mich ihrer bestimmenden Art zu widersetzen. „Ich kann mir vorstellen, dass mein Bruder so spontan keine Zeit haben wird. Seine Frau ist schwanger. Ich müsste ihn sowieso erst anrufen …“ Immerhin war ich noch so geistesgegenwärtig, Deji da rauszuhalten.

„Ah, und er ist nicht dein Bruder?“ Sie zeigte mit dem Kopf in Richtung Wohnzimmer, wo Iweka saß.

Ich schüttelte den Kopf. „Nein, Iweka ist einfach ein afrikanischer Bruder, wir leben nur zusammen.“

Ich stellte die Tassen, Untertassen, Löffel und eine Zuckerdose auf den Tisch.

„Frau Herbert, ich …“

„Du kannst mich Ursula nennen, Marylinn.“

~ ~ ~

Wir stiegen in ihren schwarzen SUV und fuhren durch Hamburgs frühabendlichen Verkehr. Während ich tiefer und tiefer in den ledernen Beifahrersitz sank, wurde mir plötzlich klar, was hier gerade passierte. War ich denn lebensmüde? Wie aus dem Nichts schoss mir meine Vision des Friedens durch den Kopf, aber in der nächsten Sekunde war sie wieder weg.

Ursula lenkte den Wagen mit ruhiger Hand durch die Hamburger Innenstadt. Die Abendsonne schien am Horizont zwischen den Häuserschluchten wie ein rollender roter Ball auf einem rosa Wolkenmeer zu schwimmen.

„Wie alt bist du?“, fragte mich Ursula nach einer Weile Schweigen. „Rheiner sagt, Anfang dreißig, aber du siehst jünger aus.“ Ich zuckte zusammen. „Marylinn, du brauchst wirklich keine Angst vor mir zu haben.“ Sie legte für den Bruchteil einer Sekunde ihre Hand auf meine und zog sie dann wieder weg. Ihre ruhige und freundliche Art war mir unheimlich. Wie, um meine Skepsis auszulöschen, gab sie zu: „Ich bin neunundfünfzig.“

„Fünfundzwanzig“, antwortete ich ehrlich. Es gab keinen Grund, sie zu belügen.

„Rheiner ist dreiundsechzig.“

Ich fasste es nicht! Rheiner hatte doch glatt dreizehn Jahre unterschlagen! Aber so oder so, er hätte mein Vater sein können. Ich schaute gequält aus dem Fenster und dachte angestrengt nach, was das Ganze zu bedeuten hatte. Ich hatte unser Techtelmechtel doch längst beendet. Was wollte diese Frau jetzt noch von mir?

Ursula erzählte mir während der Fahrt in heiterem Ton fast ihre ganze Lebensgeschichte. Sie hätte Rheiner geheiratet, als sie zwanzig war. Er hätte viele Jahre bei der Armee gedient und dann ein Restaurant eröffnet. Ihre Familie besäße eine Bäckerei-Kette und sie selbst würde schon immer in diesem Familienunternehmen arbeiten. Neben ihrem Beruf wäre sie seit Jahren in nicht-staatlichen Organisationen aktiv und hätte deshalb viele afrikanische, asiatische und südamerikanische Länder bereist, um sich um Katastrophenopfer zu kümmern. Sie nahm kein Blatt vor den Mund und gab sogar zu, unfruchtbar zu sein. Ihre Trauer und Erschütterung darüber klang mit zwischen den Worten, während sie konzentriert den Wagen lenkte. Mit der rechten Hand schob sie eine CD ein. „Praise the Lord“ erklang aus den riesigen Lautsprechern.

„Händels ‚Solomon‘, eine Aufnahme aus 1985“, erklärte sie und summte euphorisch eine Weile mit dem mächtigen Chor mit.

Die Wucht der Musik und diese absurde Situation waren kaum auszuhalten, also sah ich aus dem Fenster. Doch Ursula schere sich nicht darum, wie es mir ging. Sie erzählte und erzählte weiter. Ihre Unfruchtbarkeit wäre nicht das Ende ihrer Ehe gewesen.

Rheiner hätte sie so sehr geliebt, dass er einwilligte, ein Waisenkind aus Brasilien zu adoptieren. Ihr Sohn wäre inzwischen erwachsen, hätte Medizin studiert und würde eine große Klinik in Brasilien leiten. Sie würde ihn sehr vermissen, denn er käme nur alle sechs Monate nach Deutschland. Einerseits fand ich es unverschämt, dass mich diese Frau derartig überfuhr, andererseits war ich insgeheim fasziniert von ihrem bewegten Leben. Ich fragte mich, warum Gott oder die Natur einer solchen Frau verwehrt hatte, ein eigenes Kind zu haben. Ursula fuhr in die Auffahrt und parkte den SUV auf dem großen Grundstück mit dem zweistöckigen Haus. „Du warst schon ein paar Mal hier, Rheiner hat es mir erzählt. Aber ich glaube kaum, dass er dir auch die Geschichte erzählt hat, wie wir dieses Haus vor zwanzig Jahren gekauft haben." Sie übersah, während sie das sagte, ganz sicher nicht, wie erbärmlich ich mich in diesem Moment fühlte.

Irgendetwas Schlimmes wird jetzt passieren!, dachte ich. Mein Herz schlug schneller und kurz überlegte ich, Deji anzurufen und ihn zu bitten, mich sofort abzuholen. Doch, als wir ausstiegen und sie mich ins Haus bat, folgte ich ihr wie hypnotisiert. Sie führte mich in das Wohnzimmer. Rheiner saß auf dem Sofa, kuckte Fernsehen und rauchte Pfeife. Als wir den Raum betraten, drückte er auf die Fernbedienung und schaltete aus. Er stand auf, umarmte seine Frau flüchtig und küsste sie auf den Mund. Um auf jeden Fall eine Umarmung zu verhindern, streckte ich ihm schnell meine Hand zum Gruß entgegen.

„Rheiner, würdest du uns bitte etwas zu trinken bringen?" Während Rheiner in der Küche hantierte, holte Ursula einige Fotoalben aus dem Regal und legte sie vor uns auf den Wohnzimmertisch.

Eifrig zeigte sie mir ihre Baby- und Kindheitsfotos in Schwarz-Weiß, ihre Hochzeitsfotos, Rheiner als junger Mann in seiner Militäruniform. Sie zeigte mir Fotos aus einem liberianischen Flüchtlingscamp, in dem sie ein paar Monate als freiwillige Helferin gearbeitet hatte. Mir wurde schwindelig.

Rheiner brachte ein Tablett und schob vorsichtig die Alben zur Seite. Als wäre die Situation nicht schon kompromittierend genug, warf Ursula ihm entgegen: „Rheiner, das Mädchen ist erst fünfundzwanzig!" Sie sah ihren Mann an, als hätte er eine kostbare Vase fallen lassen.

„Irgendwie so was hab ich mir schon gedacht", brummte Rheiner nur und setzte sich wieder in seinen Sessel.

Am liebsten wäre ich schmachvoll im Boden versunken. Was lief da bloß zwischen den beiden? Das konnte doch alles nicht wahr sein! Ich verstand nicht, was Ursula bezweckte, und empfand nun zusätzlich Stress, Rheiner könnte meine Identität als Marylinn infrage stellen. Und wäre es nur, um von seinem eigenen Fehlverhalten abzulenken. Er wusste, dass meine falschen Papiere mein Alter auf neunundzwanzig festlegten, und hatte obendrein seiner Frau gegenüber noch ein paar Jahre draufgeschlagen. Ich zitterte, ohne es selbst zu bemerken.

„Marylinn, du brauchst dir keine Sorgen zu machen." Ursula nahm meine Hand, doch ich zog sie reflexartig zurück. „Ich möchte nur, dass er realisiert, was er getan hat. Er hat sich deinen Nachteil als Flüchtling zu seinem Machtinstrument gemacht." Sie lächelte mich an und musterte mich.

Rheiner schwieg, zündete sich wieder seine Pfeife an und fixierte seine Finger am Pfeifenhals mit den Augen. Er hatte seiner

Frau unsere Affäre gestanden und sie hatte es auf raffinierte Weise geschafft, mich hierherzubringen und ihm einen Showdown zu liefern. Es war perfekt. Sie konnte nun sicher sein, dass er mich nie wieder anfassen würde, unabhängig davon, dass ich längst mit ihm Schluss gemacht hatte.

Ungerührt führte Ursula ihr Glas zum Mund und nahm einen kräftigen Schluck Wasser. Als wäre das der Startschuss für ein abendfüllendes Programm, schlug sie jetzt die aus ihrer Sicht wirklich tragischen Alben auf. Sie zeigte mir Hunderte Bilder aus Armenlagern in Somalia, Ruanda, Afghanistan und Kambodscha. Ich war am Boden zerstört.

~ ~ ~

Wir stiegen in den SUV und fuhren zu einer ihrer Bäckerei-Filialen. Ich hatte sie nicht davon abhalten können, mir auch noch diesen Ausflug aufzudrängen. Auf dem großen Gelände standen Lieferwagen und im Hauptgebäude herrschte reger Betrieb. Mitarbeiter aus aller Welt grüßten erfreut, als sie Ursula sahen. Wir setzten uns in die Teeküche, und es war offenkundig, dass hier alle ein herzliches Verhältnis zueinander hatten, ganz anders als in Rheiners Restaurant. Ein Mitarbeiter führte mich in der Bäckerei herum und zeigte mir die hochmodernen Backöfen.

„Gefällt es dir hier?“, fragte mich Ursula, als er mich in ihrem Büro ablieferte. Ich nickte. „Wenn du möchtest, kannst du hier arbeiten.“

Ich musste schlucken und brachte kein Wort hervor.

„Nimm dir Zeit, um nachzudenken. Wenn du Schwierigkeiten hast, zögere nicht. Ruf mich an. Wenn ich dir bei der Ausländerbehörde oder beim Arbeitsamt behilflich sein kann, sag Bescheid.“

Als könnte sie Gedanken lesen, fügte sie hinzu: „Nicht alle hier sind legal. Aber ohne Job würden sie wahrscheinlich kriminell werden. Ich zahle fair, und meine Mitarbeiter wissen das zu schätzen. Niemand bekommt Ärger, glaub mir!“

Mittlerweile hatte ich mich halbwegs wieder gefasst. „Ich denke darüber nach“, sagte ich, ohne eine Tendenz zu haben.

„Marylinn, ich könnte deine Mutter sein!“

Diese Frau war wirklich verblüffend. In unmöglichen Momenten sagte sie Dinge, die scheinbar nicht passend waren. Und doch entging mir natürlich die Doppeldeutigkeit ihrer Worte nicht.

„Fühl dich frei, mich jederzeit anzurufen ... und ärgere dich nicht über Rheiner. Er steckt in einer Männlichkeitskrise. Wie die meisten Männer in dem Alter. Das ist nicht immer einfach, weder für Frau noch für Mann.“

Sie bot mir an, mich nach Hause zu bringen, doch ich hatte endgültig genug von ihrer Zuvorkommenheit. „Ich nehme den Bus, danke.“

~ ~ ~

Rückblickend sah ich mich immer wieder in Ursulas Wohnzimmer sitzen, in dieser absurden Situation. Im Nachtrag wechselten meine Gefühle ständig zwischen Furcht und Bewunderung, weil sie es auf ihre Weise geschafft hatte, eine unsichtbare Mauer zwischen ihrem Mann und mir zu errichten. Nicht, weil sie bösartig gewesen wäre, sondern, weil sie es für notwendig gehalten hatte. Obwohl tief in mir eine schreckliche Angst geherrscht hatte, in dieser Begegnung unterzugehen, hatte Ursula das Geschehen hauptsächlich bestimmt. Durch ihre Aktion war nicht nur für sie selbst und für Rheiner diese imaginäre Barriere, eine Sicherheit entstanden, sondern es hatte sich auch meine Vision, unversehrt aus dieser Sache rauszukommen, erfüllt! Ich fragte mich, wenn andere daran mitwirkten, dass sich meine Wünsche erfüllten, inwiefern wäre ich dann andersherum an der Umsetzung ihrer Visionen beteiligt?

Marylinn kam mir in den Sinn. Was brachte mir meine Vorstellung, frei reisen und irgendwo auf der Welt studieren zu können, wenn ich hier noch länger unter falschem Namen herumgeisterte? Ich fand keine Antwort. Es gab mächtige Dinge, die einer Vision scheinbar im Weg stehen konnten. Oder war es vielleicht klug, nur das Ziel festzulegen und dann darauf zu achten, es nicht aus den Augen zu verlieren? Es wäre also womöglich wichtig, den Weg unbestimmt und offen zu halten und nur nach der Freiheit Ausschau zu halten. Wer konnte schon voraussagen, was geschehen würde? Keiner. Niemand. Selbst Ursula nicht.

~ ~ ~

Eine Fliege flog laut brummend im Zimmer umher. Ich schenkte ihr keine Beachtung, bis sie sich über meinem Bett an die Decke setzte. *Wie ist es, so falschherum an der Decke zu kleben?*, dachte ich. Mit ihren Minifüßen krabbelte sie ein wenig hin und her, blieb aber. Am liebsten hätte ich sie gefragt, ob sie etwas von Grenzen wüsste! Wahrscheinlich nichts, denn dieses kleine geflügelte Wesen würde einfach über jede Grenze hinwegfliegen, sobald sie auftauchte. Unabhängig davon fragte ich mich, ob Mauern und Grenzen ewigen Bestand hätten oder ob sie nicht genauso gut von heute auf morgen der Vergangenheit angehören könnten. In der Schule hatte ich nicht nur gelernt, dass sich das Universum weiter ausdehnte, sondern auch, dass Materie im Kern instabil war. Diese Fliege saß also an einer „wabernden“

Decke. Ich lag auf einem „wabernden“ Bett in einem „wabernden“ Haus. Jede Mauer konnte früher oder später in sich zusammenfallen, oder nicht? Oder von außen eingerannt werden. Oder von innen aufgebrochen werden. Oder sie konnte von allen Seiten willentlich abgetragen werden. Oder man konnte mit einem Flugzeug darüber hinwegfliegen, ähnlich wie dieses Insekt.

Die Gedankenspirale gefiel mir, aber nur eine Weile. Dann erschien wieder die unmittelbare Realität vor meinem inneren Horizont. Meine Reisefreiheit hing an einem Stück Papier, das sich „Fiktionsbescheinigung“ nannte. Diese große Lüge, mein Identitätsproblem, saß mir im Nacken. Was half mir die schönste Vision, wenn ich hier gegen eine Mauer rannte, die meinen Herzenswunsch nach Freiheit höchstens müde belächelte?

Mir war nach Reden zumute. Ich griff meine Handtasche neben dem Bett und holte mein Smartphone heraus. Vor einer Woche hatte ich in Mammas Wohnzimmer gesessen und mir von ihr die Vision schmackhaft machen lassen. Sie würde mich vielleicht verstehen. Sie ging nicht ans Telefon. Die Lüge lugte aus meinem aufgeklappten Portemonnaie hervor. Ich nahm sie heraus und fühlte mit dem Zeigefinger über die Oberfläche. Die gewellten Abschnitte der codierten Prägungen, die Struktur meines Fotos. Ich las die Buchstaben:

„F I K T I O N S B E S C H E I N I G U N G“.

Fiktion? Deutsch war wirklich eine schwierige Sprache, aber sehr reich, wie Yoruba. Wie viel Weisheit steckte in diesem Wort, und wie oft wurde darüber hinweggeredet, ohne zu beachten, was unter Fiktion überhaupt verstanden werden musste? Als hätte ich gerade einen großen Fund gemacht, überschwemmte Aufregung meinen Körper. Wieso bloß war Mamma nicht erreichbar?

Mit der Fliege konnte ich doch nicht reden. Ich schaute nach, ob sie noch da war. Sie saß noch da, ohne ein bestimmtes Ziel und ohne eine Ahnung zu haben, was Fiktion bedeutete. War nicht jeder Pass ist eine Fiktion? Es wurden doch nur Mensch und Papierstück oder Chipkarte miteinander verbunden und eine riesige Geschichte drumherumgestrickt. Ich wählte noch einmal Mammas Nummer. Diesmal hatte ich Glück.

~ ~ ~

Der kalte Regen trommelte seinen Rhythmus auf die Regenjacke. Die Nässe konnte mir nichts anhaben, schließlich hatte ich gerade entdeckt, dass meine Fiktionsbescheinigung nicht nur meine persönliche Lüge war. Sie war auch eine Blase, wie jeder andere Pass. Ich lief schneller vor Erregung. Nicht nur die Lüge hatte ich entdeckt, auch die Wahrheit. Plötzlich wurde mir klar, dass beides auf dem mysteriösen Bild in ihrem Wohnzimmer abgebildet war. Ich hatte es nur noch nicht so gesehen. Die Lüge war der erste, der dunkelste Raum. Erst, wenn man durch die Tür ging, entdeckte man ein Stück Wahrheit im zweiten Raum. Die Fiktionsbescheinigung hatte nichts mit mir zu tun. Das war die Wahrheit. Ich war ich, nicht das Papier. Die kriminelle Toyin existierte nur in dem ersten Raum. Im zweiten war, tiefer verborgen sozusagen, die echte Toyin. Am Anfang hatte das Dokument nur der groben Ordnung gedient, damit ich in Deutschland bleiben konnte. Doch jetzt belastete es mein Hiersein. Jetzt verursachte es in mir nur Leid, aber schon lange keine Ordnung mehr. Die einzelnen, nackten und unschuldigen Buchstaben waren nicht das Problem, auch nicht das Papier, auf das sie gedruckt waren. Die Geschichte, die damit geschrieben wurde, in der mir ein bestimmter Platz zugewiesen wurde, war das Problem.

Inzwischen rannte ich auf dem Fußweg, rannte durch die Pfützen. Mein Kopf schien zu platzen, und plötzlich hatte ich Angst, durchzudrehen. Vielleicht war ich ja auf dem besten Weg, verrückt zu werden. Ich war mir nicht mehr sicher, ob ich den Verstand verlor oder ob mich das warme Licht vom letzten, innersten Raum aus erreicht hatte. Göttliche Eingebung war eine Sache, die harte Sohle der Wahrheit ins Gesicht getreten zu bekommen, eine andere Sache. Mamma war ein solches Licht für mich, sobald ich in ihre Nähe kam. Ich fühlte mich dagegen wie ein Schatten. Deshalb hoffte ich, durch Mamma die echte Wahrheit einigermaßen behutsam zu erfahren, sollte sich diese von meiner subjektiven unterscheiden.

Schon auf der Treppe nach oben spürte ich das beschützende Terrain. Das Herz der Geborgenheit war erreicht, als die Tür hinter mir zufiel. Ein paar Tropfen fielen beim Aufhängen meines Regenmantels auf den Flurboden. Mammas Umarmung war herzlich und fest, den Bruchteil einer Sekunde länger als bei meinem ersten Besuch. Ich sah sofort, dass sie müde war, wahrscheinlich vom vielen Gehen, Einkaufen und Schleppen. Ein grauer Einkaufstrolley stand vor der Küche. Ohne groß zu fragen, brühte sie einen blumig duftenden Tee auf und stellte eine kleine Schale mit Zucker auf den Wohnzimmertisch. Wir wärmten schweigend unsere kalten Hände an den Teetassen.

„Ich sehne mich nach Mandazis“, sagte sie plötzlich mit einem versonnenen Lächeln auf den Lippen.

„Was ist das, Mamma?“

„Ein süßes afrikanisches Gebäck. Du kennst es nicht?“

Ich schüttelte den Kopf. Aber allein ihrer Erinnerung wegen sehnte ich mich ebenso danach. Bestimmt waren sie köstlich.

Mamma nickte einige Male vor sich hin, als würde sie sich selbst einen Gedanken bestätigen müssen. Dann stand sie auf, ging in die Küche und band sich eine Kochschürze um. In eine große Schüssel füllte sie Mehl, Backpulver, etwas Salz, Zucker und diverse andere Zutaten. Ich schaute ihr dabei zu, wie sie einen schweren Teig knetete. Er quoll zwischen ihren Fingern auf und mit den Handflächen, die sie mit dem ganzen Gewicht ihres Oberkörpers zu beschweren schien, drückte sie ihn dann wieder herunter. Der Vorgang wiederholte sich über eine lange Zeit, wir sprachen kein Wort dabei. Es hätte für Mamma eine lästige Arbeit sein können, stattdessen schien sie zufrieden vertieft in das ständige Auf und Ab. Wie ein Mantra, das sie mit den Händen sang. Ich bekam Lust, es auch zu probieren und streckte meine Hände zaghaft nach der Schüssel aus. Mamma schob sie mir zu. Dann versuchte ich es und berührte vorsichtig den Teig. Ihre Hände in die Seiten gestemmt, stand sie neben mir und lachte.

Als der Teig gut war und Mamma die Schüssel zum „Ruhen" beiseitestellte, bedauerte ich fast, dass es schon zu Ende war. Wir standen an der Spüle dicht nebeneinander und wuschen unsere Hände. Das warme Wasser rieselte über meine Hände. Wann hatte ich zuletzt so deutlich gespürt, was ich tat? Jetzt wusste ich genau, weshalb Mamma das Teigkneten so mochte. Und es war eine Antwort für später, wenn ich diesen Ort wieder hinter mir lassen musste. Ich nahm mir fest vor, bei Iweka zu kochen und zu backen, um mich in die Gegenwart zu holen, wann immer ich es brauchen würde. Es würde helfen, nicht so viel zu denken, sondern den Körper zu spüren. Im Hier und Jetzt zu sein. Präsent zu sein.

„Ich möchte gern etwas mit dir besprechen, Mamma", begann ich nun in fast feierlichem Ton, zog Mamma sanft ins

Wohnzimmer und zeigte auf das Bild. Ich berichtete ihr, um passende Beschreibungen ringend, von dem, was mich bewegte und umtrieb – und von meiner Vorstellung vom Licht der Wahrheit. Mammas wacher Blick hing an meinen Lippen und prüfte jedes Wort, das zwischen ihnen hervorkam. Ich sah ihr an, dass sie nicht mit dieser Offenbarung gerechnet hatte. Das Gesagte hing eine ganze Weile in der Luft und wurde nur von der Stille gehalten. Wir betrachteten gemeinsam das Bild. „Ich frage mich, warum das Licht so weit entfernt ist und ob der Weg zum Licht immer schmerzvoll sein muss. Ein Weg der Qual oder ein Tal des Jammers scheint mir unumgänglich, wenn man endlich nach Hause kommen will."

Mamma musterte mich aus den Augenwinkeln, dann drehte sie sich mir zu und legte ihre Hände leicht auf meine Hände. „Ich glaube, innen ist man immer frei!" Sie schmunzelte.

„Ich bin also nicht durchgeknallt?!", entfuhr es mir vor lauter Erleichterung.

Aus Mammas Mund floss jetzt ein wahrer Strom liebevoller Worte, der mich einerseits beruhigte und andererseits meine Seele in Bewegung brachte. Erst jetzt kam mir das ganze Gewicht, das meine Schultern bisher getragen hatten, zu Bewusstsein. Mir war dennoch seltsam leicht zumute. Die Atmosphäre im Raum hatte sich verändert, ich fühlte eine Art Bann, in dem sich meine Seele entspannte. Ich konnte und mochte meine Augen nicht von Mamma lösen. Ihr Afro legte sich wie ein gemalter Heiligenschein um ihren Kopf, ihr Blick war sanft, ihr rundes Gesicht weich. Und sie redete ununterbrochen weiter von Dingen, die ich nicht mit dem Verstand einordnen konnte, die aber meine Seele liebte.

Als Mamma etwas erwähnte, das sie das „Nichtmanifeste“ nannte, setzten wir uns wie auf eine geheime Absprache hin, an den Tisch. Mein Körper war aufgebracht, aber auch federleicht. Wie ein Sportler atmete ich mit leicht geöffnetem Mund tief ein und aus, sonst hätte ich keine Luft mehr bekommen. Ohne dass wir uns berührten, und als hätte mein ausgestoßener Atem eine Brücke geschaffen, verband sich unser beider Nichtmanifestes.

„Mein Kind“, sagte Mamma zärtlich, „wir alle sind reines Bewusstsein.“

Ihre Bemerkung übersprang meinen Verstand und kroch in mich hinein, bis ins behütete Innere. Ich nahm mich plötzlich sehr zerbrechlich wahr, doch in meinem Herzen fühlte es sich an, als flösse darin die golden leuchtende Energie des warmen Lichts. Jederzeit konnte erneut ein Fels aufragen und einen weiteren Schatten auf mich werfen. Doch im Augenblick war alles Licht, und ich schwor innerlich, alles Dunkle in mir ans Licht zu bringen, was es auch wäre.

~ ~ ~

Wie lange ich in tiefer Versunkenheit gesessen hatte, wusste ich nicht. Nur meine schweren Augenlider verrieten mir, als ich sie öffnete, dass ich weit weg gewesen sein musste. In der Küche hörte ich Mamma hantieren, also stand ich mit ultra langsamen Bewegungen auf und gesellte mich zu ihr. Mit einem Nudelholz rollte sie gerade den Mandazi-Teig aus und schnitt dann mit einem Messer kleine Vierecke heraus, die sie vorsichtig in einen Topf mit erhitztem Öl gleiten ließ. Sofort füllte sich der Raum mit süßem, verlockendem Kuchenduft. Während Mamma die fertigen, goldbraunen Mandazis mit einer Schöpfkelle heraushob und auf einen Teller legte, rollte ich die nächste Kugel Teig aus und schnitt kleine Rauten aus. Mamma hielt mir den Teller hin. Ich probierte.

„Mmhhhh..., Mamma, das ist köstlich! Außen kross und innen weich."

Zu Hause, in Nigeria, hatte meine Mutter uns Kindern manchmal auf dem Markt Poff Poff gekauft. Sie schmeckten so ähnlich. Der Mandazi-Duft war nicht einfach irgendein Kuchen-Duft, es war ein Zuhause-Duft. Und ich nahm mir ein zweites Stück und dann noch eins. *In diesem Nest hier will ich bleiben*, dachte ich sehnsüchtig.

Wie vorher das Kneten, zelebrierte ich jetzt das Ausschneiden der Plätzchen. Der Mandazi-Berg auf dem Teller wuchs und wuchs. Als es Zeit war, zu gehen, füllte Mamma behutsam eine Papiertüte mit Mandazis. Ich wusste, dass sie zwischen den Plätzchen auch eine kleine Menge Nichtmanifestes eingepackt hatte, damit ich ein bisschen davon mitnehmen könnte.

Kapitel IV

OYINDA, DAS WUNDER

Einige Tage später meldete ich mich bei Dirk. Ich hatte beschlossen, ihm nichts von der Sache mit Rheiner und Ursula zu erzählen. Die Hauptsache war doch das, was jetzt war, nicht das, was gewesen war. Wir hatten uns mutig füreinander entschieden, und nur das zählte. Ich vermisste ihn schrecklich und verabredete mich mit ihm für den nächsten Tag nach meiner Schicht.

Beschwingt und voller Vorfreude machte ich mich am nächsten Morgen auf den Weg zum Restaurant. Im Büro türmten sich bereits einige Lieferaufträge, die ich zu bearbeiten hatte. Ohne anzuklopfen, riss jemand die Tür auf, als ich gerade eine telefonische Bestellung entgegennahm. Deji stand da und strahlte über das ganze Gesicht. Ich zwinkerte ihm kurz zu und merkte, dass er ungeduldig auf der Stelle trat. Kaum hatte ich den Hörer aufgelegt, kam er auf mich zu gerannt, schloss mich in seine Arme und hielt mich fest.

„Es ist ein Mädchen! Ein Mädchen, Toyin!"

Ich war zwar bereits in bester Laune, doch Dejis seliger Blick und die große Neuigkeit überwältigten mich schier. Mein Herz machte Freudensprünge. Ich schlang meine Arme um Dejis Nacken und drückte ihn, so fest ich konnte. „Wow, ein Mädchen, Deji! Du bist jetzt Papa!"

„Ich bin nur hierhergekommen, um es dir zu sagen, Toyin. Ich fahre gleich wieder zurück ins Krankenhaus. Ich musste einfach kommen, um es dir persönlich zu sagen, schließlich bist du meine Familie." Wir umarmten uns wieder und hielten einander fest. „Kommst du nach der Arbeit ins Krankenhaus? Du musst sie unbedingt sehen. Sie ist so hübsch und so klein!“ Seine Hände formten eine winzige Wiege, dabei sah er mich so fasziniert an, als hielte er seine Tochter wirklich gerade in seinen Armen.

„Natürlich komme ich, natürlich, klar“, versprach ich.

Es rührte mich, Deji so zu sehen. Als er ging, schien er zu schweben. Die ganze Welt strahlte. Ein Wunder war geschehen! Ich fieberte meinem Feierabend entgegen, sagte Dirk auch Bescheid, denn ich konnte es gar nicht erwarten, dieses Wunder anzuschauen.

~ ~ ~

Katja saß, sichtlich erschöpft von der Geburt, aber ebenso erfüllt, im Bett, als ich in das Krankenzimmer trat. Ich umarmte sie zärtlich und gratulierte ihr von Herzen. Deji saß entrückt auf der Bettkante und sog jeden Blick auf das Baby tief in sich auf. Das kleine Wunder lag in einer kleinen Wiege neben Katjas Bett und schlief friedlich. Auf Yoruba begrüßte ich das Neugeborene. Wenn es eine Art Göttlichkeit im Antlitz eines Menschen zu erkennen gab, dann bei einem Baby. Das winzige Mädchen sah aus wie ein Engel.

Es klopfte leise. Dirk trat vorsichtig ins Zimmer und schloss behutsam die Tür hinter sich. Gerührt betrachtete er das schlafende Kind. Dann legte er seine Jacke ab und nahm zuerst mich in den Arm, bevor er der kleinen Familie zur Geburt gratulierte.

„Wie heißt sie?“, fragte er und sah zwischen Deji und Katja hin und her.

„Oyinda, sie heißt Oyinda.“

~ ~ ~

Ein paar Tage später holte Deji seine Frau und das Kind aus dem Krankenhaus ab. Die erste Nacht zu Hause musste, wie bei uns in Nigeria, mit gutem Essen und Musik gefeiert werden, hatte ich beschlossen. Wir kochten wie die Weltmeister. Dirk machte einen Kartoffelsalat mit sauren Gurken, Mais und Ei, ganz nach deutscher Tradition. Ich bereitete Eba, einen Kassava-Brei, mit Egusi-Suppe zu. Jeder sollte das essen, worauf er Lust hatte.

In der Kirche in Ibadan hätten wir zu besonderen Anlässen die ganze Nacht beim Gottesdienst verbracht. Wir hätten gebetet, gesungen und getanzt, ganz in Weiß, gemäß der Kleiderordnung der Celestial Church. Unsere Kirchengebäude waren traditionell und nie pompös ausgestattet, und sie durften nur mit Kirchenkleidung betreten werden. Ich zog deshalb zur Feier des Tages eine weiße Jeans und ein weißes Top dazu an. Um den Kopf zu bedecken, wickelte ich mein Haar in einen weißen Schal. Deji ließ mich einfach machen, obwohl er selbst nicht der Celestial Church angehörte. Früher, in der Heimat, hatte er die Winner's Church besucht, dann eine Weile die Born-Again-Gemeinde, doch inzwischen interessierte er sich nicht mehr für Religion.

Um Mitternacht war der Himmel über Hamburg schwarz und klar. Der Mond tauchte die Stadt in flüssiges Silber. Es war so weit, die kleine Oyinda zu segnen, obwohl ich dazu keinerlei offizielle Legitimation besaß. Ich nahm sie, deren Haut noch ganz hell war, in meine großen dunklen Hände und hielt sie feierlich dem Mond entgegen. So ähnlich, wie Kunta Kinte aus „Roots“ und Millionen seiner Vor- und Nachfahren es getan hatten.

„Oyinda! Ein kamerunisches Sprichwort sagt: ‚Jedes Kind ist ein Zeichen der Hoffnung für diese Welt.‘ Ich werde für dich da sein, wenn du mich brauchst.“ Ich küsste sie auf die Stirn.

Kunta Kinte hatte in solch einer Mondnacht seinen Namen bekommen. Oyinda hatte ihren bereits. Deji war glücklich, auch wenn er, wäre dies ein Yoruba-Brauch gewesen, als Vater sein Kind selbst gesegnet hätte. Jetzt hatte er mir, der Halbverrückten, den Vortritt gelassen, saß entspannt auf dem Sofa und genoss offensichtlich alles, was seinem Töchterchen auf bereichernde Weise zuteilwurde. Katja, ganz Pragmatikerin, kümmerte sich darum, Oyinda zu wickeln, zu stillen und in ihre kleine Wiege zu legen. Sie war selbst so müde, dass sie auf dem Bett liegen blieb und einschlief.

Wir anderen unterhielten uns und füllten die ganze Nacht mit vielen Worten und reichlich Lachen. Erinnerungen stiegen auf, musikalischer Kult wurde lebendig, und wir tanzten ausgelassen. Jedes Lied, ob von Angelique Kidjo oder Frank Zappa, ließ Geschichten aus unserem Leben erwachen, die wir großzügig miteinander teilten. Selbst Dirk, den ich sonst unter Menschen nur zurückhaltend kannte, bekam eine lockere Zunge.

~ ~ ~

Ohne eine Sekunde Schlaf ging ich am nächsten Tag zur Arbeit. Die Glückshormone trugen mich durch den Tag, erst am Abend spürte ich die bleierne Müdigkeit und fiel in einen tiefen, traumreichen Schlummer.

ALTE WUNDEN

Unsere Beziehung war so innig, als hätte es nie einen einzigen Zweifel zwischen uns gegeben. Dirk und ich schwammen auf einer Welle seligen Rauschs. Wir trafen uns jeden Abend, manchmal besuchten wir Katja, Deji und Oyinda, gingen irgendwo essen, ins Kino, tanzen, oder wir saßen einfach nur beieinander auf dem Sofa. In dieser Zeit entstanden Fotos, die wir in ein Album klebten: Toyin und Dirk an der Alster. Toyin und Dirk beim Griechen, am Timmendorfer Strand, auf dem Gipfel des Brocken, beim Barmbeker Treppenlauf, in der Elbphilharmonie, auf dem Fischmarkt. Selfies überall. Unzertrennlich. Wir sprachen über fast alles, nur Marylinn Jacobs und Rheiner waren Tabu. Es hätte immer so weitergehen können, wäre da nicht das Fünkchen Wahrheit an dem Sprichwort „Jedem Hoch folgt ein Tief“ gewesen.

Eines Nachmittags, kurz vor Feierabend, kam meine Kollegin Melanie in mein Büro.

„Draußen ist jemand und will mit dir sprechen. Er meint, er kennt dich.“ Sie zuckte mit den Schultern und ging.

Ich überlegte. Dirk konnte es nicht sein, denn er war noch nie an meinem Arbeitsplatz gewesen. Wegen der Affäre hatte ich auch kein großes Bedürfnis, ihn hierher einzuladen. Wer konnte es also sonst sein? Schnell übermittelte ich eine eben eingegangene Bestellung an die Küche und hastete ins Restaurant. An einem der Tische saß Abdallah und schaute düster aus dem Fenster.

„Abdallah! Long time no see!“, scherzte ich.

Er ignorierte meine gute Laune und machte ein grimmiges Gesicht. „Scheinst ja untergetaucht zu sein?! Man hört und sieht nichts mehr von dir. Was ist los, Toyin?“

„Abdallah ..., in einer Stunde können wir reden, okay? Dann ist meine Schicht zu Ende.“ Er nickte. „Möchtest du vielleicht etwas essen in der Zwischenzeit? Hast du Hunger?“

„Das Billigste“, sagte er knapp. Seine Stimme schien mir noch tiefer als sonst.

~ ~ ~

Wir gingen im Stadtpark spazieren, und ich erzählte Abdallah, was in den letzten Wochen alles passiert war. Geduldig hörte er mir zu und lief schlurfend neben mir her. Plötzlich unterbrach er mich: „Und dein Dirk? Wartet der jetzt gerade auf dich?“ Es schien ihm unangenehm zu sein.

Ich beruhigte ihn, es wäre alles in Ordnung. Ich würde Dirk später noch treffen. Abdallah schwieg. Dann verließ er den Weg und stapfte über die Wiese. Ich folgte ihm. Nach einigen Metern ließ er sich nieder und schlug mit der flachen Hand neben sich auf den Boden. Ich setzte mich neben ihn. Wir beobachteten die vielen Menschen, die die Strahlen der untergehenden Frühlingssonne genossen. Ich spürte deutlich, dass Abdallah etwas auf dem Herzen hatte. Aber er rückte nicht damit raus.

„Weißt du, ich habe die ganze Zeit nur von mir erzählt. Was ist denn mit dir? Wie geht es dir? Du siehst unzufrieden aus!“

„Es gibt nichts zu erzählen.“ Abdallah lehnte sich zurück, stützte sich mit den Händen im Gras ab und blickte in den Himmel. „Ich warte die ganze Zeit, dass etwas passiert ... mit dem Asylantrag ... Warten, warten, warten, sonst nichts. Immer nur warten!“ Er zischte eine Art verächtliches Pfeifen durch die Zähne und setzte sich wieder auf. Jetzt sah er mich richtig an. „Die Frau beim BAMF hat nach meinem Interview gesagt, dass ich wahrscheinlich die Anerkennung bekomme. Ich habe alles, was ich erlebt hatte, erzählt, aber ... da passiert gar nichts!“

„Das ist blöd, ich weiß ...“, sagte ich mitfühlend. „Und sonst? Ist das alles? Nicht mal Neuigkeiten aus der Unterkunft oder so?“

Er winkte genervt ab. „Das, was mir wirklich schlaflose Nächte bereitet, willst du nicht wissen, Toyin.“

Ungläubig und zugleich mit gespielt vorwurfsvollem Blick sah ich ihn an. „Und ob ich das will, Abdallah!“

~ ~ ~

In Abdallahs kleinem Heimatdorf im Sudan war es so, dass wichtige Dinge bereits vor dem Einsetzen der sengenden Mittagshitze verrichtet sein mussten. Wasser war geholt worden, die Hausarbeit beendet, die Tiere gefüttert, die kargen Felder beackert. Nachmittags war alles still. Der heiße Wind trieb den stiebenden losen Sand über den Erdboden. Erwachsene suchten Schutz vor der Sonne in ihren Häusern oder unter Bäumen und dösten oder unterhielten sich. Sie stritten manchmal laut oder sangen leise, vor allem gaben sie sich der Ruhe hin und beobachteten ihre Kinder, die irgendwo umherflitzten.

Wenn der zauberhafte Abend kam und die Sonne verschwunden war, lebten die Menschen wieder auf. Draußen wurden Feuer entzündet, Familien und Nachbarn versammelten sich und kochten wohlschmeckende Mahlzeiten. Überall roch es dann nach Essen. Verspielt rannten die Kinder im Freien von Feuerstelle zu Feuerstelle und probierten hier und da, etwas zu naschen. Wenn sie dabei erwischt wurden, schickten die Frauen sie schimpfend fort. Dann kam die dunkle Nacht mit klarem Himmel und kühlem Wind. Bis spät blieben die Kinder, immer schläfriger werdend, bei ihren Eltern sitzen. Bis der Schlaf sie überkam.

Es hätte immer so weitergehen können in Abdallahs Dorf und in allen anderen Dörfern. Doch eines Tages, so schilderte Abdallah, wäre jener Zauber vorbei gewesen. Während der trägen Mittagszeit hätte man schon von Weitem eine riesige Staubwolke gesehen. Die Bewohner hätten ein Auto vermutet und gehofft, dass es keine Militärs wären.

Ein Pick-up mit Soldaten kam näher.

Es wurde alles still. Nicht friedlich still, sondern ängstlich still. Wer sich nicht vorher versteckt hatte, der blieb wie erstarrt stehen oder sitzen, wo er gerade war. Jeder betete im Stillen, der Krieg möge einfach hier vorbeiziehen. Man konnte nur eins tun: nicht auffallen und still sein.

Abdallah war weit und breit nicht zu sehen, stellte sein Vater, ein alter Mann, aus den Augenwinkeln die Gegend prüfend, fest. Würden sie ihn schubsen, anbrüllen und schlagen, würde es ihm leichter fallen, die Wahrheit zu sagen: „Ich weiß nicht, wo mein Sohn ist." So könnten sie Abdallah nicht mitnehmen, damit er als Kindersoldat die blutige Drecksarbeit erledigte. Allein die Vorstellung jagte ihm einen Schauder über den Rücken und versetzte ihn in panische Sorge. Er selbst war zu alt und zu schwach, um mitgenommen zu werden. Um sich selbst musste er nicht fürchten. Er saß vor dem Haus neben Maryam, Abdallahs jüngerer Schwester. Als der Pick-up hielt, wirbelte trockener Staub auf. In verschiedene Richtungen stoben die Soldaten mit ihren

Gewehren. Maryam geriet ins Visier eines Soldaten, der sich ihr näherte. Sie war wie gelähmt und ihre Augen waren in Panik geweitet. Der Uniformierte riss sie am Arm hoch und schleppte sie zu dem Fahrzeug. Ihr Vater konnte ihr keinen Schutz bieten, doch er rannte bettelnd hinter dem Soldaten her.

Abdallah saß hoch oben in einem Tamarindenbaum versteckt und sah alles mit an. Er hörte Maryam verzweifelt um Hilfe schreien, doch er konnte seiner Schwester nicht helfen. Keiner konnte helfen. Nur zusehen, wie der Soldat das zappelnde, kreischende Mädchen mit grobem Griff auf die Ladefläche des Pick-ups hob und ihr Kleid hochschob, als wäre es das Normalste der Welt.

Mir liefen die Tränen. Abdallah musste mir nicht im Detail schildern, was seiner Schwester angetan worden war. Ich sah es genau vor mir: Gewalt, Erniedrigung und Verachtung allerschlimmsten Ausmaßes, unbeschreibbar und unfassbar! Ich sah das blanke Entsetzen in Abdallahs Augen, als er weitererzählte. Der Vater, wie von Sinnen, hätte geschrien und gebettelt, das Mädchen zu verschonen, während die anderen Soldaten, von dem Tumult alarmiert, zusammenliefen und der öffentlichen Schändung stumpf zugeschaut hätten.

Mit rohen, drohenden Gesten wurde Abdallahs Vater von den Soldaten verwarnt, er sollte Ruhe geben. Doch der alte Mann, der in seinem Leben noch nie einen Stift zum Schreiben in der Hand gehalten hatte, aber die Sitten und sogar einige Suren aus dem Koran auswendig kannte, widersetzte sich ihren Anordnungen. Dann wurde kurzer Prozess gemacht. Mit leeren Augen richtete ein Soldat das Gewehr auf ihn. Er ging auf die Knie. Ein Knall. Die Kugel traf ihn in die Brust. Dann war es still. Abdallah starrte von seinem Versteck aus auf den größer werdenden Blutfleck auf dem weißen Gewand seines Vaters. Sah den Körper zusammensacken. Die entsetzten Nachbarn hielten den Atem an. Jetzt war nur noch Maryams qualvolles Wimmern zu hören und das Keuchen des Soldaten auf ihr. Minuten später fuhr der Pick-up fort – mit Maryam und anderen Gekidnappten auf der Ladefläche.

Von da an hätte es im Dorf nur noch ein „Davor“ und ein „Danach“ gegeben.

Abdallahs geliebter Vater war tot. Abdallahs geliebte kleine Schwester geschändet, gequält und versklavt. Abdallah, der gerade ein junger starker Mann werden wollte, hatte „nur“ zugesehen! Dass gegen die von billigen Drogen berauschten Soldaten niemand etwas ausrichten konnte, wusste jeder. Trotzdem konnte Abdallah seiner Mutter aus Scham nicht mehr in die Augen sehen, die von diesem Tag an wie ausgehöhlte schwarze Löcher waren, voller Schmerz.

Auf der Suche nach Erlösung verließ er bald, gerade mal zwölf Jahre alt, sein heimatliches Dorf und landete zuerst im Nordsudan, dann in Libyen. Überall war er überflüssig und überall einer von Vielen.

Später, erzählte Abdallah, jetzt mit tonloser Stimme, als der erste Bartflaum zu erahnen gewesen wäre, hätte er gewusst, dass auch er selbst an diesem Tag zwischen „Davor“ und „Danach“ seine Unschuld verloren hatte. Sex wäre seither eine Tortur für ihn gewesen, egal wie bezaubernd und entzückend eine junge Frau war. Immer würde er plötzlich Maryams Schreien und Wimmern hören ... und dann den Schuss. Bilder würden aufsteigen in seinem Kopf, vom tot umfallenden Vater ..., dem Pick-up ..., den brutalen Gesichtern der Soldaten. Nur wenn er betrunken wäre, empfände er ein bisschen Lust dabei. Er könnte einfach nicht lange bei einer Frau bleiben und fühlte sich wie getrieben.

Wir schwiegen. Es war alles gesagt. Mir saß der Schock in den Gliedern. Spaziergänger mit ihren schnüffelnden Hunden liefen an uns vorbei. Ein paar Jogger schnauften, dampfende Atemwolken hinterlassend. Jetzt erst sah ich in Abdallahs Gesicht eine heimliche Träne. Als er meinen Blick spürte, stürzte unaufhaltsam ein ganzer Tränenstrom hinterher. Er fiel seitwärts in meine Arme und schluchzte. *Vielleicht überhaupt das erste Mal*, dachte ich kurz und hielt ihn fest umschlossen. Im freien Hamburg, unter freiem Himmel platzten Abdallahs Wunden auf und bluteten heftig.

„Ich war sauer auf dich!“, sagte Abdallah plötzlich ganz unvermittelt und wand sich aus meinen Armen. „‚Jeder ist seines Glückes Schmied.‘ Glaubst du das immer noch?“ Ich bereute, ihm von meiner Visionsidee erzählt zu haben, und hatte Mühe, mit seinem abrupten Stimmungswechsel mitzuhalten. Ich sah ihn fragend an. „Man kann so was auch in den falschen Hals kriegen. Ich gehe schon zum Therapeuten, das ist hart genug. Aber dieser Quatsch ... Da würde ich an deiner Stelle mal drüber nachdenken!“ Er zündete sich eine Zigarette an, stand auf und setzte sich auf einen nahe gelegenen Stein.

„Abdallah ...“, suchte ich nach passenden Worten, „das alles ist ungeheuerlich ..., furchtbar. Aber, niemand von euch wollte, dass das passiert. Das ist doch logisch!“

„Dann sag mir, wie passt das zu dieser Visions- und Missions-Sache?“, brüllte er, aufs Äußerste erregt.

„Beruhige dich doch! Ich habe das nicht als ein Schema gemeint, in dem alles passen muss, okay?! Das wäre ja auch fatal.

Die Genozide der vergangenen hundert Jahre, Deutschland, Ruanda, Sudan. Das ist alles unbegreiflich, auch für mich, verstehst du? ... Vision, Vision, Vision ... was weiß ich denn?! Ich denke, es ist eine freie Chance für den jetzigen Moment und für die Zukunft, mehr nicht. Das erklärt natürlich nicht alles. Schon gar nicht das, was du erleben musstest."

Abdallah schnaubte verächtlich und sah in die Ferne. „Keine Frau kann mir jemals das geben, was ich brauche, kapierst du das, Toyin?" Er wechselte das Thema. Wahrscheinlich war er in sich selbst so uneins, dass er nur noch ausspuckte, was gerade in seinem Herzen aufflammte. „Absolut keine! Auch nicht fünf!"

„Auch nicht fünf", gab ich wie ein Echo zurück. „Vermutlich nur du dir selbst oder Gott. Allah. Alles. Das Universum." Ich kam mir blöd vor und erntete prompt sarkastische Blicke und Augenrollen. Minutenlanges Schweigen. „Vielleicht ... vielleicht kann man auch nur ‚danach' sein Glück schmieden, nicht währenddessen." Jetzt fühlte ich mich selbst betroffen. Ich hatte ja selbst gedacht, hier, im Paradies Deutschland, würde alles besser werden. Hier, wo niemand anderen Schaden zufügen durfte oder sogar Leben zerstören. Von der „unantastbaren Menschenwürde" hatte ich mal gehört.

„Gleich am ersten Tag, als unser Boot in Italien ankam, habe ich gemerkt, dass von Europa nur die Oberfläche glänzt. Und Deutschland ...", Abdallah fuchtelte wütend mit den Händen, „ist auch bloß ein blank geputztes Piranha-Becken. Ich sende dem Schlepper immer noch Geld ... Aber ich schwöre: Eines Tages gehe ich zurück! Bis dahin lebe ich noch in dieser Scheißunterkunft. Fließend Wasser, ja. Essen, ja. Ein Dach über dem Kopf, ja. Trotzdem werde ich da irre! Glaub ja nicht, dass ich der

Einzige bin. Du hast es gut. Deine eigene Wohnung, Ruhe. Ein Zimmer für mich allein würde mir im Moment schon reichen. Du hast keine Ahnung, verstehst du?! Gute Tage sind solche mit dir, Toyin!"

Ein mattes Grinsen huschte zwischen uns hin und her. Auf einmal fühlte es sich an, als wären wir zwei Verschworene. Wir umarmten uns kurz, ungelenk, denn das würden wir in Afrika niemals tun, uns einfach so in die Arme nehmen. Aber wir waren hier, in Europa. Und wir waren Freunde.

„Irgendwann gehe ich zurück, und dann bringe ich meiner Mutter ein riesiges Geschenk mit. Irgendwann ..."

„Was willst du ihr schenken?"

„Mich!", sagte er grinsend. „Einfach mich! Gesund. Ich bin krank gegangen und komme gesund wieder!" Er sah meinen nachdenklichen Gesichtsausdruck. „Was ist? Was denkst du?"

„Ich denke an Maryam", antwortete ich, unsicher, ob es erlaubt war, von ihr zu sprechen.

„Ich glaube nicht, dass ich sie je wiedersehen werde", sagte Abdallah mit fester Stimme. Es klang fast schon abgeklärt. „Es wäre ein Wunder. Vielleicht ist es auch besser so. Sie ist jetzt … anders."

Anders? Wie anders?, überlegte ich angestrengt. *War das vielleicht der Ausdruck für ihre Schändung?* In mir stieg ein Verdacht auf, dass Abdallah, als Mann, seine Schwester jetzt für verflucht halten könnte, sie womöglich sogar verstoßen könnte. Ich kannte mich nicht aus, wollte aber auch nichts weiter dazu hören von ihm. Ich hatte genug Schreckliches gehört für diesen Tag, was auch immer sich hinter diesem „anders" verbarg.

„Der Therapeut sagt, ich soll herausfinden, was mir Freude macht“, lenkte Abdallah jetzt selbst ab vom Thema Maryam.

Ich sah, wie erschöpft er war. „Und ...?“, versuchte ich möglichst heiter mitzuspielen.

„Ich suche noch. Gibt nichts. Mit dir reden.“

„Trotz meiner Fantasien?“

„Vielleicht sind es ja keine ..., was wissen wir zwei schon.“

HELLENS VERRAT

Iweka und Hellen stritten so laut, dass ich davon wach wurde. Heftige Worte flogen im Flur hin und her. Ich hörte Hellens keifende Stimme und überlegte, wie lange wir uns wohl nicht mehr gesprochen hatten. Ich hatte gedacht, ich sehe sie nie wieder.

„... hab Toyin nicht als Untermieterin vorgeschlagen, damit ich jetzt von euch gemobbt werde!“ *Typisch Hellen, immer das unschuldige Opfer*, dachte ich und lauschte, was passieren würde. „Vorher haben wir doch friedlich zusammen hier gelebt, oder nicht? Iweka, sag schon, fast wie eine Familie, oder?! Und jetzt kuckst du zu, wie sie unsere Freundschaft ...“

„Ach, hör schon auf, Hellen!“, fiel ihr Iweka ins Wort. „Das ist doch Quatsch.“

„Wieso? Habe ich mich etwa wegen irgendwelcher verlorenen oder gestohlenen Sachen beschwert, bevor sie kam? Und du? Ist dir was geklaut worden?“ Sie hatte sich aufs Rechthaben versteift und einen Anwaltston angeschlagen. „Hast du schon mal drüber nachgedacht, warum sie so ein fieses Spiel anfängt? Ist doch klar, was sie denkt: Du wohnst wieder hier und wirfst einen von uns raus. Und du fällst auch noch drauf rein, na toll!“

Langsam begriff ich. Hellen hatte mich angelogen. Ihr war gar kein Geld gestohlen worden, weder vor noch nach meinem Einzug. In mir fing es an zu brodeln. Ich kochte vor Wut. Ich schlug die Bettdecke weg, sprang von der Matratze und riss die Tür auf. „Was bildest du dir eigentlich ein ...“ Hellen war so erschrocken über mein plötzliches Erscheinen, dass sie spontan zwei Schritte zurücktrat und fast über unsere abgestellten Schuhe gestolpert wäre. „... hier so rumzulügen! ... von wegen Freundin! Als ich dir das erste Mal von dem Geld erzählt habe, hast du gesagt, du wärst selbst beklaut worden. Und jetzt erzählst du Iweka so ein Märchen?!" Hellens Augen funkelten mich verachtend an. Angriffsbereit. „Aber ich hab deine Masche durchschaut!"

Hellen stürzte sich in Sekundenschnelle auf mich, riss an meinen Haaren und kniff mir in die Brust. Ihre scharfen, langen Fingernägel bohrten sich durch mein Shirt und zerkratzten meine Haut. Vor Schmerz kreischte ich auf und gab ihr eine Ohrfeige. Sie ließ nicht locker, zog noch fester an meinen Haaren und quetschte weiter meine Brust. Ich schrie wie wahnsinnig vor Wut und vor Schmerz.

Iweka brüllte: „Danke, das reicht!" Wir sollten sofort aufhören. Er packte uns beide an den Oberarmen, um uns voneinander loszureißen. Hellen schrie weiter, ich hielt meine Brust und heulte laut auf, weil es so wehtat. „Ruhe jetzt! Alle beide! Die Nachbarn werden die Polizei rufen, wenn ihr nicht aufhört, euch anzukeifen!" Ich starrte immer noch erbost Hellen an und war drauf und dran, sie zu schlagen, doch Iweka stellte sich zwischen uns. „Toyin, ich rate dir, geh in dein Zimmer! Jetzt! Sofort!"

Mein Brustgewebe brannte wie Feuer und mein Kopf pochte wie wild. „Du kannst was erleben ...!", zischte ich Hellen zu, als ich an ihr vorbei in mein Zimmer rannte.

„Und du ...", fauchte sie zurück, aber Iweka hatte sie schon gepackt und zog sie mit grobem Griff mit sich ins Wohnzimmer.

Ich hörte durch den offenen Türspalt, wie er sie anschnauzte: „Pass auf, Hellen. Vergiss, was du mir noch schuldest, Miete und Telefonkosten. Ist mir alles egal jetzt. Bis morgen packst du deine Sachen und verschwindest. Die Schlüssel gibst du mir jetzt sofort!“

Das war’s! Es war vorbei. Ich knallte die Zimmertür zu, setzte mich aufs Bett und zog mein Shirt aus, um meinen Oberkörper zu untersuchen. Das meiste waren Kratzwunden, zwei davon bluteten leicht. Ich saß eine Weile schockiert da, bis mein Atem wieder ruhiger wurde und mein Herzschlag seinen normalen Rhythmus wiedergefunden hatte. Ich fühlte mich elend und mir war übel.

Bevor ich in Europa angekommen war, hatte ich noch nie eine echte physische Auseinandersetzung mit jemandem gehabt. Gewalt hatte ich selbst noch nie erfahren. Das hier war meine erste echte Prügelei. Es war eine hässliche Erfahrung, und ich fragte mich, ob ich überhaupt eine Wahl gehabt hatte. Hellen hatte mich angegriffen und mir ernsthaft wehgetan, trotzdem fühlte ich mich schlecht. Es passte einfach nicht zu meiner Vision, zu meinem Licht, meinem größten Schatz. Es fühlte sich wie ein herber Rückschlag an, wie ein Versagen oder Scheitern. Ich schämte mich und mir war zum Heulen zumute.

Plötzlich fiel mir ein, dass meine Schicht um 8:00 Uhr begann, ich hatte noch eine knappe Stunde. Erst jetzt merkte ich, dass ich am ganzen Körper zitterte. Ich legte mich auf den Rücken, um etwas zu entspannen. Am liebsten hätte ich mit jemandem geredet, der mich trösten konnte. Jemand wie Dirk. Doch ihn konnte ich nicht anrufen, denn alles, was mit der Wohnung zu tun hatte, konnte eine direkte Spur zu meinem Identitätsproblem legen. Außerdem schämte ich mich zu sehr. Deji kam noch weniger infrage, denn ich wollte nicht riskieren, dass er mir vorwarf, nicht auf ihn gehört zu haben, als er mich davor gewarnt hatte, bei

Iweka einzuziehen. Ich schloss die Augen und dachte an Nigeria. Ich hatte schreckliche Sehnsucht nach meiner Familie.

Im Wohnzimmer begann der erbitterte Streit zwischen Iweka und Hellen erneut. Ich hörte, wie Hellen mich wüst beschimpfte, und war aufgewühlt. Um mich zu schützen, zerrte ich mein Kopfkissen hervor, legte es mir auf das Gesicht und bedeckte mit den Seiten die Ohren. *Dein bester Freund kann dein größter Feind werden*, dachte ich. Irgendwo hatte ich das Sprichwort schon mal gehört oder gelesen. So sehr ich es auch gewollt hätte, konnte ich nicht liegen bleiben. Ich musste zur Arbeit. Wenn ich noch pünktlich sein wollte, musste ich mich sogar ziemlich beeilen. Mit einem Ruck setzte ich mich auf. Mir wurde schwindlig und meine Stirn pochte. Ich schlüpfte in eine Jeans, zog ein frisches T-Shirt an und einen kuscheligen Pullover darüber.

Leise öffnete ich die Tür, um in Windeseile meine Schuhe anzuziehen und meine Jacke zu schnappen. Hellen war dazu übergegangen, Iweka auf Yoruba zahlreiche Flüche an den Hals zu wünschen. Er lachte sie aus, was sie noch rasender machte. Als sie mich vorbeihuschen sah, schrie sie mir hinterher: „Das wirst du noch bereuen, du Schlampe! Das schwör' ich dir!"

Ich ignorierte ihre Gehässigkeit und knallte die Tür hinter mir zu.

~ ~ ~

In meiner konfusen Verfassung war ich heute im Restaurant für keine Arbeit zu gebrauchen. Ich schloss mich in meinem Büro ein und wimmelte jeden, der etwas von mir wollte, mit fadenscheinigen Gründen ab. Der Schreibtisch war voll genug. Ich nahm mir vor, eins nach dem anderen abzuarbeiten und vor allem keinen Fehler zu machen. Gegen Mittag rief ich Dirk an und sagte ihm unsere Verabredungen für die nächsten Tage ab. Es wäre eine Erkältung im Anmarsch und ich bräuchte dringend Ruhe, um eine Krankschreibung zu vermeiden. In Wirklichkeit wollte ich nicht, dass er die Lädierungen auf meinem Körper entdeckte, die ich ihm würde erklären müssen.

~ ~ ~

„Wo bist du gerade?", fragte Deji streng.

Ich war auf dem Weg zu einer Freundin. „Im Bus ... ungefähr Jungfernstieg. Wieso?"

„Toyin, du musst deine Pläne für heute Abend sofort ändern. Komm bitte direkt hierher, ich bin zu Hause."

Es passte mir nicht, dass er in diesem Befehlston mit mir sprach, daher fragte ich genervt nach, was denn los wäre oder ob etwas passiert sei.

„Vergiss es, nicht am Telefon! Beeil dich besser. Bis gleich ..." Er legte auf.

Als ich ankam, legte er sofort den Zeigefinger vor den Mund und deutete in Richtung Schlafzimmer, wo Katja und das Baby schliefen. Wir schlichen ins Wohnzimmer.

„Deji, was soll das? Was ist los?"

„Die Polizei sucht dich ..." Ich stand da wie versteinert und sah, wie Deji sich mit beiden Händen ratlos in die Haare griff. „Es ist wegen der Ausländerbehörde." Ich verstand nicht. Mein Ausweis war noch vier Monate gültig. „Iweka hat sie aber nicht in die Wohnung gelassen. Sein Vermieter, der in der Wohnung über euch wohnt, hat bestätigt, dass nur Iweka in der Wohnung gemeldet ist. Deine Sachen sind also noch da ... Hast du irgendwas aus Nigeria in deinem Zimmer?"

„Natürlich! Wieso? Ich versteh' das nicht. Wie konnten sie denn ... "

„Iweka hat das Gespräch der Polizisten mit seinem Vermieter im Hausflur gehört. Sie hätten ihn gefragt, ob er dich schon mal gesehen hätte. Sie wüssten aus verlässlicher Quelle, dass du nicht die echte Marylinn Jacobs bist." Er sah mich durchdringend an. „Wer ist diese ‚verlässliche Quelle', Toyin?"

Ich musste schlucken, langsam dämmerte mir etwas. „Das kann nur Hellen gewesen sein, Deji!" Ganz sicher hatte sie mich verpfiffen. Wer sonst würde so etwas tun? Und wer sonst wusste schon von der Sache?

Es fühlte sich an, als würde ein Messer in meinem Rücken stecken. Es half nichts, jetzt musste ich Deji doch erzählen, was zwischen Hellen und mir vorgefallen war. Als ich ihm sagte, dass sie mir zuletzt noch gedroht hatte, verdrehte er die Augen und schüttelte den Kopf.

„So eine Scheiße, Toyin! Hellen scheint sich gründlich an dir gerächt zu haben. Hör zu, du musst jetzt genau das tun, was ich dir sage. Verstanden?!" Mir liefen die Tränen. Ich nickte wie ein eingeschüchtertes Kind. „Erstens: Du gehst auf keinen Fall zurück in die Wohnung. Das habe ich schon mit Iweka besprochen. Zweitens: Ich werde deine Sachen holen. Und drittens: Die nächste Sache ist bitter, aber du musst dich ab sofort vom Restaurant fernhalten. Du gehst nie wieder – hörst du? – nie wieder dort arbeiten!"

„Scheiße! Warum, Deji? Das ist doch alles nicht wahr …"

„Vergiss es! Die Bullen werden garantiert wiederkommen, glaub mir, aber dann mit einem Durchsuchungsbefehl. Sie dürfen auf keinen Fall richtige Papiere von dir finden! Schmeiß alles sofort weg und meide alle Orte, an denen du als Marylinn Jacobs bekannt bist."

Langsam wurde mir erst klar, was passiert war und, vor allem, was das für mich hieß: Marylinn Jacobs war ab sofort tot! „Wie soll es denn jetzt weitergehen?", jammerte ich panisch. „Wo soll ich schlafen? Sie werden mich doch auch bei dir suchen. Alle wissen, dass wir verwandt sind." Voll galligem Groll dachte ich an Hellens Worte: *Das wirst du bereuen, ich schwöre es dir!* Stück für Stück ging mir auf, welche Konsequenzen das hatte. Wohnungslos, arbeitslos, eine polizeilich gesuchte Person. Kirche und Kirchenchor, meine geliebten Gospels und Spirituals konnte ich mir auch abschminken. Der Gedanke ließ mich erschauern. Immer, wenn ich irgendwo mehrere Polizeiwagen mit Tatütata durch die Stadt hatte jagen sehen oder wenn irgendwo ein Schwarm Uniformierter herumgelaufen war, hatte ich gedacht: *Lieber Gott, lass mich bitte niemals Probleme mit diesen Menschen haben!* Nun hatte ich welche, sogar gewaltige Probleme. „Wehe, Hellen begegnet mir noch einmal! Und wenn, dann hoffe ich, dass es dunkel ist", zischte ich giftig.

Deji lachte trocken auf und schaute mich dann stumm an. Dieser Blick konnte alles bedeuten. *Hättest du damals auf mich gehört und wärst hier nicht ausgezogen, würdest du jetzt nicht in der Klemme stecken*, dachte er vielleicht. „Vergiss Hellen!", sagte er schließlich. „Lass uns lieber überlegen, wo du die nächsten Tage und Nächte verbringen wirst."

„Louise?!", sagte ich, plötzlich geistesgegenwärtig.

„Yepp, daran habe ich auch gedacht."

Gesagt, getan. Wir fuhren zu Louise. Ich erfand eine glaubhafte Geschichte, weshalb ich sie um Unterkunft bitten müsste. Ich hätte Streit mit Iweka und könnte es nicht mehr aushalten bei ihm. In ihrer unbedarften Art bot sie mir sofort ihr Gästezimmer an. Es wäre nur für zwei Monate, versprach ich hoch und heilig. Bis dahin würde ich eine Lösung gefunden haben. Sie winkte ab, als wäre ihr das egal. Ich würde ohnehin ein paar Wochen alleine sein, da sie die Semesterferien mit ihrem Freund Calvin in den Staaten verbringen wollte. Auf mein Angebot, mich an der Miete zu beteiligen, ließ sie sich nicht ein. Aber ich könnte ihr die Haare flechten, bevor sie in die Staaten fliegen würde. Wir mussten lachen.

„Ihr beide seid meine Engel“, sagte ich leise und brach ganz plötzlich in Tränen aus.

~ ~ ~

Ich verstaute mein spärliches Hab und Gut. Deji hatte es, unversehrt und unentdeckt, aus Iwekas Wohnung geholt und ihm in meinem Namen für alles gedankt. In meinem neuen Zimmer bei Louise setzte er sich in einen Sessel und lehnte sich, erschöpft von den Strapazen, zurück.

„Schwester, am besten bleibst du ein paar Tage zu Hause.“

Ich nickte müde. „Deji, …“ Mir wurde plötzlich klar, dass ich ihn schon lange nicht mehr mit „Bruder Deji“ angesprochen hatte. Ich war überrascht, dass ich diese gute Gewohnheit anscheinend vergessen hatte unter dem Einfluss der europäischen Umgangsformen. Einerseits schämte ich mich jetzt ein wenig, andererseits hatte ich es nie respektlos gemeint. Es hatte sich einfach eingeschlichen.

„Bruder Deji ...“, versuchte ich es erneut. „Was soll ich jetzt machen? Ich kann doch nicht wochenlang nichts tun. Außerdem muss ich Geld verdienen!“

Deji sah mich ruhig an. „Toyin, letztendlich liegt es allein in deiner Hand. Wäre ich du, bliebe ich zu Hause.“ Er stand auf. „Ich muss jetzt los. Wir reden ein anderes Mal weiter. Du weißt selbst, dass ich im Moment wegen Oyinda nicht besonders viel Schlaf bekomme. Aber ich bin froh, dass du jetzt erst mal hier bist.“

Ich stand ebenfalls auf. „Eine Sache noch ... Frau Herbert, äh ... Ursula, hat mir einmal angeboten, in ihrer Bäckerei zu arbeiten.“

„Toyin, versteh doch, vergiss das! Marylinn Jacobs ist vorbei, ein für alle Mal. Gib mir die Papiere, ich zerreiße sie, hier, vor deinen Augen ... Außerdem hast du ihre Ehe beschmutzt!“

Ich sah ihm an, dass er nicht nur übermüdet war, sondern auch genug hatte für heute. Doch ich wollte unbedingt die Gelegenheit nutzen und ihn fragen, ob Ursula nicht doch die Lösung wäre, nach der ich suchte. Ich erzählte ihm in knappen Sätzen, dass Ursula Leute illegal beschäftigte, damit sie nicht kriminell würden. Ich beschwor ihn fast, sich wenigstens vorzustellen, dass diese Frau anders tickte, als er sich denken mochte.

Tatsächlich hielt er einen Moment inne, aber dann sagte er nur mit gerümpfter Nase: „Klar, und sie spart dabei Steuern und Sozialabgaben!“ Er hob die Augenbrauen und schien jetzt gleichgültig. „Dann frag sie, ob ihr Angebot noch steht. Werde nicht kriminell und ihre Rechnung geht auf! Aber ...“, unterbrach er sich, kniff die Augen zu einem Schlitz zusammen und richtete den Zeigefinger auf mich, „... es ist dein Risiko, verstanden?!“

~ ~ ~

Mitten in der Nacht schreckte ich aus dem Schlaf hoch. Wie eine Eingebung war mir etwas eingefallen: GPS! Ortungsdienste! Hellen hatte meine Handynummer! Ich brauchte einen Augenblick, um mich zu sortieren. Ich schaltete die Nachttischlampe ein und rieb mir die Augen. Ich überlegte angestrengt. Konnte auch ein ausgeschaltetes Smartphone von der Polizei geortet werden? Ich schaute auf die Uhr. Louise konnte ich nicht fragen, ob ich an ihrem Computer recherchieren könnte. Sie schlief bereits seit Stunden, und ich wollte sie auf keinen Fall stören. In aller Eile schrieb ich alle wichtigen Telefonnummern aus meiner Kontaktliste auf ein Blatt Papier: Mamma, Abdallah, Louise, Katjas Eltern und Ursula. Dann schaltete ich das Gerät aus. Die Nummern von Dirk, Deji und Katja hatte ich im Kopf, ebenso die meiner Familie in Nigeria.

Als hätte ich gerade erneut meinen Hals gerettet, sank ich erschöpft zurück auf das Kissen und schlief sofort wieder ein.

~ ~ ~

Dirk war auf der Arbeit und konnte nicht lange sprechen. Seine Stimme klang enttäuscht, als ich ihm, nachdem ich mein Handy verzweifelt Sekunden vorher doch noch einmal kurz eingeschaltet hatte, hastig mitteilte, dass wir uns eine Weile nicht treffen könnten. „Schon wieder?“, sagte er, in Anspielung auf meine gerade erst ausgeheilte Erkältung. „Wie schade!“

„Es tut mir so leid, aber ich muss dringend ein paar Tage verreisen“, erfand ich die nächste Lüge.

„Eigentlich hatte ich mir vorgenommen, zukünftig noch mehr Zeit mit dir zu verbringen. Aber so ...“ Er unterbrach seinen Satz und ich hörte Stimmen im Hintergrund, wahrscheinlich Kollegen.

„Wir reden später, Toyin." Er legte auf. Ich schaltete das Handy sofort wieder aus.

In mir stieg eine Vorahnung auf. Dirk war unzufrieden. Am liebsten hätte ich ihn direkt von der Arbeit abgeholt, um mit ihm zu sprechen. Unsere Beziehung machte mich glücklich, und mein drohendes Verderben wollte ich von ihm fernhalten. Nun war er verärgert und ich konnte nichts machen. Was würde er denken, wenn er versuchte, mich auf meinem Handy anzurufen? Ich grübelte: Um ins Internet zu kommen, musste ich erst Louise fragen, aber die war schon früh aus dem Haus gegangen. Der Hass auf Hellen flammte urplötzlich wieder in mir auf.

Die Rosen

Nach einiger Zeit waren Langeweile und Zeit im Überfluss nicht mehr auszuhalten. Meine Monatskarte für Bus und Bahn war ohne Marylinn Jacobs ungültig geworden, und da ich sparsam mit meinem Geld umgehen musste – ohne laufende Einkünfte – ging ich alle Wege zu Fuß. Ich war gerade unterwegs zu Mamma. Auf der Straße hatte ich das Gefühl, überall unter Beobachtung zu stehen und verfolgt zu werden. Erst als ich endlich in Mammas Wohnung trat und die Tür hinter mir schloss, schien ich sicher zu sein und atmete auf. Mammas Mann saß diesmal, wie bei meinem ersten Besuch, Zeitung lesend im Wohnzimmer. Als er mich sah, lächelte er erfreut, stand auf und gab mir die Hand. „Ah, Toyin! Schön, dich zu sehen. Ich geh' dann mal nach nebenan, ich will eure Teestunde nicht stören."

Es war mir ein bisschen unangenehm, ihn zu vertreiben, und beteuerte, er würde uns ganz gewiss nicht stören. Insgeheim war ich froh, mit Mamma unter vier Augen sprechen zu können. Ich hatte den Schock, von Hellen in diese bedrohliche Isolation katapultiert worden zu sein, noch lange nicht richtig geschluckt, geschweige denn verarbeitet. Innerlich zitterte ich rund um die Uhr, weil ich genau wusste, dass die Polizei mich suchte. Das Schlimmste war, dass ich der ahnungslosen Louise die ganze Wahrheit nicht sagen konnte. Sie glaubte immer noch, ich wäre bei ihr eingezogen, weil ich Stress mit Iweka hätte. Sie war sowieso meistens unterwegs oder müde und fuhr in zwei Tagen in den Urlaub. Permanent jagten panische Gedanken durch meinen

Kopf. Tag und Nacht hatte ich Angst. Angst vor der Polizei, aber auch Angst vor Hellen. Ich konnte nicht sicher sein, dass sie mich nicht weiterhin verfolgte. Alle tollen Sprüche, die ich früher so wertvoll gefunden hatte, trafen auf mich nicht mehr zu. Im Jetzt leben, der inneren Stimme folgen, Ego auflösen, Schattenarbeit, das alles war über Nacht nur noch für andere Menschen eine gültige Lebensanleitung. Nicht für mich. Nicht in meiner Situation. Ich war an der Endstation angekommen. Ich wollte und musste Mamma jetzt alles erzählen, denn ich hielt es nicht mehr aus.

Mamma spürte, dass etwas ganz und gar nicht in Ordnung war. Sie nahm meine Hände und sah mich auffordernd an, als wäre es auch aus ihrer Sicht genau der richtige Zeitpunkt, zu beichten. Mir schossen Tränen in die Augen und ich musste schluchzen. Mit bebender Stimme berichtete ich nach und nach alles, was passiert war: Streit. Verrat. Panik. Ohnmacht. Perspektivlosigkeit. Isolation. Nicht zuletzt das ewig quälende negative Gedankenkarussell. Ich zog ein Taschentuch nach dem anderen aus der Box, die sie mir hinhielt, um mir die Tränen zu trocknen und die Nase zu putzen. Sie hörte mir zu und ließ mich erzählen, ohne etwas zu fragen, ohne etwas zu sagen und ohne mich schräg anzusehen.

„Bitte Mamma, frag mich jetzt nicht nach meiner Vision! Eigentlich liebe ich das Leben. Aber jetzt habe ich gerade nur einen Riesenhass auf Hellen, den ich nicht beherrschen kann. Sie hat alles, alles, alles, was ich mir erarbeitet habe, zerstört. Wenn ich mich nachher von dir verabschiede und auf dem Weg zu Louises Wohnung geschnappt werde, dann gehe ich mit nichts zurück nach Nigeria. Verstehst du das? Mit nichts! Nur die Klamotten, die ich trage ... Wenn ich reich wäre, würde ich Deutschland sofort verlassen!“

Mamma saß mir gegenüber, ihr sanftmütiger Blick fixierte meine Augen. Unmerklich begann ihr Kopf ein ganz langsames Nicken, als würde ein bestimmter Gedanke in Zeitlupe in ihrem Kopf angespült. „Da hast du eine mächtige Aufgabe vom Leben bekommen, Toyin.“ Das sah ich nicht ganz so, jedenfalls betrachtete ich meine Not nicht als eine lösbare Aufgabe. Aber ich war in diesem Moment dankbar, dass Mamma ihre erste Antwort so gütig formulierte, statt mich zu kritisieren oder gar zu verurteilen. „Was deine Zukunft angeht – entschuldige bitte, dass ich es nicht vermeiden kann –, wäre eine Vision natürlich sinnvoller denn je!“ Ich sah sie skeptisch an, doch sie nickte unbeirrt weiter und sprach, als hätte sie ein Rätsel gelöst: „Wer sind deine Freunde? Wer könnte ein Teil deiner neuen Vision sein? Und wenn du Millionärin wärst, was dann ...?“

Ich musste unwillkürlich lachen. „Millionärin? Ich? Ich wär’ auf der Stelle weg. Bye-bye, Deutschland. Fresst eure Papiere, eure Daten selber und erstickt daran! Und vergesst ja nicht, Menschen, die woanders ausgebeutet oder abgeschlachtet werden, zu bemitleiden!“ Mir lag plötzlich eine ganze Kaskade an Beschimpfungen auf der Zunge. Ich hatte große Lust, mich noch weiter in das Gefühl, ungerecht behandelt worden zu sein, hineinzusteigern. Ich sprang, mit Armen und Händen wild gestikulierend, von meinem Sessel auf, dass meine silbernen Armreifen nur so klapperten. Ich war fast gekränkt, als ich feststellen musste, dass Mamma sich davon nicht beeindrucken ließ. Mit einer lässigen Bewegung änderte sie ihre Sitzposition, um es bequemer zu haben. Dann sah sie mich wieder aufmerksam an.

„Was steht dir im Weg, Toyin?“, fragte sie trocken.

„Bin ich etwa reich?“, lachte ich sarkastisch, warf die Arme hoch und machte ein dramatisches Gesicht.

Mamma ließ sich nicht dazu überreden, meine Opfermelodie mitzusingen. „Woran machst du denn deinen Reichtum fest?“, analysierte sie nur weiter.

„Mamma! Ich habe dir wirklich alles erzählt. Ich habe viel gelernt, aber eines steht wohl fest: materiell gesehen, besitze ich nichts, oder? Okay, ich habe etwas gespart, aber es kann schnell weg sein. Ich würde mit weniger zurück nach Afrika gehen, als ich beim Herkommen hatte. Ich hatte eine Menge Reiseschecks, und ich hätte weit reisen und einige Zeit davon leben können. Jetzt bin ich … am Ende!“

„Oft denke ich über Reichtum nach, Toyin. Ich möchte dir eine Frage stellen: Glaubst du, ich bin arm?“

„Nein! Wobei ...“, überlegte ich, „... keine Ahnung ...“

„Weißt du, ich denke selbst, ich bin reich. Ich habe mit meinem Mann sechs Grundstücke gekauft und Häuser darauf gebaut – in Afrika. In vierzig Jahren haben wir es gemeinsam geschafft, jedem einzelnen unserer sechs Kinder etwas in Afrika zu hinterlassen. Am Anfang wussten wir weder, dass wir sechs Kinder haben, noch, dass wir sechs Häuser bauen würden. Zuerst war da nur mein Körper, zum Glück gesund, und dann mein Wunsch, meinem gerade geborenen Kind etwas hinterlassen zu können, und die Vorstellung davon, Geld dafür zu sparen.“

Unweigerlich schaute ich zu dem Foto hinüber. Sechs strahlend schwarze Gesichter, jung und erwachsen. Mammas Kinder blickten lässig, vielleicht sogar triumphierend. Als sie mir das Foto bei meinem ersten Besuch gezeigt hatte, war es mir nicht so aufgefallen. Jetzt fragte ich mich, wie gut sie sich fühlen mussten! Wie gut es sich anfühlen musste, Eltern zu haben, die ihnen den Weg geebnet hatten. Die von ihrem Gehalt etwas gespart hatten, obwohl das mit Sicherheit oft schwer gewesen war.

Es war, als wäre ich halb da und halb in der Ferne. Während Mamma mir Einzelheiten erzählte vom Bauen, von den Problemen, den Lösungen und Rückschlägen, stellte ich mir vor, wie es sein musste, ein solches Haus zu betreten, nachdem es fertiggestellt war. Schon aus dem Flugzeug würde ich aufgeregt hinunterschauen und fieberhaft die Gegend absuchen nach dem neuen Dach. Ich stellte mir vor, wie es wäre, wenn es auftauchte hinter den Wäldern, zwischen den anderen Häusern, und darunter die rote Erde. Wahrscheinlich würde mindestens ein gut gelaunter Verwandter am Flughafen warten und mich zu dem neuen Haus fahren. Wie musste es sein, das Tor zum eigenen Garten zu öffnen und dann die Haustür? Wie genau würde sich dieses Glück anfühlen, zu wissen, dass ich diesen schönen Flecken Erde nun selbst gestalten dürfte? Das war doch Reichtum! Schon der Wunsch der Eltern war Reichtum. Und dann ... schlich sich Eifersucht in meine Tagträumerei. Ich neidete den schönen schwarzen Gesichtern dieses große Glück.

Mamma musste mich schon länger abwartend angesehen haben. Sie stand, die Teekanne schwebte an ihrer Hand in der Luft. Der heiße Dampf quoll unter dem Rand des Deckels hervor. Eilig hielt ich ihr meine Tasse hin, damit sie nachschenken konnte. Ihr massiger Körper sank zurück in den Sessel und sie ordnete ihren Rock.

„Inzwischen ist mir klar geworden, dass man mit Reichtum umgehen können muss. Viele Dinge mussten geklärt werden.

Wer wohnt in den Häusern, während wir hier in Deutschland sind, damit sich keine Diebe einquartieren? Wer ist für Reparaturen zuständig? Was tun, wenn etwas passiert? In einem der Häuser wurde mehrmals eingebrochen.“ Sie seufzte und hob die Schultern.

Stress, natürlich, daran hatte ich noch gar nicht gedacht. Mamma erzählte, dass es bei der Aufteilung der Grundstücke Streit zwischen ihren Kindern gegeben hätte. Lange Zeit hätte sie große Befürchtungen gehabt, die Streitereien könnten selbst nach ihrem Tod erbittert weitergeführt werden. Deshalb hätte sie sich ein Herz gefasst und mit allen Kindern gemeinsam gesprochen und eine Lösung gefunden, mit der am Ende alle zufrieden gewesen waren. *Wahrscheinlich ist dieses Foto nach dem Gespräch gemacht worden*, dachte ich.

Meine Eltern erschienen plötzlich ganz unvermittelt in meiner Erinnerung. Sie schimpften gerade mit mir, weil ich Nagellack statt eines neuen Bleistifts gekauft hatte. Sie mochten geschimpft haben, doch auch sie waren Eltern, die ihrem Kind – mir – den Weg geebnet hatten, so gut sie konnten.

Als könnte er niemals laut sein, stand Mammas Mann, mit einer Tasse in der Hand, unvermittelt im Wohnzimmer und trat auf den kleinen Tisch zu. Zärtlich lächelnd bedankte er sich bei seiner Frau, die ihm Tee aus der Kanne einschenkte. Dann zog er sich wieder zurück, wie ein Zauberer. Er war auf einmal für mich der Mann, der nicht nur freundlich war und still seine Zeitung las, sondern der, der Kinder und Wünsche hatte und mit seiner Frau Träume hatte wahr werden lassen. Ohne je viele Worte mit ihm gewechselt zu haben, schien er mir ein bescheidener, zufriedener, aber auch auf wundersame Weise erfolgreicher Mann zu sein.

„Selbst wenn eines der Häuser abbrennen sollte, Toyin“, fuhr Mamma fort, „Na und? Ob ich es wieder aufbauen würde, weiß ich nicht. Aber müsste ich neben der Brandruine und dem Schrott in einer provisorischen Hütte leben, würde ich zuallererst eine Blume reinstellen. Die Blume würde mich erinnern. An meine eigene Vision.“

Mir war klar, dass sie mich glauben lassen wollte, dass Gedanken zu Materie werden könnten. Und dass sie mir sagen wollte, dass ich jetzt in meiner „Brandruine“ säße. Hatte meine Verzweiflung anfangs noch alle Türen zugehalten, war es nun, als bräche meine Skepsis nun erschöpft zusammen. Durch die sich öffnende Tür drang eine gewisse Überzeugung hinein. Leuchtend hell quellend und alles andere als zart oder zurückhaltend. Dass Reichtum im Innern bereits vorhanden sein musste, um diesen auch im Äußeren zu manifestieren, war nicht mehr nur eine fixe Idee einer alten Frau, sondern ein Hoffnungsschimmer, der meinen Verstand beschäftigte. Irgendetwas in mir hatte sich gewandelt.

Mamma schien es bemerkt zu haben. Sie blieb dran, diesen frischen neuen Gedanken weiterzutreiben. „Toyin, wenn du mich auf der Straße sehen würdest und mich beobachtetest, wie ich in einer nicht sehr angesehenen Gegend meine Wohnung aufschließe, und wenn du hören würdest, alle meine Häuser wären abgebrannt ..., wäre ich dann in deinen Augen arm?“

Mir fiel nichts dazu ein, nur Nina Simone tauchte in mir auf, ihr mächtiges „Ain’t got no (I got live)“. Ähnlich wie sie, konnte ich doch endlos Dinge aufzählen, die mir fehlten oder angeblich fehlten oder die mir fehlen sollten. Und doch, ironischerweise hatte ich alles, vor allem mein Leben, das mir niemand nehmen konnte. Mit dem Leben fing zweifellos jeder Schritt an! Leben mit einer Familie in Afrika und in Deutschland. Freunde. Ein Freund. Menschen, die mich liebten und sich für mich interessierten. Mein gesunder Körper, der das verborgene gold-fließende ewige Gewahrsein beherbergte. Mein Herz klopfte, als schien es den Rhythmus für einen Neuanfang zu schlagen. Ehrgeiz überschwemmte mich.

„Danke, Mamma. Du bist ein Engel! Weißt du, ein Teil in mir sagt: ‚Toyin, das ist alles Quatsch, so kann man nur denken, wenn alles im Leben rund läuft!‘ Und andererseits denke ich jetzt gerade: ‚Ja, ich muss etwas mit dem, was ich habe, neu aufbauen. Es bleibt mir nichts anderes übrig!‘“

Sie erwiderte mein mattes, aber dankbares Lächeln. „Lass Hellen gehen. Und vergiss nicht, noch heute eine Blume in dein Zimmer zu stellen!“

Ich nickte, auch wenn ich große Zweifel hatte. Es würde mir schwerfallen, mit dem Grübeln aufzuhören. Gedanken ließen sich ja nicht einfach so ein- und ausschalten. Gute oder schlechte. „Alle gehen vorwärts. Nur ich gehe rückwärts! Es ist alles so ungewiss“, seufzte ich, als hätte der soeben neu gewonnene Mut mich gleich wieder verlassen. Ich stützte meine Ellbogen auf dem Tisch ab und legte den Kopf in meine Hände. Mamma streckte ihre Arme über den Tisch, um ihn wieder aufzurichten.

„Lass die Gedanken kommen und gehen und ärgere dich nicht über sie. Beim Anblick deiner Blume erinnere dich daran, dass es wichtige und unwichtige Gedanken gibt.“

„Trotzdem ..., dass die Polizei mich sucht, fühlt sich so verdammt schlimm an. Ich habe richtig Angst, Mamma.“

Sie umfasste meine nervösen Hände und wurde sehr ernst. „In dem Moment, in dem du behauptet hast, du seist Marylinn Jacobs, hast du gegen die hier geltenden Gesetze verstoßen."

„Ja, aber ... für mich ist es … wie eine blöde Lüge. Die echte Marylinn hat meinen Pass und ich ihren. Wie beim Tausch eines übertragbaren Bahntickets. Der eine braucht's, der andere nicht. Ich habe gearbeitet. Steuern gezahlt. Niemandem etwas zuleide getan. Ich fühle mich nicht kriminell, weil ich da bin, wo ich jetzt bin. Du weißt das. Aber in den Augen anderer Menschen bin ich eine Kriminelle. Verbrecherin. Das schmerzt." Mamma sagte nichts, aber ich sah in ihrem Blick Mitgefühl.

~ ~ ~

„Hallo, Toyin." Es war kein Enthusiasmus in Dirks Stimme.

„Hallo. Tut mir leid, dass ich mich nicht gemeldet …"

„Ich habe dich Tausende Male angerufen!", rief er mir wütend ins Ohr. Erschrocken riss ich den Hörer weg und zog ihn dann wieder heran. „Willst du mir sagen, dein Akku war die ganze Zeit leer? Ich war bei dir, aber Iweka wollte mir nicht sagen, wo du bist! Ich frag' mich, was du wohl so alles gemacht hast ... und mit wem?!" So aufbrausend und roh hatte er noch nie mit mir gesprochen.

„Dirk, bitte, können wir uns heute Abend treffen?"

Er schwieg einen Moment und ich hörte nur seinen Atem. „Okay ...", sagte er schließlich leise, aber distanziert. „Von mir aus ... Mundsburger Türme. 19:00 Uhr." Dann legte er auf.

~ ~ ~

Dirks Laune hatte alarmierende Gefühle in mir ausgelöst, und es war mir schwergefallen, auf den Abend zu warten, um die Sache zu klären. Als ich ihn traf, war er ein wenig angetrunken. Er wäre mit Kollegen in einer Kneipe gewesen. Fast hätte er mir abgesagt, um noch zu bleiben, weil es so lustig war. Ich fühlte mich unwohl, denn es klang, als wäre ich eine unangenehme Störung.

Wir liefen eine Weile durch die Straßen, ohne Ziel. Ein Gespräch kam nur schleppend in Gang und obwohl er kein einziges vorwurfsvolles Wort fallen ließ, schaffte er es, mit allem, was er sagte, eine feindselige Atmosphäre zu schaffen. Doch ich tröstete mich damit, dass es klug wäre, erst einmal großzügig und verständnisvoll zu sein, nachdem ich mich so lange nicht gemeldet hatte und er zu Recht verärgert war. Er hatte ja keinen blassen Schimmer, was los war. Wenn ich Vertrauen in unsere Beziehung setzen wollte, musste ich ihm genau jetzt von meiner persönlichen Katastrophe erzählen, und zwar alles! Ich musste ihm reinen Wein einschenken, sonst ginge es nicht weiter für uns. Mein Kopf schrie, ihm nicht zu vertrauen. Ich dachte an das, was Hellen mir angetan hatte. Aber ich liebte Dirk.

„Dirk …“, fing ich an, wusste aber nicht, wie ich es anstellen sollte, all das vorzutragen, was mich bedrückte.

Er blieb stehen und drehte sich zu mir, schaute mich mit glasigen Augen an, eine Dose Bier in der Hand. „Ehrlich gesagt ..., will ich gar nicht wissen, wo du warst.“

Mir dämmerte, dass es gar keinen Sinn haben würde, solange er in diesem Zustand war. „Dirk, Ich wollte eigentlich mit dir reden, aber vielleicht ist es doch besser, wenn wir das verschieben. Du bist betrunken!“

„Klar, warum nicht?! Kaum bist du da, bist du wieder weg. Geh einfach ... hin, wohin du willst ..., bist ein freier Mensch!“ Ich sah ihn entgeistert an, doch er lachte zynisch. „Brauchst mich gar nicht so anzukucken. Ich lass mich doch von dir nicht verarschen! Meldest dich tagelang einfach nicht. Gehst nicht ans Handy ... Scheiße, Toyin!“

„Glaub mir, ich ...“, versuchte ich ihn zu besänftigen.

„Zum Glauben geht man in die Kirche. Vorzugsweise zu Weihnachten“, zischte er abweisend. Offensichtlich war es egal, was ich jetzt sagte oder nicht sagte. Alles würde er in den falschen Hals kriegen. „Was willst du eigentlich von mir?“, brüllte er mich an.

„Was ich möchte, Dirk? Was wohl?!“, schrie ich nun auch, mit den Nerven am Ende. „Ich will meinen Freund zurück! Verstehst du?“ Abrupt ging ich drei Schritte Richtung Ausgangstür, drehte mich aber noch mal um. „Wir reden, wenn du wieder nüchtern bist. Bitte!“

Auf dem ganzen Rückweg liefen mir die Tränen. Ich war unendlich erschöpft und frustriert. Dirks Auftritt hatte mir den Rest gegeben. Als ich am Bahnhof ankam, um ausnahmsweise, nach all den Strapazen, doch Geld für den nächsten Bus auszugeben, fiel mein Blick in das Schaufenster eines Blumenladens. Was hatte Mamma mir geraten? Eine Blume zur Rettung des inneren Reichtums? Ich ging hinein und kaufte die letzten zwei Rosensträuße, die im Angebot waren. Ich verkniff mir das Busticket und ging zu Fuß.

Endlich bei Louise angekommen, überreichte ich ihr einen der Sträuße.

„Nur so, einfach als Dankeschön zwischendurch“, stammelte ich. Sie war überrascht und freute sich wie ein kleines Kind. Es wäre lange her, dass sie Blumen geschenkt bekommen hätte. Obwohl es spät war, war sie redselig, doch ich hörte ihr kaum zu. Mein Kopf war voll, mein Herz hämmerte, sogar die Lungen schmerzten. Dirks Ablehnung ließ mich meine Ohnmacht bis in die Knochen spüren. Meine Augen brannten vom Weinen. Louise sah, dass es mir gar nicht gut ging, fragte aber nicht weiter nach. Stattdessen suchte sie in der Küche nach Vasen.

~ ~ ~

Von Glück und Reichtum war ich denkbar weit entfernt. Ich lag in meinem Bett und starrte auf die Rosen, die nur schwach beleuchtet waren vom einfallenden Licht der Straßenlaterne. Hier, bei Louise, war ich in relativer Sicherheit, doch sie sollte nichts wissen von meiner gescheiterten Existenz. Ich spürte deutlich, dass dieser Umstand, eine weitere Lüge, keine echte Nähe zu ihr erlaubte. Je mehr ich meine Situation betrachtete, desto verhasster wurde sie mir. Das Schlimmste war, dass ich Trost bei Dirk gesucht, aber nur seine Vorwürfe bekommen hatte. Ich konnte ihn nur zu gut verstehen, doch ich war in Panik, ihn vielleicht ganz verloren zu haben. Wie gerne würde ich jetzt, in meiner Verzweiflung, in Mammas Armen liegen. Oder am besten gleich einschlafen. Ja, das Einzige, wonach ich mich jetzt nur noch sehnte, war Nicht-Fühlen, Nicht-Denken. Einfach besinnungslos sein und friedlich.

Kein Abend zu zweit

Ursula war sehr knapp am Telefon. Es passte gerade nicht und sie würde mich am nächsten Tag zurückrufen. Ich schluckte. Hatte ich mir seit ihrem Angebot zu viel Zeit zum Überlegen gelassen? Brauchte sie niemanden mehr? Oder hatte sie es gar nicht ehrlich gemeint? Bevor sie auflegte, gab ich ihr Louises Festnetznummer. Ob ich wollte oder nicht, ich musste warten.

Einen Tag später rief sie tatsächlich zurück. Alles war gut, sie hatte mich nicht vergessen.

~ ~ ~

Mein neuer Job in der Bäckerei entpuppte sich schnell als gehörige Verschlechterung gegenüber meiner entspannten Arbeit im Restaurant. Meine Schicht begann um 7:00 Uhr morgens, wenn die Bäcker ihren Job schon erledigt hatten. Wenn die Lieferwagen mit dem frischen Brot und dem übrigen Backwerk vom Gelände fuhren, reinigte ich die großen Öfen und Maschinen. Sobald jemand ausfiel oder, beispielsweise, an Feiertagen mehr produziert werden musste, half ich auch nachts beim Vorbereiten aus.

Im Team lebte ich mich sofort ein und fühlte mich wohl. Ursula als Chefin zu haben, war ein Segen. Sie verlangte Sorgfalt und ganzen Einsatz, aber sie sparte nicht mit Lob und zahlte pünktlich. Das Wohl ihrer Mitarbeiter lag ihr wirklich am Herzen. Es war ein Geben und Nehmen, ein Annehmen und Zurückgeben. Meine Achtung ihr gegenüber wuchs, weil sie mich trotz der Sache mit Rheiner unterstützte und genauso fair behandelte wie meine Kollegen.

Seit ich hier arbeitete, verloren wir kein einziges Wort mehr über die Affäre. Hätte ich es nicht selbst erlebt, hätte ich nie geglaubt, dass so etwas wahr sein könnte. Trotzdem war mir manchmal unwohl wegen der Vorgeschichte und der peinlichen Umstände, unter denen wir uns kennengelernt hatten. War ich nicht wachsam, fühlte ich mich ihr gegenüber klein, obwohl sie mir nicht den geringsten Anlass dazu gab.

~ ~ ~

Am ersten Tag trat eine junge Frau auf mich zu. „Hallo, ich bin Maria. Wo kommst du her?“ Nicht ohne Stolz streckte mir meine neue Kollegin ihre Hand entgegen.

Marias Deutsch hatte einen starken spanischen Akzent. Sie war einen Kopf kleiner als ich. Ein hübsches Gesicht, indianische Wangenknochen und glänzende schwarze Haare zierten ihr Erscheinen. Solche langen glatten, glänzenden schwarzen Haare waren mein Kindertraum gewesen. Als sie mich neugierig anlächelte, zeigte sie eine perfekte weiße Zahnreihe.

„Ich heiße Toyin. Ich komme aus Nigeria, und du?“

„Kolumbien.“ Sie deutete durch ein Glasfenster. Eine Frau schob gerade draußen Kisten voller Backwaren in die Transporter. „Das da drüben ist Hannah. Sie kommt von der Elfenbeinküste, spricht französisch und ein bisschen Deutsch.“

~ ~ ~

In der Pause aßen wir gemeinsam in der Teeküche. Ein Kollege hatte eine Chilisuppe für alle gekocht. Als ich die Schärfe auf der Zunge spürte, fühlte ich mich lebendig wie schon lange nicht mehr.

Es tat mir gut, wieder unter Menschen zu sein.

„War das dein Freund, vorhin?“, wollte Hannah wissen, anscheinend hatte sie Deji gemeint, der es sich nicht hatte nehmen lassen, mich auf dem Weg zu meiner ersten Schicht zu begleiten.

„Mein Bruder“, antwortete ich.

Maria kuckte Hannah vorwurfsvoll an. „Du hast doch schon einen Freund, oder nicht?“

„Ist es verboten, zu fragen, ob der Typ Toyins Freund ist? Was ist schon dabei?“, konterte Hannah schnippisch und rollte genervt ihre Augen.

„Und was ist dabei, dich daran zu erinnern, dass du bereits vergeben bist, Süße?“, ätzte Maria.

„Wir sind verlobt, meine Liebe. Und ich habe überhaupt keinen Grund, mich nach anderen Männern umzusehen!“, gab Hannah zurück und funkelte Maria an. „Mein Freund macht alles für mich! Ich müsste nicht einmal arbeiten, wenn ich nicht wollte. Er bezahlt alles. Unsere Wohnung, Essen, Trinken, Möbel. Alles.“ Herausfordernd hob sie die Schultern und machte ein unschuldiges Gesicht. „Ich habe sogar zu ihm gesagt: ‚Schatz, wir sind in Deutschland, hier machen Paare fifty-fifty.‘ Aber er will nicht. Er hält sich an die Tradition. Der Mann sorgt für die Familie, und wenn die Frau Geld verdient, dann ist es allein ihr Geld. Dagegen habe ich mich natürlich nicht gewehrt! Wir sind zusammen hierhergekommen. Und wir gehen zusammen zurück nach Hause. Keine Sorge, Maria, ich bin nicht auf der Suche!“

Auch wenn mir Maria sympathischer war, beneidete ich Hannah in diesem Moment unendlich um ihren Verlobten, der sich ihr gegenüber verantwortlich fühlte und sie anscheinend auf Händen trug. Ich kannte das auch so von zu Hause. Meine Eltern hatten eine ähnliche, unausgesprochene Vereinbarung. Ich liebte zwar meine Unabhängigkeit, aber, Emanzipation hin oder her, in meiner Situation hätte ich mir gerade zwei starke, verbindliche Arme gewünscht.

~ ~ ~

Nach der Arbeit ging ich zu Abdallah. Irgendwie hatte ich mich daran gewöhnt, immer auf der Hut zu sein. Ich bewegte mich hauptsächlich zu Fuß in der Stadt, ohne jegliche Ausweispapiere. Als ich bei den Containern der Notunterkunft ankam und Abdallah mich sah, umarmten wir uns. Nach der für uns ungewöhnlich vertrauten Unterhaltung über seine brutale Vergangenheit war das eine Selbstverständlichkeit, auch wenn ich es aus meiner afrikanischen Heimat eher nicht kannte, Freunde innig zu umarmen. Außerdem gehörte diese Herzlichkeit zu den guten Gewohnheiten der Deutschen.

Abdallahs Zimmergenosse war unterwegs, und so hatten wir ein wenig Privatsphäre. Ich hatte den dringenden Wunsch, ihm nun doch ganz offen von meiner prekären Lage zu berichten. Ich erzählte ihm alles. Von Hellen, meinem Umzug, meiner neuen Arbeit und meiner Beziehungskrise. Er hörte mir zu, warf ein paar „Ahs“ und „Ohs“ in meinen Redefluss und sah mich erstaunt interessiert an. Als ich meine bedrückende Story beendet hatte, blickte er eine Weile auf den Boden und schwieg.

„Toyin, wenn alle Stricke reißen, heiraten wir einfach!“ Er hob seinen Kopf und richtete seine Augen fest auf mich. Er meinte es ernst. „Wenn ich meine Anerkennung bekomme, super, bleiben wir. Wenn nicht, gehen wir nach Nigeria.“ Er grinste, und ich hatte den Verdacht, er hätte schon länger darüber nachgedacht.

„Heiraten? Das ist das Letzte, woran ich jetzt denke, Abdallah. Danke für das Angebot, aber ich will frei sein. Ich will doch nicht heiraten müssen, um irgendwo sein zu dürfen! In welchem Jahrtausend leben wir eigentlich?!“ Das fragte ich mich wirklich. In welcher Zeit lebten wir denn? Auf welcher Zivilisationsstufe standen wir, als Menschen, die behaupteten, emanzipiert zu sein, demokratisch? Wie war das: Menschenrechte?

„Und was willst du jetzt machen?“, fragte Abdallah trocken. „Du bist illegal hier! Das ist Scheiße! Du bist meine Schwester und steckst bis zum Hals in der …“ Aber ich wollte ihm nicht länger zuhören und hielt mir die Ohren zu, sodass er sich unterbrach. Nach einer Weile nahm er mir sanft die Hände von den Ohren und sagte in milderem Ton: „Mein Therapeut sagte einmal, Frieden wäre eine innere Einstellung! Er hat mir schon viel geholfen, aber als er das sagte, hätte ich am liebsten den Stuhl, auf dem ich saß, genommen und an die Wand geschleudert.“

Wir mussten lachen, es war bitter und lustig zugleich. Wir wussten beide, dass der Hinweis des Therapeuten einen Funken Wahrheit enthielt. Ich erinnerte mich an die durchweinte Nacht nach dem Streit mit Dirk. Gegen 3:00 Uhr war ich wach geworden und hatte das Licht angeschaltet. Der tröstliche Anblick der Rosen auf meinem Nachttisch schenkte mir für einen kurzen Moment Frieden, obwohl weder meine Verflechtung mit Dirk noch andere wichtige Sachen geklärt waren. Faktisch hatte sich gar nichts verändert, aber in mir kehrte vorübergehend Ruhe ein.

Und Abdallah kannte solche Momente auch. Er schien ebenfalls diesem Gedanken nachzuhängen.

„Richtig Sport machen oder meditieren, das soll auch helfen. Ich habe es meinem Therapeuten versprechen müssen. Weißt du, was ich ihm gesagt habe? ‚Aber nur mit vollem Bauch!' Das hat er sofort verstanden."

Ich dachte nach. Es schien mir einerseits ein Ablenkungsmanöver zu sein, andererseits wäre mir wahrscheinlich auch nichts Besseres eingefallen an Abdallahs Stelle. Was sollte man zu so viel Unglück auch sagen? Das letzte Mal hatte ich an der Uni in Nigeria konkret Sport getrieben. Jetzt hatte ich das Gefühl, das viele Gehen statt des Fahrens war ohnehin schon ein körperlicher Ausgleich. Aber emotional war ich natürlich immer gestresst, weil ich Angst hatte, nach meinem Ausweis gefragt zu werden, warum auch immer. Es konnte überall passieren, ohne besonderen Grund, durch einen dummen Zufall. Aber ins Sportstudio konnte ich nicht gehen, ohne eine ausweisliche Anmeldung.

„Meditieren ist langweilig ..., glaube ich", sagte Abdallah.

„Hast du es schon probiert?"

Er zuckte mit den Schultern. Das hieß wohl „Nein".

„Los, lass uns mal im Internet schauen! Dafür gibt's schließlich Lehrer."

Plötzlich war er aufgekratzt. Wir setzten uns auf sein braun lackiertes, quietschendes Metallbett und durchforsteten auf dem Smartphone diverse Webseiten, die unter dem Suchbegriff „Meditation Hamburg" gelistet waren. Spontan entschieden wir uns für eines der Angebote und riefen an, um die Bedingungen zu erfragen. Unser Timing wäre perfekt. Am folgenden Abend wären wir herzlich eingeladen, an einer Einführung teilzunehmen. Wir hatten sofort das Gefühl, uns in ein Abenteuer zu stürzen. Wunderbar!

~ ~ ~

Ich war fest entschlossen, meine Beziehung zu Dirk wieder ins Lot zu bringen. Ich rief ihn von Abdallahs Handy aus an, und er ließ sich von mir überreden, dass ich ihn von der Arbeit abholte. Ich war froh, dass er mich umarmte. Er wirkte entspannt und war liebevoll, so, wie ich ihn kannte. Schweigend, Hand in Hand, gingen wir zu ihm nach Hause. Silbrig glänzte ein Hoffnungsschimmer am Horizont. Doch ich ahnte nicht, dass es nur eine weitere bittere Lehrstunde für mich sein würde. Die Dinge änderten sich drastisch, von einer Sekunde auf die nächste.

Wir standen gerade in der Küche, um Getränke aus dem Kühlschrank zu holen, da klingelte es an der Tür. Mia stand mit zwei Freundinnen im Türrahmen. Ich hoffte, Dirk würde die drei wegschicken, schließlich hatten wir wirklich dringend etwas zu klären.

„Dirk, gaaanz dringend! Sorry, dass ich nicht vorher angerufen habe. Das sind Laura und Gesine."

Dirk wirkte überrumpelt. „Mia, ich habe Besuch! Toyin ist hier. Können wir das nicht morgen ..."

„Wer ist da?", fragte Laura.

„Ach, nur so 'ne afrikanische … Flamme von Dirk!", plärrte Mia so laut, dass ich es hören musste. „Ey, Brüderchen, du kannst uns jetzt ja wohl nicht einfach die Tür vor der Nase zumachen, oder? Jetzt im Ernst: Es ist wirklich dringend. Nur kurz, okay?"

Dirk seufzte genervt. „Okay, kommt rein. Möchtet ihr etwas trinken?"

Alle Frieden stiftenden Weisheiten in Ehren, aber Mia war die Letzte, die ich momentan sehen wollte. Meine Hand würde ich ihr auf keinen Fall reichen, nicht nach all den Beleidigungen. Ich steckte provozierend meine Hände in die Hosentaschen, ging an ihr vorbei und setzte mich im Wohnzimmer in einen Sessel. Eisiges Schweigen. Laura und Gesine blickten mich mit großen Augen an und musterten mich von oben bis unten.

Mia tat, als wäre ich nicht da. Mit säuselnder Stimme wandte sie sich an Dirk. „Wir fahren in' Urlaub! Und das Beste ist: Du kommst mit! Ab nach Hawaii! Es ist alles gebucht und schon bezahlt. Total günstig! Der helle Wahnsinn!" Sie gluckste, als hätte sie im Lotto gewonnen. „Es ist ein Paket für vier Personen, war ein Versehen, aber so passt es doch super."

Die drei kuckten Dirk erwartungsvoll an. Er sah zu mir rüber.

„Los, sag ‚Ja'. Sonst ist der vierte Platz umsonst bezahlt, das wäre doch Mist ..."

Dirk wirkte hilflos, wie damals, als seine Eltern uns überrascht hatten, und auch, als Mia im Krankenhaus über mich hergezogen war. Auf der einen Seite saßen die hysterisch quietschenden jungen Frauen, die pausenlos plapperten und auf ihn einredeten, auf der anderen Seite ich, die schweigsame Freundin. Da er sich nicht zu einer Reaktion durchringen konnte, riss mir der Geduldsfaden. Ich zwang mich zu einem großzügigen Lächeln und sagte zynisch: „Lass dich nicht abhalten ...!"

Verblüfft schaute er mich an.

Mia schlug direkt in die Kerbe und holte ihr Tablet heraus, um Dirk Bilder vom Urlaubsort zu zeigen. Der Abend war für mich gelaufen. Ich hatte natürlich erwartet, dass er Mias Spiel durchschaute und nicht mitfliegen würde. Doch neben seiner Schüchternheit war er anscheinend nicht nur hilflos, sondern auch einfältig und obendrein leicht zu überzeugen. Doch ich hatte meinen Stolz und versuchte mit aller Macht, mich nicht in die Rolle einer Randfigur abdrängen zu lassen. Illegal hin oder her, als Mensch wollte ich auf Augenhöhe bleiben. Doch die drei Frauen hatten Dirk bald für die Sache eingenommen und es auf subtile Art geschafft, dass auch er mich fast wie Luft behandelte.

Mehrere Runden Drinks wurden aus der Küche geholt. Ich saß schweigend dabei, wie sie auf das bevorstehende Happening anstießen. Dirk prostete mir zu und glaubte wirklich allen Ernstes, dass es in Ordnung wäre, ohne mich zu verreisen. Ich konnte es nicht fassen. Vielleicht wäre ich explodiert, wenn ich nicht mit dem Rücken zur Wand gestanden hätte. Vielleicht hätte ich Dirk ins Schlafzimmer gezerrt, die Tür zugeknallt und ihn geschüttelt, damit er aufwachte und zu sich käme. Damit er dieses miese Spiel durchschaute. Doch ich fühlte mich selbst ohnmächtig danebenstehend und glaubte, nur zusehen zu können, wie Mia mir meinen Freund entriss, ohne mit der Wimper zu zucken.

Irgendwann raffte ich mich auf und verabschiedete mich. Ich würde den letzten Bus nehmen, weil ich am nächsten Tag früh rausmüsste, log ich. Insgeheim dachte ich, wenn ich durch noch irgendeinen blöden Zufall geschnappt würde, würde ich für nichts mehr garantieren können.

„Liebling, bevor ich fliege, sehen wir uns aber noch, oder ...?“, sagte Dirk und legte seine Unschuldsmiene auf.

Ich war den Tränen nahe, doch ich würde nicht weinen. Das schwor ich mir. „Na, klaro“, bluffte ich, so gut ich konnte, und küsste ihn fest auf den Mund.

~ ~ ~

Dann brach der Damm. Als ich um die Ecke war und er mich nicht mehr sehen konnte, heulte ich los. Das Leben scherzte echt schlecht! Ich hatte so große Erwartungen gehabt an diesen Abend. Endlich hätte ich Dirk mein ganzes Herz ausschütten können. Ich war so fest entschlossen gewesen, ihm mein Vertrauen zu schenken und ihn in meine Geheimnisse einzuweihen. Und jetzt ... war gar nichts geklärt. Im Gegenteil, alles war nur noch schlimmer als vorher. Jetzt würde er mit diesen albernen Hühnern nach Hawaii fliegen und sogar glauben, dass es mir nichts ausmachte. Er war so naiv!

Ich rannte den ganzen Weg zu Louises Wohnung, vor lauter Wut und Verzweiflung. In meinem Zimmer pfefferte ich meine Jacke auf den Sessel und schlug ein paar Mal mit der Faust ins Kopfkissen. Dann ließ ich mich schluchzend aufs Bett fallen. Was für eine Misere! Ich schien mit Dirk kein Glück zu haben. Wir hatten uns wieder nicht gefunden. Frustriert fixierte ich mit meinen Augen die Rosen, die inzwischen ihre Blüten voll geöffnet hatten und die samtigen Innenseiten der Blütenblätter zeigten. Sie schienen im Moment das einzige Zarte in meinem Leben zu sein. Alles andere fühlte sich grob und unfreundlich an. Mamma hatte so recht, es war höchste Zeit, mein eigenes Wohl an die erste Stelle zu setzen.

~ ~ ~

Zum Glück war ich mit Abdallah verabredet, um mit ihm zur Meditation zu gehen. Ich hätte es nicht ertragen, meinen Feierabend allein, mit meinem Leid zu verbringen. Und ich brauchte dringend eine Ablenkung für mein Gedankenkarussell. Ich nahm ausnahmsweise den Bus, denn der Einführungsabend fand ziemlich weit draußen statt, in einem wohlhabenden Viertel am

Rande der Stadt. Wir trafen uns direkt an der Adresse. Zu unserer Verwunderung war es ein Privathaus und nicht, wie angenommen, ein öffentliches Gebäude, etwa eine Schule oder ein Seminarzentrum.

Unsere Gastgeberin führte uns ein paar Stufen hinunter ins Souterrain. In einem abgedunkelten Raum saßen etwa fünfzehn Menschen auf Bodenkissen in einem Kreis. Im Hintergrund plätscherten verführerische Klänge, die an indische Tempelmusik erinnerten. In der Mitte war eine Art kleiner Altar aufgebaut, auf dem eine Räucherschale stand, aus der grauer Rauch verspielt kringelförmig aufstieg und einen leicht beißenden Duftschleier bildete. Palo Santo, roter Weihrauch, gemischt mit verschiedenen Kräutern, wie wir später erfuhren. Ich hüstelte. Abdallah zog mich sanft um den Kreis herum zu einer Stelle, an der wir nebeneinander sitzen konnten. Wir ließen uns nieder und schauten in die verklärten Gesichter der Anwesenden.

Zehn Minuten später entzündete die Seminarleiterin einige im Raum verteilte Kerzen. Sie trug einen bunten Sari und sah darin aus wie eine Priesterin. Zur Begrüßung legte sie beide Handinnenflächen aneinander, hielt die Hände vor ihre Brust und verneigte sich.

„Namasté“, sagte sie feierlich.

Die Leute um uns herum machten es ihr nach.

Abdallah und ich verstanden nicht alles, was sie sagte, doch im Großen und Ganzen drehte sich ihr Vortrag um ihre zahlreichen Reisen zu Meditationsretreats an verschiedensten Orten der Welt. Dann fiel mir die Kinnlade runter! Dieser Abend wäre einer tantrischen Paar-Meditation gewidmet. Wie bitte? Tantra?!

Abdallah und ich blickten uns entsetzt an. Während alle anderen Teilnehmer mit kennender Miene nickten und lächelten, standen mir tausend Fragezeichen auf der Stirn. Die Meisterin erzählte weiter, die wenigsten Menschen wüssten von den genialen heilenden Kräften des Tantra.

Sie forderte jeden auf, sich einen Partner zu suchen und mit den Vorbereitungen zu beginnen. Abdallah griff meine Hand. Es war klar, dass wir Partner wären. Doch im nächsten Moment wurde uns mulmig zumute. Die Leute begannen, sich komplett auszuziehen. Wie auf ein vereinbartes Signal hin, standen wir beide gleichzeitig auf und stürzten zu der Leiterin.

„Ver ... zeih ... ung, Frau ...", stotterte Abdallah verunsichert.

„Sag einfach Rikah", half sie ihm und lächelte ihr Buddha-Lächeln.

„Frau Rikah, damit haben wir eigentlich nicht gerechnet ...", versuchte er es noch einmal.

„Wir dachten, das wäre eine einfache Meditation", flüsterte ich. Es war mir unangenehm, zwischen all den nackten Menschen zu stehen, die inzwischen damit beschäftigt waren, Tücher auf dem Boden zu verteilen, um sich hinlegen zu können.

Rikah schien erstaunt. Es wäre das Beste, wenn wir uns einfach darauf einlassen würden. Schließlich gäbe es so viele verschiedene Arten des Meditierens.

„Öffnet euer Herz und folgt einfach euren inneren Impulsen", riet sie, um uns möglichst schnell wieder in den Kreis verweisen zu können. Offensichtlich störte unsere Unterbrechung den Prozess der anderen.

Abdallah schüttelte entschieden den Kopf. „Wir gehen!", sagte er knapp und sah mich auffordernd an. Ich nickte, um ihm meine Zustimmung zu signalisieren.

Rikah zog die Augenbrauen hoch und wirkte zunächst etwas unwillig. Doch dann nickte sie ebenfalls und bugsierte uns zum Ausgang, indem sie uns ihre Fingerspitzen an unsere Rücken setzte und durch die eng belegte Bodenlandschaft schob.

„Es tut uns sehr leid, das haben wir ja nicht geahnt", entschuldigte ich mich für die Unterbrechung.

„Kein Problem", wehrte die Meisterin ab. „Ihr wisst ja gar nicht, was ihr verpasst!"

Ich lächelte verlegen und hielt ihr die Seminargebühr hin, doch sie lehnte ab.

„Kommt einfach in vier Monaten wieder. Da unterrichte ich ‚Schamanische Reisen', da müsst ihr euch nicht ausziehen." Sie lachte. „Schon gut, nur ein Scherz. Kommt gut nach Hause!"

PIZZA, SANGRIA UND TANTRA

Maria half mir, eine neue SIM Card zu besorgen. Endlich war ich wieder erreichbar und konnte, ohne jemanden um Hilfe zu bitten, telefonieren und das Internet nutzen. Das Wichtigste war, mit Dirk in Kontakt zu bleiben, wenn er auf Hawaii wäre.

~ ~ ~

Am Abend vor seinem Abflug trafen wir uns in seiner Wohnung. Dirk hatte schon seinen Koffer gepackt und bestand darauf, zum Abschied für mich zu kochen. Er steckte in einem Zwiespalt, das spürte ich sofort. Es fiel ihm schwer, sich von mir zu trennen und sich gleichzeitig seiner Vorfreude auf Hawaii hinzugeben. Um seine Zerrissenheit zu überspielen, zeigte er mir stolz den Teig für italienische Pizza, den er bereits zubereitet hatte, und rührte hoch konzentriert eine Tomatensoße mit Basilikum an. „Weniger ist mehr!“, erklärte er fachmännisch und ließ grobkörniges Meersalz in die rote Masse rieseln. Aus frischen Kräutern bereitete er ein Pesto und schob schließlich ein Ciabatta in den Ofen. „Die Vorspeise“, lautete sein Kommentar.

Den fast klinisch sauber geputzten Esstisch deckte er mit großer Sorgfalt, zündete zwei Kerzen an und legte eine romantische Musik für den atmosphärischen Hintergrund auf. „Die ‚Regentropfen Prelude‘“, sagte er zufrieden. „Möchtest du Weißwein?“ Ich nickte und machte ein genießerisches Gesicht. Als er eingeschenkt hatte und mir das Glas reichte, drückte er mir einen zärtlichen Kuss auf die Stirn. „Schade, dass du nicht mitkommen kannst, Toyin.“

Es kostete mich viel Energie, nur diesen Moment zu spüren und nicht an morgen zu denken. Heute war ich seine Königin. „Ehrlich gesagt, ist dein Verwöhnprogramm so ziemlich das Schönste, was mir in den letzten Wochen passiert ist.“ Das war nicht gelogen.

So perfekt, wie Dirk den Abend vorbereitet hatte, so perfekt schmeckte sein Essen und fast so perfekt war auch die ganze Nacht, die wir miteinander verbrachten. Die einzige Hürde, die mir im Weg stand, jeden Moment mit ihm zu genießen, war die Wehmut, die ständig wieder auftauchte und die ich nur mit größter Mühe vor ihm verbergen konnte.

~ ~ ~

Am nächsten Morgen brauchten wir lange, um uns voneinander loszureißen.

„Ich vermisse dich jetzt schon, meine Liebste! Sobald wir gelandet sind, rufe ich dich an, okay?“

Es klingelte. Dirk drückte die Freisprechschaltung. „Hallo?“

„Los, komm runter!“, plärrte Mias Stimme blechern aus der Anlage. Sie wartete mit den Mädels unten im Auto.

„Ich liebe dich!“, flüsterte er mir noch einmal zu und küsste mich. Dann checkte er seine Reisedokumente und schloss die Tür hinter uns ab.

„Da bist du ja endlich!“, kreischte es aus den heruntergelassenen Autofenstern, als wir auf den Gehweg traten. Mich ignorierten sie, anders hatte ich es auch nicht erwartet. Laura stieg aus und öffnete die Kofferraumklappe. Dirk wuchtete sein Gepäck hinein. Er sprang noch einmal auf mich zu, um mich zu umarmen. „Hey, mach schon, wir müssen los!“, hörte ich Mia drängeln.

~ ~ ~

Kurz nach seiner Ankunft und in den ersten Tagen meldete sich Dirk, wie verabredet. Doch schon bald rief er nicht mehr an. Es wäre zu teuer. Wir schrieben uns ein paar Textnachrichten, aber auch auf diese Weise verlor sich der Kontakt. Irgendwann kam auf meine Nachrichten keine Reaktion mehr.

Ich konnte mich kaum auf die Arbeit konzentrieren und checkte immer wieder mein Smartphone. Ich überflog die Eingänge: Katja, Deji, Louise, Abdallah. Fotos von Oyinda. Ich war tief enttäuscht und beunruhigt. Mehrmals fragte ich nach, ob alles okay wäre, und kam mir blöd dabei vor. Kein Lebenszeichen von Dirk.

Eines Morgens, ich hatte gerade meine Schicht begonnen, ploppte eine Nachricht auf. Ich sah nur Dirks Nummer und öffnete sie. Es war ein kurzes Video. Dirk saß völlig besoffen auf einem Stuhl in einer Strandbar und Laura saß breitbeinig auf seinem Schoß. Im Hintergrund standen kleine runde Tische, an denen entspannte, Sangria trinkende Menschen mit Sonnenbrillen und Sonnenhüten chillten. Mia hielt das Handy und filmte die beiden, ich hörte es an ihrer Stimme, die, ebenso betrunken klingend, das Geschehen obszön kommentierte. Dirk hielt in einer Hand einen Cocktail, mit der anderen Hand umfasste er Lauras Brust, die nur von einem knappen Bikini-Oberteil bedeckt war. Er prostete benebelt in die Kamera, während Laura ihn provokativ auf den Mund küsste und dabei gehässig in die Kamera schaute.

„Hey, Toyin, Hawaii ist die Insel der Liebe“, lallte Mia. „Tja … Hawaii, Hawaii ... und du bist nicht dabei!“ Gegackere im Hintergrund, dann schwenkte die Kamera heftig wackelnd aufs Meer hinaus, und es wurde schwarz. Cut. Das war’s. Ungläubig ließ ich das Handy sinken. In kurzen Abständen durchfluteten Kältewellen meinen Körper, als hätte ich Schüttelfrost. Mir war kotzübel. Mit wankenden Schritten erreichte ich geradeso die Toilette. Ich schloss mich ein, damit Sumita, eine Kollegin, die mir heute zuarbeitete, mein Desaster nicht mitbekäme. Die restlichen Stunden bis zum Feierabend überlebte ich nur, indem ich wie ein Zombie vor mich hin arbeitete. Glücklicherweise ließen mich alle weitestgehend in Ruhe.

Als ich die Bäckerei an diesem Tag verließ, hatte ich nur noch einen Wunsch: Abdallah zu treffen und von ihm getröstet zu werden. Er war der Einzige, der mich jetzt retten konnte. Als er mich sah, aschfahl im Gesicht und mit rot-schwarzen Augenringen vom Weinen, schloss er mich sofort in seine kräftigen Arme. Er winkte seinem Zimmergenossen zu, der auf der Stelle den Raum verließ, damit wir Ruhe hätten.

~ ~ ~

Es vergingen zwei Monate. Inzwischen war Winter. Es wurde spät hell und früh dunkel. Ich mochte die lichtgeschmückten Straßen und die Weihnachtssterne in den Fenstern. Die kahlen grau-schwarzen Silhouetten der Bäume schienen ihre intimste Seite zu zeigen. Ohne das bedeckende Laub standen sie ganz schutzlos da, und gerade deshalb fühlte ich mich ihnen sehr verbunden. Meistens regnete es. Selbst in meiner warmen Jacke, deren Taschen mit benutzen Taschentüchern vollgestopft waren, spürte ich den eiskalten Nordwind beim Gehen. Als es den ersten Frost gab und es ein wenig schneite, fuhren die Autos langsamer. Knirschender Schnee unter den Schuhsohlen und unter den Reifen. Wie weißes, schwereloses Gold fiel Frieden vom Himmel. Doch schon bald hatten sich alle daran gewöhnt und die Autos rasten wieder, schleuderten schmutzigen Schneematsch an die Straßenränder und auf die Fußwege.

Ich mied alle Orte, an denen ich Polizei vermutete oder alte Kollegen aus dem Restaurant hätte treffen können. Ich machte einen Bogen um jeden Platz, an dem Dirk hätte auftauchen können. Jedes Mal, wenn ich mich fragte, warum er mir das angetan hatte, schossen mir Tränen in die Augen. Ich fühlte mich von ihm verraten, und ich schämte mich sogar für ihn selbst, weil sein Abgang so billig gewesen war, weil er sich in so eine faule Sache verstrickt und mich so hängen gelassen hatte. Vor allem aber fühlte ich eine große Leere in mir, und ich nahm es ihm besonders übel, nie auch nur ein mitfühlendes Wort oder eine Erklärung, eine Entschuldigung für mich gehabt zu haben.

Ein dicker Kloß verschloss meinen Hals, seit ich dieses kompromittierende Video gesehen hatte. Ich konnte ihn einfach nicht runterschlucken. Auch der radikale Entschluss, nie wieder etwas mit einem Deutschen anzufangen, bewegte ihn keinen Millimeter vom Fleck. Im Gegenteil, sobald ich an Dirk dachte oder glaubte, ihn irgendwo von Weitem zu sehen, begann mein Herz, hektisch zu klopfen, und der Kloß machte meinen Hals noch enger. Kaum etwas fürchtete ich mehr, als ihm zufällig zu begegnen. Das durfte einfach nicht passieren, schon gar nicht, wenn er womöglich in Begleitung von Laura auftauchte.

Nach der Arbeit, wenn Louise noch nicht da war oder ich Deji nicht besuchen konnte, spazierte ich manchmal in abgelegenen, ungefährlichen Gegenden. Meistens reiche Wohnviertel. Dort war alles herrschaftlich, ehrwürdig alt und elegant zugleich. Grün-oxidierte Kupferdächer auf riesigen Villen, schillernde Boutiquen an jeder Ecke. Die Leute, die hier auf den

Straßen flanierten, trugen strahlende Masken, hinter denen sich garantiert auch gebrochene Herzen verbargen. Wenn ich es allein nicht mehr aushielt, ging ich den weiten Weg zu Abdallah.

~ ~ ~

„Frieden kommt von innen, Toyin. Fang da an!“, predigte Abdallah eines Abends, nachdem wir lange geredet hatten und ich nichts als heulen konnte. Er wusste wahrscheinlich selbst nicht mehr weiter und erzählte mir nun das, was ihm sein Therapeut ständig einbläute.

„Als hätte ich nicht tagein und tagaus versucht, meinen inneren Frieden zu finden! ... Wenn du es genau wissen willst, Abdallah: Da ist kein Frieden!“, plärrte ich verzweifelt.

Eine Weile sah er mich nur schweigend an und zuckte hin und wieder ratlos mit den Schultern. „Wir wollten doch meditieren lernen. Wie wär’s? Schlimmer kann’s ja nicht mehr werden, schätze ich“, schlug er halbherzig vor, ohne einen wirklichen Plan zu haben.

„Ja, wollten wir, aber es war eben die falsche Adresse“, gab ich kleinlaut zurück.

„Vielleicht hätten wir da bleiben sollen und es ausprobieren?!“

Ich fand seine Bemerkung deprimierend und blickte ihn frustriert an. „Kann schon sein, aber jetzt ist es vorbei, und Rikah bietet den anderen Kurs erst in zwei Monaten an.“

Er ließ sich mein Smartphone geben und suchte Rikahs Webseite. Wir könnten recherchieren, ob es eine Kurzanleitung gäbe, zur Selbstanwendung. Wir studierten die eingestellten Texte, und bald gingen uns die Augen über. Das war also Tantra?! Nackt daliegen und sich gegenseitig streicheln?

„Abdallah“, blockte ich entsetzt ab. „Ich suche keinen Liebesersatz, kapiert? ... Sorry, aber ... nein, nicht mit mir!“

„Schon gut, Schwester, das ist ja wohl klar. Aber hier steht, es ist eine Meditation, kein Sex oder so was. Hast du etwa Angst, dass ich über dich herfalle?“ Ich zog die Augenbrauen hoch. „Keine Sorge. Darum geht's wirklich nicht. Kuck! Hier steht, dass es nur um die Ruhe geht und um ... wie heißt das? ... Schenken. Und wir brauchen Musik, Toyin. Das ist wahrscheinlich das Beste daran.“

Ich kniete mich hinter Abdallah auf das Bett und sah über seine Schulter, um die Anleitung mitzulesen. Rikahs Beschreibungen klangen harmloser, als ich es vermutet hätte. Ihr Anliegen schien einfach nur auf einen liebevollen Umgang abzuzielen oder auch darauf, sich auf den eigenen Körper tiefer einzulassen. Es ging darum, mithilfe des anderen die Liebe zu sich selbst zu finden. Im Grunde hatte sie recht, es war nur so, dass es nicht zu meiner Erziehung passte. Ich konnte mir nicht vorstellen, einen nackten Fremden zärtlich anzufassen. Auch wenn Abdallah kein Fremder für mich war, körperlich gab es diesen gewissen Abstand.

„Es ist nichts dabei, Toyin. Es ist nur ungewohnt, für mich auch“, sagte Abdallah schließlich und schloss den Browser. „Wir könnten das jetzt machen und in zwei Monaten wieder hingehen, was meinst du?“ Er meinte es ernst.

~ ~ ~

Wir hatten uns entschieden. Bevor es losging, checkten wir noch einmal gedanklich den Ablauf. Jeder hatte sich eine passende Musik ausgesucht, die beiden Kerzen auf dem Boden, rechts und links neben dem Kopfende des Bettes, brannten und füllten das Innere des Containers mit warmem Licht. Die Elektroheizung hatten wir eine Stunde vorher auf höchste Stufe gestellt, denn das Schlimmste, was wir uns vorstellen konnten, war, bei der Meditation zu frieren. Die Anleitung sah noch einige weitere Punkte vor, die wir aber für entbehrlich hielten, beispielsweise das Räuchern des Raumes und für uns unverständliche Anrufungen zu Beginn der Zeremonie. Es war uns auch egal, ob das Bett nun mit einem bunten indischen Tuch bedeckt war oder nicht, Hauptsache, es war sauber. Deshalb hatte Abdallah es vor meinem Eintreffen frisch bezogen. Seinen Kumpel hatte er in die Kneipe geschickt.

Abdallah umarmte mich flüchtig, als wäre das der verabredete Startschuss. Dann ging er zu der Blechtür und schloss ab, damit wir nicht überrascht werden könnten. Ohne zu zögern, legte er ein Kleidungsstück nach dem anderen ab, erst die Sweat-Jacke, dann das Shirt, die Jeans, seine Unterhose, zuletzt die Strümpfe. Als er nackt war, legte er sich bäuchlings auf das Bett.

Jetzt war ich dran. Es war einfacher für mich, weil er nicht zusah. Vorsichtig setzte ich mich rechts neben ihn auf die Bettkante und hob mein linkes Bein an, um mich etwas bequemer seinem Rücken zuwenden zu können. Als mein Fuß ihn unter der Achsel berührte, zuckte er und ich musste kichern. Ich ließ das Stück laufen, das Abdallah sich gewünscht hatte. Es war etwas Klassisches. Ich schloss die Augen und atmete einige Male ein und aus, wie ich es in der Anleitung gelesen hatte, um zur Ruhe zu kommen. Dann hielt ich mir meine Handinnenflächen vor den Mund und hauchte sie kräftig an, damit sie wärmer wurden.

Ich besah mir den muskulösen, vernarbten Rücken Abdallahs. Peitschenhiebe, vermutete ich. Vielleicht hatte auch jemand einen Stock geschwungen, um ihm den Rücken zu Brei zu prügeln. Der grässliche Narbenhaufen enthielt aber auch eine gute

Nachricht, nämlich, dass er überlebt hatte. Ich wusste garantiert nicht alles aus seiner Vergangenheit, die Geschichte von Maryam war sicher nur der Eintritt in die Hölle gewesen. Ich legte meine linke Hand instinktiv auf eine Stelle an seiner rechten Schulter, die besonders von Narben überwuchert war. Ihm zuliebe hätte ich den ganzen Rücken gestreichelt. Was war schon mein Liebeskummer, mein verletztes Herz, mein verletzter Stolz gegen diese Wunden? Doch ich besann mich auf den ausdrücklichen Hinweis auf Rikahs Webseite, möglichst nicht auf eine bestimmte Art zu berühren, um dem anderen einen Gefallen zu tun. Man sollte seinem eigenen Impuls folgen.

Ich begann, die kleine vernarbte Stelle sanft zu massieren, indem ich die Fingerspitzen mit leichtem Druck darauf kreisen ließ. Wieder schloss ich die Augen, um mich zu konzentrieren. Ich fühlte die zahllosen Unebenheiten der Haut, sog Abdallahs Körpergeruch in die Nase ein, lauschte der Musik. Ich ging vom Kreisen mit den Fingerspitzen zu einem flächigeren Streichen mit der ganzen Handfläche über. Vor und zurück, vor und zurück, als würde ich einen Strauß weicher Gräser darüber wedeln. Nach einer Weile fühlte es sich an, als würde das Narbengewebe mit meinen Händen verschmelzen. Von Abdallahs Rücken aus strömte ein Energiefluss, der in meinen Augen warme Tränen aufsteigen ließ. Abdallah lag ganz still, den Kopf zur Seite gedreht, die Augen geschlossen. Sein Atem hob seinen Oberkörper immer wieder an, als hätte er gar kein Gewicht. Mein anfängliches Unbehagen, nackt mit ihm zu sein, ließ nach, sodass ich mich immer mehr meiner Aufgabe hingeben konnte.

Ich vergaß die Umgebung, die Zeit und letztlich mein eigenes Leid. Es gab nur die Bewegung meiner Hand, den warmen

Strom in Abdallahs Rücken und eine ungeheure Ruhe in meinem Herzen.

Nach dem Wechsel schenkte Abdallah mir die wunderbarsten fünfzehn Minuten, die ich seit Monaten genossen hatte. Seine Zuwendung öffnete nicht nur die Hauptschleuse zu meinen Tränen, sondern flößte mir auch Hoffnung und Vertrauen ein, wie ich es lange nicht mehr erlebt hatte. Mein Körper entspannte sich unter seiner ausnahmslos geschwisterlichen und unverdorbenen Berührungskunst. Als der letzte Song meiner Playlist, „I need you" von Ayo, verklungen war, trat eine große Stille ein. Ich fühlte mich ganz leicht, fast unbeschwert. Langsam öffnete ich die Augen. Eine Weile lag ich einfach da und genoss den Nachhall der letzten halben Stunde. Abdallah reichte mir ein Glas Wasser und lächelte mich zufrieden an.

Als wir uns zum Abschied umarmten, war es wie selbstverständlich. Seine Wange wärmte meine. Wir fühlten uns vertraut und nah, ohne ein Paar zu sein. Wir wussten beide, dass diese Erfahrung komplett neu für jeden von uns gewesen war. Weder Abdallah noch ich hätte es ernsthaft für möglich gehalten. Wir hatten Zeit. Wir hatten uns. Wir spürten unseren eigenen Atem und den des anderen. Mein Brustkorb an seinem Brustkorb. Heben, Senken. Körperwärme und eine unsichtbare Magie auf der Haut. Das also war Tantra!

~ ~ ~

Auf dem Nachhauseweg wippte mein Körper im Gehen, als hätte mich eine Schwerelosigkeit erfasst. Noch immer ging mein Freund, oder Ex-Freund, fremd. Immer noch war ich illegal in Deutschland. Mein Job würde nicht weniger anstrengend sein am nächsten Tag. Mein Studium war meilenweit entfernt.

Äußerlich war ich ein Verlierer auf der Überholspur in Richtung Verschlechterung. Doch innerlich war ich die personifizierte Ruhe. Den restlichen Tag würde ich alleine verbringen, auf meinem Bett liegen und dem verbliebenen Hauch der Berührungen Abdallahs lauschen. Ich würde in einen tiefen, erholsamen Schlaf fallen, ohne Wecker und ohne Leid im Herzen.

~ ~ ~

An der Kasse der kleinen Buchhandlung zögerte ich kurz, den kostbaren Geldschein herzugeben. Doch dann reichte ich ihn entschlossen der freundlichen Verkäuferin, die den Betrag eintippte und das Wechselgeld abzählte. Sie steckte die zwei Bücher in eine Tüte und hielt sie mir über den Tresen.

„Viel Spaß damit!“, flötete sie und zwinkerte mir zu.

„Danke“, sagte ich knapp und schnappte mir die Tüte, als hätte ich einen großen Schatz erbeutet.

Draußen setzte ich mich auf eine kleine Bank und holte die Bücher heraus. „Weit über mich selbst hinaus: Gespräche über Tantra und Meditation“ hieß das eine, von Lama Anagarika Govinda. Es war gerade erst erschienen. Das andere, „Das Buch der Geheimnisse: 112 Meditations-Techniken zur Entdeckung der inneren Wahrheit“ von Osho, war ein Klassiker. Ich drehte die beiden Werke in meinen Händen. Wie lange hatte ich schon nicht mehr in ein Buch geschaut. Bildung war früher für mich so wichtig gewesen. Mamma hatte mir schon häufiger geraten, mich mehr zu informieren, um zu lernen. Das Leben bestände natürlich vor allem aus Selbsterfahrungen, aber sich Wissen anzueignen, wäre eine andere wichtige Quelle, hatte sie ausdrücklich betont. Es tat gut, etwas zu haben, das meinen Horizont erweitern würde.

~ ~ ~

Einmal von der süßen Frucht gekostet, gab es kein Zurück. Abdallah und ich verabredeten uns einmal in der Woche, um die nährende Körpermeditation weiterzuführen. Unsere Treffen waren ein heimlicher Lichtblick für uns beide – für ihn, der ein sinnloses, beschäftigungsloses Dasein führte, wie für mich, die ich jeden Tag einer nervenaufreibenden Arbeit nachging und unter Verfolgungswahn litt. Wir erzählten niemandem etwas davon, nicht einmal der freiheitsliebenden Louise.

„Toyin, ...“, sagte Abdallah eines Abends, als wir uns gerade wieder angezogen hatten und schon fast auf dem Weg waren, um unsere hungrigen Mägen zu einer Imbissbude zu tragen, „das ist eine der geilsten Sachen, die ich je gemacht habe!“ Sein konspirativer und gleichzeitig verträumter Gesichtsausdruck brachte mich zum Lachen. „Echt, glaub mir!“

Ich wusste, dass er es ernst meinte, schob ihn aber wortlos zur Tür hinaus und hakte mich bei ihm unter. Eine Weile liefen wir schweigend nebeneinander. „Wenn dein ... Stell dir vor ..., Dirk kommt zurück und aus irgendeinem Grund kommt ihr wieder zusammen.“ Er blieb stehen. „Würdest du dann weiter mit mir meditieren?“

Kaum hatte Abdallah Dirks Namen ausgesprochen, verflog meine Leichtigkeit. Wie durch einen Schuss verursacht, bohrte sich der alte Schmerz wieder in mein Herz. Unwillkürlich fasste ich an meine Brust. Ich konnte gar nicht fassen, was Abdallah eigentlich sagen wollte. Ich dachte nur daran, dass Dirk mich scheinbar komplett vergessen hatte. Die Vorstellung, noch einmal mit ihm zusammenzukommen, blockierte mein Hirn. Wahrscheinlich machte ich ein entgeistertes Gesicht, denn Abdallah rüttelte sachte meine Schultern.

„Keine Ahnung …“, stammelte ich mühsam. Ich wusste nicht, was ich antworten sollte, und drehte den Spieß deshalb um. „Und du? Wenn du eine Freundin hättest, würdest du es nicht mehr wollen?“

Abdallah grinste. „Doch, klar. Neulich ist sogar eine deshalb gegangen!“

Ich stand wie vom Donner gerührt da. Wie bitte? Abdallah hatte eine Freundin gehabt? „Davon hast du mir ja gar nichts erzählt!“ Plötzlich war ich hellwach. Ich hatte gedacht, Abdallah gut zu kennen, aber jetzt überraschte er mich gewaltig.

„Ja …, nur kurz ..., nichts Besonderes“, wehrte er verlegen ab. „Ich dachte erst, ich sei verliebt. War ich aber nicht.“ Ich sah ihn forschend an, aber er wich meinem Blick aus. „Sie wollte, dass wir ganz ehrlich sind, und ich habe ihr von dir erzählt, ich meine ..., dass wir uns treffen, um die Tantrameditation zu machen.“ Er verdrehte die Augen. „Sie hat sich wahnsinnig aufgeregt.“

„Großer Gott, Abdallah, das kannst du doch nicht machen! Keine Frau würde ‚Ja‘ und ‚Amen‘ dazu sagen, du Idiot!“

„Wieso?“, rief er jetzt pikiert, „Ist doch nur ’ne Meditation, da muss sie doch nicht so rumschrei’n. Sie hat mich einen sexgeilen Moslem genannt und ist abgehau’n.“

Jetzt war ich diejenige, die die Augen verdrehte. „Abdallah, warum hast du ihr denn nicht gesagt, dass es kein Sex ist?“

„Sie hat doch gar nicht mehr zugehört! Außerdem ... war es mir dann egal. Das mit dir ist mir wichtiger.“

„Du hast sie eindeutig nicht geliebt!“

~ ~ ~

Wie ein Magnet zog die geheimnisvolle Tantrakunst Abdallah in ihren Bann. Was er durch unsere Meditationsabende erlebte, ließ ihn nicht mehr los. Wie ein Durstiger, der nach einer Quelle suchte, ging er eines Tages zu Rikah und ließ die dürre Wüste seines Containerdaseins hinter sich. Zeit hatte er im Überfluss. Was Rikah von ihren Reisen mitgebracht hatte, was sie wusste und konnte, schenkte sie ihm weiter. Wie von Künstler zu Künstler. Manchmal würde er wie ein Verrückter barfuß in ihrem Garten herumlaufen, die Füße feucht vom Gras, oder die Nacht im Freien schlafen, um auszuwildern, erzählte er einmal, als ich ihn fragte, was er bei Rikah so triebe. Über das, was er wirklich bei ihr lernte, schwieg er allerdings wie ein Mönch.

Es blieb mir nicht verborgen, dass er sich veränderte. Er wurde ruhiger, trank weniger Bier, rauchte weniger Zigaretten und schien, alles in allem, zufriedener. Er nannte sich selbst den „Tantrischen Moslem". Als die neue Meditationsreihe begann, lud er mich dazu ein. Allerdings handelte es sich nicht um eine schamanische Reise, sondern um eine schlichte Form der Energie-Meditation, die er „Nadabrahma" nannte. Ich erinnerte mich daran, davon in dem Osho-Buch gelesen zu haben.

~ ~ ~

Abdallah zählte bereits zu den Fortgeschrittenen, während ich bei den Einsteigern saß. Rikah nannte die Gruppe „Sangha", eine Art Bruder- und Schwesternschaft, in die wir, wie in einer Familie, integriert wären. Sie erklärte uns zu Beginn der Session, dass Inhalte und Techniken beim Meditieren ganz von dem Ziel, welches wir erreichen wollten, abhängen würden. Für mich war sofort klar, dass es nur darum gehen könnte, neue Kraft zu schöpfen. Das war es, was ich wirklich brauchte.

Wir saßen zunächst im Kreis auf den Bodenkissen und übten das „Leeren“, wie Rikah diese Phase bezeichnete. Wir leerten unsere Körper eine ganze Weile, indem wir einen Summton anstimmten. Dieses Tönen verselbstständigte sich mit der Zeit, sodass es ganz natürlich in meiner Kehle aufstieg. Es geschah einfach wie von selbst. Ich hatte fast den Eindruck, ich würde von mir selbst gesummt werden. Allmählich spürte ich dieses Summen auch in meiner Brust, die immer mehr zu vibrieren begann.

In der zweiten Phase bewegten wir zusätzlich die Arme in langsamen ausladenden Gesten. Rikah beschrieb den Vorgang als einen fließenden Prozess, in dem wir Energie an das Universum abgäben und Energie vom Universum empfingen. So viel, wie wir benötigen würden. Energie wäre grenzenlos vorhanden. Das ganze Universum wäre reine Energie. Ich fühlte mich wie ein Engel, der seine Flügel schwang. Wie mit riesigen Fächern in Zeitlupe wedelnd, ließ ich imaginäre Energie frei und holte imaginäre Energie zu mir.

Erst als wir in die dritte Phase übergingen und uns auf den Rücken legten, um zu entspannen, fühlte ich wirklich einen kraftvollen Strom in meinem Körper fließen. Das feine, warme Strömen, welches ich in Abdallahs Rücken gespürt hatte, als ich seine Narben berührte, war ähnlich gewesen. Aber dieses hier war nun um ein Vielfaches intensiver, und es erfüllte für den Moment alle meine Bedürfnisse. Ich war glücklich.

Kapitel V

DER COUSIN AUS AMERIKA

Samuel war der jüngste Sohn meiner Tante Wura und meines Onkels Balogun. Er hatte als Jugendlicher das Glück gehabt, in die engere Auswahl für ein Stipendium in Amerika zu kommen, und seine Chance ergriffen. Er lebte jetzt seit Jahren in den USA und gehörte zu denen, die es „geschafft" hatten, die erfolgreich waren. Leute, die ihn so entspannt und wohlhabend erlebten, würden nie im Leben vermuten, wie schwierig es für ihn gewesen war, im Westen Fuß zu fassen. Er hatte sein Medizin-Masterstudium an einer Universität in Denver, Colorado, abgeschlossen und sollte nach Afrika zurückgeschickt werden. Doch das reichte ihm nicht, er wollte promovieren. Er hatte nach all den Strapazen, die seine Auswanderung und Integration mit sich gebracht hatten, das Gefühl, er könnte alles schaffen. Als er den Doktortitel in der Tasche hatte, sagte keiner mehr, er müsste zurück. Er bekam viele lukrative Angebote in den USA und in Nigeria, da er mehrere Sprachen beherrschte und vielseitig einsetzbar war. Aus dem eher lästigen Auslandsstudent war wie durch Zauberhand ein viel umworbener Chirurg geworden. Schließlich nahm er ein Angebot in einer Klinik in Denver an.

~ ~ ~

Samuel war, wie ich, in Ibadan aufgewachsen und wir hatten nicht weit voneinander entfernt gewohnt. Er war außergewöhnlich smart und niedlich. Alle Mütter mochten ihn, vielleicht, weil sein süßes Lachen so ansteckend war. Nach Schulschluss ging er oft in den kleinen Shop seiner Mutter. Sie verkaufte

Milo, Seife, „Pure Water“ – Trinkwasser in Tüten, Zahnpasta, Bonbons, Waschpulver, „Kulli Kulli“ – einen Erdnuss-Snack und, wenn die Hühner gut gelegt hatten, auch hart gekochte Eier. Für zehn Naira konnte man bei ihr außerdem sein Handy aufladen, denn auf dem Markt gab es damals keinen Strom, nur sie hatte einen Stromgenerator und eine Mehrfachsteckdose.

Eigentlich hatte Tante Wura Betriebswirtschaft studiert und in einer guten Firma gearbeitet. Als die Firma pleiteging, blieb sie eine Weile zu Hause, aber auf Dauer war sie unzufrieden. Dass sie eigentlich gar nicht auf diesen Markt „gehörte“, ließ sie anfangs alle Markleute um ihren Shop herum wissen. Daher wurde sie jeden Morgen ehrfürchtig mit „E karo Ma – Guten Morgen, Madam“, begrüßt, und die Jüngeren knicksten vor ihr.

Wenn Samuel seine Hausaufgaben nicht gemacht hatte, weil er gleich nach dem Mittagessen weggelaufen war, um zu spielen, zerrte ihn Onkel Balogun manchmal nachts aus dem Bett.

„Sam!“, rief er dann dem noch halb schlafenden Jungen zu. „Sam! Jump! – Spring, Sam“. Er schüttelte ihn an der Schulter. Samuel kullerten dann Tränen über die Wangen, halb im Schlaf, halb wach. Er wollte nicht hüpfen. „Oya, jump now! – Los, hüpf endlich!“, forderte sein Vater streng.

Im Zeitlupentempo hüpfte Samuel mit hängenden Schultern und halb verschlossenen Augen vor seinem Vater gerade mal so hoch, dass ein Stift unter seine Fußsohle passte.

„Count to ten!“ Er sollte bis zehn zählen, um richtig wach zu werden. „Oya, count now! –Los, zähl endlich!“

Samuel jammerte hüpfend die Zahlen bis zur Fünf. Der verstaubte Ventilator an der Decke brachte gar nichts. Gab es wenig Strom, rührte er langsam, und gab es viel Strom, rührte er schneller den heißen Luftbrei. Es war kochend heiß.

„This is only to five. I told you to count to ten, Sam. You start all over again! Oya, Sam!" Mein Onkel ließ die Fünf nicht gelten und befahl ungeduldig, Samuel sollte von vorne beginnen, bis er wach wäre. Wenn er es geschafft hatte, musste er seine Hausaufgaben erledigen und versprechen, sie nie wieder zu vernachlässigen.

~ ~ ~

Jetzt war Samuel zufrieden und erfolgreich. Er würde seinem Vater nie vorwerfen, er hätte ihn gequält. Mein Onkel hatte nie seine Kinder geschlagen, was ungewöhnlich war für die damalige Zeit. Er hatte auch nie einen Hausboy beschäftigt, obwohl das üblich gewesen wäre. Seine Kinder sollten einfach später ein gutes Leben haben, das wusste Samuel. Außerdem hatte er viel Geld für Schule, Schulbücher und Schuluniformen bezahlt, für die täglichen Busfahrten hin und zurück. Das sollte nicht umsonst gewesen sein.

Als klar war, dass Samuel in Amerika bleiben würde, waren einige Verwandte empört gewesen. So ein kluger Kopf sollte gefälligst nach Hause kommen und sein Land aufbauen. Er ließ sich jedoch nicht beeindrucken. Er dachte modern. Ein Brain-Circulator, der sein Wissen sowohl in den USA als auch in Nigeria präzise anwenden könnte. Er handelte mit seiner Denver-Klinik einen Deal aus, der ihm ermöglichte, zeitweise in einer gut laufenden Privatklinik in Ibadan zu operieren. Die Warteliste der Patienten war lang. Viele waren bereit, für die Behandlung des „Amerikanischen Doktors" eine Menge Geld zu bezahlen.

Doch, um Gott seine Dankbarkeit zu zeigen, operierte Samuel manchmal auch Kranke, die nicht zahlen konnten.

~ ~ ~

Aufgrund meiner verzweifelten Lage hatte ich Samuel gebeten, für seine nächste Reise nach Nigeria einen Zwischenstopp in Deutschland einzuplanen. Ich hatte die Hoffnung, er könnte mir irgendwie helfen, auch wenn ich schon ahnte, dass er nicht viel ausrichten könnte.

Ich hatte auf Facebook seine Karriere verfolgt und war etwas eingeschüchtert. Auch wenn wir gemeinsam aufgewachsen waren, war das Status-Gefälle inzwischen gigantisch. Er, mit seinem Zweisitzer, dem schicken Haus, und ich, mit einem winzigen Zimmer und einem Billigjob. Ich schämte mich schon, noch bevor er in Hamburg ankam.

Als Teenies hatten wir das gleiche Schicksal geteilt. Als wir beispielsweise feststellten, dass uns das zwanglose Spielen nicht mehr so begeisterte wie die jüngeren Kinder, verloren wir keine Worte darüber, sondern saßen bloß auf einer Bank zusammen und beobachteten die Kleinen. Wir wussten einfach: Es ist vorbei!

~ ~ ~

„Ich kann gar nicht verstehen, wie du so leben kannst", war Samuels erster charmanter Kommentar, als er aus dem Taxi stieg, das ich ihm extra organisiert hatte, und das heruntergekommene Haus betrat, in dem Louise und ich wohnten.

„Es ist hier nicht so einfach wie in Amerika, Bruder", konterte ich sofort und war sauer, dass er mich nicht einmal begrüßt hatte.

„Toyin, ich weiß selbst, dass es sehr hart ist am Anfang. Aber ich bin auch drangeblieben. Das kannst du auch!" Er grinste mich breit an. Dass er nicht unbedingt bescheiden war, spürte ich sofort. „Heute bin ich Arzt. Die Krankenhäuser und Pharma-Labore versuchen ständig, mich abzuwerben“, setzte er noch einen obendrauf.

Ich sagte vor lauter Verblüffung über seine Prahlerei gar nichts und schloss die Wohnungstür auf. Zielstrebig ging er mir voraus und schaute sich flüchtig um. Sein Gesicht wurde ernst und er sprach auf Yoruba mit gedämpfter Stimme: „Ganz ehrlich, Schwester, wenn du hier was werden willst, dann musst du besser werden als sie, sonst vergiss es! Sie sind Bürokraten? Okay, werde der krassere Bürokrat! Sie sind Christen? Okay, gehe jeden Sonntag in die Kirche und frag sie mal, wann sie das letzte Mal dort waren. Du weißt, worauf ich hinaus will, oder?!“ Er sah mich herausfordernd an. „Du bist frei! Glaub mir, ich habe diese weißen Menschen studiert und weiß, wie sie ticken. Denkst du, sie mögen dich? Falsch gedacht! Auch wenn du dich top integriert hast, finden sie immer noch was, was sie stört. Deine Hautfarbe! Eines musst du kapier'n: Das Schlimmste, was ihnen passieren kann, ist ein aufrichtiger, erfolgreicher, potenter, schwarzer Mann. Noch krasser, eine Frau, wie du, Toyin! Aber so was zieht mich heutzutage nicht mehr runter. Ich bin frei, keiner kann mir etwas anhängen, und ich habe meine Ruhe. Was sie wollen, ist Assimilation, Selbstaufgabe. Aber das sage ich dir: Gibst du dich selbst auf, bist du in ihren Augen immer noch weniger wert als sie. Mach das nie, hörst du, nie!“

Erschlagen von seiner Predigt, führte ich Samuel in mein Zimmer und bot ihm meinen schäbigen Sessel und etwas zu trinken an. Freundlich bat er um kühles Wasser, und ich ging in die Küche. Als ich zurückkam und ihm das Glas reichte, schien er nachdenklich. Vielleicht hatte er selbst bemerkt, wie taktlos es gewesen war, so über mich herzufallen. Er lächelte mich müde, aber auch ein wenig mitleidig an. Ich erschauerte, wie fremd er mir geworden war. Ich verstand natürlich, was er meinte. Aus seiner Sicht machte er alles richtig. Doch es schien, als hätte er, trotz seiner Intelligenz und seines beruflichen Erfolgs, seine wertvolle Neugierde von früher verloren. Obwohl vor ihm schon andere Ähnliches zu mir gesagt hatten, hörte es sich aus seinem Mund für mich falsch an. Wir gehörten beide der Celestial Church an, doch von seiner milden Gesinnung, auf die ich mich gefreut hatte, war nichts mehr übrig. Mammas Erkenntnis, dass alle Menschen miteinander verbunden wären, würde er wahrscheinlich nur belächeln. Was konnte ich ihm also antworten?

Ich versuchte vorsichtig, mit eigenen Worten auszudrücken, wie mir zumute war, ohne ihm direkt Vorwürfe zu machen. Schließlich war er mein Gast. Das Wohlergehen Einzelner und aller könnte auf lange Sicht nur gemeinsam erreicht werden, nicht durch noch mehr Trennung und Unterscheidung von „die“ und „wir“, egal auf welcher Seite man stände. Es wäre meine tiefste Überzeugung, dass alle Menschen sowieso miteinander verbunden wären, eins wären mit dem Universum. „Ich glaube nicht, dass es im Sinne Gottes ist, wenn wir uns gegeneinander verhärten“, gab ich abschließend zu bedenken. Wohl fühlte ich mich nicht dabei, aber ich riskierte es, ihm meine Perspektive wenigstens darzustellen.

Er hörte mir zu, schien aber innerlich nur abzuwinken. „Sieh mal, Toyin, wenn nichts mehr hinhaut, flüchtet man sich in Spinnereien. Sei mir für diesen Satz nicht böse, es ist nicht gegen dich. Ich bin Akademiker, ich glaube nur, was ich sehe, okay?!“

„Wenn ich mich richtig erinnere, sind wir beide Christen, oder nicht, Bruder? Und, nannten sie deinen Vater nicht sogar den ‚Propheten‘, weil er Eingebungen hatte und Botschaften aus der unsichtbaren Welt übermittelte?“

Mit diesem Argument hatte ich mehr Glück. Zähneknirschend gab Samuel mir recht, aber er schien nicht grundsätzlich nachgeben zu wollen.

„Hör zu, das hier ist doch Scheiße! Du bist meine hübsche und kluge Cousine. In Nigeria hast du in einem Haus gelebt und warst frei. Hier rennst du wie ein Schatten umher und wohnst in diesem Loch.“

Jetzt hatte er mich soweit, dass ich anfing, zu weinen. Wie konnte er mich nur so niedermachen? Seine Worte trafen mich hart. „Hör zu, Bruder, ich habe dich nicht gebeten, hierherzukommen und mir den letzten Mut aus den Knochen zu quetschen.“

Plötzlich wirkte er nervös. „Nein, nein, es tut mir ...“, versuchte er, zurückzurudern.

„Lass mich ausreden!“, keifte ich ihn an. Er hatte mich in die Enge gedrängt, und das machte mich wütend. „Ich hab sehr wohl verstanden, was du gesagt hast. Es war ja auch deutlich genug. Ich glaube, du hast keine Ahnung, wie krass meine Welt zurzeit ist. Aber was mich wirklich interessiert und was ich viel wichtiger finde, ist, mich noch einen Schritt weiter zu wagen, okay?! Ich will gut leben können, egal wo und mit wem, aber ohne das zu wiederholen, was Millionen Trottel vor mir vergeblich versucht haben.“

Samuel sah mich aus zusammengekniffenen Augen an, und ich konnte spüren, dass er seinen aufkommenden Zorn nur mit

Mühe zurückhalten konnte. Umständlich veränderte er seine Sitzposition, als würde er die Unbequemlichkeit unserer Situation dadurch mildern können.

„Weißt du, Toyin, wenn du jetzt total zufrieden mit deinem Leben, in deiner eigenen Wohnung oder sogar in deinem eigenen Haus, vor mir sitzen würdest, weil dir der Erfolg und die gute Energie nur so aus den Poren fließen, dann würde ich noch mal einen Gedanken an deinen universellen Kram verschwenden. Aber so habe ich, ganz ehrlich, das Gefühl, dass ich auf der richtigen Straße bin und du dich verfahren hast ... Mehr habe ich dazu nicht zu sagen."

Ich konnte zuerst gar nicht fassen, mit welcher Großkotzigkeit mein Cousin seinen Vortrag hielt. Am liebsten hätte ich ihm meine ganze Realität um die Ohren gehauen, doch mir war klar, das würde ihn noch bestätigen. Es war bitter, dass er meine Notlage derartig hart quittierte. Einen kurzen Moment lang war ich drauf und dran, einfach wegzurennen und ihn hier sitzen zu lassen, doch dann besann ich mich. Ich wollte nicht in meinem Leid und meiner Negativität hängenbleiben, sondern meine Vision fokussieren.

„Bruder, du siehst selbst, wie es um mich steht. Ich halte mich seit Monaten illegal in diesem Land auf und komme einfach nicht voran. Und ich glaube nicht, dass du eine Vorstellung davon hast, wie gefährlich sich das für mich anfühlt. Kannst du irgendetwas für mich tun?" Ich war selbst überrascht, diese einfache Frage formuliert zu haben. Um nicht wie eine Bittstellerin dazustehen, streckte ich meinen Rücken und hob den Kopf ein wenig an.

Langsam neigte Samuel den Kopf, erst zur linken, dann zur rechten Seite und wieder zurück zur linken. Es sah aus, als schöbe er in seinem Gehirn die Argumente hin und her. „Nein, Toyin, das kann ich wohl kaum. Deji hat mir am Telefon auch schon erzählt, dass du nicht ganz unschuldig bist an deiner miesen Lage.“

Ich spürte, wie sich die Tür zu meinem Herzen verschloss, weil sein Herz verschlossen war. Die Fronten hatten sich eindeutig verhärtet, und es gab in der Sache nichts mehr zu bereden.

~ ~ ~

Deji hatte Samuel versprochen, ihn anlässlich seines ersten Besuchs in Deutschland ein wenig herumzuführen. Samuel wollte unbedingt die berüchtigte Reeperbahn, Hamburgs Rotlichtviertel, sehen. Wir schlenderten zu dritt durch die bunte Menge der Schaulustigen, und unserem Cousin fielen beinahe die Augen heraus, weil das Geschäft mit dem Sex hier so unverblümt und unversteckt abgewickelt wurde. Eine Weile beobachteten wir das anzügliche Treiben der Prostituierten, die sich auf ihre Verführungskünste exzellent verstanden und offensichtlich nichts dagegen hatten, in ihrer knappen Bekleidung von jedermann und jederfrau gesehen zu werden.

Wir gingen in eine Bar, um etwas zu trinken, dann wechselten wir in ein teures Fischrestaurant, denn Samuel hatte Appetit auf typisch norddeutsches Essen. Auf dem Weg dorthin unterhielten sich die beiden Männer angeregt. Sie schienen glücklich, sich nach langer Zeit einmal wieder zu sehen. Ich schlenderte lustlos, wie ein fünftes Rad am Wagen, hinter ihnen her. Weder mit Deji noch mit Samuel wurde ich richtig warm. Die Zeit unserer gemeinsamen Kindheit, als wir noch unter der brennenden Sonne kichernd Staub aufgewirbelt hatten, um die Häuser geflitzt waren, als unsere Bastmatten noch fliegende Raumschiffe gewesen waren, mit denen wir die Welt umrundeten und überall landen konnten, ganz unpolitisch, war endgültig gestorben.

~ ~ ~

Bevor Samuel seine Reise nach Nigeria fortsetzte, bat ich ihn eindringlich, meiner Familie nichts von meiner misslichen Lage zu erzählen. Er winkte nur schlapp ab und rückte seine Rolex am Handgelenk zurecht. Mit resigniertem Blick und mitleidigen Worten verabschiedete er sich von mir, umarmte mich flüchtig und verschwand im Flughafengebäude. Um einer möglichen Kontrolle zu entgehen, blieb ich draußen stehen und schaute ihm enttäuscht nach. Ich fühlte mich wie ein zurückgelassenes Gepäckstück.

Missmutig stieg ich in den Bus, um zur Bäckerei zu fahren. Ein Fußmarsch hätte mich jetzt zu sehr deprimiert. Wir werden uns später nur an eine völlig verhagelte, beinahe lieblose Begegnung erinnern, dachte ich traurig. Erst jetzt wurde mir richtig klar, dass ich den alten Samuel, wie ich ihn kannte, sehr vermisste. Doch es gab ihn nicht mehr. Er hatte sich vom Ehrgeiz anstecken lassen und war nun mit der Oberflächlichkeit des Erfolgs infiziert. Meine tieferen Vorstellungen vom Leben hatten ihn nicht nur irritiert, er hatte sie auch offen abgelehnt. Mehr noch, er hatte mich dafür verurteilt. Jedenfalls glaubte ich das.

MISSVERSTÄNDNISSE

„Toyin, komm bitte nach Hause, du musst zurückkommen!“, flehte mein Vater mich am Telefon an. Er wirkte aufgewühlt und etwas hilflos. Die Stimme meiner Mutter im Hintergrund klang fordernd. Er sollte ihr den Telefonhörer geben. Es knackte in der Leitung. „Pele pele – das tut mir leid“, rief sie laut in die Sprechmuschel. „Kind! Du musst nach Hause kommen, bitte! Komm nach Nigeria zurück. Wir sind nicht böse auf dich. Uns ist alles egal, was passiert ist. Komm nach Hause, schnell!“ Sie schluckte, und ich hörte, dass ihr Körper bebte. „Du gehst wieder zur Uni. Wir haben dich nicht gehen lassen, damit du in einem fremden Land betteln gehst. Hörst du? Hier wartet Besseres auf dich. So schlimm ist es hier auch nicht. Wir leben doch auch noch ...“

Ich startete einen kurzen Versuch, sie in ihrer Aufregung zu unterbrechen, doch es war sinnlos. Ihre permanent jammernde Stimme kroch tief und tiefer in mein Ohr.

„Geh nicht betteln in Deutschland. Toyin! Du gehörst doch nicht zu diesen Mädchen …, du weißt schon ... Toyin, sag es mir: Machst du so was? Man hört das überall. Das machst du doch nicht, oder?“ Sie schluchzte und weinte, war erschüttert. Ich schloss die Augen und sah direkt vor mir, wie ihr Körper geschüttelt wurde. „Bitte, komm nach Hause! Kind! Bitte, mach so was nicht. Ich hab dich lieb. Wir alle ...“

„Nein, Ma, hör auf!“, rief ich, jetzt selbst verzweifelt, laut in den Hörer, damit sie endlich einmal Luft holte. „Ich mache das nicht, glaub mir. Das ist doch Quatsch! Ma, ich ...“

Statt mir zuzuhören, wurde sie noch hysterischer. „Toyin! Nimm den nächsten Flieger. Ich werde alle Verwandten fragen, wir leihen das Geld, du musst sofort ..."

„Nein, Ma, alles ist gut, du musst dir keine Sorgen ..."

Es war zwecklos. Wir fielen uns gegenseitig ins Wort, und ich wusste, dass wir das am Telefon nicht auf gute Weise beenden konnten. Ich schlug mir mit der flachen Hand gegen die Stirn. „Ich bin so eine Idiotin!", zischte ich durch die Zähne und hielt dabei den Hörer am ausgestreckten Arm von mir weg. Warum hatte ich bloß zugelassen, dass Samuel mitbekam, was hier lief. Es hätte mir klar sein müssen, dass meine Eltern ihn ausquetschen würden wie eine Zitrone. Sie machten sich ständig Sorgen, sie konnten gar nicht anders. Ich hielt den Hörer wieder ans Ohr und lauschte. Aufgeregte Stimmen im Hintergrund. Wahrscheinlich war die ganze Familie bei meinen Eltern im Wohnzimmer versammelt, um das Gespräch mitzuhören. Jemand brüllte, dass das nicht so einfach ginge. Irgendjemand anderes schrie, ich wäre womöglich verhext worden. Meine Mutter kümmerte sich nicht um das Gequatsche.

„Dann geh zur Behörde und sag, du willst abgeschoben werden. Sollen die das bezahlen, wenn das da alles so kompliziert ist. Ich will meine Tochter wiederhaben! Wenn dein Vater nicht gewollt hätte, dass du gehst, wärst du sowieso zu Hause geblie..."

Offensichtlich hatte ihr mein Vater das Telefon aus der Hand gerissen. Es rumpelte in der Leitung. Als es wieder klar wurde, überschlugen sich die Stimmen meiner Mutter und meines Vaters. Sie stritten um Schuldzuweisungen, um Hätte-Wäre-Wenn. Die anderen schienen näher zu kommen, denn es wurde konfuser. Mehrere Leute bemühten sich, meine Eltern zu beruhigen.

Ich legte auf.

Stille.

Trotz des heillosen Durcheinanders stieg eine flirrende Hitze, eine Lebendigkeit in mir auf, die mir seltsamerweise guttat. Warme Tränen liefen die Wangen herunter und mein Herz schlug schnell. Aber es war keine Furcht, keine Panik, eher sogar eine gewisse Erleichterung, weil es Menschen gab, die mich wirklich liebten. Auch wenn es anstrengend gewesen war und ich noch keine Idee hatte, wie ich all diese lächerlichen Missverständnisse aufklären könnte, fühlte ich mich umsorgt und unendlich geliebt. Niemals konnte ich verloren gehen, egal, wo ich gerade war. Niemals.

Dieses Theater zu Hause, in meiner Heimat, machte mich selig. Zu spüren, dass sich jemand um mich Sorgen machte, mich liebte, einfach weil ich Toyin war. Genau dieses Theater brauchte ich. Meine Eltern hatten nicht gestritten, weil ich eine Verliererin gewesen wäre, sondern weil sie sich nur eines wünschten: dass es mir gut ging. Ich stellte das Telefon in Louises Flur zurück und ging in mein Zimmer. Auf dem Bett liegend, stellte ich mir vor, wie es weitergehen würde. Irgendjemand, ein Onkel, eine Tante, ein Nachbar, ein Pastor, ein Chief oder sonst wer würde bald dazugerufen werden, um zwischen den Eltern zu schlichten. Eine wunderbare Einrichtung, die es möglich machte, gemeinsam zu einer Lösung zu kommen. In Deutschland hatte ich noch nie erlebt, dass es im privaten Leben Moderatoren, Vermittler gab oder „weise Alte“, die ihre Erfahrungen einbrachten. In diesem Punkt war meine Kultur viel klüger als diese hier.

~ ~ ~

Einige Wochen später, eines Nachmittags im Frühling, war ich unterwegs zu Abdallah in der Ausländerunterkunft. Seit dem Zerwürfnis mit Dirk waren viele Monate vergangen, trotzdem schweiften meine Gedanken ständig zu ihm ab. Jeder Versuch, es zu lassen, scheiterte. Manchmal, wenn das Radio oder der Fernseher lief, erwischte ich mich beim Grübeln darüber, was er wohl über diese oder jene Nachricht denken würde. Mittendrin, wenn meine Fantasie so richtig Aufwind bekam und ich mir ausmalte, er neigte seinen blonden Kopf zur Seite, um alles in einen Zusammenhang zu bringen, bevor er seine Gedanken mit Bedacht ausspräche, stach die Erkenntnis, dass er nicht da war, wie ein spitzes Messer in den Ballon meiner Illusion und brachte ihn zum Platzen. Ich suchte eine Ablenkung, um mich wenigstens für eine Weile im Hier und Jetzt zu fühlen. Ich brauchte Gesellschaft.

Abdallah freute sich, als ich kam, und wir hingen eine Weile planlos in seinem Zimmer herum. Dann rafften wir uns auf, ein Stück spazieren zu gehen. Beim Verlassen des Geländes hörten wir laute Stimmen in einem der Container. Wir kannten ein paar Leute, die sich manchmal dort trafen, es war der gemeinsame Aufenthaltsraum. Also klopften wir an die Tür. Da niemand öffnete, traten wir unaufgefordert ein. Drinnen war eine hitzige Diskussion im Gange.

Ich erblickte als Erstes Ibrahim, einen jungen Sudanesen. Er war Anfang zwanzig, schlank, so groß wie ich und präsentierte meistens, betont durch seine Kleidung, seine präzise aufgebauten Muskeln. Wann immer ich ihm bisher begegnet war, hatte er Tatendrang ausgestrahlt und eine damit einhergehende Ungeduld.

„Hey!“, frotzelte er. „Wie ist dein Name, Süße?“ Er konnte sich offensichtlich nicht vorstellen, dass ich nicht auf der Suche nach einem prickelnden Abenteuer war. Als er hinter mir Abdallah erblickte, veränderte sich sein Gesichtsausdruck. „Schon gut, alles klar ..."

Einige junge Männer aus Eritrea, von der Elfenbeinküste und aus Somalia hingen in einem Pulk zusammen. An der Seite standen ein paar Syrer und Palästinenser. Die Luft war zum Schneiden dick. Helga, eine ehrenamtliche Helferin der ersten Stunde, die früher schon vietnamesische Geflüchtete nach ihrer Ankunft in Deutschland begleitet hatte, stand in der Mitte der Männerrunde. Sie war eine kleine, zierliche Frau, daher hatte ich sie zuerst gar nicht gesehen. Sie hätte schlechte Nachrichten mitgebracht, flüsterte mir Ibrahim zu. Ein Somalier wäre wegen seiner schlechten Deutschkenntnisse aus einem Praktikum in einer Tischlerei entlassen worden. Der Betroffene hielt gerade das Kündigungsschreiben in der Hand, blickte verständnislos auf das, was er nicht lesen konnte, und zerknüllte dann wütend das Papier.

Einfach so vor die Tür gesetzt zu werden, war eine Angelegenheit, die auch die anderen sehr persönlich nahmen. Es hätte so gut wie jeden treffen können, denn die meisten hatten Probleme mit der Sprache. Sie redeten wild durcheinander und fuchtelten dabei bedrohlich mit den Händen. Helga stand ratlos und mit hochrotem Kopf da. Es war zu befürchten, dass die Situation außer Kontrolle geriete. Es wäre nicht das erste Mal gewesen, dass jemand begonnen hätte, das spärliche Mobiliar kurz und klein zu schlagen.

„Ich hasse es!", brüllte Ibrahim und zeigte die Fäuste.

„Ich auch!", riefen zwei andere gleichzeitig.

„Sie behandeln uns wie Dreck!", zischte jetzt einer der Palästinenser und sprang von seinem Stuhl auf, der polternd nach hinten krachte. „Wir warten und warten, sitzen rum und die Leute beschweren sich, dass wir faul sind. Ich will was machen. Aber ich darf nicht. Es ist zum Kotzen!"

Es wurde immer unübersichtlicher, jeder hatte etwas dazu zu sagen. Vor allem waren sich alle darin einig, dass es zum Mannsein gehörte, sein eigenes Geld zu verdienen. Abdallah und ich tauschten Blicke. Wir hatten keine Lust, mit hineingezogen zu werden. Andererseits wollten wir auch nicht so einfach verschwinden, als ginge es hier um eine Lappalie, die uns nichts anging. Wir setzten uns still an den Rand und verfolgten aufmerksam das Geschehen.

Die aggressiven Kommentare bezogen sich bald nicht mehr allein darauf, wie sich die Männer fühlten, sondern darauf, wie hinterhältig und übel die Deutschen wären. Wir saßen inmitten der genugtuerischen Feindseligkeit und den dazugehörigen Hormonen. Überall zustimmendes Nicken. Ich sah Abdallah an, sah Helga an. Es war äußerst unbehaglich.

Als hätte mich etwas gestochen, schnellte ich plötzlich von meinem Stuhl hoch und ging ein paar Schritte auf die Streithähne zu. „Ich kann das verstehen ...", begann ich vorsichtig, auch, um zu testen, ob sie mir überhaupt zuhören würden. Sie drehten die Köpfe zu mir rüber und warteten gespannt. „Doch es sind ja nicht alle Deutschen so. Es gibt viele, die mit all dem nicht einverstanden sind. Ich kenne welche, die das genauso wie wir total ungerecht finden."

Ibrahim war der Erste, der begriff, worauf ich hinauswollte. Er kräuselte die Lippen und sah mich scharf an. Offensichtlich nahm er meine Bemerkung sehr persönlich. „Was wir hier sagen, hat nichts mit Helga zu tun, kapiert, junge Dame?!"

Ich trat instinktiv ein Stück zurück, doch er setzte gleich nach und ließ eine Tirade abwehrender Sätze los. Weder sie noch er selbst könnte ihm bei seinem endlos langen Asylverfahren helfen. Er würde einfach nur würdevoll leben wollen, arbeiten, Geld verdienen. Nicht mehr und nicht weniger. Er wäre jedenfalls nicht hier, um zu betteln!

So leicht ließ ich mich nicht ins Bockshorn jagen. „Na, dann scheinen wir uns ja alle ziemlich ähnlich zu sein, Ibrahim!", pfefferte ich ihm entgegen. „Vielleicht sollten wir aber auch daran denken, dass wir Menschen ... WIR ALLE ... EIN Stamm sind, kapiert, junger Mann? Alle! Das hast du anscheinend bei der Sache vergessen!"

Ibrahim geriet in Rage. „Auf welchem Planeten lebst du denn? Arbeitest du für die Polizei, oder was?!" Feindselig funkelte er mich an.

Im Raum hatte sich eine angespannte Stille ausgebreitet. Mein Herz begann, heftig zu pochen. Ich holte tief Luft, um meine Fassung nicht zu verlieren. Ich spürte deutlich Angst in mir aufsteigen. Abdallah war inzwischen aufgestanden und hatte sich hinter mich gestellt. Ich spürte seine beschützende Anwesenheit. Dass ich Ibrahims Meinung nicht teilte, war, neben dem eigentlichen Konflikt der Kündigung, eine besondere Brisanz. Dass eine Frau ihm derart in die Seite fuhr, war für ihn und die anderen Männer schwer hinzunehmen. Die Situation konnte leicht explodieren. Ibrahim stand mir kampfbereit gegenüber. Die anderen schauten mit angehaltenem Atem zwischen ihm und mir hin und her.

Abdallah flüsterte mir einige beruhigende Sätze zu. Sie klangen wie ein Mantra. „Ruhig, Toyin. Es ist nicht persönlich. Nur beobachten. Nur beobachten. Langsam einatmen, langsam ausatmen ..."

Mir ging ein Licht auf. War das nicht genau die Situation, die, so oder so ähnlich, immer wieder zu scheinbar unlösbaren Konflikten führte? Ein Ego hier, das andere Ego da drüben. Wer hatte recht? Wer verlor sein Gesicht? Wer würde gewinnen, wer verlieren? Ein ewiger Kreislauf. Ein Verliererkreislauf, denn es ging schon gar nicht mehr um eine Lösung oder eine Übereinkunft, nur noch darum, wer einknicken würde. Es war beschämend.

„Das ist naiv, Süße!", zankte Ibrahim weiter, der nicht sehen konnte, was in mir vorging. Ich verordnete mir selbst, was Abdallah mir ins Ohr geflüstert hatte: beobachten, nur beobachten. Nicht werten. Nicht urteilen. „Wir leben in Zelten, in Containern, im Matsch, in der Schwebe, ertrinken im Meer", zischte er verächtlich. „Aber wir sind alle verbunden, verbrüdert und verschwistert, ja?!" Er legte seine rechte Handfläche auf seine linke Brust. „Weißt du was, Toyin, Yohannes' Bruder ist auf der Flucht aus Eritrea im Meer ertrunken. Mit ihm fünfhundert andere Menschen. Sogar mehr als fünfhundert!" Er starrte mich an. Sein Blick bohrte sich hart in meine Augen. Dann sagte er plötzlich mit kaum hörbarer weicher Stimme: „Jeder Mensch, der einen anderen verloren hat, braucht Trost. Und was hat Yohannes erwartet, als er in Italien an Land kam?"

Yohannes stand etwas abseits und senkte den Blick auf den Boden. Abdallah hatte mir einmal erzählt, welche Odyssee er hinter sich hatte. Nun hing er in diesem menschenunwürdigen Container fest, seit über zwei Jahren. Allein. Ohne seinen Bruder. Ohne seine Familie.

Noch nie hatte ich mich so schrecklich missverstanden gefühlt. Erbärmlich und geknickt blickte ich in die Gesichter der Männer. Tränen drängten nach oben und mein Puls zuckte unkontrolliert. Abdallah schwieg, aber er legte mir eine Hand auf den Rücken, zwischen die Schulterblätter, und drückte mich leicht nach vorn. Er gab mir damit zu verstehen, dass es besser wäre, jetzt zu gehen. Doch trotz des ganzen Elends wollte ich das Gesagte nicht so stehen lassen. Unbeholfen suchte ich nach passenden Worten.

„Möge dein Bruder, Yohannes, unser Bruder, in Frieden ruhen."

„Amen", murmelten einige der Männer betroffen.

Am liebsten hätte ich herausgeschrien, was mir wirklich auf dem Herzen lag. Dass mir das alles genauso wehtat wie ihnen und dass ich glaubte, die einzige Chance in dieser verkorksten Welt bestände darin, es ab jetzt besser zu machen. Doch mein Mund blieb geschlossen. Vielleicht, weil ich mich oft genug selbst gefragt hatte, ob der Herr, unser Hirte, eigentlich schlief. Ob er tief und fest zu der Musik der Ertrinkendenrufe, des Gefoltertengewimmers, der Vertriebenen- und Verlorenenklagen schlief. Ob wir nicht alle eigentlich darauf warteten, dass er endlich aufwachte. Alle warteten und warteten, hoffnungsvoll, dass sein Reich käme. Doch welcher Gong, nach all denen, die schon geschlagen wurden, könnte ihn denn endlich wachrütteln? Abdallah zog mich wie ein kleines Kind an der Hand Richtung Tür.

„Siehst du, da hast du nichts mehr zu sagen und haust lieber ab!", schimpfte Ibrahim hinter uns her.

Helga, die die ganze Zeit ruhig dagesessen hatte, entschied sich kurzerhand, uns nachzugehen. „Ich hab ja schon vieles gesehen.

Aber so was hab ich hier noch nie erlebt!“ Ihr Gesicht war puterrot vor Aufregung. „Ich kann das alles verstehen, aber ändern kann ich ja auch nichts. Und das … Leute ..., das macht es doch alles nur noch schlimmer! Wenn Ibrahim mal richtig ausrastet, tut ihr euch allen keinen Gefallen damit! Ich gehe jetzt nach Hause. Brauch' erst mal 'n Kaffee. So'n bekloppter Tag!“

Draußen schnappte ich nach Luft, wie eine Ertrinkende. Helga gab mir kurz die Hand, obwohl ich außerstande war, ihren Händedruck zu erwidern. Ich stand unter Schock. Sie nickte Abdallah kurz zu und lief eilig zum Geländetor. Unschlüssig trat Abdallah von einem Fuß auf den anderen.

„Ich denke, wir sollten jetzt auch abhau'n.“

Ich ließ mich von ihm um die Hüfte fassen. Gemeinsam schlurften wir zur Straße, wollten ein Stück gehen.

„Vielleicht solltest du aufhören, andere überzeugen zu wollen“, sagte er nach einer Weile.

Ich lachte, aber innerlich spürte ich, dass mich seine Bemerkung ärgerte. Wahrscheinlich, weil er einfach recht hatte.

AUF DEM CAMPUS

Es war lange her, dass ich als Marylinn Jacobs den Deutschkurs besucht hatte. Nachdem ich ihn, wie alle anderen angefangenen Projekte auch, abbrechen musste, waren mir kaum noch alternative Möglichkeiten geblieben. Obwohl ich im Alltag gut zurechtkam, hatte ich neuerdings das Bedürfnis, meine Deutschkenntnisse zu vertiefen. Ich recherchierte. Es gab Kurse, die bei Ausländern nicht besonders begehrt waren, weil man kein Zertifikat erhielt, das beruflich voranbringen könnte. Das kam mir sehr entgegen, denn es hieß: kein Nachweis, kein Ausweis. Es war mir egal, denn alles, was mit meinem Beruf zu tun hatte, war von Ursula abhängig. Den Kurs könnte ich also einfach aus Langeweile besuchen. Ich könnte mir wenigstens einreden, nicht auf der Stelle stehen zu bleiben.

Die Lehrerin, Frau Fuchs, war eine ältere, grauhaarige, gemütliche Frau mit Kurzhaarschnitt. Sie trug eine Halbrundbrille, über die sie immer hinwegblickte, wenn sie von ihrem Tisch aufsah. Ihr Name machte mich neugierig, weil ich es gewohnt war, dass Namen eine bestimmte Bedeutung hatten. Unsere Yoruba-Namen waren „Krieger“ oder „Sieger“ oder „Reichtum“ oder irgendwas mit Gott. Aber Tiere? Oder vielleicht sogar Pflanzen? Frau Fuchs sah mich erstaunt an und begann, beherzt zu lachen. Sie würde mir das, so gut sie könnte, an einem Tag erklären, an dem wir nicht so viel Stoff vor uns hätten. Dann stellte sie uns zwei junge Studenten vor, die heute hospitieren würden. Nach dem Unterricht dürften wir bei ihnen an einer Befragung für eine Studie teilnehmen.

Die meisten Kursteilnehmer interessierten sich für die Studie. Sie kamen aus Afghanistan, Somalia und Syrien, andere aus Eritrea, dem Libanon oder Palästina. Ich war die einzige Nigerianerin. Frauen wären ausdrücklich sehr willkommen, meinte der junge Student, der sich als Jan vorstellte. Mir entging nicht sein erwartungsvoller Blick, der kurz auf mir weilte. Auf jeden Fall war ich bereit.

Die junge Studentin hieß Sabina. Sie erklärte in kurzen Sätzen, was uns erwartete: „Wir wollen im Rahmen unseres Forschungsprojekts einerseits die verschiedenen Ursachen für Flucht untersuchen, andererseits die Gewalt an den europäischen und amerikanischen Außengrenzen darstellen und außerdem die Integrationswege von Geflüchteten vergleichen. Ihr müsstet dafür zuerst dieses Formular ausfüllen, bitte."

An Formalitäten hatte ich natürlich nicht gedacht. Es war mir peinlich, plötzlich zu gehen, aber meine Identität durfte ich nicht aufs Spiel setzen. Sabina ging durch die Tischreihen und verteilte die Formulare. Als sie vor mir stand, wusste ich auf die Schnelle nicht, was ich sagen sollte, um mich aus der Situation herauszuziehen, und stotterte um den heißen Brei herum.

„Nein, also ... das heißt, ich hab's irgendwie nicht richtig verstanden ..."

Sabina sah mich mit großen, fragenden Augen an. Da ich nicht klar antwortete, schaute sie sich etwas hilflos um und winkte schließlich ihren Kollegen heran.

„Hallo!", sagte Jan freundlich. „Ich bin Sabinas Freund. Kann ich helfen?" Er blickte ein paarmal zwischen Sabina und mir hin und her. „Okay, woher kommst du denn?"

„Aus Nigeria“, sagte ich brav, aber immer noch zu verstört, um klar verständlich zu machen, dass ich an der Befragung nicht teilnehmen könnte. Mir fiel einfach keine passende Ausrede ein.

„Gibt es irgendwie Probleme oder so ...? Welchen Status hast du denn überhaupt?“

Überrumpelt von Jans Fragen fing ich plötzlich an zu weinen. Ich spürte, dass ich in der Falle saß, jedenfalls in einer Situation, die ich nicht mehr blendend beherrschte.

Jan runzelte die Stirn. „Okay, du musst nichts sagen!“ Ich schaute ihn an. Mein Herz raste plötzlich, und mein Kopf wurde heiß. Es hämmerte unter meiner Schädeldecke. Für ein paar Sekunden fühlte ich mich wie gelähmt. Er schien allmählich zu begreifen und flüsterte Sabina etwas ins Ohr. Dann beugte er sich leicht zu mir nach vorne und fragte leise, damit die anderen es nicht hören könnten: „Bist du illegal hier ...?“

Ich nickte, fern von allen klaren Gedanken – und bereute es sofort! Jan und Sabina wechselten kurze Blicke. Jetzt konnte ich wohl aufstehen und gehen. Es gab nichts mehr zu sagen. Ich packte hektisch meine Sachen zusammen und stopfte alles in meine Tasche

Sabina hielt mich kurz am Arm fest und lächelte mich an. „Wenn du Lust hast, kannst du am Samstag zu unserer Versammlung kommen. Bist herzlich eingeladen.“ Sie drückte mir einen Flyer in die Hand und verabschiedete sich.

„Klar, komm gerne!“, bestätigte Jan und wandte sich betont wieder den anderen zu, offensichtlich um zu verhindern, dass jemand auf mich, den Problemfall, aufmerksam wurde.

„Studenten für ein friedliches Europa!“, schnappte ich beim hastigen Überfliegen die Überschrift auf. Ich gewann wieder Fassung und straffte meine Körperhaltung. „Bye!“, rief ich so gelassen wie möglich in die Runde und eilte aus dem Klassenzimmer. Innerlich zerteilte ich mich in Stücke für diese unfähige Leistung. Ich war doch sonst nicht auf den Mund gefallen!

~ ~ ~

benher jobbte, verschwieg sie, und ich fragte nie nach. Wir hatten oft die gleiche Schicht, und trotz des harten Jobs hatten wir manchmal sogar richtig Spaß. Wir lachten viel und sprachen über belanglose Dinge, immer um mehr Leichtigkeit bemüht. Das, was das Herz betraf, ließen wir außen vor. Offensichtlich war uns das beiden wichtig.

Wir schindeten uns gerade damit ab, einen der hochmodernen Backöfen zu reinigen, als sich ohne besonderen Grund unser seltsames Nähe-Distanz-Verhalten änderte. Wir sprachen gerade über Sumita, die aus Südostasien, genauer gesagt, von den Philippinen kam und, wie einige andere Kollegen, in einem brisanten „Identitätsdilemma“ steckte. Ich kannte Sumita nicht gut und fragte vorsichtig nach, wie es dazu gekommen wäre. Maria erzählte mir Sumitas Geschichte ganz offen, ohne Zurückhaltung. Sie schien mir zu vertrauen, und das ermutigte mich, meinerseits auch ein wenig mehr preiszugeben. Ich fasste so locker wie möglich die Eckdaten meines Niedergangs im Stakkato zusammen und endete damit, dass es jetzt zwei Tage her wäre, seit ich mich vor Jan und Sabina verplappert hätte. Maria schien nicht im Geringsten erstaunt zu sein, als sie von meinem Geheimnis erfuhr. Sie ließ durchblicken, dass sie selbst ähnlich betroffen wäre. Sie versicherte mir, „gute Kontakte in der Szene“ zu haben und sich mal für mich umhören zu wollen. Dann lud sie mich sogar zu sich nach Hause ein. Ich könnte jederzeit kommen.

In ihrem Heimatland hatten sie und ihr Freund einer Guerilla-Einheit angehört. Sie waren, bereits als Kinder mit dem „Kampfserum" geimpft, in die paramilitärische Organisation hineingewachsen, wie sie mir einmal erzählt hatte. Sie hätten sich in einem Gefecht, während einer Guerilla-Operation, kennengelernt und würden einander seitdem nicht mehr allein lassen. Dann hätten sie gemeinsam die schwierige und gefährliche Entscheidung getroffen, auszusteigen. Auf komplizierten Umwegen wären sie nach Deutschland gekommen. Seitdem schlügen sie sich durch. Ich hatte oftmals den Eindruck gehabt, dass Maria sich für beide durchschlug, während ihr Freund sich tagein, tagaus nur herumtrieb. Seit sie in Deutschland lebten, sympathisierten sie mit einer abgespaltenen Einheit der kolumbianischen Widerstandsbewegung. Ihrer Meinung nach verteidigten diese Leute die Gerechtigkeit mit allen Mitteln. „Und Loyalität", hatte Maria mit großer Bestimmtheit erklärt, „Loyalität lernt ein Guerilla-Kämpfer als Allererstes."

~ ~ ~

Marias Freund öffnete mir mit einem kräftigen Ruck die Tür. Instinktiv zuckte ich zusammen und schaute ihn prüfend an. Er trug die Haare streng zu einem Zopf gebunden und lächelte mich schmierig an. „Komm rein, komm rein!", sagte er mit sonorer Stimme. „Ich bin Laureano. Keine Angst, Maria erwartet dich." Er führte mich in das kleine WG-Zimmer, das sie beide bewohnten.

Maria winkte mich sofort heran und zog mich neben sich auf das Bett. Weitere Sitzgelegenheiten gab es kaum. Noch bevor unser Gespräch in Gang kam, wurden wir von einem Anruf unterbrochen. Es war Sumita, unsere Kollegin. Maria war sehr eng mit ihr befreundet.

„Was? Jetzt gleich?“, hörte ich Maria erstaunt fragen. Dann stand sie auf, ging zum Fenster und unterhielt sich leise mit Sumita hinter vorgehaltener Hand, sodass ich nicht verstehen konnte, was gesagt wurde.

„Sorry, ich muss los ...“, sagte sie ernst, als sie das Gespräch beendet hatte. „Wenn du schweigen kannst, dann komm doch mit.“

Ich brauchte eine Sekunde, um zu realisieren, dass sie mich gemeint hatte, und nickte. Ich wollte nicht allein mit Laureano zurückbleiben. In Windeseile schnappten wir unsere Jacken und rannten die Treppe hinunter. Unterwegs versuchte ich, herauszufinden, wohin Maria wollte.

„Zum Arzt!“, sagte sie nur knapp.

~ ~ ~

Die Praxis lag im obersten Stock eines unauffälligen Wohngebäudes. Neben der Tür hing ein kleines, unscheinbares Schild mit dem Namen einer Ärztin und den Öffnungszeiten. Eine freundliche Krankenschwester führte uns in den überfüllten Warteraum, in dem Sumita bereits saß.

Sie wirkte sehr schwächlich. Als sie uns erblickte, winkte sie uns zu sich. Wir drängten uns zwischen den Wartenden durch. Ich blieb hinter Sumitas Stuhl stehen, Maria hockte sich davor. Sumitas Hose war am linken Oberschenkel aufgerissen und rostrot verfärbt. Notdürftig hatte sie ein Geschirrtuch daraufgelegt und drückte es jetzt mit den Händen an den Seiten fest. Maria hob das Tuch kurz an, darunter klaffte eine riesige Schnittwunde.

Es wäre beim Reinigen eines Rührgerätes passiert, sie hätte die scharfe Kante einfach übersehen. Sie schluchzte, wahrscheinlich vor Schmerzen.

„Die Ärztin sagt, es muss genäht werden", jammerte sie. „Ich muss hier nur kurz war..."

Sumitas Name wurde aufgerufen. Die Krankenschwester kam ins Wartezimmer und hakte Sumita unter, um sie in das Behandlungszimmer zu bringen. Sie würde nur örtlich betäubt werden. Wir sollten warten und sie dann nach Hause begleiten.

Maria setzte sich auf den freigewordenen Stuhl und zog mich neben sich in die Hocke.

„Hoffentlich dauert es nicht so lange", zischte sie mir nervös zu.

„Sumita ist doch gar nicht krankenversichert", flüsterte ich besorgt zurück. Wie lange es dauern würde, war mir gerade gar nicht wichtig.

Maria lächelte mich an. „Diese Ärztin behandelt uns trotzdem. Wir sollen geben, was wir geben können. Sie hat schon vielen von uns geholfen." Sie beugte sich zu mir vor und senkte ihre Stimme. „Neulich hat sie Sumitas Schwangerschaft beendet."

Ich schluckte. „Ich dachte, Sumita ist katholisch?!"

„Trotzdem. Sie ist positiv und muss starke Medikamente nehmen."

Meine Augen wurden immer größer. Positiv? HIV-positiv? Maria schien meine Gedanken zu lesen und nickte. Mir wurde augenblicklich übel. Noch nie hatte ich direkten Kontakt mit jemandem gehabt, der HIV-infiziert war. Ich dachte an die riesige Wunde an Sumitas Bein. Fast musste ich mich übergeben. Ich schloss kurz die Augen, um mich auf meinen Atem zu konzentrieren.

„In ihrem Land könnte Sumita sich die Medikamente niemals leisten“, flüsterte Maria weiter. „Hier ist sie zwar illegal, aber sie kann sich wenigstens um ihre Gesundheit kümmern.“

„Aber hat sie nicht einen Freund? Was ist mit ihm?“

„Auch positiv.“

~ ~ ~

Wir warteten lange. Patienten kamen und gingen. Kurz bevor die Praxis geschlossen wurde, tauchte auch Sumitas Freund auf. Er hätte nicht früher Feierabend machen können, entschuldigte er sich und sagte tausendmal „Danke“, weil wir da waren. Er wirkte auf mich unnatürlich normal. In meinem Kopf kreiste die ganze Zeit die Diagnose „HIV-positiv ... HIV-positiv ...“ herum. Wie benebelt starrte ich den jungen kräftigen Mann an, der rundherum völlig gesund aussah. Zum Glück bemerkte er es nicht. Aufgeregt lief er auf und ab, um auf seine Liebste zu warten.

Nachdem wir eine halbe Stunde später, in gemeinsamer Anstrengung, Sumita die Treppen heruntergetragen hatten, winkte Maria ein Taxi heran.

„Danke, dass du gekommen bist, Toyin“, sagte Sumita erschöpft und drückte lange meine Hand.

„Na klar ...“, lächelte ich und half ihr beim Einsteigen.

Dann fuhren die drei davon.

Ich war nicht in der Stimmung, nach Hause zu gehen, und schlenderte zu den Landungsbrücken. Nachdenklich schaute ich auf das Wasser und spürte den kühlen Wind in meinem Gesicht. Kleine Barkassen schipperten Touristen über den graubraunen, leicht aufgepeitschten Fluss. Die Rickmer Rickmers lag, wie immer, an dicken Seilen festgebunden. Weiter weg wurde langsam, Container für Container, ein riesiges Handelsschiff entladen. Zum ersten Mal seit der Trennung war ich wieder an einem Ort, den ich mit Dirk oft besucht hatte. Ich dachte an Sumita, die Wunde und die Ärztin. Ich hielt sie für eine versteckte Heilige. Unruhig wie das Wasser, sprangen meine Gedanken von Sumita zu Dirk, von Dirk zu Samuel, von Samuel zu Abdallah, zu Jan und Sabina, Hellen und dann wieder zu Sumita. Immerzu prangte das „HIV-positiv" vor meinem inneren Auge.

Plötzlich war ich sehr müde. Ich zog den Reißverschluss meiner Jacke bis zum Kinn zu und machte mich auf den Weg zu Louises Wohnung.

~ ~ ~

Für den kommenden Samstag hatte ich mir fest vorgenommen, die Versammlung, zu der mich Sabina eingeladen hatte, zu besuchen. Es lag mir am Herzen, mich ihr und Jan zu erklären. Ich fuhr etwas früher bis „Dammtor" und stieg aus, um zur Uni zu gehen. Ich dachte, wenn es mir gelänge, die beiden noch vor Beginn der Veranstaltung zu treffen, könnte ich die Sache bereinigen und sofort wieder gehen. Ich hatte keine Lust auf Politik.

Als ich das Gebäude betrat, war ich überrascht von der tollen Atmosphäre. Viele Menschen unterhielten sich angeregt. Sie wirkten herzlicher, als ich mir vorgestellt hatte. Überall standen Tische mit Info-Material oder Aufsteller mit Fotos und Zeitungsberichten. Drumherum interessierte Menschengrüppchen. Mitten in der Menge entdeckte ich Sabina.

„Hallo, Toyin!" Sie lächelte erfreut. „Schön, dass du da bist. Es läuft richtig gut, wir sind total zufrieden. Wenn du willst, kuck dich ein bisschen um. Wir vernetzen uns hier direkt, nicht nur über soziale Medien, verstehst du? Das gibt der Bewegung mehr Power." Sie war aufgekratzt, aber wahrscheinlich auch wirklich engagiert. Sie drückte mir ein Faltblatt in die Hand. „Ach ja, hier hab ich noch was, da bitte unbedingt mitmachen, wir machen nämlich gerade eine Unterschriftenaktion gegen ..." Sie hielt inne und schaute mich mitleidig an. „Ach nein, sorry. Das habe ich ganz vergessen. Das geht ja gar nicht, weil ..."

„Stopp!", unterbrach ich sie verärgert. Ungeduldig zog ich sie am Arm näher an mich heran und sah mich hektisch um, ob jemand der Umstehenden unser Gespräch mitbekommen hatte. „Sabina, bitte, erwähne das nicht einfach so in der Öffentlichkeit, okay?! Für dich ist das vielleicht eine von vielen Informationen. Für mich ist das existenziell und ziemlich gefährlich!" Sie blickte mich erschrocken an. „Ich bin auch nur deshalb hierhergekommen. Keiner weiß von meinem Problem. Niemand, hörst du?! Auch nicht Frau Fuchs. Bitte, behaltet das nur für euch. Das ist echt wichtig für mich!"

Betroffen entschuldigte sie sich. Es täte ihr total leid, es wäre gedankenlos und unbeabsichtigt gewesen. „Glaub mir, ich habe schon so viel darüber gelesen. Meiner Meinung nach ist sowieso kein Mensch illegal. Hier brauchst du dir keine Sorgen zu machen, hier stehen alle auf der richtigen Seite! Übrigens, wenn du unsere Website und die Beiträge anklickst und likest, dann bist du auch garantiert auf der richtigen Seite!" Sie war sofort wieder in ihrem Element und lächelte mich begeistert an.

Wie konnte man bloß so naiv sein!

Ich spürte sofort wieder Panik. Vielleicht wäre es das Beste, nie wieder zum Deutschkurs zu gehen. Es war gut denkbar, dass

Sabina und Jan sich in ihrem Enthusiasmus verquatschen würden. Es könnte viel zu gefährlich für mich sein. Nur aus Höflichkeit wollte ich mir hier noch ein, zwei Sätze von Sabina anhören und mich dann schleunigst verabschieden.

„Und was macht ihr so konkret?“, fragte ich halbherzig.

„Wir kämpfen gegen die Rechten, die Nazis, die Rassisten und Antisemiten. Rassismus wird in dieser Gesellschaft offenbar wieder hofiert. Ich finde das erschreckend und möchte nicht, dass wieder so etwas wie 1933 passiert. Deshalb klären wir auf, verbreiten Texte im Internet und so weiter.“ Ich staunte. Anscheinend setze sie sich wirklich für ein friedlicheres Zusammenleben ein. Sie zog mich zu den Fotowänden und zeigte mir Bilder und Beschreibungen verschiedener Hilfsaktionen der Studenten-Organisation. Es waren hauptsächlich Dokumentationen über das gegenwärtige Geschehen an den europäischen Grenzen, wo Tausende Geflüchtete den Weg nach Europa suchten. Diese Bilderflut menschlicher Katastrophen und Schicksale jagte mir kalte Schauer über den Rücken.

„Was ist denn eure Vision? Was genau wollt ihr erreichen?“, fragte ich neugierig.

„Nun, das ist nicht leicht, genau zu formulieren,“ erklärte Sabina. „Wichtig ist, dass wir die rechte Front und Querfront in Europa erst einmal bekämpfen und den Menschen im Land und an den Grenzen helfen. Diese Bewegung hat neue und alte Anhänger, und es ist nicht immer ganz einfach, die Themen und Meinungen zu vereinen. Wir müssen uns quasi jeden Tag neu finden.“

Es hörte sich so an, als wäre hier wirklich etwas in Bewegung. Wo ich auch hinsah, wurden angeregt politische Diskurse geführt. Das beeindruckte mich. Bisher hatte ich mich nicht für Politik interessiert. Ich war so mit mir und meinen Problemen beschäftigt, dass ich auch gar nicht auf die Idee kam, mich näher damit zu befassen. Außerdem hatte ich schlicht keine Ahnung. Trotzdem wurde ich das Gefühl nicht los, dass Sabina ein wenig überdreht war. Sie meinte es ernst, das spürte ich. Sie war eine Aktivistin. Ich dachte an Mamma, ihre innere Gelassenheit, ihr ruhiges Herz, ihr endlos zuhörendes Wesen.

Plötzlich zog mich Sabina an meinem Jackenärmel mit sich. Okay, ich war gespannt, was jetzt kam! Weil sie sich gerne in Ruhe mit mir unterhalten wollte und es laut in Saal war, hatte sie beschlossen, mich ein wenig in der Uni herumzuführen. Das alte Kuppelgebäude zeigte sie mir zuerst. Die dicken Mauern und bedeutungsvollen Säulen, die Türen und Fenster erinnerten mich für einen kurzen Moment schmerzhaft an mein früheres Studentendasein. Nicht, weil meine Uni eine Ähnlichkeit mit der Hamburger Uni gehabt hätte, sondern weil das Besondere, eine Art Ehrfurcht und Stolz, welches ich damals als frisch immatrikulierte Studentin bei meinem ersten Gang zur Uni empfunden hatte, hier in der Luft lag.

„Also, mein Team will möglichst viele Meinungen sammeln", setzte Sabina noch einmal neu an. „In das, was wir hier tun, haben wir richtig viel Mühe reingesteckt. Und jetzt, Toyin, sag's ganz ehrlich: Du bist nicht so begeistert von unserer Aktion, oder?"

Aus ihrem schönen Gesicht strahlte Ehrgeiz. Ich beeilte mich, ihr zu sagen, dass mich ihr Einsatz für andere Menschen beeindruckte, obwohl sie gar nicht unmittelbar betroffen wäre.

„Und was fehlt dir? Sei einfach ganz ehrlich!", hakte sie skeptisch nach.

„Eine Mission ... oder Vision!“, wiederholte ich prompt und drehte mich ihr direkt zu. Ihre gerunzelte Stirn und die fragend hochgezogenen Augenbrauen spornten mich an, weiterzureden. Die Vision der Nazis – oder wie sie sich sonst noch nannten – wäre wohl klar, das Ziel diente dem Herabwürdigen und Ausgrenzen von Menschen. Ich bat Sabina, nicht böse zu sein wegen dem, was ich gesagt hatte, weil ich wusste, dass es in Deutschland schwierig war, über Nazis zu reden. Aber sie beteuerte, ich könnte ruhig weitersprechen. Wir stiegen langsam die Steintreppe zur Kuppel hoch. Mein Vater würde dieses Gebäude lieben, erzählte ich, so, wie er überhaupt Geschichte und deshalb alle geschichtsträchtigen Bauten lieben würde. Er würde Sabinas Hingabe wundervoll finden, schlug ich den Bogen zum Thema zurück, denn er hoffte immer wieder, dass seine Kinder eines Tages genauso neugierig auf Geschichte sein würden wie er. Ich könnte wetten, er würde, wäre er jetzt hier, voller Begeisterung von Nyerere erzählen, der den verwirrten Staat Tansania zu einem friedlichen Vielvölkerstaat gemacht hatte. Viele verschiedene Völker unter einem Dach, auch die Araber. Nyerere hätte einfach friedliche Politik gemacht!

„Friedliche Politik?“, fragte Sabina zweifelnd. „Wie soll das ‚einfach‘ sein?“

„Julius Nyerere hat das gemacht, was gut für alle war. Seiner Meinung nach war genug für alle da. Selbst, als viele Südafrikaner aufgrund der Apartheid nach Tansania flüchteten, brach kein Aufruhr in der Bevölkerung aus. Obwohl Tansania nicht reich war, gab Nyerere den Geflüchteten Land, damit sie etwas Eigenes daraus machen konnten. Das war es, was meinen Vater so tief berührt hat.“

„Das Wohl aller Menschen muss demnach nicht zwangsläufig das persönliche Wohl des Einzelnen schmälern?“, schlussfolgerte Sabina nachdenklich.

„Vielleicht sogar fördern ...“, ging ich noch einen Schritt weiter.

Inzwischen waren wir oben angekommen und verschnauften ein wenig. Durch die alten Fenster blickten wir auf die Autos, die auf der Straße vorübersausten, und auf die Züge dahinter, die unablässig am Bahnhof rein- und rausfuhren.

„Weißt du, Toyin, vielleicht denke ich zu viel nach, aber irgendwie glaube ich, was die Menschen am meisten fürchten, sind Chaos und Unsicherheit. Ich frage mich manchmal, ob wir Menschen die Möglichkeit übersehen haben, ein perfektes System zu schaffen. Eines, das ausschließlich den Menschen dient und nicht umgekehrt.“

Sabinas Idee gefiel mir, und doch schien mir alles so weit weg. „An dem Tag, an dem ich nicht mehr wie ein Schatten herumschleichen und andere darum bitten muss, meine Existenz nicht zu verraten, komme ich zu euch! Dann mache ich mit, versprochen!“

LIEBE UND POLITIK

Inzwischen hielt ich mich schon fast zwei Jahre ohne behördliche Genehmigung in Deutschland auf. Ich besuchte noch immer den Deutschkurs, um wenigstens ein bisschen das Gefühl von Fortschritt aufrechtzuerhalten. Eines Nachmittags machte ich mich für den Unterricht fertig. Ich zog mir eine enge Jeans und ein weißes Top mit großem Ausschnitt an und ging ins Bad, um meine Haare zu kämmen. Ich musterte mich im Spiegel und beschloss, demnächst auf eine andere Frisur umzusteigen. Mit Weave-On mochte ich mich nicht mehr sehen, aber was es stattdessen sein sollte, blieb für den Moment offen. Vielleicht Micro-Braids, hauchdünne Rastazöpfe oder einfach ein mittellanger Afro, über den meine Eltern höchstwahrscheinlich die Nase rümpfen würden. Einen Afro könnte man tragen, wenn man im Leben bereits etwas auf die Bühne gebracht hatte. So wie Wole Soyinka, der berühmte Gelehrte und Poet meiner Heimatstadt. Ich schnappte meine Tasche, schloss schwungvoll die Wohnungstür hinter mir und fuhr mit dem Bus zur Ausländerunterkunft, um Elham abzuholen.

Elham kam aus Syrien und wohnte, wie Abdallah, im Containerstapel. Sie hatte sehr jung geheiratet und bald darauf einen Sohn geboren. Sie gehörte zu den relativ wenigen glücklichen Frauen, die sich ihren Mann hatten „aussuchen“ dürfen. Es war sozusagen eine der dort seltenen Vermählungen aus Liebe gewesen.

Als der Krieg begann, war sie zunächst mit ihrem Ehemann in der Heimat geblieben. Das Gebiet, in dem sie lebten, war anfangs noch nicht stark umkämpft. Außerdem waren die jungen Eltern unpolitisch eingestellt und einfach nur guter Hoffnung gewesen, keine Probleme zu bekommen. Trotz zunehmender brutaler Kriegsgeschehen glaubten sie fest daran, der Krieg würde ein schnelles Ende nehmen. Elhams Mann hätte von heute auf morgen zum Militärdienst eingezogen werden können. Doch auch das schien ihnen unwahrscheinlich. Während das Militär immer näher an ihre Heimatstadt heranrückte, von Ort zu Ort zog und viele Menschen tötete, konnten sie sich nicht entschließen, das Land zu verlassen.

Letztlich aber musste die junge Familie dann doch Hals über Kopf, innerhalb von wenigen Stunden fliehen. Elhams Mann hatte, arglos und ohne es zu ahnen, sein Söhnchen vor einem militärisch wichtigen Gebäude mit dem Handy fotografiert. Er war in eine Militärkontrolle geraten und wurde verdächtigt, ein Spion zu sein. Er hatte es nicht geschafft, die Soldaten davon zu überzeugen, das Foto wäre einem harmlosen Wunsch zufolge entstanden, und so stand er unter Beobachtung. Das verängstigte Paar war sich vor allem einig gewesen, den gefährlichen Weg gemeinsam zu schaffen. Sie packten ihre Ersparnisse ein, luden die Akkus ihrer Handys auf, sagten nur den allerengsten Verwandten Bescheid und marschierten los.

Schon bald stießen sie auf eine Fluchtroute, die durch ein dichtes Waldgebiet führte. Es geschah genau das, was sie am meisten befürchtet hatten: Sie verloren einander, zwischen Bäumen und Hunderten fliehender Menschen. Elham hatte immer wieder die Namen ihres Mannes und ihres Sohnes gerufen und war mit panisch suchenden Augen durch die Menschenmengen gehetzt. Vergeblich! Ihr Handy hatte keinen Empfang. Die schwierigste Frage war, ob sie warten oder weitergehen sollte. Niemand wusste, wann die Grenzen dichtgemacht würden. Sie entschied, mit den anderen Fliehenden die Route weiterzuverfolgen – erst zu Fuß, dann per Schiff. Irgendwann hatte es wieder eine Funkverbindung gegeben, aber als sie ihren Mann anrief, befand sich dieser mit dem Sohn bereits in der Türkei, während sie in Griechenland war. Das Paar war fassungslos!

Als Elham mir ihre Geschichte erzählt hatte, ganz am Anfang, als wir uns im Deutschkurs kennengelernt hatten, hatte sie bitterlich geweint. Ihr Mann und ihr dreijähriger Sohn wären verhaftet und inhaftiert worden. Kein türkischer Polizist hätte sich für sein Anliegen interessiert, eher war ihrem Mann noch gedroht worden. Es hatte für Elham kein Zurück gegeben, nur ein Vorwärts, allein in Richtung Ungewissheit. Von Griechenland aus hätte sie es unter größten Strapazen mit Bus, Bahn und zu Fuß nach Deutschland geschafft. Unterkühlt, übermüdet und halb im Wahn über die gewaltsame Trennung hätte man sie am Hauptbahnhof in Hamburg aufgegriffen und in ein Aufnahmelager gesteckt.

Nach den ersten Monaten im Zelt folgte ein Bett im Container. Entwurzelt, schockiert und trauernd lebte sie zwischen all den Fremden. Irgendwann erfuhr sie, ihr Mann und ihr Sohn wären zwar aus dem Gefängnis entlassen worden, wären aber nun in einem türkischen Lager untergebracht. Seitdem versuchte sie, sowohl ihren eigenen Asylantrag durchzubringen als auch Familiennachzug für Mann und Sohn zu beantragen. Jeden Tag ging sie zur Ausländerbehörde in Hamburg, um sich zu erkundigen. Aber es war alles aussichtslos. Die genervten und überarbeiteten Mitarbeiter erklärten ihr eines Tages, sie dürfe sich erst wieder blicken lassen, wenn über ihren eigenen Asylantrag entschieden sein würde. Also warten. Warten und schlafen. Warten und essen. Und wieder schlafen, nichts-tun, warten.

Dann wurde der Familiennachzug ausgesetzt. Elhams kleine Familie saß in der Falle. Aber das interessierte niemanden. Die deutsche Bevölkerung dachte nicht an Kinder, Mütter und Väter, Brüder und Schwestern, sondern nur an die absurde Angst vor dem Islam, vor der fremden Sprache und Kultur, vor allem aber davor, den überfließenden Reichtum des Landes mit anderen teilen zu müssen.

Einmal, als wir gemeinsam vom Kurs nach Hause gingen, fragte ich sie, wie sie überhaupt dazu gekommen wäre, hier Deutsch zu lernen. Ihren enttäuscht-zynischen Blick, als sie mir antwortete, werde ich nie vergessen: „Die behördliche Aufforderung, mich zu integrieren und an einem Deutschkurs teilzunehmen, kam zusammen mit der Ablehnung meines Familiennachzuggesuchs."

~ ~ ~

In der Unterkunft stand ich vor Elhams Zimmer und klopfte an. Die Tür öffnete sich leise und Elham schob ihren Kopf vorsichtig an dem schweren Vorhang vorbei, den jemand aufgehängt hatte, um den Raum etwas gemütlicher zu gestalten.

„Ah, Toyin, du bist es!" Sie trug kein Kopftuch, und mir fielen fast die Augen aus dem Kopf. Ich kannte sie nur in unmoderner Kleidung, die ihren Körper großzügig umhüllte, und mit verstecktem Haar. Sie lächelte und umarmte mich. „Ich bin gerade erst nach Hause gekommen." Ihre Aussprache war unsicher und undeutlich, aber ich verstand sie.

„Madam, wir müssen zum Unterricht, schon vergessen?“

„Was?! Allah! Warte kurz!“ Sie zog sich einen langen, unförmigen Rock und ein weites Oberteil an, wickelte ein buntes Tuch kunstvoll um die Haarpracht und befestigte es mit routinierten Handgriffen.

„Jetzt verstehe ich auch, weshalb ihr euch verschleiert! So könntest du nie im Leben rausgehen! Du würdest glatt ein Verkehrschaos verursachen!“

Wir mussten beide lachen.

Während wir gemeinsam auf dem Fußweg zur Schule liefen und die vorbeigehenden Menschen betrachteten, seufzte Elham mehrmals und gestand mir, manchmal selbst kaum glauben zu können, dass das, was gerade passierte, ihr echtes Leben wäre. Dass sie hier, in Deutschland, mit mir, einer Afrikanerin, befreundet war, schiene ihr jetzt gerade wie ein Traum. Sie hätte früher keine Afrikaner gemocht, besser gesagt, auch gar keine gekannt! Aber die Flucht hätte ihr Leben verändert.

Dass sich Afrikaner und Araber immer schon nicht besonders sympathisch waren, wussten wir ja beide. Nur, dass sich daran auch über Jahrhunderte nichts geändert hatte und mir ein arabischer Mensch diese Aversion so direkt vortrug, das war herausfordernd. Eigentlich hätte ich mich schlecht fühlen können, aber unsere freundschaftliche Beziehung gab mir keinen Anlass dafür. Irgendwann musste das neue Zeitalter des Friedens ja beginnen. Warum also nicht heute und hier?

Elham hakte sich schüchtern bei mir unter, als wir eine Straße überquerten, und ließ mich an den schwierigen Fragen und Zweifeln teilhaben, die sie tagein, tagaus quälten. Hatte sie das

Richtige getan? Hätte sie nicht bleiben sollen? Ging es ihren zurückgelassenen Verwandten jetzt noch schlechter? Was sie wohl jetzt wirklich über sie dachten? Ob sie ihren Entschluss verurteilten? Hatten sie und ihr Mann andere in Gefahr gebracht? Und, das Allerschlimmste überhaupt, was war mit ihrem Sohn? Wie würde er später darüber denken, wenn er erwachsen wäre? Sie, seine Mutter, hatte es nie geschafft, ihn einen einzigen Tag lang nicht aus den Augen zu verlieren. Angsterfüllt lief sie neben mir her und schüttete ihr Herz aus. Sie würde ihr Leben geben, um ihren Sohn und ihren Mann nach Deutschland zu holen. Sie wurde still.

Im Gleichschritt gingen wir eine Weile zügig nebeneinander. Die Absätze unserer Schuhe klackerten im gleichen Takt.

„Niemals hätte ich vermutet, so großen Liebeskummer zu haben", gestand ich ihr plötzlich.

Etwas verwundert über diese unvermittelte Beichte sah sie mich von der Seite an, als wollte sie fragen, ob ich gerade scherzte. Mein eigenes Herz war so berstend voll, dass ich einfach anfing, ihr auch meine Sorgen zu klagen. Was immer mich bedrückte, teilte ich ihr stakkatomäßig in knappen Sätzen mit, als müsste ich das alles einmal zu Protokoll bringen: Dirk, immer auf der Hut, die Bäckerei, Sumita, Abdallah, Hellen, meine Eltern.

Elhams Geschichte zeigte mir das, was ich selbst auf andere Weise erlebte. Man konnte unpolitisch sein und einfach nur ein gutes Leben haben wollen, aber im Grunde war das, was passierte, höchst politisch. In Bezug auf Dirk war es für mich am deutlichsten. In Wirklichkeit liebte ich ihn, selbst nach all dem, was auf Hawaii geschehen war. Wir hatten zueinander gehört. Sofort. Schon, als wir uns das erste Mal durch das

Fenster im Supermarkt gesehen hatten. Wie der jeweils andere redete, bestimmte Worte sagte oder betonte, oder einfach lachte, machte klar: Wir liebten uns. Und jetzt, nach all der Ablehnung durch seine Familie, nach der Entgleisung auf Hawaii, vermisste ich ihn immer noch. Das war politisch! Wer wen vermisste, ob Schwarz-Weiß oder Weiß-Schwarz, tat nichts zur Sache. Darum ging es überhaupt nicht.

„Hast du Dirk wirklich nie wiedergesehen oder etwas von ihm gehört, obwohl ihr doch beide hier in Hamburg lebt?“, wollte Elham neugierig wissen.

„Doch! Einmal ..., glaube ich zumindest.“

Einmal hatte er in einer Drogerie einige Meter von mir entfernt gestanden und etwas in einem Regal gesucht. Er hatte mich zum Glück nicht gesehen. Ich war blitzschnell abgedreht und so unauffällig wie möglich in die Kosmetikabteilung geflüchtet.

„Wie es uns wohl heute ginge, wenn wir beide nie unsere Heimat verlassen hätten?“, sagte Elham leise.

Ich zuckte mit den Schultern.

Der goldene Schlüssel

Reichlich verspätet erreichten wir das Gebäude, in dem die Sprachschule untergebracht war. Unser Kurs war bereits voll im Gange. Als wir den Klassenraum durch die Milchglastür betraten, sagte Frau Fuchs gerade die nächste Übung an: eine Diskussion auf Deutsch zum Thema Integration. Wir entschuldigten uns für das Zuspätkommen und setzten uns auf unsere Plätze.

Unsere Lehrerin griff die aktuelle Situation ganz direkt auf. Uns allen wäre soeben schon der erste Punkt – die Pünktlichkeit – zugespielt worden. Sie warf uns einen tadelnden Blick zu und erklärte, dass für sie Integration ein besonderer Kosmos wäre, in dem fremde Menschen sich der Kultur und der Gesellschaft des Landes, in dem sie lebten, anpassen und deren Regeln achten sollten. Dafür müsste man mit den Menschen in Kontakt treten.

Bevor sie fortfuhr, blickte sie uns wissenshungrige Fremde bedeutungsvoll über ihre Brille an und holte tief Luft. Es war unmöglich, sich ihrer Aufmerksamkeit zu entziehen. Dann präsentierte sie das Geheimnis der Integration: Der goldene Schlüssel wäre die Sprache! Sprache würde verbinden.

Während alle, wie vom Donner gerührt, still dasaßen und die Ernsthaftigkeit dieser simplen Offenbarung im Raum schwebte, erhob sich leise ein honigbrauner Finger. Frau Fuchs bedeutete der sich meldenden Person mit einem Nicken, zu sprechen.

„Nicht reines Gold“, wandte die dunkelhäutige Schülerin ein, „denn dann würde die perfekte Beherrschung der deutschen

Sprache ja wohl einen schwarzen Menschen vor Diskriminierung und Ausgrenzung schützen – oder andere, die fremd aussehen!"

Auch wenn Frau Fuchs diese Richtung gar nicht einschlagen wollte, schienen in Nullkommanichts alle aus ihrer Starre erwacht zu sein und stürzten sich in eine rege Diskussion.

„Zum Beispiel glaubt mir doch keiner, dass ich mein Kopftuch gerne trage", warf eine junge, hübsche Muslimin ein. „Auch wenn ich es auf Deutsch erkläre!"

„Viele, vor allem die Ausländer, die schon länger hier sind, sagen manchmal: ‚Deutsche wollen doch nur verstehen, was sie glauben. Nicht das, was wirklich ist'", warf einer der Somalier ein.

Die meisten stimmten ihm lauthals zu.

„Die Medien verhandeln uns doch nur wie auf einem bunten Basar!", zischte ein Junge, mit dem ich noch nie ein Wort gewechselt hatte. Ich überlegte, aus welchem Land er gekommen sein könnte, aber ich kam nicht drauf. „Es wird ja doch bloß das gesagt, was die alle hören wollen ... Ist doch so!"

War das so? Und wenn ja, war das wirklich nur in Deutschland so? Wenn es hitzig und politisch wurde, kam mir ziemlich zuverlässig immer mein Vater in den Sinn. An der Schule, wo er Lehrer war, wurden Lehrer wirklich in allen Fächern gebraucht, aber er bestand darauf, hauptsächlich Geschichte zu vermitteln, in allen Klassen. Geschickt mischte er auch zu Hause ständig eine Prise Geschichte in alles, was besprochen wurde. Und wir Kinder waren empört, wenn er davon berichtete, wie furchtbar sich die Menschen in diesem oder jenem Land benähmen. Dann bat er uns, kurz zu überlegen und zu fragen, wie es denn in unserem eigenen Land wäre? Wäre er jetzt da, würde er typischerweise viele Gegenfragen stellen.

Eine kurdische Frau aus dem Irak meldete sich zu Wort. „Ich würde mein Kopftuch gerne abnehmen! Ich will genauso rumlaufen können wie die Frauen hier. Aber das geht nicht. Es gäbe einen Riesenstreit in meiner Familie!“

„Es ist Tradition“, ereiferte sich einer der älteren Männer. „Das muss sein! Darf nicht sterben! Mein Vater ..., Großvater ..., Urgroßvater ...! Aber das versteht hier keiner! Es wird einfach kaputtgemacht!“

So ging es eine Weile hin und her. In meinem Kopf drehte es sich von links nach rechts und von rechts nach links. Die einen sagten, die anderen hätten den Koran nicht verstanden. Die anderen wurden unwillig, weil sie sich gekränkt fühlten. Immerhin bestand unter den Ping-Pong-Parteien darin Einigkeit, dass der Koran alles andere als lästig war. Schließlich wurde die Diskussion wie ein Pizzateig ausgewalzt und immer bunter. Als Zuschauer wurde einem klar, dass sich zwei oder sogar mehr Positionen gegenseitig verstehen, aber auch voneinander verstanden werden wollten. Es ging immer um das, was sie glaubten. Innerlich gab ich meinem Vater recht, der uns Kindern beigebracht hatte, alles zu hinterfragen und zu prüfen, ob das, was wir glaubten, wirklich das war, was es zu sein schien. Ich hatte den Eindruck, seine Hand berührte sanft meine Schulter. Reflexartig legte ich meine Hand an die Stelle, ertappte mich aber dabei und tat schnell so, als würde ich den Träger meines Tops zurechtrücken.

Frau Fuchs versuchte, das aufbrausende Durcheinanderreden zu beenden, indem sie darauf hinwies, dass nicht alle angesprochenen Themen behandelt werden könnten. Es würde den Rahmen sprengen. Keiner war damit einverstanden. Viel zu sehr hatten sich die Kursteilnehmer bereits in die Diskussion verstrickt. Frau Fuchs schien ratlos und auch etwas resigniert, die Zeit rannte davon. Der Stein war ins Rollen gebracht worden, nun kullerte er unaufhaltsam den Hang hinab. Sie warf einige besorgte Blicke in ihre Unterlagen – sie verrieten, dass sie ihr Pensum heute nicht geschafft hatte. Halbherzig versuchte sie, uns eine Teillösung anzubieten. Die Frauen, die unfreiwillig eine Kopfbedeckung tragen würden, könnten sich mit anderen muslimischen Frauen, die schon länger in diesem Land lebten, vernetzen. Das Thema wäre ja auch nicht neu, fügte sie etwas unwillig hinzu.

„Das Amt hat mich hierhergeschickt, um an diesem Kurs teilzunehmen, aber mein Mann wollte das nicht. Und wenn ich jetzt mit solchen Ideen nach Hause komme, wird er sich bestätigt fühlen und auf Deutschland schimpfen", sagte die Kurdin schnippisch.

Unsere Lehrerin war der Verzweiflung nahe. So tief und ernst hatte sie gar nicht einsteigen wollen in unsere echten Probleme, schließlich sollte die Übung unsere Sprechqualitäten verbessern, keine politische Stimmung heraufbeschwören. Ungewollt hatte sie eine Lawine losgetreten.

„Dein Mann hat Angst vor Frauen!", klinkte ich mich ein, erntete aber von den meisten Mitschülern missfallende Blicke.

„Nein, Toyin! Keine Angst ...", wehrte sich die kurdische Frau. „Er wird sagen: ‚Siehst du, was du anrichtest! Das sind schlechte Frauen', die also richtig haram sind. Und er wird sagen: ‚Du bringst Ärger in die Familie!'"

„Mag schon sein ...“, gab ich zurück. Ich konnte sie verstehen, und wenn ich es genauer anschaute, hatte sie Angst vor ihm, nicht umgekehrt. Sie wollte nicht von ihm beurteilt werden. Wer wusste schon, welche Konsequenzen das für sie haben könnte? Trotzdem fand ich es demütigend. „Und was glaubst du? Sind wir anderen alle ‚haram‘?“ Ich schwenkte provokant den ausgestreckten Arm über die Stuhlreihen. „Ich auch?“

Die Kurdin ließ sich nicht auf den Verdacht einer böswilligen Verallgemeinerung ein. Naiv schüttelte sie den Kopf. „Nein, Toyin, aber ich gebe meinem Mann recht, wenn er denkt, dass die emanzipierten Frauen nicht nachahmenswert sind ... Tut mir leid.“

Ein neues Feuer brannte, und die meisten begannen, sofort darum herumzutanzen. Alle sprachen jetzt durcheinander und jeder mischte sich ein. Keiner hörte mehr zu oder ging wirklich auf das ein, was ein anderer gesagt hatte. Ich versuchte, über die lauten Stimmen hinweg der Kurdin eine weitere Antwort zu geben. „Viele Frauen sind glücklich über die Emanzipation. Sie sind auf dem Weg, sie selbst zu sein, frei ..., nicht unterwürfig.“ Sie hatte mich aber nicht mehr gehört. Für sie war das Gespräch beendet.

Ich schloss die Augen und meine Mutter tauchte in mir auf, meine starken Tanten. Stolze Yoruba-Frauen. Und meine „Abseits-Tante“, wie sie heimlich genannt wurde. Zu Hause durften wir sie nicht „Aunty“ nennen, denn sie hatte den unverschämten Beschluss gefasst, keine Kinder zu bekommen. Das kam einem Bruch mit der Tradition gleich. Es galt als unnatürlich, und keiner konnte oder wollte das verstehen. Zuerst hatten alle gedacht, sie wäre unfruchtbar. Sie sollte Mammy Wata Opfer bringen. Die Göttin würde dann nachts aus dem tiefdunklen Herzen des

Ozeans aufsteigen und den Geist der Dürre, der sich hartnäckig in ihrem Schoß festgekrallt hätte, überwältigen. Einfach keine Kinder haben zu wollen – ganz ohne einen zwingenden Grund –, war für niemanden vorstellbar gewesen. Meine Tante wurde von den Frauen bedauert und von den Männern gemieden, als hätte sie eine ansteckende Krankheit. Wenn ich jetzt daran zurückdachte, schien es mir, als müssten Frauen die Emanzipation des Mannes geduldig abwarten.

Ein junger Somalier stand auf und lenkte die Diskussion in eine andere Richtung. Er hatte offensichtlich an der Kopftuch-Debatte kein großes Interesse. Vielmehr interessierte ihn der Schutz, den er in Deutschland genießen dürfte. „Ich bin froh, hier zu sein. In meinem Land habe ich ein Leben gelebt, das ich mir nicht aussuchen konnte. Die einzige Überlegenheit in Somalia ist eine Kalaschnikow in der Hand. Ein Menschenleben zählt gar nichts! Ich wusste morgens nie, ob ich abends wieder zu Hause sein würde. Oder meine Eltern. Oder meine Geschwister."

Das Einzige, was ich bisher mit Somalia verknüpft hatte, war Sand, Trockenheit und Hitze. Eine Sonne, die 365 Tage im Jahr so beißend schien wie bei uns in der vergleichsweise kurzen Zeit des Harmattan. Der junge Mann schloss seinen Vortrag mit einer ungeheuerlichen Logik. Er wäre glücklich, weil die Leute hier in Deutschland ihn zwar nicht mochten, aber trotzdem nicht sofort erschießen würden. Das war harter Tobak. Ich schwor mir, nie im Leben auch nur einen Fuß auf somalischen Boden zu setzen! Im Sinne meines Vaters schaute ich so gut hin, wie ich konnte, um zu verstehen, worauf dieser Hinweis abzielte. Für diesen Geflüchteten zählte das reine Überleben, dagegen gerieten Fragen der Integration ganz an den Rand der Bedeutsamkeit für ihn.

Aber, und obwohl wir alle unter demselben Himmel lebten, es nistete sich in mir die Überzeugung ein, dass die Sonne in Somalia heißer brannte als anderswo.

Der kurze, aber tiefsinnige Beitrag hatte geschafft, was Frau Fuchs nicht gelungen war: Es kehrte umgehend Ruhe ein im Raum. Unwillkürlich nahm sich jeder innerlich zurück, denn schließlich waren wir alle hier. Am Leben. Die Stimmung kippte von sprudelnder Angriffslust in stille Dankbarkeit, die sich wie eine wärmende Decke über uns alle ausbreitete. Wir wurden uns schnell einig, dass der goldene Schlüssel „Sprache" die Tür in beide Richtungen öffnen konnte und musste. Bei aller Notwendigkeit, Deutsch zu lernen, wäre es nur fair, den Blick genauso auf die Muttersprachen zu richten. Um sich wirklich zu begegnen, bräuchte es die Möglichkeiten, sich authentisch zu äußern, immer auf beiden Seiten.

Auch, wenn wir für diesen Kurs kein brauchbares Zertifikat erhalten würden, oder vielleicht gerade deshalb, waren wir bisher darin wie in einem Spaßbad getaucht, wann immer wir die Möglichkeit dazu gehabt hatten. Jetzt erfuhren wir in unserer gesamten persönlichen Betroffenheit, dass Integration ein vielschichtiger und komplexer Prozess war. Wie bei einer Geburt hatten wir alle schon damit Bekanntschaft gemacht, wie es war, die Kontrolle über das eigene Leben auf die eine oder andere Weise zu verlieren.

Als meine Mutter mich und meine Schwestern über „Frauendinge", wie sie es nannte, aufgeklärt hatte, in einer Phase, in der wir keine Mädchen mehr, aber auch noch keine Frauen gewesen waren, hatte sie, wohl auch, um uns abzuschrecken, über Verhütung gesprochen und uns von unseren eigenen Geburten berichtet. Wir hatten, etwas angewidert, vorsichtshalber schützend unsere flachen Bäuche mit den Händen gehalten, während sie vor uns stöhnte, als würden die Wehen direkt noch einmal ihren Körper erobern. Angst kroch an unseren unschuldigen Rücken hoch, wenn die Augen meiner Mutter uns zwischendurch anfunkelten, beinahe drohend, als sollten wir uns schämen, ihr diese Schmerzen zugefügt zu haben. Ein Baby, hatte uns unsere kluge Mutter mit dem einfachen Mittel des Schauspiels nahegebracht, sollte also niemals zu früh kommen, womit sie vor allem meinte, nicht vor der Ehe und nicht, ohne einen beruflichen Abschluss gemacht zu haben. Jetzt begriff ich, dass gegen die Wehen anzukämpfen bedeutete, verhindern zu wollen, was gar nicht verhinderbar war. Dieses Kämpfen brachte Leid. Die Geburt, so die Absicht meiner Mutter damals, sollte als ein tiefer, unkontrollierbarer Akt der Veränderung verstanden werden. Jetzt konnte ich es noch mehr fühlen. In Bezug auf mein eigenes Leben und im weitesten Sinn auch auf die ganze Welt. Bevor etwas Neues, etwas aufregend Schönes kommen konnte, gab es starke, schmerzende Veränderungsprozesse.

Blick in den Abgrund

Mein Leben blieb tagaus, tagein risikoreich. Unabhängig davon gewöhnte ich mich daran und lebte meinen Alltag ähnlich routiniert wie andere, die kein Problem mit ihrer Legalität hatten. Ich fühlte mich fast schon normal. Vielleicht lag es daran, dass ich inzwischen jeden Tag meditierte. Ich war meistens ausgeglichen. Jeden Tag Nadabrahma. Es gab immer Energie, die ich loswerden wollte, und immer etwas, wonach ich mich ausstreckte. Auf der Suche nach etwas, das kommen und möglichst dableiben sollte.

Seit meinem Untertauchen ins Meer der Namenlosen war Deji der Einzige, mit dem ich hin und wieder in meiner Muttersprache Yoruba sprach. Seinen Freunden, auch Nigerianer, ging ich aus dem Weg, denn es war mir zu riskant. Womöglich kannte jemand von ihnen Hellen oder stand ihr sogar nahe. Bei Louise dagegen war ich mir sicher, dass sie und Hellen sich nichts zu sagen hatten. Beide verband nur das gemeinsame Singen im Kirchchor. Klangteppiche knüpfen. Mehr nicht. In meinem überschaubaren Freundeskreis war jede Person ein gesegneter Diamant für mich. Allein der Weg, den Abdallah und ich bereits gegangen waren, schien mir wie eine feste, unverbrüchliche Schweißnaht.

Eines der größeren Probleme, vor denen Abdallah stand, waren seine Schulden. Gleich zu Anfang, kurz nach seiner Aufnahme in der Unterkunft, hatte er sich, ohne ein Wort Deutsch zu verstehen, von einem verlockenden Smartphone-Angebot verführen lassen. Der Verkäufer hatte nur den Betrag, den er monatlich zahlen müsste, auf einen Zettel geschrieben, und Abdallah hatte zugestimmt und den Vertrag unterschrieben. So einfach war das! Im Leben hätte er nicht damit gerechnet, dass in diesem Vertrag Nebenvereinbarungen versteckt wären, die ihn innerhalb weniger Monate zu einem zahlungsunfähigen Schuldner machen könnten. Von den Schulden, die er im Laufe der Zeit anhäufte, hätte er sich einen kleinen Gebrauchtwagen kaufen können. Er suchte und fand Hilfe in einem Café für Geflüchtete. Eine junge Frau namens Lilly hatte ihm helfen können. Lilly hatte lange, rotblonde Haare, tanzte für ihr Leben gern zu unmelodischer Musik. Am liebsten barfuß auf schlammigen Festivalwiesen, wo sie ihren Kopf wild hin- und herschütteln konnte. Die Männer lagen ihr zu Füßen.

Abdallah lud mich ein, ihn in das Café zu begleiten. Er wollte Lilly das Original des Telefonvertrags aushändigen, damit sie die Rechtmäßigkeit des Vertrags und der Forderungen überprüfen könnte. Noch nie zuvor hatte ich ein Lokal betreten, das speziell für solche Menschen wie uns ein sozialer Treffpunkt war. Das Einzige, was ich kannte, waren die Gemeinschaftsräume in den Ausländerunterkünften. Zum ersten Mal kam ich mit der lebendigen Atmosphäre, die dort herrschte, in Berührung. Hier waren Menschen aus aller Welt willkommene Gäste. Hier ein Grüppchen Eritreer, dort ein Grüppchen Iraker und Syrer, da ein Grüppchen Sudanesen und Afghanen – überall Grüppchen, die an Tischen zusammensaßen. Ich beobachtete gespannt die ehrenamtlichen Helfer, die hin- und herhuschten und sich mit all den Nichtmuttersprachlern lässig mittels deutscher Kernbegriffe und, wenn es nicht weiterging, mit Händen und Füßen unterhielten. Manche der Frauen erinnerten mich an Ursula.

„Und das ist deine Freundin, Abdallah?“, fragte Lilly neugierig, nachdem wir uns die Hände zum Gruß gereicht hatten.

„Meine beste Freundin“, grinste er und zwinkerte mir zu.

„Ach so! Klar! Schön, dich kennenzulernen“, nahm Lilly diese Information gelassen zur Kenntnis. „Habt ihr gestern Nachrichten geschaut? Mir ist so schlecht geworden. Diese Nazis ...“ Sie bewegte ihren Zeigefinger nach oben und hielt ihn sich vor den geöffneten Mund, als wollte sie sich übergeben. „Wenn deren Parteien weiter Zulauf kriegen, dann sieht es in Deutschland echt düster aus.“ Wir schüttelten die Köpfe und blickten sie fragend an. „Habt ihr echt nicht gehört, was passiert ist? Ihr müsst euch doch informieren, was hier im Land so abgeht!“

Natürlich hatte ich als Kind im Geschichtsunterricht vom Nationalsozialismus gehört. Und vor allem von meinem Vater. Ich erinnerte mich an die Begriffe „Afrozentrismus“ und „Eurozentrismus“. Mir fiel wieder ein, dass meine Geschwister und ich manchmal keine Soaps im Fernsehen sehen durften und stattdessen „Sarafina“, „Hotel Ruanda“, „Idi Amin“, „Roots“, „Schindlers Liste“ oder „Power of One“ und dergleichen schauen mussten.

Trotz des lästigen Alltagsrassismus, den Abdallah und ich zur Genüge kannten, schien mir das Dritte Reich jedoch verstaubt, alt und fern. Ich hatte sogar das Gefühl, die meisten Grundinformationen vergessen zu haben. Bei meiner Ankunft in Deutschland hatte mich Deji zwar ganz konkret angewiesen, bestimmte Orte zu meiden und mich nur dort aufzuhalten, wo ich mich relativ sicher bewegen konnte. Doch nun erzählte Lilly von massiven schrecklichen Vorfällen, die mich erst den wahren Hintergrund dafür erahnen ließen, dass Deji damals so streng von mir gefordert hatte, die sogenannten Tabuzonen weiträumig zu umgehen. Angriffe auf Geflüchtete und Nicht-Deutsche, aber auch auf Deutsche. Direkt in unserer Nähe. Wir waren geschockt, denn es konnte jeden von uns treffen.

„Und wenn die so weitermachen", schloss Lilly ihren Bericht, „ist das hier nicht mehr mein Land und ich haue ab, bevor sie wieder anfangen, Leute zu vergasen."

Abdallah war wegen des Krieges im Sudan nicht durchgehend zur Schule gegangen. Daher wusste er so gut wie nichts vom Holocaust in Deutschland. Er stritt sich fast mit Lilly, weil er ihr kaum glaubte. Die Deutschen hätten Juden und ihre eigenen Leute umgebracht? Was würden sie dann erst mit Fremden, mit Afrikanern tun? Er warf mir einen bitteren Blick zu und überlegte, ob er seinen Asylantrag nicht besser sofort zurückzuziehen und in ein anderes europäisches Land gehen sollte.

~ ~ ~

Lilly war eine Waldorfschülerin gewesen. Um den Unterschied zu einer ganz normalen Schule deutlich zu machen, hatte sie uns einmal erklärt, sie hätte eine Art Privatschule für „ganzheitliche Pädagogik" besucht. Dort wäre sie nicht nur in „normalen Fächern für den Kopf", sondern auch in „Fächern für die Hände" unterrichtet worden.

Eines Tages rief sie Abdallah an, um ihm einen Vorschlag zu machen. Sie hätte eine Idee, wie er seine Bildungslücke schließen könnte. „Man kann nicht nur durch Bilder und Texte lernen", meinte sie überzeugt, „sondern am besten am Ort des Geschehens selbst." Sie lud ihn und mich ein, mit ihr zur Gedenkstätte nach Neuengamme zu fahren, um das frühere Konzentrationslager zu besichtigen. Als Abdallah mir davon erzählte, war ich sofort begeistert. Er selbst blieb skeptisch, doch wir verabredeten uns mit Lilly für das kommende Wochenende.

Es gab keine Worte für das, was uns dort erwartete. Lilly hatte uns zwar während der Fahrt mit der S-Bahn ein paar grundsätzliche Dinge mitgeteilt, doch das, was wir dann zu sehen bekamen, entzog sich unserer bisherigen Vorstellungskraft. Mir war noch nie zuvor in meinem Leben derartig übel gewesen. Ich hätte die ganze Zeit erbrechen können, und gleichzeitig hatte ich meinen Körper perfekt unter Kontrolle. Die vielen, wunderschön klingenden Namen der Toten auf den Gedenktafeln machten mich sprachlos. Ich fühlte mich ohnmächtig und schwach. Abdallah scheute mehrmals mit lautem Aufschreien beim Anblick der ausgestellten Fotos zurück. Er konnte es nicht ertragen, die Originalaufnahmen der abscheulichen Grausamkeiten anzusehen. Tränen liefen ihm ununterbrochen über das Gesicht. So hatte ich ihn noch nie erlebt! Nicht einmal, als er mir von Maryam erzählt hatte. Selbst Lilly, die nur Gutes mit diesem „Ausflug“ im Sinn gehabt hatte, war zutiefst verunsichert wegen seiner übergroßen Betroffenheit. Immer wieder legte sie ihre Hand auf seinen Arm, um ihn zu beruhigen, doch sein zitternder Körper wehrte sie ab.

Es ging Abdallah unter die Haut und von dort nicht mehr weg. Auch Tage danach konnte er das, was er in Neuengamme erfahren hatte, nicht verarbeiten. Schon gar nicht allein. Mochte er selbst schon viel Leid erlebt haben, jetzt verband sich eine immense Potenzierung von Schmerz mit seinen eigenen dunkelsten Erinnerungen, die alle von Neuem erwacht waren. Er konnte nachts nicht schlafen und rief mich häufig an. Ein Häufchen

Elend. Unbedacht erzählte er einem Freund in der Unterkunft davon, und über Umwege gelangte sein Horror-Bericht bis zu einem der ehrenamtlichen Mitarbeiter des Cafés.

~ ~ ~

Wochen danach klingelte Lilly eines Abends unerwartet bei Louise und saß keine fünf Minuten später heulend, mit einer Tasse Tee in der Hand, in meinem kleinen Zimmer auf dem Bettrand. Es schien kompliziert zu sein, denn es fiel ihr schwer, einfach mit der Sprache herauszurücken. Nur in Bruchstücken gab sie Preis, worin ihre persönliche Katastrophe bestand. Bei einer Teamsitzung wäre der „Fall Abdallah" zur Sprache gekommen. Man hätte Lilly krasse Unverantwortlichkeit vorgeworfen. Sie hätte riskiert, dass Abdallah durch ihr eigenmächtiges Vorgehen retraumatisiert würde. Ich wäre nicht Gegenstand der Kritik gewesen, da mich niemand gut kannte. Aber Abdallahs Geschichte sehr wohl.

„Sie haben einstimmig abgelehnt, dass ich weiter an dem Projekt teilnehmen darf", jammerte sie. Inzwischen war ihr Make-up völlig verschmiert. Mit schwarz-verwischten Augen sah sie mich hilflos an. „Ich habe es wirklich gut gemeint, ... mir nichts dabei gedacht", klagte sie weiter.

„Wir wissen doch, dass du uns nicht schaden wolltest", versuchte ich, sie zu beruhigen. Es lag mir fern, Lilly einen Vorwurf zu machen. Ich war nicht sauer auf sie. „Was wir dort gesehen haben, lässt uns an der Menschheit zweifeln ..., an der Menschlichkeit überhaupt."

Tatsächlich war auch ich durch das Erlebnis an die Grenzen meines Hoffnungschöpfens gekommen und hatte mich fast verabschiedet von meiner geliebten Vorstellung, diese beknackte

Welt wäre irgendwie doch noch zu retten. Und ich war mir sicher, dass es Abdallah genauso ging. Wir waren beide überfordert, denn der Holocaust hatte uns einen Blick in den echten menschlichen Abgrund werfen lassen.

Lilly weinte trotz meiner Beteuerungen, sie träfe keine Schuld, heftig weiter. Ich reichte ihr ein paar Taschentücher, und sie schnäuzte sich lautstark. Ich suchte nach passenden Worten, um sie zu trösten.

„Hey Lilly, du bist so eine starke Frau! Und diese Grausamkeiten ..., das haben andere verbrochen, nicht du. Wäre das in meinem Land passiert und wärst du mein Gast, hätte ich vielleicht alles unternommen, damit du diesen Ort niemals siehst ..." Ich machte eine Pause, um zu prüfen, ob sie mir folgen konnte. „Weil ich mich unendlich schämen würde für meine Heimat. Verstehst du?"

Lilly schniefte. Meine Worte schienen zu wirken. Sie war sichtlich erleichtert, dass weder ich noch Abdallah sie verurteilte. Natürlich hätte es für uns auch anders sein können, aber das sagte ich ihr in diesem Moment nicht. Stattdessen schaute ich auf die Uhr. Ich war mit Elham bei Mamma zum gemeinsamen Kochen verabredet. Wir trafen uns hin und wieder zu dritt, um ein wenig gute Energie unter Frauen zu genießen. Da ich die beiden nicht warten lassen wollte, schlug ich Lilly vor, mich zu begleiten. Es würde ihr sicher guttun, jetzt nicht alleine zu bleiben.

Kapitel VI

Louise nahm es mir nicht übel, dass ich die vereinbarten zwei Monate Zimmerbelegung längst überschritten hatte. Oft war sie unterwegs, und dann genoss sie es, zu Hause anrufen zu können, um ihrem „Honey" zu sagen, worauf sie Appetit hatte. Wenn sie kam, stand das Essen auf dem Tisch. Wir verstanden uns gut.

Eines Abends, Louise war für mehrere Tage in Stuttgart, chattete ich mit einer Freundin in Nigeria. Sie brachte mich auf den neuesten Stand der Dinge, das hieß, wer mit wem und wer nicht mehr. Wenn die Internetverbindung stabil war, schickten wir uns kurze Audionachrichten. Wir lachten viel, und ich vergaß alles andere, das meinen Alltag beschwerte. Plötzlich, ganz unerwartet, erwähnte sie den Kommentar eines entfernten Familienfreundes zu einem Online-Post meiner Schwester. Ich hatte gar keine Ahnung, wovon sie redete.

Es stellte sich heraus, dass Abiola ihre Doktorarbeit in Angriff genommen hatte und ihr nach drei Monaten das Geld ausgegangen war. Mein Vater, der neuerdings das Schulgeld für die Kinder meines Onkel zahlte, hatte ihr deutlich gemacht, dass seine Kapazitäten am Ende wären. Nigerianische Banken gaben für Doktorträume keine Kredite, daher hatte Abiola ein Online-Foundraising gestartet und viele Unterstützer gefunden. Doch besagter Freund der Familie hatte auf Yoruba sinngemäß geantwortet: „Mein Herz weint. Schon bitter, wenn man eine Schwester in Europa hat, die ihre Leute zu Hause vergisst und betteln schickt. Selbst, wenn es für ein gutes Projekt ist – wow, du wirst

Ärztin. Die Überheblichkeit und der Geiz der Europäer scheinen wie eine ansteckende Krankheit zu sein. In Jesus' Namen: Lasst eure Kinder nie einen Fuß auf europäischen Boden setzen! Schwester, gegönnt sei dir der Erfolg! Amen."

Ich war geplättet. Seine arrogante Gehässigkeit traf mich tief. So ein Idiot! Ich wusste ja nicht, dass Abiola in Schwierigkeiten steckte. Ohne große Erklärungen beendete ich den Chat und rief Abiola an.

„Warum fragst du mich nicht, ob ich dir Geld leihen kann?", fiel ich mit der Tür ins Haus, als meine Schwester ans Telefon ging.

„Du ahnst nicht, was hier los ist, Toyin. Sobald jemand deinen Namen erwähnt, rastet Mama völlig aus!" Ich erschauerte. „Seit alle wissen, dass du da oben gescheitert bist", plapperte sie laut weiter, „ist sie ein reines Nervenbündel. Sie hält die Hände über dein Geld und sagt immer, wenn du nach Hause kommst, wirst du endlich weiterstudieren. Du scheinst wohl einen besonderen Schutz zu haben!" Ich hörte die Bitterkeit in ihrer Stimme und im Hintergrund den P-Square-Song „Collabo", der viele junge nigerianische Herzen auf dem Gewissen hatte.

„Ich habe Mama nie gesagt, dass sie das Geld nicht im Notfall ... Abiola, du glaubst doch nicht etwa, ich hätte ihr gesagt, sie soll dich am langen Arm verhungern lassen?!" Ich war fassungslos und forderte sie auf, sofort zu unserer Mutter zu gehen und sie um das Geld zu bitten.

„Das kannst du ihr selber sagen!", trotzte Abiola.

„Wie bitte?!", regte ich mich auf.

„Toyin, vergiss es! Du kriegst es einfach nicht mit. Mama kann nicht mehr ruhig schlafen. Tayo ist bei der Air Force in Kaduna im Einsatz – weißt du überhaupt, was das bedeutet?“ Sie machte mit dem Mund ein abfälliges schnalzendes Geräusch. „Und du bist in Europa unter die Räder gekommen. Mama sagt, niemand darf dein Geld anrühren, egal, was passiert. Wir sind hier in Afrika ... Huhu, schon vergessen? Da, wo du bist, spuckt man seinen Eltern vielleicht einfach mal ins Gesicht, wenn einem danach ist. Aber ich respektiere immer noch meine Mutter. Das ist meine Kultur!“

Sie hatte mich in Rage gebracht. „Zu deiner Kultur gehört es aber auch, die ältere Schwester zu respektieren! Was ist davon übrig geblieben, he?!“

„Du willst mich bremsen?“, warf sie mir jetzt an den Kopf. „Du bist doch nur eifersüchtig!“

Eifersucht war ein Treffer ins Schwarze. Ich wehrte mich nicht mehr dagegen. Es war so. Sie hatte recht, darum lenkte ich ein. „Stolz bin ich auf dich ... und eifersüchtig vielleicht. Aber du bist meine kleine Schwester und promovierst. Normalerweise wäre ich die Erste gewesen.“ Ich hörte Abiola schwer atmen. Es knackte in der Leitung.

„Alle dachten, dass du deinen Doktor zuerst machst. In Europa. Bevor Samuel kam und alles erzählt hat, dachten wir, du überraschst uns eines Tages, kommst auf einen Besuch nach Hause mit einem Zertifikat in der Tasche.“

„Und die Taschen voller Gold“, lachte ich bitter in den Hörer. Mir war zum Heulen.

„Die Bilder von dir, die du im Internet postest, erwecken nicht den Anschein, dass dein Leben arm und anstrengend ist“, provozierte sie weiter.

„Weil ich nicht zeige, wie ich gerade einen Industriebackofen schrubbe? Die Umwege, die ich gehe, um niemandem zu begegnen, der mich unter einem falschen Namen kennt? Oder um nicht der Polizei in die Arme zu laufen? ... Haha. Von dir sieht man doch auch nur die schicken Abschlüsse und das Kleid von deiner Abschlussfeier, oder nicht?! Das stressige Gelerne und das Gezittere vor den Prüfungen lässt du auch weg."

Abiola ging nicht darauf ein, sondern klang jetzt resigniert. „Mama dachte, du schaffst das in Europa. Weil du gebildet bist und nicht auf die Männer reinfällst. Weil du hübsch bist und dich gut anziehen und benehmen kannst. Mama und Papa dachten, du hast alle Chancen der Welt. Toyin Nne Akintola, Dr. of Science. Alle waren sich hier so sicher ..."

Die Stimmung zwischen uns war umgeschwenkt. Ich hörte ihre Enttäuschung und war den Tränen nahe. „Das, was ich jetzt lerne, Schwesterchen …, dafür bekommt man keinen Nachweis … Aber, erzähl, wie läuft es mit deiner Doktorarbeit?"

„Es ist schwer. Das Recherchieren im Internet ist oft kompliziert, weil wir ständig Stromausfall haben. NEPA, du weißt schon! Ich brauche Bücher und Fachzeitschriften, an die ich teilweise nicht rankomme. Finanziell steh' ich an der Wand. Als ich anfing, hatte ich heimlich gehofft, du wirst mir helfen ... Dass du selbst im Dreck steckst, wussten wir ja alle nicht."

Sie tat mir leid. Ihre Stimme machte mich sehnsüchtig. Wie sehr ich sie vermisste ... Wie sehr ich alle vermisste! Ich versicherte ihr, dass ich sie unterstützen würde. Irgendwie würde ich es schaffen. Ich überschlug im Kopf meine Einnahmen und Ausgaben. Noch hatte Louise mich nicht gebeten, eine Miete zu zahlen. Es würde schon gehen. Abiola wurde zahm wie eine liebebedürftige Katze. Ich konnte nicht ermessen, wie ihr zumute gewesen war angesichts des Zustands unserer Mutter.

„E ma binu o, Nne", entschuldigte sie sich, respektlos gewesen zu sein. „Sag Ma bitte nicht, dass du mir hilfst, Toyin", flehte sie mich an. „Sie will, dass du sofort zurückkommst."

So lieb ich sie hatte, ich konnte ihr diesen Gefallen nicht tun. Die Versteckspiele in Deutschland reichten für zehn Leben. In meiner eigenen Familie wollte ich sagen können, was ich tue und was nicht. Ich ließ ihre Bitte für den Moment unbeantwortet. „Morgen überweise ich dir etwas Geld mit ‚Western Union'. Jeden Monat ein bisschen, okay? Solange ich kann. Bis du fertig bist. Okay?"

„Du bist ein Engel", flötete sie mir ins Ohr und bedankte sich ununterbrochen. „Der Titel ist mir so wichtig. Du weißt doch: Wissen ist Macht!"

Langsam fragte ich mich, welches Wissen wirklich echte Macht war. Ein Professor, ein Doktor, was immer sonst. Man war einfach nur gut in seinem speziellen Fach. Das sagte noch nichts über den Menschen aus. Wissenschaftliche Überlegenheit konnte von jeder Weisheit meilenweit entfernt sein.

~ ~ ~

Deji reichte mir einen verschlossenen Umschlag. Ich besah die Handschrift, in der mein Name darauf geschrieben worden war. Es war die Handschrift von Dirk. Mein Kreislauf fiel augenblicklich in den Keller, und Deji befürchtete, ich könnte ohnmächtig werden. Rasch sprang er mir zur Seite und griff kräftig unter meine Armbeuge.

„Damit hast du nicht mehr gerechnet, Schwester?!“ Mein Körper flatterte. Ich schüttelte nur den Kopf, dann nickte ich. Ich war durcheinander. Deji lächelte nachsichtig. „Möchtest du einen Moment allein sein?“ Leise ging er in den Flur und ließ mich im Wohnzimmer zurück. Ich saß auf dem Sofa, wie versteinert, und lauschte dem Geklappere von Geschirr in der Küche. Er musste wohl angefangen haben, den Frühstückstisch abzuräumen. Dann wurde es ruhiger. Wahrscheinlich hatte er sich zu Katja und Oyinda im Schlafzimmer aufs Bett gelegt. Die drei liebten es, an Sonntagen Zeit für Entspannung zu haben. Wie in Zeitlupe kehrte die Klarheit in meinen Kopf zurück. Plötzlich, als wäre ich aus dem Koma erwacht, riss ich den Umschlag auf. Mein Herz pochte bis zum Hals. Ich hielt den Atem an.

„Toyin, ich weiß nicht, wie ich anfangen kann. Ob es Sinn macht, sich bei dir für alles, was ich dir angetan habe, zu entschuldigen. Nach der Geschichte mit Laura und der anderen nach Laura. Mag sein, dass es sich blöd anhört, was ich jetzt schreiben werde. Trotzdem, es tut mir unendlich leid!!! Ich habe mich verloren. Kann dir nicht sagen, warum. Vielleicht, weil es manchmal anstrengend ist, mit dir zusammen zu sein. Nicht, weil du anstrengend bist. Im Gegenteil, jede Sekunde mit dir war ein glücklicher Moment (bis auf ... naja, du weißt schon!). Sondern, weil das Zusammensein mit dir wie ein politisches Statement in meiner Familie ist. Immer liegt ein Vorwurf in der Luft, ich mache alles falsch. Und das ist an schlechten Tagen total anstrengend für mich gewesen. Vielleicht dachte ich, es wäre einfacher, mit einer wie Laura zusammen zu sein. Ich habe dich nie vergessen. Verliebt war ich nach dir nicht mehr, dachte aber, das könnte sich mit der Zeit einstellen.

Vor ein paar Monaten habe ich dich, vom Auto aus, an einer Ampel stehen sehen. Du hast mich nicht gesehen. Und da habe ich gemerkt, dass ich mich selbst nur noch belüge. Weil ich dich nicht vergessen kann und mein Herz nicht mehr verbiegen will. Geht einfach nicht. Ich vermisse unsere schöne Zeit und dein Lachen. Dich. Ich bin nicht gut im Schreiben, und vielleicht hört sich das alles lächerlich an. Vielleicht hast du auch längst einen Neuen ... (Hast du ...?). In einem Gedicht von Rumi heißt es, dass der, der sich eine Perle wünscht, bis zum Grund des Meeres tauchen muss. Eigentlich tauche ich nicht gern. Schon gar nicht runter in mein Herz. So was hab ich nie gelernt. Aber wenn wir es noch mal versuchen würden, davon bin ich inzwischen überzeugt, würde es sich lohnen. Auch für dich ...

Mein Herz gehört dir. Für dich möchte ich tauchen.

Im Moment geht es mir phänomenal schlecht. Aber wenn es mir besser geht, würde ich dich gerne treffen. Natürlich nur, wenn du magst.

Meine Nummer ist dieselbe wie früher.

Dein Dirk

PS: Welche Rolle spielt eigentlich dieser Abdallah in deinem Leben?"

Mit zittriger Hand ließ ich den Papierbogen in meinen Schoß sinken. Ich war überfordert. Wusste nicht, was ich davon halten sollte. Durfte. In einer fremden Kultur war es nicht immer leicht, etwas einzuordnen. Ein indischer Liebesbrief hätte vermutlich anders geklungen, da wäre Lauras Name wahrscheinlich nicht einmal aufgetaucht. Aber das hier war eben Dirk. Ich stellte mir vor, afrikanische Schwestern und Brüder um Rat zu fragen und von ihnen zu hören: „Lass die Finger von ihm! Du weißt doch, hier sagt man: ‚Der Apfel fällt nicht weit vom Stamm!'"

Vielleicht war Dirk ja gar kein Apfel. Dirk war Dirk. Aber warum war es so unromantisch kompliziert? Konnte ich mich nicht einfach in einen Afrikaner verlieben? Am besten in einen Yoruba-Mann? Die Hautfarbe würde nie ein Thema sein zwischen uns und unseren Familien. Es gäbe keine unterschiedlichen Kulturen. Eine gemeinsame Sprache. Alles wäre easy … Das Universum nahm auf solche scheinbar einfachen Lösungen keine Rücksicht. Ging ich in meiner Erinnerung die Männer durch, die mein Herz berührt hatten, landete ich auf direktem Wege bei Dirk.

Ich zog mein Smartphone aus der Tasche und rief Mamma an. Es wäre ein Notfall. Alles, was sie mir riet, war, auf meine Intuition zu hören. „Ich könnte dir alles Mögliche sagen. Aber es zählt kaum. Glaub nicht mir, glaub dir selbst!" Hätte ich Angst vor Dirk, müsste ich fernbleiben. Hätte ich noch eine Frage, sollte ich sie ihm stellen. Wünschte ich mir Kontakt, sollte ich zu ihm gehen. Wünschte ich mir Zeit, sollte ich mir Zeit nehmen, und so weiter. Es ginge nicht um seine Eltern oder Mia. Ich sollte ich mir keine Gedanken um sie machen. Es ginge nur um mich und Dirk, aber hauptsächlich um meine Vorstellungen.

„Jeder Mensch kann sich immer umentscheiden", gab sie zu bedenken. „Jeden Tag, jede Stunde, jede Minute, jede Sekunde hat jeder Mensch die Chance, sich und sein Leben bewusst zu verändern. Ein verbohrter Fremdenhasser kann jederzeit umkehren und sich der Vielfalt des Lebens zuwenden. Natürlich, je verbohrter der Mensch, desto steifer der Nacken und desto größer vermutlich der Kraftaufwand, sich zu bewegen. Aber aussichtslos ist es nie.“ Genauso wahrscheinlich könnte es natürlich sein, dass jemand den Holzweg nie verlassen würde. Sich darum Gedanken zu machen, wäre müßig. Ich sollte weniger daran denken, was andere dächten, oder mich zusammenreißen. Was zählte, wäre allein das, was ich fühlte.

„Was würdest du denn deinem Kind raten, Mamma?“

„Ich könnte meinem Kind nichts raten. Die schönsten Anfangsgeschichten enden manchmal kompliziert – und umgekehrt. Was soll ich dir also sagen? Willst du einen speziell afrikanischen Rat? In Tansania sagt man: ‚Das Herz sieht weiter als die Augen.‘“

Wir waren in einem kleinen Restaurant in der Altstadt verabredet. Dirk saß schon an einem Tisch, als ich aufgewühlt hereinkam. Wie sollte ich ihn jetzt grüßen? Umarmen oder Küsschen auf die Wange? Ich sah ihm einfach tief in die Augen. „Hallo."

Die Distanz, die sich in all den Monaten angefühlt hatte wie eine Entfernung um Lichtjahre schrumpfte in atemberaubender Geschwindigkeit zusammen. Fast wie früher, nur schweigsamer, saßen wir uns gegenüber. Endlich war dieser unwirkliche Moment gekommen. Und mein Herz klopfte glücklich, wenn auch verunsichert, wie eine Talking-Drum. Getrommelt von jemandem, der die Kunst richtig gut beherrschte. Dann schien mein Herz zu wachsen. Von außen nicht sichtbar, wuchs und wuchs es, als wollte es alle anderen Organe verdrängen. Ich konnte zwar nicht behaupten, dass es mir automatisch leichtfiel, Dirk einfach so zu vergeben. Ich hatte kein Vertrauen mehr. Paradoxerweise fühlte ich aber eine tiefe Vertrautheit, die wie von Neuem erwachte, als wäre sie nie weg gewesen.

Wir redeten über vieles, was in den vergangenen Monaten passiert war oder in uns vorgegangen war. Unsere Herzen sprachen miteinander. Das, was seit dem Beginn unserer Beziehung wie natürlich zusammengehört hatte und schmerzlich getrennt worden war, wuchs wieder zusammen. Es fühlte sich an, als würden wir direkt an den Moment unserer letzten Begegnung anknüpfen und jetzt weitergehen. Und der Weg wurde im Laufe des Abends immer schöner. Wir betraten erneut unseren kleinen

Kosmos, nur war es jetzt viel komplizierter, weil wir all das, was in der Zwischenzeit geschehen war, nicht auf Anhieb aufholen konnten. Eine gewisse Entfremdung blieb. Nur Zeit und Geduld würden diese Lücken schließen können.

Noch immer radierte ich meine Identitätskrise aus. Ich hatte das Bedürfnis, erst eine Basis zu schaffen für mein großes, schweres, dunkles Geheimnis. Alle Karten sollten zwar auf den Tisch, doch ich musste auf den passenden Moment warten. Nicht heute! Ich dachte an Katja und daran, dass sie Deji unbedingt von ihrem Fehltritt hatte erzählen wollen. Damals hatte ich dafür kein Verständnis, aber jetzt fühlte ich genau, was in ihr vorgegangen sein musste.

~ ~ ~

Wir atmeten die frische Hanseluft ein. Unzählige Sterne standen oben am feierlich schwarzen Himmel, silbern leuchtend. Auf dem Weg vor uns eierten ein paar Besoffene herum.

„Schatz, darf ich dich zu Iweka fahren?“, fragte mich Dirk. In seiner Stimme lag die alte Schüchternheit.

„Iweka?“, lachte ich abrupt auf. „Dirk! Da wohne ich schon lange nicht mehr.“

Dirks Augen flackerten. Tieftraurig nahm er meine Hand und drückte sie fest.

„Toyin, das alles tut mir unendlich leid. Ich weiß, dass ich selbst schuld bin. Es geht mir beschissen, wenn ich merke, dass ich überhaupt keine Ahnung habe, wie es dir geht, was du machst, was dir passiert ist … Ich weiß ja noch nicht einmal, wo du jetzt wohnst.“ Er starrte mit leerem Blick vor sich hin. „Scheiße!“, seufzte er gequält.

„Schon gut ...“, sagte ich ganz leise, fast zärtlich, und kämpfte gegen die aufsteigenden Tränen an.

~ ~ ~

Auf dem Weg zur Arbeit schaltete ich mein Smartphone ein und starrte auf das Display. Elf Anrufe in Abwesenheit, einer von Ursula, zehn von Sumita. Bevor ich überhaupt die Rückruftaste drücken konnte, klingelte es.

„Toyin, wo bist du?“

„Auf dem Weg. Was ist los? Du hast mich x-mal …“

Ich hörte Sumita tief durchatmen. „Kehr sofort wieder um!“, befahl sie schluchzend. Es klang alarmierend. „Ich bin fast wahnsinnig geworden vor Sorge um dich. Geh auf gar keinen Fall in die Bäckerei! Hörst du?! Es ist etwas Schreckliches passiert! ...“ Noch bevor ich nachfragen konnte, was denn eigentlich geschehen war, rief sie fassungslos ins Telefon: „Johann ist tot!“

Johann, einer der Bäcker, war einen Tag zuvor von der Polizei in seiner Wohnung tot aufgefunden worden. Ich kannte ihn kaum. Er hatte meist Dienst am späten Abend gehabt und hauptsächlich die Teige für die folgende Frühschicht angemischt. Unsere Wege hatten sich so gut wie nie gekreuzt. Sumita stand ihm näher und schien um ihn zu trauern. Als man ihn entdeckt hätte, hätte er nackt auf dem Boden gelegen und sein Gesicht wäre blutüberströmt gewesen. Mord könnte also nicht ausgeschlossen werden. Ohne einen einzigen Anhaltspunkt würde nun in alle Richtungen ermittelt werden – auch in der Bäckerei. Ursula wäre schockiert, aber geistesgegenwärtig genug gewesen, alle Mitarbeiter anzurufen, um sie vor der Polizei zu warnen. Unsere Jobs wären wir los!

„Und was soll ich jetzt machen?“, fragte ich hilflos. Der Bus hielt an meiner Haltstelle, doch ich blieb wie angenagelt sitzen und fuhr einfach weiter.

„Keine Ahnung ... Wir können nicht mehr hin ...“, stammelte Sumita. „Keiner weiß, aus welchem Umfeld der Täter kommt. Ich will nicht die Nächste sein, oder du?“

„Ganz bestimmt nicht“, stöhnte ich ins Telefon.

„Abgesehen davon, wenn die Polizei erst mal anfängt zu suchen, werden sie nicht nur den Täter finden, du verstehst?“ Wahrscheinlich zwinkerte sie gerade. „Ursula haben sie jetzt jedenfalls im Visier wegen der vielen Leute ohne Arbeitserlaubnis. Das geht ratzfatz ...“

~ ~ ~

Punkt 9:30 Uhr sollte der Startschuss fallen. Ein paar Läufer machten bereits Aufwärmübungen. Die Absperrungen markierten die Strecke quer durch den Park. Wir wanderten verunsichert zu dritt über die schmalen Randwege, die neben die offizielle Marathonbahn verlegt worden waren. Alle paar Hundert Meter waren Schilder aufgestellt: „Noch drei Kilometer!“ – „Jetzt hast du schon die Hälfte geschafft!“ – „Nur noch ein Kilometer, dann warten Getränke und Obst auf dich!“ Wie Schatten huschten wir an den Leuten vorbei, die als Zuschauer gekommen waren. Sie hatten Glück. Die Sonne schien. Nur wir blickten nervös umher, auf der Suche nach einem schattigen, geschützten Plätzchen zum ungestörten Reden. An einem angrenzenden Hügel setzten wir uns konspirativ unter ein Grüppchen geduldiger Bäume.

„Ich brauche unbedingt eure Hilfe“, legte ich panisch los. „Ich brauche dringend einen Pass. Jetzt noch dringender als vorher! Ohne Papiere kriege ich keinen Job.“

„Meinst du nicht, dass wir gerade alle dasselbe Problem haben, Toyin?“ Sumita zuckte konsterniert mit den Schultern.

Maria schwieg. Ihre Augen waren rot geschwollen vom Heulen. Sie trauerte um Johan. Und unter uns brannte spürbar der Boden und die Flammen leckten um unsere Beine herum. Doch ich setzte gerade in sie meine ganze Hoffnung. Sie war die Einzige von uns, die brauchbare Kontakte zur „Szene“ hatte. In der Unterwelt kannte sie sich bestens aus. „Für dich gibt es vielleicht jemanden“, sagte sie plötzlich nachdenklich. „Wenn das klappt, bist du safe.“ Verblüfft griff ich nach ihrer Hand, doch sie wehrte mich ab, als wäre es äußerst wichtig, alle Sentimentalitäten abzuschütteln. „Ein Originaldokument, kapiert?! Nie wieder Stress! Registriert und mit allen Nebendokumenten! Das ist ein Sechser im Lotto! Sobald du das Goldstück in Besitz nimmst, kannst du mit deinem Blondi auf Hawaii Urlaub machen!“

„Dirk! Er heißt Dirk!“, zischte ich pikiert, doch dann überrollte mich eine Welle Adrenalin. Mein Kopf begann hektisch, die Sache abzuchecken. „Und wo kommt der Ausweis plötzlich her?“

„Plötzlich? Ganz bestimmt nicht! Ich halte meine Ohren schon länger für dich offen, Schätzchen. Der Pass kommt aus …“ Maria beugte sich dicht zu mir herüber, um mir den Rest zuzuflüstern. „„... Großbritannien, ein 1-A-Dokument! Kostet natürlich entsprechend!“

„Klar, weiß ich ... und wann?“

„In circa zwei Wochen kommt die Kontaktperson nach Deutschland. Ich rufe dich an, okay?“

Mir wurde klar, was das bedeutete. Wenn der Deal klappte, wäre ich auf einen Schlag frei! Ich konnte es kaum fassen. Etwas neidisch betrachtete Sumita mein strahlendes Gesicht. Maria blieb lässig, ihr war das Leben ohne jegliche Ausweispapiere völlig schnurz. Sie hatte auch keine Angst wegen des Mordes an Johann. Aus irgendeinem Grund war sie schon immer davon überzeugt, als Kolumbianerin eine gewisse Aura zu haben, die Menschen mit schlechten Absichten von ihr fernhielte. So einfach war das für sie.

Legt die Waffen nieder!

Mit einem frischen Franzbrötchen in der Hand schlenderte ich die Straße entlang, als ich plötzlich in zwei grüne, vom Schreck geweitete Augen blickte. Es war Melanie! Wie erstarrt stand sie da und rührte sich nicht vom Fleck.

„Marylinn ...! Du ... hier?!“, rief sie, nach Luft schnappend.

„Hallo, Melanie.“ Ich stutzte und überlegte, warum sie so aufgeregt war. „Ist alles klar ... mit dir?“

Melanie fasste sich wieder und setzte einen strengen Blick auf. „Die Polizei hat dich damals gesucht! Was hast du denn bloß verbrochen? Das ganze Büro haben sie auf den Kopf gestellt.“

Ich dachte an das Restaurant, an Rheiner. Mein Herz sackte plötzlich in die Kniegegend und Schweißperlen nässten meine Stirn. Hektisch schaute ich mich um, prüfend, ob jemand etwas mitbekommen hatte. Dann bemerkte ich, dass Melanie versuchte, von mir unbemerkt ihr Smartphone aus der Handtasche zu ziehen. Ich begriff nicht gleich. Blickte auf ihre Finger, die flink eine Nummer eintippten – 110.

Wie von der Tarantel gestochen setzte ich zum Sprint an. Ich musste hier weg. Einfach nur weg. So schnell war ich noch nie gelaufen. Während ich den Boden kaum noch berührte, bestaunte ich meine Rennkünste. Es war wie Fliegen. Fast wäre ich in ein Auto gerannt, doch ich stolperte zurück und suchte Halt an einem Straßenschild. Er gab nach, war weich. Mein Körper schwebte ins Bodenlose ...

Panisch und schweißgebadet wachte ich auf. Meine Hände hatten sich krampfartig in das Kopfkissen gekrallt. Es war nur ein Traum! Ein Albtraum! Nur langsam kam ich zu mir. Die erste reale Empfindung, die in mir aufstieg, war blanker Hass Hellen gegenüber, grau und garstig prickelnd, tief im Bauch flackernd. Er weitete sich in mir aus, erstreckte sich über Zeit und Raum, ließ Hellen als Einzelperson hinter sich zurück und richtete sich schließlich gegen alles. Gegen Menschen. Gegen Hamburg. Deutschland. Politik. Fremdenfeindlichkeit. Ich saß in der Falle. Dieser Hass hatte mich bereits aufgefressen und nichts von mir übrig gelassen.

Ich saß keuchend im Bett und spürte meine schlaffen Hände, die sich zu Fäusten formen wollten. Es war höchste Zeit, dieser inneren Zerstörung ein Ende zu setzen! Wie genau, wusste ich noch nicht. Aber ich musste mindestens Hellen vom mächtigen Sockel ihrer unüberwindbar scheinenden Täterschaft stürzen.

~ ~ ~

Fest entschlossen ging ich am nächsten Sonntag in die Kirche, die ich seit Monaten nicht mehr betreten hatte. Glücklicherweise entdeckte ich, vor dem Eingang stehend, zuerst Pastor Kwame, den ich sehr mochte. Ich kannte ihn als einen gutherzigen Mann, der vor vielen Jahren aus Ghana nach Deutschland gekommen war. Neben seiner harten Arbeit als Lagerarbeiter im Hafen erfüllte er sich hier an Sonn- und Feiertagen den Traum, seiner Berufung als Pastor zu folgen. Er war maßgeblich am Aufbau dieser afrikanischen Gemeinde beteiligt gewesen. In meiner Erinnerung war er nicht nur ein einfacher Pastor, der es gut verstand, im Gottesdienst seiner Gemeinde immer wieder Mut zuzusprechen. Auch persönlich hatte er für jeden ein offenes Ohr und die Menschen vertrauten sich ihm gerne an. Etwas beruhigt, ihn in meiner Nähe zu wissen, stieß ich die schwere Flügeltür auf und trat im hinteren Kirchenraum etwas zur Seite, um von dort aus über die Reihen zu blicken. Ich musste nicht lange suchen. Hellen saß aufrecht in der zweiten Reihe zwischen den anderen Chorsängern. Wie ferngesteuert schritt ich im Mittelgang langsam nach vorne, bis zur Höhe ihrer Sitzreihe und blieb stehen. Als würde sie meinen Blick auf sich spüren, drehte sie mir überrascht das Gesicht zu, und für den Bruchteil einer Sekunde trafen sich unsere Augen.

Kurz war ich versucht, sofort kehrtzumachen und hinauszulaufen. Das böse Funkeln in Hellens Blick hatte mich augenblicklich überfordert. Mein ganzes System war alarmiert, mir schlotterten die Beine, sodass ich Mühe hatte, mich zu halten. Möglichst unauffällig stützte ich mich mit einer Hand an der Banklehne ab. Die Erinnerung an den Traum mit Melanie kam zurück und löste mich aus der verführerischen Umarmung der Furcht. Ich hatte es beschlossen, jetzt war ich hier, und jetzt würde ich nicht wieder gehen.

Ohne Hellen anzusehen, bewegte ich mich noch weiter nach vorne, an der ersten Reihe vorbei und auf die Kanzel zu. Pastor Kwame stand bereits da und wurde gerade von einigen Frauen umringt, die ihn in ein Gespräch verwickelten. Ich blieb vor ihm stehen, winkte heftig und schaute ihn hilfesuchend an.

„Toyin, mein Kind. Wie schön. Du warst lange nicht ...“, freute er sich aufrichtig und befreite sich umgehend aus der Menschentraube. Doch ich unterbrach ihn mit einer eindeutigen verzweifelten Geste und fing, ungeachtet aller Umstehenden, mit lauter Stimme an, ihm mein Problem mit Hellen vorzutragen.

Das starke, hämmernde Herz in meiner Brust schien für alle sichtbar. Es war mir egal. Warme Tränen quollen aus meinen Augen. Erst noch bemüht, das salzige Nass wegzuwischen, kümmerte ich mich bald nicht mehr darum. Egal, wie ich aussah, was ich sagte, wer mich hörte, sah. Die Worte „Diebstahl“, „Streit“, „Verrat“, „Identitätskrise“ fielen hart in den Kirchenraum. „... Ich hatte bisher zu viel Angst, herzukommen, Pastor Kwame. Es tut mir sehr leid. Aber inzwischen sehe ich keine andere Chance, Hellen davon abzuhalten, mich ans Messer zu liefern.“

Es war absolute Stille eingetreten um uns herum. Ich blickte um mich. Alle standen oder saßen da, den Blick auf mich und den Pastor gerichtet. Einige wenige schwenkten die Köpfe in Hellens Richtung. Ich folgte ihnen mit den Augen. Hellen starrte ungläubig von ihrem Platz aus nach vorne. Gerade, als sie den Mund öffnete, um etwas zu sagen, schlug Pastor Kwame neben mir die Hände über den Kopf zusammen und rief: „Lord Jesus!“ Augenblicklich klappte sie den Mund wieder zu.

Pastor Kwame nahm meine Hand und bedeutete Hellen, zu uns herüberzukommen. Zögernd, aber gehorsam und mit gesenktem Haupt, schob sie sich durch ihre Reihe zum Mittelgang und kam auf uns zu. Was blieb ihr anderes übrig? Die Blicke der anderen verfolgten sie gebannt. Pastor Kwame nahm nun auch ihre Hand, und so standen wir, sie und ich zutiefst verfeindet, beide schwer atmend, mit rasenden Herzen vor der ganzen Kirchengemeinde. Es wurde still. Alle wollten hören, was der Pastor jetzt tun oder sagen würde.

„Ein Pastor aus Tansania, mein Kollege“, begann Pastor Kwame zu sprechen, „schreibt in seinem Buch, dass der einzige Ort, an dem Afrikaner und Europäer sich friedlich begegnen, das

Mittelmeer ist. Das ist bitter. Bitte lasst uns nicht die Waffen aufeinander richten! Weder Europäer noch Amerikaner noch Afrikaner. Verabschieden wir hier und jetzt das Kapitel „Krieg" in die Vergangenheit. Verabschieden wir die Vergangenheit. Wir leben jetzt! Lasst uns jetzt und in der Zukunft aufbauen, was wir wirklich wollen: Leben, Achtung, Respekt, Wohlstand, Glück. Nichts davon kann euch durch eine Waffe geboten werden. Selbst, wenn die Welt das vergessen hat. Seid die Ersten, die sich wieder daran erinnern! Und steckt die Menschen, die euch begegnen, an mit eurer Dankbarkeit, Freundlichkeit und Hoffnung. Das ist der Weg des Herrn. Das ist der Weg der Liebe. Gepriesen sei der Herr, Amen."

„Amen", füllte das voluminöse Echo der Gemeinde den Raum.

Pastor Kwame wandte sich an Hellen und mich: „Betet um Vergebung."

~ ~ ~

Nach dem Gottesdienst kam Hellen auf mich zu und entschuldigte sich bei mir. Es waren nur Worte, der sperrige Trümmerhaufen lag noch zwischen uns. Verstreute Brocken einer Freundschaft. Zersplittert herumliegendes Vertrauen. Zu Staub zerfallene Achtung.

„Singst du wieder mit? Wir haben dich in den letzten Monaten vermisst." Der Chorleiter unterbrach unsere brisante Zweier-Situation.

Ich nickte und atmete tief durch. Weiter hinten entdeckte ich Mamma. Sie suchte meinen Blick und hielt ihren Daumen hoch. Eines der vielen schwierigen Kapitel war beendet, eine Mauer war durchbrochen. Es hatte mich all meinen Mut gekostet. Hellens entschuldigende Worte konnten zwar den Schaden nicht wiedergutmachen, und ich war sichtbar und damit auch verletzbarer geworden, doch in diesem Moment fühlte ich mich geschützt.

Gerade wollte ich gehen, da bat Pastor Kwame mich, noch zu bleiben. „Was ist mit dem gestohlenen Geld? Das wird heute noch geklärt!“, kündete er überraschend an.

Mit dem Geld hatte ich mittlerweile abgeschlossen. Ich hatte inzwischen ganz andere, größere Probleme. Also zuckte ich nur unentschlossen mit den Schultern. Aber er bestand darauf. Bevor er überhaupt eine Frage an Hellen richten konnte, versicherte sie rasch die Rückzahlung der zweihundert Euro im Laufe der kommenden Woche. Ich sah ihr an, dass sie die Sache, so schnell es ging, hinter sich bringen wollte. *Ein erfreulicher Nebeneffekt*, dachte ich und hätte fast geschmunzelt. Doch die Sache war für alle zu ernst. Als Hellen sich verabschiedet hatte, überlegte ich, das Geld sofort an Abiola zu überweisen. Immerhin hatte ich jetzt keine Einkünfte mehr und wollte ihr trotzdem, wie versprochen, unter die Arme greifen können.

Ein stolzes Paar

In Dirks Familie war es Tradition, einmal jährlich zu einem Großtreffen bei „Kohl und Pinkel" zusammenzukommen. Zögernd erzählte er mir davon. Seine Stimme schlingerte dabei wie ein Radfahrer, der versuchte, gerade noch die Kurve zu kriegen. Natürlich war ich – als seine Freundin – nicht direkt eingeladen. Das wäre ihm jedoch egal. Er würde nicht ohne mich gehen.

„Liebling, würdest du denn mitkommen?", fragte er skeptisch.

In einem Interview für eine Zeitschrift hatte der Dalai Lama einmal gesagt: „Ich kenne keine Feinde. Es gibt nur Menschen, die ich noch nicht kennengelernt habe." Ich schlug ihm also vor, das bevorstehende Familien-Event als eine Art Dalai-Lama-Experiment zu betrachten. Wir sagten zu.

~ ~ ~

Für die Festlichkeit war ein ganzer Saal in einem Restaurant angemietet worden. An der großen Schwingtür aus Glas stand ein Schild mit der Aufschrift: „Geschlossene Gesellschaft". Ich war beeindruckt. Als wir eintraten, wuselten bereits viele Menschen geräuschvoll umher. Sie begrüßten einander oder plauderten angeregt. Viele hatten sich offenbar lange nicht gesehen oder gehört. Jeder war auf seine Weise zurechtgemacht. Es erinnerte mich nur entfernt daran, wie es bei uns zu Hause in Nigeria war, wenn es ein Familienfest gab. Aber die Mühe, die sich alle gaben, ein besonderes Outfit zu präsentieren, war ähnlich.

Wir wurden am Tisch der Eltern platziert. Darauf hatte mich Dirk bereits vorbereitet, sodass ich mit einiger Gelassenheit sitzen blieb, als die beiden kamen und mich begrüßten. Seit den Beleidigungen auf Dirks Balkon hatte ich sie nicht wiedergesehen. Während sie mit Dirk sprachen, versuchte ich, möglichst desinteressiert zu kucken. Ich entspannte mich innerlich in die Umgebung hinein und nahm dieses subtile Knistern wahr, welches scheinbar auf den meisten Familienfeiern der Welt auftauchte. Hin und wieder grüßte mich jemand, der an unserem Tisch vorbeiging, wohl mehr aus Höflichkeit, während er oder auch sie die wahren Gedanken hinter der Stirn aufbewahrte.

Da sich niemand mit mir unterhielt, hing ich meinen Gedanken nach. Ming, meine ehemalige chinesische Kollegin, fiel mir ein. Sie hatte einmal zu mir gesagt, fremde Menschen würden sie meistens als sehr fortschrittlich empfinden. Die Vorstellung von aufstrebenden Chinesen hätte in deren Köpfen gespukt. Bis immer irgendeiner angefangen hätte, über den „Billigkram" aus Asien zu reden. Die ganze illegale Kopiererei!

Als das Essen aufgetragen wurde, bemühten sich Dirks Eltern um eine angemessene Konversation. Aber in Wirklichkeit war es eine Farce.

„Toyin, weißt du, eigentlich hab ich ja nichts gegen ... äh … Ausländer, aber wenn die … die Asylanten …, wenn die alle hierherkommen?" Dirks Vater machte ein ernstes Gesicht, als würde er gar nicht merken, dass er mit einer Afrikanerin sprach. Wahrscheinlich meinte er auch gar nicht mich. „Wirtschaftsflüchtlinge – das ist sowieso die größte Frechheit!", rief er im Brustton der Überzeugung. „Wo sollen die denn alle noch hin?!"

Das Letzte war natürlich keine Frage, sondern eine Art verzweifelte Feststellung. Selbst beantwortet. Gefühlt, gab es keinen Platz. Bilder von den Massen der Ankömmlinge in den

Medien schienen Platzangst in ihm hervorzurufen. Die Befürchtung, sich nicht mehr frei bewegen zu können." Wenn man heutzutage unterwegs wäre, müsste man immer gut auf sein Portemonnaie aufpassen," fügte er hinzu, als wäre ganz Deutschland von Dieben bevölkert, und als gäbe es keine Kriminalität unter Deutschen. Ohne auf mich zu achten, redete er weiter und weiter. Fremde Religionen. Sprachen. Frauen mit Kopftüchern. Das passte für ihn alles nicht zusammen. Dann schwenkte er um.

„Was machen die reichen Öllânder? Die sagen einfach ‚Nein!' und nichts passiert. Aber mit den Deutschen kann man es ja machen. Und die meisten kommen doch sowieso nur, um hier Kohle zu machen und sich ins gemachte Nest zu setzen. Na dann, gute Nacht, Deutschland! Das muss man ja wohl mal sagen dürfen!" Er sah uns an, sein vom Bier leicht gerötetes Gesicht leuchtete, als hätte er etwas wirklich einschlagend Wichtiges gesagt. „Wenn ich an die Steuergelder denke, wird mir ganz schlecht. Alles weg! Kriegen alles die Ausländer, unfassbar ... unfassbar! Aber das interessiert wieder keinen. Da krieg' ich gleich wieder so 'ne Krawatte!" Er deutete mit den Händen einen dicken Hals als.

Ich dachte an Abdallahs Mantra: „Beobachten, nur beobachten. Es ist nicht persönlich." Die Fragen waren sowieso rhetorischer Natur. Niemand erwartete, dass irgendjemand darauf antwortete. Da hatte ein Mann sich Luft gemacht, seinen Unmut verkündet. Mein Schweigen wurde nicht als unhöflich empfunden. Also kostete ich von dem Grünkohl, als wäre nichts geschehen.

Dirk hingegen war die „Offenbarung" seines Vaters höchst unangenehm. Für ihn waren das alles längst bekannte Melodien. Aber dass sie mir jetzt so ungefiltert vorgeblasen wurden, machte ihn nervös. Aus den Augenwinkeln hatte er die ganze Zeit besorgt meine Reaktion gecheckt und wahrscheinlich fieberhaft überlegt, wie er das Gespräch, besser gesagt, den Monolog, auf etwas anderes lenken könnte. Vielleicht hatte er gedanklich sogar durchgespielt, Position zu beziehen, seine Meinung abzugrenzen, mich zu beschützen.

„Der Kohl schmeckt hervorragend“, flüsterte ich ihm zu und lächelte dabei seine Mutter an, damit sich alle etwas entspannten.

Ernst, sehr ernst, hatte Dirks Mutter die Rede ihres Mannes verfolgt und mit zusammengekniffenen Lippen, Denkfalte auf der Stirn und steifer Körperhaltung immer wieder zustimmend genickt. Jetzt sah sie mich unschuldig freundlich an.

„Weißt du, Toyin, ich habe gelernt, mich hinten anzustellen.“ Sie schaute mich mit strenger Miene an, als hätte sie das Vaterunser zitiert. „Aber, wenn ich die jungen Frauen heute sehe, ob Ausländer oder nicht ... Die sagen einfach nur, was sie wollen, und dann kriegen sie es!“ Sie war verbittert.

Ich spürte, dass sie sich auf ganz eigene Weise übervorteilt fühlte. Menschen nehmen sich einfach, was sie wollen, frech und rücksichtslos, übersetzte ich in Gedanken ihr Resümee. Und plötzlich verstand ich sie sogar. Weit entfernt davon, mir sympathisch zu sein, hatte sie mir eine verborgene Tür geöffnet. Diese Menschen stellten sich ein Leben lang hinten an, obwohl sie es nicht mochten. Das war ihre Erziehung. Sie arbeiteten hart, nicht weil sie ihren Job mochten, sondern nur für später. Und nun mussten sie zusehen, wie andere – ihrer Meinung nach – diese Zukunft gefährdeten. Nicht nur die Rente, den typisch deutschen Trumpf nach all den „mageren Jahren“, auch die fehlende Anerkennung, wenn es am Ende heißen würde: „Du alter Sack!“

Als hätte diese Frau ein großes Rätsel für mich gelöst, begriff ich sogar, warum Mia sich mir gegenüber so daneben benommen hatte. Sie hatte keine Lust, sich „hinten anzustellen“, während Frauen wie Ursula oder Lilly sich nirgendwo anstellten, sondern ihre eigenen Wege wagten. Mir hatte nie jemand beibringen wollen, wie man sich hinten anstellte. Die traditionellen Rollen sahen in Afrika ganz anders aus. Meine Mutter war Vaters Königin. Er, der Lehrer, verdiente das Geld für die Familie. Sie sollte das Leben an seiner Seite genießen. Sie arbeitete zwar auch, aber was sie verdiente, gehörte ihr. Sie sorgte dafür, dass sie ein gutes Leben hatte. Mein Vater sollte sie genießen können. Je älter wir Mädchen wurden, desto mehr nahmen wir am „Reichtum“ meiner Mutter teil. Wir hatten sie beispielsweise überredet, schrille Nagellacke zu kaufen oder moderne Unterwäsche und hippe Tops aus Kamerun mitzubringen.

„Dass du so … ja, sagen wir mal, gut mit Messer und Gabel essen kannst!“, platzte Dirks Mutter in meine stillen Gedanken. „Ihr esst doch bei euch da noch mit den Händen.“ Als hätte sie gerade eine ausgesprochen positive Entdeckung gemacht, schien sie etwas verzückt, ja, beinahe stolz auf mich zu sein.

„Nicht ‚noch‘, sondern ‚auch‘“, gab ich mit wohlwollender Gelassenheit zurück und erklärte ihr genauestens den Unterschied, als gäbe es in mir gar keine Möglichkeit, ihre Bemerkung als ungeheure Beleidigung zu verstehen. „Wir essen sowohl mit den Fingern als auch mit Besteck. Das sind zwei völlig verschiedene Ess-Erlebnisse. Ob die Finger vorher gründlich mit Wasser gesäubert werden, um die Nahrung zu berühren, die Wärme zu fühlen, beispielsweise Teig ein wenig zu formen und dann auf die Zunge zu legen, oder ob ich einen Löffel zum Mund führe

– es ist einfach anders. Mit den Fingern zu essen, ist ein Genuss, ein Ritual."

Die grobe Unwissenheit am Tisch triggerte mich ein wenig, doch meine Darstellungen schienen alle zu verblüffen. Wahrscheinlich mehr, weil ich mit souveräner, ruhiger Stimme geantwortet hatte, als wegen der Sache selbst. Am liebsten hätte ich hinzugefügt, dass wir „bei uns da" gerne in Restaurants gingen, sogar in Fast-Food-Läden. Aber ich hütete meine Zunge.

„Aber die Pinkel hast du ja gar nicht gegessen!", wich Dirks Mutter einfach aus.

Das war typisch für die Deutschen. Wenn's drauf ankam, lenkten sie feige ab. Ein anderes Mal würde ich sehr gerne davon probieren. Ich lächelte honigsüß und verkniff mir die Wahrheit. Die Wahrheit war, dass mir die Grützwurst scheußlich geschmeckt hatte und ich sie heimlich auf Dirks Teller geschoben hatte. Dirks Mutter machte zwar kein hundertprozentig zufriedenes, aber ein halbwegs hinnehmendes Gesicht. Immerhin.

Ein Akkordeon spielte auf und gab vorlaut ein paar schräge Töne von sich. Zum Glück verlagerte sich die Aufmerksamkeit an unserem Tisch auf den begabten Musiker. „Ick heff mol en Hamborger Veermaster sehn", begann er zu singen. Auf der Stelle schoben nun überall im Saal die Leute die Stühle zurück, hakten sich bei ihren Nebenmännern und Nebenfrauen ein und schunkelten dynamisch zum „Blow, boys, blow ...".

Euphorisch wurde Schnaps nachgeschenkt, die kleinen Gläser aneinanderklirrend in die Höhe gereckt und mit feuchtfröhlichen Lippen das nächste Lied getauft. Die Köpfe ruckartig in den Nacken gelegt, wurde das brennende Nass heruntergestürzt.

Die große Schwingtür zum anderen Hamburg öffnete sich. Zeit, Luft zu holen!

Eine amüsiert dreinblickende Cousine küsste Dirk fröhlich auf die Wange, hockte sich neben seinen Stuhl und stützte ihren Ellenbogen auf seinem Knie ab. Sie rückte ihren festlichen Plissee-Rock zurecht und strahlte uns an.

„Ich freue mich so für Dirk, dass er endlich eine feste Freundin gefunden hat!“, platzte sie einfach so heraus. Dirk grinste und drückte meine Hand. „Und du ...“, sprach sie mich interessiert an, „... ich habe gesehen, dass du gar kein Fleisch gegessen hast. Vielleicht sollte ich auch Vegetarierin werden?!“ Bevor ich erwidern konnte, dass ich keineswegs vegetarisch eingestellt war, wurde sie schon von ihrer kleinen, hübsch frisierten Tochter, die sich nicht allein zur Toilette traute, weggezogen.

Hamburgs Himmel begann, verschmitzt zu lächeln.

Als die Ersten aufbrachen, taten Dirk und ich es auch. Mein Dalai-Lama-Projekt war abgeschlossen. Diesen Menschen würde ich zukünftig nicht immer aus dem Weg gehen können. Daher hatte es sich für mich gelohnt, sie zu erforschen und sogar Lobenswertes an ihnen zu finden. Letztlich hatte Dirk sogar mit mir getanzt. Was wollte ich mehr.

„Ich bedanke mich für Ihre Direktheit und das Singen!“, verabschiedete ich mich, sogar wahrheitsgemäß, und reichte Dirks Eltern lächelnd die Hand. Für einen Bruchteil einer Sekunde stand etwas natürliches Erfreutsein in ihren Gesichtern. Doch blitzschnell wurden die spontan erblühten Körperzellen von der Schwerkraft des Misstrauens wieder herabgezogen. Jeder Mensch liebte Anerkennung. Aber wohl nicht von jedem. Andererseits eigentlich doch!

„Du kannst ruhig ‚du' zu uns sagen!"

Dirk legte seinen Arm um meine Schulter und führte mich wie eine Prinzessin von seinen Eltern weg. Ich spürte ihre nachschauenden Blicke im Rücken, doch Dirk zog mich fest an sich heran. Als stolzes Paar drückten wir die gläserne Schwingtür auf und traten in die frische Nachtluft hinaus. Wir konnten aufeinander zählen!

Endlich ehrlich!

An einem kühlen Spätnachmittag, ein paar Wochen später, spazierten wir an der Alster entlang. Der Himmel war klar. Dirk legte seinen Arm um meine Hüfte und ich genoss sein Halten beim langsamen Gehen, die frische, herbstliche Luft und die herrlichen Sonnenstrahlen.

„Liebling? Ich wollte dich schon lange etwas fragen." Dirk zog mich überraschend auf eine Bank.

„Warum hast du es noch nicht getan, mein Schatz?"

„Weil ich mir ein bisschen blöd vorkomme", gestand er und sah mich etwas ängstlich an. „Welchen Status hast du eigentlich? Ich meine ..., ich wüsste gern, wie deine Perspektiven aussehen."

Tausendmal hatte ich darüber gebrütet, wie ich es ihm sagen könnte. Tausendmal hatte ich es verschoben. Weil es so schön mit ihm war. Wir lebten einfach. Mit ihm tauchte ich in eine unbedarfte Welt. Für Stunden. Das wollte ich nicht aufs Spiel setzen.

Und jetzt?

Dirks ernsthafte Liebe zu mir war eindeutig. Und das gefiel mir. Ich war daher auch bereit, mich mehr in seiner Welt aufzuhalten, als ihn in meine einzuladen. Es war mir klar gewesen, dass das nicht immer so bleiben konnte. Irgendwann würde es ihm auffallen. Er würde nachfragen. Jetzt hatte er gefragt. Und ich hatte Angst.

„Ich existiere quasi nicht ..., zumindest nicht hier!"

Er sah mich an und grinste, als machte ich einen Scherz. „Und im Ernst?"

„Das ist mein Ernst."

Sein Grinsen verschwand auf der Stelle. „Wie bitte?! Du bist illegal hier?!" Seine blauen Augen wurden immer größer und schauten mich hilflos an.

„Ich bin Toyin", sagte ich mit leiser, aber harter Stimme. „Nenn es, wie du willst, wenn man keinen Papierlappen oder irgendeine Chipkarte in der Tasche hat."

„Ach ..., was für eine Scheiße!" Er brauchte eine Weile, um das, was ich ihm gerade gestanden hatte, wirklich zu begreifen. „Ich meine ..., es hört sich so scheiße an. Bitte versteh mich nicht falsch, Toyin." Er nahm mich in den Arm. „Das ist genau das, was meine Eltern sich immer denken, verstehst du? Dass Ausländer kriminell sind."

Seine Verzweiflung konnte ich gut verstehen, aber es tat mir überhaupt nicht gut, ihn so schockiert zu erleben. Ich war ja selbst verzweifelt genug und brauchte seine Stärke. Ich wand mich vorsichtig aus seiner Umarmung und legte meine Hände fest an die Seiten seines Kopfes. Sein Gesicht war direkt vor meinem Gesicht. „Ich weiß das. Keiner weiß es besser als ich selbst", gab ich ihm recht. „Und wie viele von uns bewegen sich freiwillig in der Schattenwelt? Das Einzige, was ich möchte, ist, selbst entscheiden zu können, wann und wohin ich gehe. Aber es liegt nicht in meiner Macht, begreifst du das? Ich bin ein Schatten, aber ich habe niemandem etwas getan, Dirk!"

Er nickte. Aber ich sah ihm deutlich an, dass diese Information zu viel für ihn war. Für ihn war die Sonne gerade total untergegangen. Es sah düster in ihm aus. „Und wenn ich dich heiraten würde ...?“

So bitter dieser Moment auch für mich war, sein plötzlicher Vorstoß berührte mich auf eine süße Weise. Ich versuchte zu lächeln, als ich ihm dankte für sein schönes Angebot. Dann erklärte ich es ihm noch einmal: „Schatz … du kannst nicht jemanden heiraten, der gar nicht existent ist! Es geht absolut nicht ...“

„Aber ..., das kann doch nicht sein!“, wehrte er sich. „Irgendeine Möglichkeit muss es doch geben, verflucht!“

Ich schüttelte den Kopf, und da er nichts mehr sagte, fing ich an, ihm nach und nach zu erzählen, wie es überhaupt zu diesem Desaster gekommen war. Aufmerksam hörte er mir zu. Hin und wieder, wenn er merkte, dass mich die Tränen drückten, küsste er mich zärtlich auf die Wange oder legte seine Stirn an meine Stirn, um mir eine Pause zu gönnen und mir seine Zuneigung zu zeigen. Als ich endlich fertig war und sagte, ich könnte nur warten und immer weiter warten, vielleicht auf einen „Pass auf Umwegen“, stand er auf und lief aufgeregt vor mir auf und ab.

„Weißt du, Toyin, von außen erfüllt deine Story so viele Vorurteile. Aber in Wirklichkeit ist es irgendwie total anders. Innen drin bist du das nicht. Nichts von all dem bist du. Diese Welt … ist ein kosmischer Witz … Das macht mich echt fertig!“

Ich sagte nichts. Ließ ihn einfach in seiner Unruhe und versuchte stattdessen, mich selbst mit tiefem Ein- und Ausatmen zur Klarheit zu zwingen. „Dirk, du kannst gar nichts für mich tun, glaub mir!“ Ich stellte mir vor, dass er mich tatsächlich heiraten würde, nur um mir eine Legitimation zu beschaffen. Der Gedanke war abscheulich. Wenn überhaupt, dann wollte ich nur aus Liebe heiraten. „Ich möchte entscheiden, ob ich überhaupt heiraten will. Ich möchte wählen können, was und wo ich weiterstudiere und welche Arbeit ich annehme. Ich will keinen Tropf, an den ich mich hängen kann. Ich bin dir dankbar, dass du daran gedacht hast, aber eine Hochzeit ist keine gute Idee. Nicht unter diesen Umständen. Ich möchte wirklich auf Augenhöhe mit dir zusammen sein können."

Dirk schien zunächst verletzt. Er blieb stehen, sah mich irritiert an und dann setzte er sich wieder neben mich. „Ich würde das tun, Toyin. Du solltest wissen, dass du mir wichtig bist."

„Daran zweifle ich auch nicht. Es ist nur ..., erstens will ich dafür eine eigene Basis haben, und zweitens ist die Idee ja ohnehin wertlos. Ohne Pass keine Hochzeit."

Dirk legte seine Hand auf mein Knie und streichelte es. Spaziergänger zogen an uns vorüber, doch, als wären sie aus Glas, blickten wir durch sie hindurch. Er rieb seine Hand hektisch von meinem Knie hinauf zum Oberschenkel, von dort wieder hinunter, über die knochigen Kniekurven zum Schienbein und wieder hinauf und immer so weiter. Als hoffte er, es würde mich so beruhigen wie ihn. Schließlich zog er mich nah an sich heran. Ich merkte, dass er leise weinte.

Eine Familie zerreißt

Es zischte und fauchte, als hätte jemand kaltes Wasser in heißes Öl gegossen. Bei Dirks Eltern hing der Haussegen schief. Und der Grund dafür hieß Faust.

Faust war Mias neuer Freund. Um die dreißig Jahre alt, hatte er lange auf dem Hamburger Kiez als Türsteher gearbeitet. Groß, breitschultrig, ein Baum von einem Mann. Sein glatt rasierter Schädel glänzte wie ein Ei. Den Namen „Faust" hatte er sich erarbeitet. Erstens konnte er viele deutsche Poeten und Schriftsteller, hauptsächlich Goethe, zitieren, denn er war gut im Auswendiglernen. Und zweitens trug er Auseinandersetzungen recht schnell mit der Faust aus.

Als Türsteher hatte er Schwarze am Eingang „aussortiert". Sie waren in dem Nachtklub, für den er arbeitete, nicht erwünscht. Sortieren war sein Ding. Gewisse Gäste aus der politischen Ecke hatten ihn auf die Idee gebracht, für ein größeres „Aussortierlager" als diesen Klub zu arbeiten. Diese Inspiration nannte er tatsächlich einen „spirituellen Moment". Er war clever und nutzte sein bisher nutzloses Abitur, um ein Politikstudium zu beginnen. Verschwörerische Geheimbünde, extreme Parteien. Faust würde bald ein wichtiger Funktionär werden. Mit Hass und Häme machte er sich in entsprechenden Kreisen einen Namen. Mia war fasziniert von seinem Charisma. Und nicht nur das. Faust trainierte im Fitnessstudio. Politik und Bizeps. Er würde sie beschützen!

Mias Mutter war glücklich und ganz verzückt. Faust war jemand, der sie in all ihren Sorgen wegen der Fremden und der

Verwahrlosung deutscher Werte bestätigte. Als Akademiker musste er es ja wissen! Sie klopfte sich innerlich auf die Schulter. Hatte sie nicht alles richtig gemacht, wenigstens bei Mia?

Mias Vater hingegen war nur anfänglich euphorisch, doch sein Bauchgefühl flüsterte ihm, Faust könnte er kein Stück über den Weg trauen. Selbst die Liebe zu Mia nahm er ihm nicht ab. Frustriert musste er jedoch sehr bald feststellen, dass sich weder Frau noch Tochter auf seine Einwände einließen. Und das machte ihn noch fuchsiger, denn vor dem Auftauchen dieses „Satansbratens" war er unbestritten eine Autorität gewesen in der Familie. Modernisierende Ideen, zum Beispiel, dass er kochen oder putzen lernen könnte, hatte er im Keim ersticken können, ohne dass ihm seine Frau widersprochen hätte. Verächtlich hatte er sich über „Schlappschwänze" und „Eunuchen", die sich auf so etwas einließen, lustig gemacht. Doch jetzt, hatte er den Eindruck, entglitt sie ihm.

Seine eigene Frau „gehorchte" ihm nicht mehr. Fasziniert sog sie stattdessen Fausts Thesen auf, nach denen Deutschland innerhalb von einem Jahr sauber wäre. Wie eine gekärcherte Terrasse. Unkrautfrei. Wie ein durstiges Kind stürzte sie mit gierigen Schlucken den Trunk, den er ihr anbot, hinunter und verlangte nach mehr. Sie hatte es geahnt, und Faust bestätigte es nun: Wenn alle mitmachen würden, wäre die „schwarze Flut" bald abgewehrt. Ein für alle Mal.

~ ~ ~

Im Vergleich zu den kleinen Wellen, die ich als Dirks Freundin in der Familie ausgelöst hatte, sorgte Faust nun für ein kräftiges Erdbeben. Dieses Erdbeben jedoch sorgte wiederum dafür, dass

Dirks Mutter sich mehr als zuvor grämte über ihren Sohn. Alle in der Familie hätten sich einig sein können, fand sie, wenn er nicht so unbelehrbar wäre. Dirk wäre zu weich. Laura hätte ihrer Meinung nach – das war keine große Überraschung für mich – besser zu Dirk gepasst als ich. Mochte ja sein, dass ich hübsch und nett war, ließ sie durchblicken, aber „von einem schönen Teller allein kann man ja nicht essen". Ihr Sohn hätte noch nicht verstanden, dass man Gefühle manchmal einfach hinten anstellen müsste. Dirk, der nie laut wurde, dessen stiller Protest an ihr nagte, würde alles kaputtmachen.

Fausts Reden hatten sie aufgepeitscht. Ein tiefer, blutrünstig roter Zorn stieg in ihr auf. Gleichzeitig hatte sie furchtbare Angst, alles zu verlieren. Sie saß ihrem Mann beim Frühstück gegenüber und schlug zum ersten Mal in ihrem Leben mit voller Wucht die Faust auf den Tisch. „Dann hau doch ab, verdammt noch mal!", schrie sie, weil Dirks Vater wieder einmal einen vorsichtigen Zweifel an Fausts wahren Motiven geäußert hatte.

An diesem Tag war nicht nur die Ehe zerbrochen. Eine Schicht hatte sich aufgelöst, die einmal die Basis für alles gewesen war. Mit einem Schlag war Dirks Vater zu einem Mann ohne Geschichte geworden. In seiner Werkstatt, auf einem schäbigen Stuhl ohne Lehne sitzend, hatte er es Dirk mit so wenigen Worten, wie nur möglich, mitgeteilt. Und wie vom Blitz getroffen, hatte Dirk vor seinem Vater gestanden. Im Vordergrund hatte ihn ein Auto ohne Scheinwerfer angeglotzt, aus leblosen Höhlen.

~ ~ ~

Wir trafen uns bei „Planten und Blomen" und gingen ein Stück spazieren, Hand in Hand. Dirk schüttete mir sein zerrissenes Herz aus. Für das Zittern seiner Hände schämte er sich und löste sie bald aus meiner, um sie zur Beruhigung, wie die andere Hand auch, in die Jackentasche zu stecken. Doch sie gehorchten nicht. Manchmal versagte seine Stimme, sie klang heiser. Aber er war nicht krank.

„Wie kann ich denn auf Dauer mit meiner Familie klarkommen?", flüsterte er, am Boden zerstört.

Irgendwo, irgendwann hatte ich mal gehört, dass Fragen, die man nicht beantworten konnte, mit in die Nacht genommen würden, um ihre Antwort zu finden. Von diesem Tag an, schlug ich ihm vor, müssten wir vor jedem Einschlafen daran denken – gläubig oder ungläubig –, dass die Möglichkeit bestand, die Antwort könnte aus dem ewigen Kosmos wie Sternenstaub auf uns herabregnen. Und wir brauchten viele Antworten, nicht nur in Bezug auf seine Familie, sondern vor allem auch in Bezug auf meine Existenz, unsere Beziehung.

~ ~ ~

Wir schliefen wie Steine. Nichts passierte. Keine erleichternde Gnade, die Dirk mittels einer Eingebung befreite. Wir versuchten es wieder. Schauten abends, als würde das helfen, in den schwarzen Himmel, um ihn an uns zu erinnern. Vergeblich.

Eines Morgens, nachdem wir wieder einmal festgestellt hatten, dass der erlösende Traum ausgeblieben oder sofort vergessen worden war und auch sonst kein brauchbares Zeichen aus der wissenden Nacht übrig geblieben war, stieg ich aus dem Bett und begann meine Yoga-Asanas, die mir inzwischen genauso wichtig geworden waren wie die tägliche Meditation. Dirk, in Shorts auf der Bettkante sitzend, die blonden Haare noch vom

Schlaf zerzaust, mit hängenden Schultern, sagte tief enttäuscht: „Wir müssen uns selbst retten."

Auf dem Teppichboden, in der „Stellung des Kindes" – Balasana –, mit der Stirn am Boden, nickte ich.

IN DER FALLE

Monate später, es war ein winterlicher Wochenendtag, schlief ich lange. Marias Anruf weckte mich.

„Es ist so weit! Morgen kommt der Kontaktmann mit deinen Dokumenten!“

Endlich! Nach monatelangem Warten!

„Okay! Wo treffen wir uns?“

„Sag’ ich dir morgen!“

„Ich bringe meinen Bruder mit, Deji.“

„Wie du willst. Hauptsache, du bist ab jetzt rund um die Uhr erreichbar! Halt dein Geld bereit!“

Er schwamm davon. Der große, silbrig glänzende Fisch, den ich gerade an der Schwanzspitze hatte und nun richtig packen wollte, glitt mir aus den Händen. Zuerst, beschwingt von der guten Nachricht, schaute ich eines von Oprahs neuesten Videos auf Youtube und machte einen Spaziergang, um Abdallah in der Unterkunft zu besuchen. Lange hatten wir uns nicht mehr gesehen. Meistens war ich ja mit Dirk zusammen. Wenn Deji von einem Ein-Tages-Job hörte, ging ich für einen Tag irgendwo putzen, alte Menschen wickeln und füttern oder in Restaurantküchen abwaschen.

Abdallah hatte auch gute Neuigkeiten. Endlich hatte er seine lang ersehnte Anerkennung als Asylbewerber erhalten. Er durfte nun die Containerwelt verlassen und sich eine eigene Wohnung suchen. Während Abdallah seine Hausarbeit verrichtete, unterhielten wir uns gut gelaunt über unsere Erlebnisse der letzten Wochen. In der Waschküche stopfte Abdallah gerade Wäsche in die Waschmaschine, als wir grölende Menschenstimmen vernahmen, die immer näher zu kommen schienen. Weil wir uns ein wenig an die frische Luft setzen wollten, ging ich in sein Zimmer, um seinen Weltempfänger zu holen. Auf dem Weg dorthin erstarrte ich und blickte in die hasserfüllten Gesichter der Männer und Frauen, die sich in einer Gruppe vor der Unterkunft versammelten. Wild funkelnde Augen. Nackter Hass. Bierflaschen in den Händen. Dünne, fadenhafte Alkoholgeruchsschwaden in der Luft. In düsterer Vorahnung stieg grauenhafte Panik in mir auf. Es ging sofort los!

„Wir sind das Volk! Wir sind das Volk! Wir sind das Volk! Wir sind das Volk!"

Noch standen sie auf dem Parkplatz vor dem Eingangstor. Wüsteste Beschimpfungen prasselten über die geringe Entfernung auf mich ein, als ich aus der Tür treten wollte. In Sekundenschnelle verschwanden alle Bewohner in den Containern. Explosive Spannung lag in der Luft. Alle meine Sinne waren geschärft. Ich sah, trotz der Unübersichtlichkeit in der Menge, dass ein junger Mann aus der Gruppe durch die halb geöffnete Tür hinter mir spähte, und wusste sofort, dass er Abdallah gesehen hatte. Es gab keinen Fluchtweg und keine Chance, wenn sie sich auf ihn stürzten.

„Abdallaaaaah!" Meine Stimme überschlug sich.

Schon rannte der Nazi los. Abdallah kam herausgerannt. Die Meute begann, lauter zu grölen und zu johlen. Abdallah stolperte. Sie johlten weiter, noch lauter, und stimmten aufheizende Gesänge an.

„Abdallaaaaah!“, schrie ich wieder. Inzwischen hatte ich mich gefasst und rannte ihm entgegen, um uns beide in den Container zu retten. Doch die Tür war von innen verriegelt. Ich hämmerte dagegen. „Aufmachen!“, schrie ich und rannte wie von Sinnen zur nächsten Tür. Abgeschlossen! „Macht die Tür auf, wir sind noch draußen!“

Die Menge sah unsere Panik und grölte immer heißer. Es flogen Steine. Die dritte Tür ging einen kleinen Spalt auf, doch ein Stein hatte Abdallah schon am Hinterkopf getroffen. Er taumelte. Ein Afghane ließ uns herein und verrammelte sekundenschnell wieder die Tür. Zwei Betten wurden vor die Tür geschoben. Lächerliche, leichte Metallgestelle. Alle Jalousien waren bereits heruntergelassen, und alle Bewohner dieser Wohneinheit hatten sich im inneren Flur versammelt. Stumm und wie vom Blitz getroffen, standen sie zitternd da.

Abdallah brach ohnmächtig zusammen. Ich keuchte, schwitzte vor Anstrengung und schrie und schrie, während ich mich über Abdallah beugte.

Jemand brachte Wasser. Ein leichtes Aufleben in den eingefallenen Wangen war wahrzunehmen. Dann ein kurzes Augenblinzeln. Erleichtertes Aufatmen der Umstehenden. Bald hielt Abdallah die Augen ganz geöffnet, aber die Wunde an seinem Hinterkopf blutete stark. Er blieb liegen. Mit Handtüchern stillten wir den Blutfluss.

~ ~ ~

Nach etwa einer Stunde war das Gegröle nicht mehr zu hören, dafür Automotoren.

„Polizei, aufmachen!“

Es klopfte. Keiner rührte sich. „Machen Sie auf, hier ist die Polizei!“ Keine Regung. Wieder Klopfen. Pause. Klopfen. Pause. Donnerndes Klopfen.

„Hey, ihr sollt aufmachen! Polizei!“, rief eine Stimme, die einem Bewohner gehörte.

Männer schoben die Betten zurück und öffneten die Tür.

„Hier ist ein Verletzter!“, rief eine Polizistin, nachdem sie einem kurzen, inspizierenden Blick in den Flur geworfen hatte. „Wir brauchen einen Krankenwagen! Schnell!“

„Wie ist das passiert?“ Die Polizistin kniete neben Abdallah und schaute auf, in die Runde der stummen Bewohner. Alle blickten zu mir. „Sind Sie Zeugin? Wie ist das passiert?“ Sie notierte in aller gebotenen Kürze, was ich berichtete. „Ihren Ausweis bräuchte ich einmal, bitte.“ Tausend Blitze durchfuhren meinen Körper, und mir wurde heiß und kalt. Meine Hände begannen zu zittern. Weil das Zittern nicht aufhören wollte, hielt ich die rechte Hand mit der linken, aber es brachte nichts. Das vibrierende Donnern im Kopf machte mich ganz konfus.

An die Möglichkeit, in einer solchen Situation überprüft zu werden, hatte ich noch nie gedacht. Oft hatte ich mir ausgemalt, wie ich reagieren würde, wenn ich überprüft werden würde. Immer war mir etwas eingefallen: Wegrennen. Ablenken. Aber hier, in dieser Verfassung, in einem geschlossenen Raum, geschockt und geschwächt, hatte ich keine Chance. Mein Körper wurde eiskalt. Mein Herz raste. Meine Lunge versagte. Angst lief in Strömen von Schweiß an mir hinab und tränkte T-Shirt, Hose, alles. Ich starrte die Frau wie gelähmt an. Ein Schlund hatte sich geöffnet und verschluckte mich. Dann wurde ich ohnmächtig.

DIE GEMEINSCHAFT

Die Nachrichtenansage im Radio lautete: „Am gestrigen Abend ist es zu Übergriffen auf die Bewohner einer Asylunterkunft in Hamburg gekommen. Es gab drei Verletzte. Ob die Tat einen fremdenfeindlichen Hintergrund hat, wird derzeit von der Polizei überprüft.“ Als ich sie hörte, lag ich im Krankenhaus. Ich war gerade erst erwacht. Schlagartig war die Erinnerung wieder da. *Abdallah!*, war mein erster Gedanke, meine erste Sorge.

Eine freundliche Krankenschwester erkundigte sich nach meinem Befinden. Sie fühlte meinen Puls und reichte mir ein Glas Wasser. „Ihr Puls ist jetzt okay“, sagte sie in beruhigendem Ton. Dann zeigte sie mit einer leicht geneigten Kopfhaltung in Richtung Tür und fügte flüsternd hinzu: „Draußen warten zwei Polizeibeamte auf Sie.“

Schlapp und matt setzte ich mich auf die Bettkannte. Ich fühlte mich furchtbar ausgehöhlt und spürte ein Brennen im Magen. „Was passiert jetzt mit mir ...?“, fragte ich und sah sie ängstlich an.

„Na ja, ich muss denen jetzt mitteilen, dass Sie transportfähig sind.“ Dass ihr die Situation unangenehm war, war nicht zu übersehen. Mit einem kurzen Nicken in meine Richtung verabschiedete sie sich. Müde nickte ich zurück.

Eine Frau und ein Mann traten ein, halfen mir beim Aufstehen und legten mir Handschellen an. Dann führten sie mich über die Flure aus dem Krankenhausgebäude. Ich hatte das Gefühl, das Geschehen aus großer Distanz zu beobachten. Ich sah mich selbst von außen, erschöpft und erniedrigt, in verschwitzter fleckiger

Kleidung. Neugierige Blicke von allen Seiten, als wir durch die Notaufnahme liefen. Ich konnte nicht einmal weinen. Etwas Abgestorbenes, vielleicht war es Würde, zerfiel unter jedem Schritt mehr zu Staub.

Ich saß in der Falle. Es war hoffnungslos.

~ ~ ~

Nach der ersten Befragung folgten Untersuchungen und langes Warten, dann wurde mir ein Bett in einer Doppelzelle zugewiesen. Ich erkundigte mich, ob ich telefonieren dürfte. Mit trockener Stimme benachrichtigte ich Tayo und bat ihn, den anderen zu sagen, dass ich in Abschiebehaft gekommen wäre. Dejis Mailbox sprang an, ich legte auf. Mamma weinte bitter.

„Ach, mein Kind, ... ich liebe dich. Ich werde für dich beten.“

Jetzt weinte ich plötzlich doch. „Ich bin dir so unendlich dankbar …, Mamma.“

„Sei stark! Sei stark!“, schärfte sie mir ein. Ich legte auf.

„Auch wenn du Gott wahrscheinlich in diesem Moment infrage stellst ...“, zitierte Elham eine Sure aus dem Koran.

Ich stellte Gott trotz allem nicht infrage. Während sie auf Arabisch betete, lehnte ich meinen Kopf an die kalte Wand und schloss die Augen.

Lilly wurde sofort panisch. „Toyin, ach Toyin! Wenn ich etwas für dich tun kann, lass es mich wissen, ja?!“ Sie meinte es von Herzen.

„Lilly, ich hab dich lieb.“

Lautes Schluchzen im Hörer. Lilly weinte. Schule, Abschluss, Führerschein, eine glänzende Zukunft und das Alter der Unbesiegbaren. Nur tun konnte sie für mich nichts, und das setzte ihr gewaltig zu. Mir war, als müsste ich etwas Aufbauendes sagen. Dabei war ich doch diejenige, die Trost brauchte.

„Weißt du, ein Baum hat ja auch immer wieder Lust zu blühen. Immer wieder. Ob der Wind weht, Schnee fällt, die Luft vergiftet ist, Leute ihm einen Ast abbrechen, Blätter abrupfen oder sonst was. Immer wieder entschließt er sich, den Planeten mit Sauerstoff zu versorgen, Früchte zu tragen."

„Du machst mich fertig, Toyin!"

„Mach weiter so! Leb wohl. Ich melde mich, wenn ich in Afrika bin."

Katjas Eltern waren nicht zu Hause, aber Ole ging ran. „Hallo, Toyin! Weißt du schon, was ich bekommen habe? Rate mal! Das ist das Allergeilste. Rate mal!"

„Ole, sag's mir! Ich weiß nicht, was du bekommen hast." Diesem kindlichen Überschwang konnte ich keine schreckliche Nachricht zumuten.

„Konzertkarten! Voll cool! Mein erstes Konzert! Kommst du mit, Toyin? Mama hat gesagt, ich darf auch dich, Dirk und Deji fragen. Mein großer Bruder kommt auch mit."

„Das ist schön, Ole. Ich freu mich für dich. Aber … ich glaube, ich werde nicht dabei sein."

„Aber ..., warum denn nicht?"

Ich konnte es ihm nicht erklären, daher versprach ich hoch und heilig, beim nächsten Mal mitzukommen. Er sollte nicht böse sein mit mir. „Ole, ich melde mich bald wieder, okay? Ich muss jetzt los. Ich hab dich lieb. Grüß deine Eltern, ja? Gib Katja, Deji und Oyinda einen Kuss von mir, ja? Machst du das?"

~ ~ ~

Noch nie hatte ich so tatenlos zusehen müssen, wie mein Leben stillstand. Die Zeit verging rückwärts. Mir war nur eins geblieben. Ich könnte stundenlang meditieren. Innerer Frieden, Freiheit und Verbundenheit würden auf diese Weise für mich erreichbar bleiben. Gerade jetzt. Aber jeder Versuch scheiterte, weil mein Kopf überfüllt war. Eisige Gedankentürme tobten wütend darin herum. Und die Angst blockierte mein Herz wie eine Eisenklammer. Angst, Angst, Angst ...

Die Enge der Zelle, besonders die fremden Geräusche ließen mich nicht zur Ruhe kommen. Laute Schritte im Flur. Hämmern an den Türen. Stundenlang Geschreie und Gekeife. Hässliches Schlüsselrasseln. Knallende, schwere Stahltore.

Die Frau, die nur drei Schrittlängen von mir entfernt auf der zweiten Pritsche lag, verweigerte mir jeden Kontakt. Sie lag mit dem Gesicht zur Wand und schien fast nur zu schlafen. Auf so engem Raum machte mich ihre Ablehnung noch verwundbarer. Hier gab es keine Zwischenmenschlichkeit mehr.

Pausenlos kreisten meine Gedanken und Gefühle um den Landesverweis. Ich empfand diese Konsequenz, nach all der durchlittenen Zeit in der Illegalität, unerträglich ungerecht. Ich machte es zu meiner wichtigsten Übungssequenz, mich zu zwingen, die Bitterkeit in mir abzuwehren. Doch der Schmerz kam regelmäßig zurück und belagerte mein Herz von Neuem. Ich war fehl am Platz, überflüssig, nicht erwünscht und wurde einfach rausgeworfen. Ein Wirtschaftsflüchtling. Was auch immer. Ein Mensch mit meiner Nationalität hatte sich mit seinen begrenzten Möglichkeiten abzufinden. Auf diesem Planeten gab es beides, Grenzenlosigkeit und Begrenzung. *Richte es dir auf der begrenzten Seite ein!*, trichterte ich mir immer wieder ein.

Ich wollte aufhören, bitter zu sein. Und irgendwann hörte ich auf, aufhören zu wollen.

~ ~ ~

Am nächsten Tag benachrichtigte ich Dirk. Er wirkte verstört und überfordert. „Toyin, ich ... Ich heirate dich, dann ... wird alles ... Es wird alles gut!“, stammelte er.

„Mein Liebling, du weißt, dass das nicht geht …“, versuchte ich ihn zu beruhigen.

„Ich komme dich auf jeden Fall besuchen, sofort, okay?!“ Augenblicklich rutschte etwas Helligkeit in mein dunkles, abgeschiedenes Dasein, und innerlich fieberte ich ihm entgegen. „Bitte, kannst du das anmelden? Und mir Bescheid geben, wann ich kommen kann? Bitte, Toyin! Lass mich zu dir kommen!“

Ich fing an zu weinen.

~ ~ ~

Datum und Uhrzeit für den Flug nach Lagos wurden mir mitgeteilt. Ich fragte den Uniformierten, wann ich Besuch empfangen könnte. Ungerührt betete er mir das Regelwerk für Fälle wie mich vor. Zwei Stunden würden mir eingeräumt.

~ ~ ~

„Toyin ...“ Dirk zog mich konspirativ zu sich heran, damit niemand in dem bewachten Besucherraum mithören konnte. Eine Frau des Wachpersonals blickte kurz zu uns herüber und kräuselte die Stirn. „Hör zu, mein Schatz. Wir alle versuchen gerade, eine Lösung zu finden ... und wenn die nicht klappt, bleibt uns der Joker, dass ich dich heirate!“

Trotz meiner Erschöpfung versuchte ich, ein Lächeln für ihn zu zaubern. „Das wird alles nicht klappen. Was auch immer ihr

... Wer ist eigentlich ‚wir'? ... Na, egal. Mein echter Pass ist jedenfalls in Afrika. Versteh doch endlich! Mach dir bitte nichts vor."

Dirk begriff einfach nicht, worauf ich hinauswollte. Selbst mit meiner eigenen Identität könnte er mich nicht heiraten. Niemand würde uns das abkaufen. Offiziell war ich ja nur für drei Monate in Deutschland. Seither waren mehr als zwei Jahre vergangen. Er war nachweislich nie in Nigeria gewesen, um mich zu besuchen. Wer würde das denn glauben?

„Und wenn ich auch einen Flug buche, für mich? Ich bleibe eine Weile bei euch und heirate dich dann. Da kann keiner was sagen! Hey, Schatz, es ist nur ein Stück Papier, kapiert! Geht das nicht in deinen Schädel rein?"

Während wir sprachen, betrat eine Frau mit Aktentasche den Besucherraum. Ich hörte, wie sie zu einem der Beamten sagte: „Guten Tag. Mein Name ist Levin Feingold. Ich bin Rechtsanwältin."

„Soweit ich weiß", erwiderte der mürrische Beamte ungerührt, „hat diese Dame hier keinen juristischen Vertreter."

„Meine Auftraggeber-Gemeinschaft besteht aus den Herren Dirk und Martin Schumacher, den Ehepaaren Butembwe und Joseph Mwabane, Adedeji und Katja Cohn, Ursula und Rheiner Herbert, Frau Louise Angelou, Frau Maria Gomes da Vilarinho, Frau Sumita Escarda, Frau Hannah Sialou, Herrn Abdallah Abubakr, Frau Elham Skeif, Frau Ming Chou, Frau Helga Hut, Frau Sabina König, Herrn Jan Gottschalk und Herrn Pastor Kwame Basoah. Meine Mandantin heißt Toyin Nne Akintola, die Dame, die dort sitzt. Bitte lassen Sie mich jetzt zu ihr."

EPILOG

„Toyin! Scheiße ... Scheiße ...!“

Mehr kam nicht. Nur Marias tiefes Luftholen. Und dann, mit erstaunlich sicherer Singstimme, Englisch mit starkem spanischen Akzent, „El condor pasa“, in ihrer Version.

„Wie gerne würden wir wie Vögel fliegen. Wie gerne würden wir das Kriechen, wie die Schnecken am Boden, hinter uns lassen. Wenn wir könnten ...“

Für einen kurzen, überraschenden Moment hob ich tatsächlich leicht ab. Wie ein Vogel löste ich mich vom Boden der Tatsachen. Dann krachte ich zurück, mit hartem Aufschlag. Maria hatte das Geschäftstelefon in Levins Büro benutzt und musste auflegen.

„Ich geb' dir Bescheid, wann du mich wieder hier erreichst. Keinen direkten Kontakt, Schnecke!“

„Natürlich nicht, selber Schnecke!“

Während draußen alle meine Freunde versuchten, mich mit Levins Hilfe aus dem Gefängnis zu befreien, sich informierten, sich trafen und in erhitzten Debatten berieten, blieb für mich die Zeit stehen. Ich hatte Zeit im Überfluss. Und ich war müde von meinem Leben.

Abdallah kam nie, wegen der Uniformen. Er nannte sie grausam und böse, das hätte sich auf dem Grund seiner Seele eingebrannt. Inzwischen hatte er den Status der Anerkennung erhalten. Mit diesem Quäntchen Sicherheit konnte er endlich Pläne schmieden. Glück schmieden. Wenn wir telefonierten, erinnerte er mich an meine Übungen.

„Meditiere! Mach Yoga!“, flößte er mir mantrenartig ein, wie damals, als wir vor Ibrahim gestanden hatten.

Irgendwann erhielt ich einen Brief von ihm. Da er nicht gut schreiben konnte, enthielt der Umschlag nur eine Notiz von Rikah:

Liebe Toyin,

ich sende dir dieses Mantra. Es wird dir Kraft geben und dich beschützen. Sprich es einfach oder singe es, so oft du kannst. Der Rest kommt von allein. Sei ganz doll umarmt von Rikah!

Ad Gure Nameh

Ich verneige mich vor dem unendlich zeitlosen Lehrer.

Jugad Gure Nameh

Ich verneige mich vor dem Lehrer aller Zeiten.

Sat Gure Nameh

Ich verneige mich vor dem inneren Lehrer,

der uns die Wahrheit enthüllt.

Siri Guru Dev – e Nameh

Ich verneige mich vor dem Guru, dem göttlichen Lehrer,

der uns aus dem Dunkeln zum Licht führt.

Wenn Dirk mich besuchte und wir beisammen waren, betrachtete er mich manchmal sehr konzentriert, als würde er in sich irgendwo einen Vorrat anlegen für die Zeiten, die er alleine in seiner Wohnung verbringen musste, während ich hinter diesen kalten Mauern unter dem Licht ungemütlicher Leuchtstoffröhren festsaß. Er setzte seine ganze Hoffnung in die Arbeit der

Rechtsanwältin. Alles würde er mit mir durchstehen, versicherte er mir immer wieder, egal, wie es ausginge. Vielleicht weinte ich mit ihm, ich registrierte es gar nicht, denn ich weinte sowieso jeden Tag.

Mein Abflug wurde verschoben, weil Levin Feingold eine Unstimmigkeit im Verfahrensablauf entdeckt hatte. Durch den Aufschub gewänne sie kostbare Zeit, sagte sie mir am Telefon. Sie wäre gerade auf etwas Interessantes gestoßen, würde mir aber erst darüber berichten, wenn sie sich hundertprozentig sicher wäre.

Ich wartete weiter. Ohne jede Zuversicht. Und manchmal träumte ich von meinen Eltern. Ich stand einfach da und fühlte die liebevollen, verständigen Blicke meines Vaters und meiner Mutter auf mir ruhen. Stundenlang.

Louise meldete sich das erste Mal in Form einer Postsendung. In dem Umschlag befand sich nur eine Fotografie, auf der die Tür meines Zimmers zu sehen war. An der Tür klebte ein Bleistiftporträt von mir, das sie gezeichnet hatte. Über meinem Gesicht stand in fett gedruckten schwarzen Lettern, wie bei einem Steckbrief im Wilden Westen: „Wanted".

Ihre Enttäuschung und die Schmerzwelle erreichte mich tief. Schäbig. Ich hatte sie nie in mein Desaster eingeweiht, obwohl wir befreundet waren und so eng beieinander gelebt hatten. Unfähig, darauf zu reagieren, legte ich das Foto auf den wachsenden Briefestapel.

Als Deji seinen Besuch ankündigte, war ich seltsam berührt. Ausgerechnet er, mein Bruder Deji, würde nun den Ort betreten, vor dem er mich so vehement hatte bewahren wollen. Neuerdings trug er kurze blonde Dreadlocks, die zu seinem eleganten dunklen Mantel in starkem Kontrast standen. „Schwester! Wie siehst du denn aus?!“ Er schlug erschreckt die Hand vor den Mund.

„Furchtbar ..., ich weiß, Bruder.“

Wir versuchten, fröhlich zu tun, aber seine heimlichen, sorgenvollen Blicke erschwerten das. Er machte sich schwere Vorwürfe.

~ ~ ~

Stundenlang harrte ich auf meinem ausgebreiteten Schal auf dem Boden in Balasana aus. Ich fühlte das Kind in mir. Wechselte in Shavasanam, legte mich flach auf den Rücken. Ich fühlte mich tot. Cakravakasana. Katze. Apanasana. Befreite Winde. Und wieder von vorn: Kind – Tod – Katze – Wind. Der Asana-Reigen, den ich erinnerte. Wenn ich konnte, saß ich im Lotossitz und meditierte. Wenn nicht, summte ich das Schutzmantra „Ad Gure Nameh“ und beamte mich mit geschlossenen Augen in den innersten Raum, der mit gold-warmem Licht erfüllt war. Sammelte meine verstreuten Kräfte ein.

Dirk, Deji, Mamma und Ursula schickten mir Bücher und Magazine. Mal Deutsch, mal Englisch, saugte ich die Worte förmlich von den Seiten. Querbeet las ich alles, was ich in die Finger bekam. Romane, Reiseerzählungen, Gedichte. Buddhismus, Achtsamkeit, Yoga, Bewusstseinsbildung. Einfach alles. Mamma hatte sogar eine Packung Buntstifte beigelegt. Es war eine heimliche Geste, die ich sofort begriff. Sie hätte mir lieber echte Blumen geschickt. Mit meinen eigenen Händen schuf ich – wie in einer Trance – mit allen verfügbaren Farben eine große, wunderschöne Blüte auf der Rückseite eines Wandkalenders.

Und dachte an das, was mir meine weise Freundin über wahren Reichtum erzählt hatte.

Schließlich schrieb ich Louise einen Liebesbrief. Umgehend schickte sie mir eine zweite Fotografie von meiner Zimmertür mit dem Porträt. Diesmal hatte sie „Loved“ darübergeschrieben. Ich drehte das Foto um. Auf der Rückseite stand in ihrer Handschrift: „Waiting for you, Honey. Louise.“

~ ~ ~

Ich hatte es nicht geschafft, mir eine materielle Basis zu schaffen. Ich hatte es nicht geschafft, hier legal zu leben und zu arbeiten. Ich hatte es nicht geschafft, eine eigene Wohnung zu haben. Es gab nichts zu beschönigen. Und doch war ich – sooft ich auf meinem Bett lag und die regenbogenfarbene Blüte kontemplativ ins Visier nahm, mit Stolz und Glück erfüllt. Ich hatte es immerhin geschafft, so vielen wertvollen Menschen mein Herz zu öffnen und mit ihnen überlebenswichtige Freundschaften zu schließen. Echte Freunde, die mich berührten. Die ich berührte. Ein Netzwerk voller leuchtender Energie.

Es blieb unklar, ob, wann und wo ich sie wiedersehen würde. Aber es war offensichtlich, dass wir alle gemeinsam kleinere oder größere Schritte in eine neue Richtung machten. Wir konnten nicht alles ändern, aber wir hatten begonnen.

DANKE

Von ganzem Herzen danke ich meiner wunderbaren Familie, insbesondere meiner Mutter und meinen tollen Freunden, die bereit waren, das Manuskript zu lesen und mir Feedback zu geben. Meine Schwester brachte mich auf die Idee, am Kurs „SchreibGlück" von Veit Lindau teilzunehmen und dieses Projekt zu verwirklichen.

Für die enge Zusammenarbeit möchte ich meiner Lektorin Ina Kleinod danken. Sie hat den langen Weg vom Rohmanuskript bis zum fertigen Buch mit ihrem professionellen Beitrag unterstützt.

Ein weiteres, riesiges Dankeschön geht an die Verlegerin Cornelia Linder für ihre wertvollen Ratschläge und die unschätzbare Ermutigung, das Buch zu veröffentlichen.

Ein besonderer Dank gilt Okunlola für seine Inspiration.

Viele kleine Impulse von Teilnehmern der Schreibflow-Gruppe und des SchreibGlück-Kurses haben zur Entstehung dieses Buches ganz konkret beigetragen. Ich danke ihnen, auch wenn ich sie hier nicht alle namentlich erwähne.

AUTORIN

Joana Wolf, 1982 in Hamburg geboren, interessiert sich seit ihrer Kindheit für die wahren Geschichten der Menschen.

Bereits als Jugendliche verfasste sie Kurzerzählungen. Inspiriert von kuriosen und tragischen Lebensberichten junger und älterer Menschen nahm sie das Schreiben nach ihrem Studium vor einigen Jahren wieder auf.

Als aufmerksame Zuhörerin verfolgte sie nicht nur zahlreiche Geschichten Reisender, sondern insbesondere auch die oft unfassbar dramatischen Biografien geflüchteter Menschen. Und die der heimischen Menschen in einer sich wandelnden Gesellschaft. Weitgehend auf Melodramatik verzichtend, doch mit Worten berührend, wob sie ihren ersten Roman, der realistisch vom Schicksal der jungen Nigerianerin Toyin erzählt. Ein Bekenntnis, Glück jedem Menschen bedingungslos zuzugestehen.

www.joana-wolf.com

Empfehlungen aus dem Verlag

Michael Weger: **SHARE – Die Teile der Liebe**

Roman Auch als **E-Book** erhältlich!

Ein Buch, das man gerne wieder und wieder zur Hand nimmt: Fesselnde Geschichte, beeindruckende Bilder, Lesevergnügen pur.

Michael Weger erzählt vom wahren Wesen der Liebe, von der wahren Natur der Seele.

Es sind quasi drei Bücher in einem: Ein Science-Fiction-Roman, so aufwühlend wie hoffnungsvoll und beruhigend. Eine Liebesgeschichte, gleichermaßen berührend wie spannend. Ein Lebens- und Liebesratgeber, der Gänsehaut auslöst.

Hardcover, Leseband, ISBN 978-3-931560-63-8

Michael Weger: **Die Wiederauferstеheung der Löwen / Roman**

Tausend Kilometer voneinander entfernt: Eine greise Malerin und ihr Enkelsohn stehen dem Tod gegenüber. Wie durch ein Wunder überleben beide und kehren aus einer jenseitigen Welt zurück. Mit einem Auftrag: Findet euch!

Tief berührende Geschichte zweier Menschen, die unterschiedlicher nicht sein könnten - und doch sind sie sich so nah.

Hardcover, Leseband, ISBN 978-3-931560-63-8

Rose Marie Gasser Rist: **AMBER / Roman**

Amber wächst binational auf, lebt bei ihrem Vater und empört sich über die weltweiten Missstände. Sie wird Feministin und Ökoaktivistin. Nach „Fukushima" trifft Amber mit ihrem Engagement den Zeitgeist und startet als Politikerin der Grünen durch. Doch dann geschieht etwas Unvorhersehbares ...

AMBER ist ein brisantes Buch mit emotionalem Tiefgang: zeitnah, kritisch, modern und feministisch.

Hardcover, Leseband, ISBN 978-3-931560-67-6

Besuchen Sie unsere Homepage,
dort finden Sie weitere Bücher, Hörbücher und CDs.
Wir freuen uns auf Sie!

www.sheema-verlag.de

KONTAKT

Sheema Medien Verlag
Bücher. Aus Liebe.

Hirnsbergerstr. 52
D - 83093 Antwort

Tel.: 0049 - (0)8053 - 7992952
Fax: 0049 - (0)8053 - 7992953

E-Mail: info@sheema.de

https://www.sheema-verlag.de

SHEEMA

MÖGEN ALLE WESEN GLÜCKLICH SEIN